Rebecca Maly
Die Krankenschwester von St. Pauli – Wandel der Zeiten

PIPER

Zu diesem Buch

Die Zeit der Choleraepidemie hat aus der jungen Svantje eine engagierte und gefragte Krankenschwester gemacht. Als sie sich schließlich den gesellschaftlichen Normen fügt und der Familienplanung zuwendet, ahnt sie nicht, wie viel sie aufgibt. Trotz ihrer Freude über die neue Aufgabe als Mutter fällt Svantje zu Hause die Decke auf den Kopf. Sie vermisst es, die armen Bewohner des Gängeviertels medizinisch zu beraten, möchte sich endlich wieder nützlich machen. In einem Hygieneratgeber fasst sie deshalb ihr Wissen in praktischen und verständlichen Hinweisen für junge Mütter zusammen – ein voller Erfolg! Doch Svantje möchte nur eines: wieder als Krankenschwester arbeiten. Und diesen Wunsch sieht nicht jeder gerne ...

Rebecca Maly studierte Altskandinavistik und Runenkunde und war mehrere Jahre in den USA und Deutschland als Drehbuchautorin beim Film tätig. Sie veröffentlichte eine Vielzahl an Romanen und wurde 2017 für »Die Schwestern vom Eisfluss« mit dem Delia-Preis ausgezeichnet. In der St. Pauli-Reihe erzählt sie die Geschichte der jungen Krankenschwester Svantje Claasen.

Rebecca Maly

Die Krankenschwester von St. Pauli

Wandel der Zeiten

Roman

PIPER

Mehr über unsere Autoren und Bücher:
www.piper.de

Wenn Ihnen dieser Roman gefallen hat, schreiben Sie uns unter Nennung des Titels »Die Krankenschwester von St. Pauli – Wandel der Zeiten« an *empfehlungen@piper.de,* und wir empfehlen Ihnen gerne vergleichbare Bücher.

Von Rebeccca Maly liegen im Piper Verlag vor:
Die St. Pauli-Reihe:
Band 1: Die Krankenschwester von St. Pauli – Tage des Schicksals
Band 2: Die Krankenschwester von St. Pauli – Wandel der Zeiten
Band 3: Die Krankenschwester von St. Pauli – Jahre des Aufbruchs

FSC
www.fsc.org
MIX
Papier aus verantwortungsvollen Quellen
FSC® C083411

Originalausgabe
ISBN 978-3-492-31562-3
Juni 2020

Redaktion: Sarah Heidelberger
Umschlaggestaltung und -abbildung: Johannes Wiebel
unter Verwendung von Motiven von shutterstock.com,
akg- images und Richard Jenkins Photography
Satz: Fotosatz Amann, Memmingen
Gesetzt aus der Aldus Nova
Druck und Bindung: CPI books GmbH, Leck
Printed in the EU

1

Hamburg, Eppendorfer Klinikum
1. Dezember 1892

Svantje hielt ihre Schwesternhaube in den Händen und lauschte gebannt. Sie musste sich zwingen, den Stoff nicht vor lauter Anspannung zusammenzudrücken. Nebenan kam es zu einem Eklat, wie ihn das Eppendorfer Klinikum noch nicht gesehen hatte. Und zwar wegen ihr. Sie wollte all das gar nicht, doch Doktor Schawacht bestand darauf.

Seitdem sie im August und September gemeinsam eine Cholerabaracke am Hafen geleitet hatten, hielt er große Stücke auf sie. Auf ihrer Hochzeit wenige Wochen später hatte er ihr angeboten, Oberschwester in seinem Stab zu werden. Nun sollte sie ein eigenes Büro bekommen, doch dafür musste erst ein Zimmer geräumt werden. Die Schwestern der Station hatten zwar einen gemeinsamen Raum, doch der war mehr Lager und Durchgangsbereich und bot entsprechend wenig Ruhe.

Schawacht war entschlossen, das zu ändern, und dazu musste jemand anders seinen Platz räumen, und zwar der angehende Arzt Sebastian Küfer, der sich leichtfertig einen lebensbedrohlichen Fehler erlaubt hatte.

Wahrscheinlich hatte Doktor Schawacht Svantje in dem Glauben rufen lassen, dass der angehende Arzt seiner

Anordnung sofort Folge leisten würde. Doch der gab nicht so schnell klein bei und sah nicht einmal seinen Fehler ein. Deshalb hörte sie nun alles mit an und fühlte sich mit jeder verstreichenden Minute unwohler. Natürlich hatte der Student einen gewaltigen Kunstfehler begangen, und Svantje teilte Schawachts Meinung, dass er noch nicht bereit war, sich am Leben von Patienten zu versuchen. Andererseits würde es für Außenstehende nun so aussehen, als gehe Doktor Schawacht für seinen Schützling, also sie, über Leichen. Svantje hätte sich am liebsten in Luft aufgelöst oder zumindest weitergearbeitet, sich nützlich gemacht, statt im Flur zu warten und zu hören, was nicht für ihre Ohren bestimmt war. In dem Zimmer wurden Stimmen laut. »Küfer, Sie haben sich in den letzten Wochen nicht gerade mit Ruhm bekleckert. Gehen Sie wieder an die Universität zurück, und verfeinern Sie Ihr Handwerk. In einem Jahr versuchen wir es noch einmal.«

»Mein Vater wird …«, protestierte der angehende Arzt.

»Ihr Vater wird gar nichts, Herr Küfer. Wenn Sie ihn herschicken, werde ich ihm sagen, dass Sie nicht verstehen, sauber zu arbeiten, was die Grundvoraussetzung für eine jede Operation ist. Sterilität rettet Leben, das sollte gerade Ihnen als Hamburger doch bekannt sein! Ihr letzter Patient hat wegen Ihnen ein Bein verloren. Ohne das beherzte Eingreifen von Schwester Falkenberg läge er nun unter der Erde. Und Sie wollen allen Ernstes mit mir diskutieren?«

Svantje war zusammengezuckt, als sie ihren Namen hörte. An den Fall erinnerte sie sich genau. Es war erst eine Woche her. Küfer hatte die Hände nur kurz unter den Wasserstrahl gehalten, statt sie gründlich einzuseifen. Er hatte einem Mann operativ einen Zeh abnehmen sollen, der bei einem Arbeitsunfall zertrümmert worden war. Der Stumpf war einen Tag später brandig geworden, und Schawacht, alarmiert von Svantje, hatte dem Patienten mitten in der Nacht den Unterschenkel abgenommen, um zumindest sein Leben zu retten. Nun war der Mann ein Krüppel, und das nur, weil Küfer zu arrogant gewesen war, die mindesten Hygienestandards einzuhalten.

Nein, es tat ihr nicht leid, dass der Medizinstudent nun sein Büro räumen musste, ganz im Gegenteil. Er sollte seine Fertigkeiten lieber noch eine Weile an Toten üben, bevor er das Leben eines weiteren Patienten ruinierte.

Die Universitäten schickten oft angehende und junge Ärzte in die Armenabteilung, wo sie an jenen, die in den Augen der Obrigkeit nur wenig Wert hatten, ihre Fähigkeiten erproben konnten.

Gute Studenten waren eine Bereicherung. Dann gab es zumindest für kurze Zeit genug Operateure für all die Menschen, die jeden Tag ins Krankenhaus gebracht wurden. Denn die Zahl der Armen wuchs beständig und damit auch die Menge der Patienten, die ohne Geld in die Krankenhäuser kamen. Bürgerliche und Wohlhabende, die in einem anderen Flügel untergebracht waren, wurden stets bestens und von ausreichend Personal versorgt. Anders die schlecht verdienenden Arbeiter. Svantje hatte den Eindruck, dass sich viele Ärzte zu fein waren, sie überhaupt zu behandeln. Nur einige wenige gab es, die sich wie Doktor Schawacht den Schicksalen der einfachen Leute verschrieben hatten.

Auch Svantje fühlte sich den Menschen in den überfüllten Krankensälen nahe. War ihre Familie doch selbst erst vor sieben Jahren hierher in die Stadt gekommen, erfüllt von der Hoffnung auf ein besseres Leben.

Die Großindustrie Hamburgs wuchs wie Schaum auf einer gärenden Masse. Tausende mittellose, oft bereits kranke Leute strömten Monat für Monat in die Städte. Ganze Landstriche verwaisten. Auf dem Heimweg sah Svantje oft Familien mit ihren Koffern und Handkarren rastlos durch die Straßen ziehen. Genau so war sie selbst nach Hamburg gekommen, mit Mutter und Bruder und allem Hab und Gut auf zwei Karren. Der Vater hatte den Hof im Alten Land, der sie bis dahin mehr schlecht als recht ernährt hatte, zuerst verlassen, um auf der Werft zu schuften. Dann hatten sie durch eine Flut den Hof verloren, und die Zurückgebliebenen waren nachgekommen. Nun gehörte Svantje selbst schon beinahe zu den alteingesessenen Hamburgern.

Küfer stapfte beladen mit seinen Unterlagen und einem Koffer mit persönlichem Operationsbesteck an ihr vorbei. In jedem lauten Schritt, den er machte, schwang sein Zorn mit. Der Blick, den er Svantje zuwarf, war vernichtend, obwohl er nicht wissen konnte, dass sie sein Büro übernehmen würde.

Svantje wartete, bis Doktor Schawacht sie schließlich zu sich rief. Nur zögernd trat sie durch die Tür. Der Arzt stand mit dem Rücken zu ihr an einem weit geöffneten Fenster, das in den lichten Innenhof führte. Kühle Dezemberluft strömte herein. Sein Gesicht war von dem Streit gerötet, der schmale Mund wirkte unter dem gepflegten, grau melierten Vollbart angespannt.

»Das hätten Sie nicht tun müssen, Doktor«, sagte Svantje leise und trat neben ihren Mentor.

»O doch, Frau Falkenberg, denn es war mehr als nötig. Küfer hätte ich so oder so fortgeschickt. Das hat mit Ihnen nichts zu tun. Sie leisten hervorragende Arbeit, und nun, da Sie die Leitung der Tagschicht übernehmen, können Sie ein eigenes Büro sehr gut gebrauchen.«

»Meine Vorgängerin ist auch ohne ausgekommen«, bemerkte Svantje und dachte an die bescheidene Oberschwester Lederer, die nun aus dem Dienst geschieden war, weil sie wieder geheiratet hatte und ihr neuer Mann darauf bestand, dass sie zu Hause blieb.

»Bei allem Respekt für Frau Lederer, aber von Ihnen erwarte ich mehr, als die Schwestern morgens zum Dienst einzuteilen.«

Svantje fühlte sich, als sei sie durch seine Worte ein Stückchen gewachsen. Sie atmete tief durch und trat an den breiten Schreibtisch, strich über das dunkle, glatt polierte Holz. Sie war nun Oberschwester, mit einem eigenen Dienstzimmer. »Was genau erwarten Sie denn von mir?«, fragte sie und hörte selbst, wie hoffnungsvoll sie dabei klang.

»Sie sind eine gute Beobachterin und eine erfahrene Krankenschwester. Ich möchte, dass Sie festhalten, worunter unsere Patienten aus den einfachen Schichten zumeist leiden. Und damit meine ich nicht nur die offensichtlichen Erkrankungen. Sie wissen, dass ich in eine Kommission berufen wurde, die sich mit der Verbesserung der Lebensumstände der einfachen Leute befasst. Wir wollen nie wieder einer so verheerenden Seuche gegenüberstehen wie diesen Sommer.«

Svantje nickte ernst. Nach dem Choleraausbruch waren vom Senat endlich Maßnahmen ergriffen worden, um die Situation der Armen zu verbessern. Die Gängeviertel sollten grundlegend saniert oder abgerissen und durch gesündere Wohnquartiere ersetzt werden. Es wurde an Filtrierwerken gebaut, sogar eine Müllverbrennungsanlage war im Gespräch. Durch Schawacht wusste Svantje zudem, dass ein eigenes Hygieneinstitut für Hamburg in Planung war. Vermutlich war das auch der Grund dafür, dass er die gewünschten Auflistungen benötigte.

»Darf ich etwas fragen, Doktor?«

Er lächelte aufmunternd und rieb sich den Bart. »Aber selbstverständlich, Frau Falkenberg. Stellen Sie so viele Fragen, wie Sie möchten.«

Svantje räusperte sich. »Es ist doch mittlerweile hinlänglich bekannt, dass gutes Trinkwasser, saubere Luft und ausreichendes Essen die Situation stark verbessern würden. Und werden nicht auch bereits Filteranlagen und neue Wohnquartiere gebaut? Nicht, dass es reichen würde … aber …« Sie suchte kurz nach Worten. »Ich weiß nicht, was ich noch dazu beitragen soll.«

»Ich habe Sie damals in den Seuchenbaracken erlebt. Ihre ruhige Art, die schnelle Auffassungsgabe. Sie sind prädestiniert, Frau Falkenberg. Ich brauche Zahlen, Daten, Vorerkrankungen. Nehmen Sie alle Patienten auf, und ordnen Sie diese nach Kategorien. Geben Sie mir etwas an die Hand, womit ich vor die Kommission treten kann. Fallbeispiele wären wünschenswert. Nehmen Sie sich so viel Zeit, wie Sie brauchen. Ihre Schwesterntätigkeit steht dahinter zurück. Lassen Sie andere die einfacheren Arbeiten erledigen. Sie unterstehen mir direkt. Falls Kollegen Probleme damit haben, schicken Sie sie zu mir. Es werden Ihnen alle Mittel zur Verfügung gestellt, die Sie benötigen. Mein Büro ist zwei Zimmer weiter, wie Sie wissen. Greifen Sie jederzeit auf meine Bücher zu.« Er trat vor sie und streckte ihr die Hand hin. Noch immer ein wenig überwältigt, schlug Svantje schließlich ein.

»Und nun werde ich im Operationssaal erwartet, Frau Falkenberg. Ich empfehle mich.« Er deutete eine knappe Verbeugung an und rauschte davon. Der weiße Kittel schlug ihm um die Beine, während er mit großen Schritten davoneilte.

Svantje war allein im Zimmer. »Mein eigenes Büro«, sagte sie leise und setzte sich so vorsichtig in den Schreibtischstuhl, als könne er jeden Augenblick unter ihr zusammenbrechen. Eine Weile saß sie so da und versuchte zu verinnerlichen, was der Doktor alles über die Patienten erfahren wollte. Sie zog ihr ledergebundenes Notizbuch hervor und schlug es auf. Darin schrieb sie alles nieder, was ihr während ihrer Arbeit bemerkenswert oder ungewöhnlich erschien.

Nun begann ein ganz neues Kapitel. *Schichtplan*, schrieb sie und unterstrich es zweimal. Rasch war die Einteilung für die nächsten beiden Wochen gemacht. Das war der einfache Teil gewesen.

Auf der nächsten Seite notierte sie nun, was Schawacht ihr zur Aufgabe gemacht hatte. Schnell wurde ihr klar, dass sie dafür ein standardisiertes System brauchen würde. Sie probierte mehrere Varianten durch und merkte kaum, wie die Zeit verflog.

Schließlich lehnte sie sich mit schmerzendem Rücken im Stuhl zurück. Viel Arbeit erwartete sie, und einen Teil davon würde sie zu Hause erledigen müssen. Das würde Friedrich nicht gefallen. Denn er akzeptierte zwar, dass sie trotz ihrer Ehe weiterhin arbeiten ging, aber mehr – das hatte er nicht nur einmal deutlich gemacht – sollte es wirklich nicht sein.

Er hatte ein hübsches Stadthaus erworben, das eigentlich darauf wartete, endlich liebevoll eingerichtet zu werden. Doch in Svantjes Augen konnte es so bleiben, wie es war. Sie hatten das Mobiliar vom Vorbesitzer übernommen, und jedes einzelne Stück war besser als alles, was ihre Eltern je besessen hatten. Kabinette aus Kirschbaumholz, das Studierzimmer verfügte ringsum über Regale aus Eichenholz mit hübschen Reliefs und Schnitzereien. Das Himmelbett hatten sie schon vor ihrer Hochzeit gemeinsam ausgesucht. Svantje erinnerte sich noch genau daran, wie sie ständig errötet war, weil sie an ihre erste gemeinsame Nacht denken musste. Auch jetzt erwachte ein zartes Flattern in ihrem Bauch. Ihre Ehe war noch so jung, dass sie sich jede Nacht liebten.

Plötzlich wollte sie keinen Moment länger im Klinikum bleiben. Feierabend hatte sie schon seit einer Viertelstunde. Erfüllt von kribbelnder Vorfreude packte sie ihre Sachen, dann fiel ihr wieder ein, dass sie versprochen hatte, heute ihre Eltern zu besuchen.

Svantje bestand darauf, weiterhin mit der Pferdebahn zur Arbeit und wieder nach Hause zu fahren, auch wenn Friedrich ihr mehrfach angeboten hatte, Pferd und Wagen zu nutzen. Doch was wäre das für ein Anblick gewesen, wenn sie jeden Morgen mit der Kutsche vorgefahren kam, um dann im Armenabteil des Klinikums zu arbeiten? Ihr besonderes Talent im Umgang mit den Patienten beruhte nicht zuletzt darauf, dass sie ihr vertrauten. Die Ärzte waren in den Augen der einfachen Leute Menschen eines anderen Standes. Schwester Svantje Falkenberg aber verstand sie, wusste, wie es war, in einfachsten Verhältnissen zu überleben. Dass es Momente gab, in denen es schlichtweg nicht möglich war, genug sauberes Wasser aufzutreiben, um es zu trinken, geschweige denn kleine Kinder zu waschen. Den Menschen, die auf den Docks und in den Fabriken schufteten, mangelte es an allem. Es war niemals genug Geld da.

Daher brachten sie den Ärzten oft nur Unglauben entgegen, wenn diese ihnen empfahlen, besser zu essen, teure Medizin zu kaufen oder die verrußten Wohnungen zu lüften, womit sie auch noch die wenige Wärme verloren hätten, die sie mit ihren schlechten Öfen zustande brachten.

Svantjes Ratschläge waren näher an ihrem Leben. Sie kannte Hausmittel und einfache Kräuterrezepturen, die sich die Menschen auch leisten konnten.

In Gedanken noch bei ihrem neuen Arbeitsplatz, kaufte sie für zwanzig Pfennig ein Billett und bestieg die Pferdebahn. Das Gefährt war voll besetzt, und sie ergatterte nur deswegen einen Sitzplatz, weil ein Herr für sie aufstand. Die Hamburger PEG, die Pferde-Eisenbahn-Gesellschaft, hatte längst auf Winterbetrieb umgestellt. Während man im Sommer offen fuhr und auch auf dem Dach sitzen konnte, zwängten sich nun alle Passagiere in stickiger Enge. Svantje genoss die Fahrt dennoch. Es gab einige Spottlieder über die angeblich stets lahmen oder faulen Gäule, doch heute zogen zwei kräftige Schimmel fleißig an. Die eisernen Räder surrten über die Schienen. Ein Mann neben ihr las in einer klein gefalteten Zeitung.

Nach zwei Stopps, an denen weitere Gäste zustiegen, passierten sie ein gewaltiges Ruinenfeld. Infolge der Choleraepidemie hatten die Stadtoberen den Abriss der heruntergekommensten Gängeviertel angeordnet, von denen es in Hamburg über die ganze Stadt verteilt ein halbes Dutzend gab. Sie waren nach den verschachtelten Gassen benannt, in denen es für Fuhrwerke längst kein Durchkommen mehr gab. Die Häuser waren so eng aneinandergebaut und immer wieder aufgestockt worden, dass zwischen den Bauten nur schmale Gänge blieben. Manchmal ragten die Dächer so weit vor, dass sie den Himmel verdeckten und sich die Nachbarn durch die Fenster die Hände reichen konnten. Stickig, nass und schmutzig war es dort. Dunkel obendrein. Eine Kanalisation gab es in den meisten Fällen nicht, und die Aborte wurden nur hin und wieder gereinigt. Zuerst wurden die Elendsquartiere in der nördlichen Neustadt abgerissen. Wie schon bei der Räumung der Gängeviertel von Kehrwieder, die acht Jahre zuvor für den Bau der neuen Speicherstadt abgerissen worden waren, kümmerte man sich auch dieses Mal kaum darum, wo all die Menschen unterkommen sollten, die plötzlich ihr Dach über dem Kopf verloren. Es hatte große Proteste und Ausschreitungen gegeben, denn der Abriss bedeutete vorerst, dass der ohnehin knappe Wohnraum noch weniger wurde. Viele fanden weiter außerhalb eine neue Bleibe und mussten nun lange Wege in Kauf nehmen, um zur Arbeit zu kommen.

Mittlerweile schritt das Bauvorhaben immerhin gut voran. Anstelle der alten, feuchten und verwinkelten Bauten sollten moderne, gesunde Wohnquartiere für die Arbeiterschaft entstehen. Noch immer transportierte man den Schutt ab, während die neuen Baumaterialien bereits angeliefert wurden.

Die Pferdebahn rumpelte an einem Platz vorbei, wo Tagelöhner im Licht von Gaslaternen Mörtel von ausgebrochenen Backsteinen schlugen, die danach wiederverwendet werden würden. Die meisten waren in Lumpen gekleidet, viele noch halbe Kinder. *Das sollte nicht sein,* dachte Svantje. *Kein Kind sollte tagein, tagaus Steine schlagen müssen, statt zur Schule zu gehen, zu spielen …*

Die Fahrt nach St. Pauli dauerte fünfzig Minuten, manchmal sogar eine Stunde, je nachdem, wie viele Gäste es gab und wie dicht der Verkehr war. Sie passierten Arbeiterviertel ebenso wie hübsche Parks, vornehme Stadthäuser, die sich gegenseitig mit ihrem Fassadenschmuck zu übertrumpfen suchten, und Kopfsteinpflasterstraßen voller kleiner Handwerksbetriebe.

Die Straßenbahn wurde schließlich langsamer, eine Glocke bimmelte, und der Kontrolleur rief ihre Haltestelle aus. Hastig drängte sich Svantje Entschuldigungen murmelnd an den anderen Passagieren vorbei und stieg aus.

St. Pauli. Der Staub einer weiteren Baustelle lag in der Luft, begleitet vom satten, erdigen Geruch der Elbe. Es war kalt geworden, den aufsteigenden Nebel roch Svantje mehr, als ihn zu sehen. Vorbei ging es an einer kleinen Polizeistation. Die provisorische städtische Entseuchungsstation war längst verschwunden. Nichts wies mehr auf die ätzenden Chlordämpfe hin, mit denen die Keime in Kleidung und auf Gerätschaften vernichtet worden waren. Hamburg war zum Alltag zurückgekehrt, und doch … die Angst hatte sich tief in die Seelen der Menschen hineingegraben. Auch wenn sie lächelten und einander in scheinbarer Fröhlichkeit grüßten, lag darunter etwas verborgen. Wie tiefe Risse in einem Mauerwerk, die nur durch ein wenig Tünche kaschiert worden waren.

Irgendwann, vielleicht schon bald, würden sie wieder an die Oberfläche dringen. Doch noch strahlte alles. Denn all die Menschen hier gehörten zu den Glücklichen, die überlebt hatten. Hamburg besaß über achttausend neue Gräber, und viele der Hinterbliebenen suchten noch heute nach der letzten Ruhestätte ihrer Lieben, deren Körper in aller Hast verscharrt worden waren.

Svantje bog in eine kleine Gasse ein und bemühte sich, die düsteren Gedanken hinter sich zu lassen, denn dort stand das Haus, in dem ihre Eltern nun lebten. Es war ein schmales, dreigeschossiges Stadthaus, einfach, aber in gutem Zustand. Friedrich hatte es gleich nach ihrer Hochzeit erworben und ihren Eltern zur Verfügung gestellt. Svantjes Vater bestand darauf, ihnen eine geringe Miete zu zahlen. Almosen lehnte er ab. Die Claasens wollten auch nicht das gesamte Haus beziehen, daher wohnte Raik nun im oberen Geschoss, wie früher. Er half den Eltern hin und wieder, deshalb zahlte auch er nur wenig Miete.

Svantje läutete die Türglocke und hörte gleich darauf kleine Füße über Holzdielen trappeln. »Svanni?«, rief eine dünne Stimme aus dem Inneren.

»Ja, kleine Maus.«

»Ich bekomme die Klinke nicht herunter!«

Svantje wusste auch, warum. Sicher hatte ihre Mutter abgeschlossen, um ihre jüngste Tochter daran zu hindern, einfach auf die Straße zu laufen. In der alten, kleinen Wohnung im Gängeviertel hatte die Tür stets offen gestanden. In dem Haus lebte fast ein Dutzend Familien mit zahllosen Kindern auf engstem Raum. Sie alle spielten im Treppenhaus und den Hinterhöfen und gaben aufeinander acht.

Hier aber lebten kaum Kinder, und die wenigen streunten selten auf der Straße herum, die Nachbarn sahen es nicht gern.

Als die Tür schließlich aufschwang, drückte und herzte Svantje zuerst das Nesthäkchen. Marie war mit ihren fünf Jahren ungewöhnlich klein und zart. Sie war spät geboren worden, als ihre Mutter eigentlich sicher war, keine Kinder mehr bekommen zu können.

»Komm herein, du siehst *mööd* aus, *mien Deern.*«

Svantje schloss die Tür hinter sich und umarmte ihre Mutter. »*Mööd* und glücklich.« Sie erzählte schnell von ihrem neuen Dienstzimmer, während Marie sie an der Hand in die Küche zog, wo bereits eine Kaffeekanne und ein halb ausgetrunkenes Glas Milch für Marie bereitstanden. Auf einem großen Teller lag ein halbes Dutzend Kuchenstücke, die Mutter offenbar wie so oft von ihrer Arbeit als Haushaltshilfe mitgebracht hatte.

»Bei Harkenfelds gab es einen Empfang. Sie haben gestritten, und der Alte hat geschrien, bis ihm die Stimme weggeblieben ist. Nach Kuchen und Gebäck stand danach keinem mehr der Sinn. Die meisten Gäste sind gegangen, bevor zu Tisch gebeten wurde. Es war wirklich ein Schauspiel. Ich habe ihn noch nie so erlebt, aber seitdem er sich mit seinem Sohn zerstritten hat, ist er nicht mehr derselbe. Das sagt auch Frau Kramer, und die ist immerhin schon seit zwanzig Jahren dort im Dienst. Alle spekulieren, warum die beiden sich zerstritten haben. Die einen sagen, weil der Junior zum Militär wollte, die anderen, weil er angeblich zu den Sozialisten gegangen ist. Doch ich mag einfach nicht glauben, dass nicht mehr dahintersteckt. Aber jetzt genug darüber, es gibt Kuchen.«

»Und er sieht köstlich aus und duftet fast schon weihnachtlich«, sagte Svantje und setzte sich mit einem Lächeln. Doch die Entwicklungen in der Großindustriellenfamilie Harkenfeld waren ihr nicht so gleichgültig, wie sie vorgab. Während der überraschenden Schwangerschaft ihrer Mutter hatte sie selbst dort gearbeitet und Freundschaft mit den beiden älteren Harkenfeld-Sprösslingen geschlossen. Hilde war nun eine gute Freundin, und über Richard hatte sie ihren Ehemann kennengelernt. Der ursprünglich designierte Nachfolger der Schiffsbauer hatte mit dem Patriarchen gebrochen. Seitdem war die Familie nicht mehr zur Ruhe gekommen. Während Hilde zwar unsicher schien, aber zu ihrem Bruder hielt, suchte der Vater mit angeschlagener Gesundheit nach einem neuen Nachfolger. Dass er ein Tyrann mit üblem Temperament war, verkomplizierte die Situation zusätzlich. Svantje hatte Hilde schon mehrfach darauf angesprochen, was die Familie entzweit habe, doch ihre Freundin schwieg sich beharrlich aus. Über ihren Bruder zu reden schien ihr unangenehm, als wolle sie das Thema gar nicht anrühren. Svantje hatte hin und her überlegt, was wohl geschehen sein mochte. Die Familie war auf ihrer Hochzeit zu Gast gewesen, und zumindest anfangs hatte es nicht so gewirkt, als würde Zwist zwischen den Harkenfelds herrschen. Doch gegangen waren sie getrennt, und verabschiedet hatten sie sich von keinem, zumindest soweit Svantje wusste. Aber das mochte nichts heißen, es war schließlich ihre Hochzeit gewesen, und sie hatte getanzt und gelacht und Champagner getrunken, bis ihr schwindelig wurde.

Durch die Mutter hatte sie erfahren, dass Richard noch in der Nacht seine Sachen gepackt hatte und seitdem spurlos verschwunden war. *Wie ein Geist,* berichtete die Kramer, *blass wie ein Gespenst war der Junior und hat kein Wort gesagt.* Am darauffolgenden Tag hatte der Hausherr verkündet, Richard sei nicht mehr sein Sohn, und jedem mit Entlassung gedroht, der seinen Namen laut aussprach. Seitdem brodelte die Gerüchteküche, und alle Angestellten versuchten, mehr herauszufinden. Bislang ohne Erfolg. Frau Harkenfeld weinte viel, aber selbst sie hielt sich an die Anordnung ihres Mannes.

Svantje folgte ihrer Mutter und trug die Kuchenplatte ins Esszimmer zur reich gedeckten Kaffeetafel. Vier Teller und Tassen verteilten sich auf dem dunklen, glänzend polierten Holztisch. »Kommt Vater früher von der Arbeit?«, fragte sie.

»Nein, er wird später essen, aber ich fand es hübscher so.«

Svantje hob ihre kleine Schwester auf einen Stuhl und legte eine Serviette auf ihren Schoß.

Ihr Bruder Piet war auf einem Internat. Er sollte so viel lernen dürfen, wie er wollte. Ungewöhnlich für den Sohn eines Werftarbeiters und einer Haushaltshilfe. Svantje bezahlte die Hälfte des Schulgeldes. Er sollte genauso seinem Traum folgen können, wie Mutter es ihr selbst einst ermöglicht hatte. Friedrich wollte nicht, dass sie ihr Geld für den Haushalt nutzte. Sie solle damit tun, was sie wünsche. Und Svantje wünschte sich nichts mehr, als dass ihre Geschwister es eines Tages besser haben würden als die Eltern.

Sie wählte ein Stück Apfelkuchen aus, das am Rand etwas zerdrückt war. Er duftete nach Zimt. Zwischen den Blätterteigschichten verbargen sich eine Apfelmasse und ein heller Pudding. Während sie aß, berichtete sie von ihrem Alltag im Krankenhaus.

Die Augen der Mutter leuchteten vor Stolz. »Wer hätte das gedacht. Mein kleines Schwänchen. Du warst schon immer eine hilfsbereite *Seel.* Aber dass es eines Tages so honoriert würde. Was sagt denn dein Mann dazu?«

»Ich bin sicher, dass Friedrich sich mit mir freuen wird.«

»Es klingt, als würdest du dich bei den Ärzten unentbehrlich machen.«

»Doktor Schawacht hält große Stücke auf mich. Ich hoffe sehr, dass ich ihn nicht enttäusche.«

»Das wirst du nicht.« Mutter schenkte ihnen Kaffee nach. Ihre Zuversicht tat Svantje gut, auch wenn sie wusste, dass die Worte der Liebe zu ihr entsprangen und nicht dem Wissen um ihre Aufgaben. Der prüfende Blick war spürbar wie eine Berührung auf ihrer Haut.

»Und wenn du schwanger wirst? Was geschieht dann?«

Svantje zuckte beinahe zusammen, versuchte, sich ihr Erschrecken nicht anmerken zu lassen. Schwangerschaft war ein Thema, an das sie nicht gern rührte. Natürlich wünschten Friedrich und sie sich eine Familie, aber noch war es ihr zu früh. Svantje forcierte es nicht, zu empfangen, sondern tat genau das Gegenteil. Es war ihr kleines Geheimnis, von dem Friedrich nicht einmal ahnte. Sie waren beide noch jung, und bevor man sie schräg ansah, würde noch einige Zeit vergehen können. Bis dahin trank sie täglich ihren Kräutertee und wendete Salzwasserspülungen an, nachdem sie und Friedrich sich geliebt hatten.

Denn nur solange sie kinderlos war, konnte sie Oberschwester bleiben. Bis die Kleinen dann so groß wären, dass sie wieder in ihren Beruf zurückkehren könnte, würden Jahre, wenn nicht Jahrzehnte vergehen. Manche Ehen wurden mit sechs, einige sogar mit zehn Kindern gesegnet, und die armen Frauen waren beständig schwanger. Und noch war Svantje nicht bereit, einen Beruf hinter sich zu lassen, den sie gerade erst ergriffen hatte und der mit jeder Woche interessanter wurde.

Mutter drückte ihre Hand und lächelte zuversichtlich. »Bestimmt wird es noch etwas dauern.«

Svantje lächelte verkrampft. Und wenn nicht? Ihre Methoden verringerten das Risiko, aber sicher waren sie nicht.

***

Hilde lag mit weit aufgerissenen Augen im Bett, die Hände über ihrem perlweißen, seidenen Nachthemd gefaltet, und fror. Es war eine Kälte, die aus ihrem Inneren kam, eine, die aus Angst geboren wurde. Über ihr bauschte sich der blaue Baldachin des Himmelbetts in einem sachten Windzug, der durch das Fenster hereinwehte. Es sah aus wie die sanften Wellen eines Meeres. Hinter ihr lag die erste Nacht in ihrem Bett nach ihren Flitterwochen an der See in Heiligendamm. Neben ihr schlummerte ihr Ehemann Walter. Sie wandte den Kopf, um sein Profil zu mustern. Eine Nase mit einem leichten Knick, eine gewölbte, hohe Stirn mit wachsender Glatze. Er war über zehn Jahre älter als sie und hatte vermutlich schon als Kind sehr erwachsen ausgesehen. Er war ein ernster, zuverlässiger Mann. Weich. Seine Wangen wirkten füllig, obwohl er nicht dick war, und seine Lippen standen ein wenig auseinander, um hin und wieder ein leises Schnarchen zu entlassen. Er war gut zu ihr und behandelte sie wie eine Heilige, obwohl sie alles andere war als das. Nein wirklich, heilig war sie nicht.

Hilde betrog ihren Mann seit dem ersten Tag ihrer Ehe. Sie hatten am 15. November geheiratet, nur etwa drei Wochen nach Svantjes Hochzeit und nur sieben nach Hildes

Entführung. Es hatte schnell gehen müssen, das war vor allem dem Vater wichtig gewesen, der nicht von der Vorstellung abzubringen gewesen war, dass sie in den Händen der Entführer ihre Unschuld verloren hatte. Er versprach ihrem Zukünftigen, das daraus eventuell entstehende Kind wegzugeben, sodass die bessere Gesellschaft Hamburgs nie davon erführe.

Walter aber hatte sie alle überrascht und nicht nur auf die Ehe bestanden, sondern auch darauf, ein mögliches Kind als sein eigenes anzunehmen. Er war ein weit besserer Mann, als Hilde je für möglich gehalten hatte. Doch um ihn zu lieben, reichte es nicht. Dass sie ihn dennoch geheiratet hatte, war dem Schwur zu verdanken, den sie in der dunkelsten Stunde ihres Lebens sich selbst gegenüber geleistet hatte: Wenn das Schicksal sie aus ihrem Kerker rettete, würde sie der arrangierten Ehe zustimmen. Nur Augenblicke später war Svantjes Nachbar aufgetaucht und hatte sie heldenhaft befreit.

Raik – ein charmanter Prachtkerl von einem Mann mit Kampfgeist, Schneid und nicht zuletzt einem begehrenswerten Äußeren. Sofort hatte Hilde ihren Schwur bereut. Sie hatten sich an jenem Tag geküsst und auf Svantjes Hochzeit getanzt, bis ihre Füße glühten. Und doch wäre Hilde ihrem Mann treu geblieben, wenn da nicht Vaters bittere Reden gewesen wären, sie sei bereits eine *gepflückte Blume*. Es schien ihn überhaupt nicht zu interessieren, was sie sagte. Er glaubte ihr nicht, dass sie ihre Unschuld nicht verloren hatte. Dass er auch ohne ihre Zustimmung bereits mit ihrem zukünftigen Ehemann gesprochen hatte, gab Hilde das Gefühl, für ihn kaum mehr zu sein als beschädigte Ware. Und nachdem auch Walter ihr immer wieder beteuert hatte, dass es ihm nichts ausmache, sie zu heiraten, obwohl sie geschändet worden war, kam eins zum anderen. Noch vor ihrer Eheschließung war sie Raik erneut begegnet. Das erste Mal trafen sie sich zufällig in Svantjes neuem Haus. Raik hatte mit Vater Claasen einige Dinge vorbeigebracht. In jeder unbeobachteten Sekunde hatte er sie sehnsüchtig angesehen, und ihr war schnell klar geworden, dass er sie ebenso sehr begehrte wie sie ihn. Flüsternd bat Hilde ihn um ein Wiedersehen am Folgetag, denn er hätte es wohl nicht gewagt, eine Harkenfeld um eine Verabredung zu bitten. Sie waren spazieren gegangen, hatten sich in einem Schuppen geküsst wie zwei Verhungernde, bis Hilde sich fühlte, als würde sie innerlich verglühen. Der Duft seiner Haut verfolgte sie einen ganzen Tag lang.

Beim dritten Treffen nahm Raik ein Zimmer, trug sie beide als Ehepaar Kämmer ein, und Hilde verlor in seinen Armen ihre Unschuld. Wenn sie schon einen Langweiler wie Walter Degen heiraten musste, der ohnehin keine Jungfrau erwartete, dann wollte sie zumindest ein Mal, ein einziges Mal mit einem Mann schlafen, den sie auch begehrte. Vielleicht tat sie es auch als stille Rebellion gegen den Vater, der seinem eigenen Kind nicht glauben wollte.

Doch es blieb nicht bei dem einen Mal mit Raik, dafür war es zu wundervoll gewesen.

Ihren Liebhaber hatte sie nun schon zwei Wochen nicht gesehen, und sie sehnte sich nach seinen Berührungen, nach seinen derben Scherzen und dem würzigen Geruch seiner Haut.

Hilde drehte sich zur Seite und Walter den Rücken zu. Sie konnte ihn nicht ansehen und dabei an Raik denken, dann wog ihr Verrat noch schwerer.

Walter hatte zu ihr gehalten, nachdem sie überfallen und entführt worden war. Sie geheiratet, obwohl er glaubte, ihr sei Gewalt angetan worden und sie keine Jungfrau mehr. Kaum ein Mann hätte das getan. Walter hielt zu ihr, auch wenn sie Hosen anzog und im Park Fahrrad fuhr. Er lachte über die entsetzten Blicke der Spaziergänger und begegnete ihren abfälligen Sprüchen mit Humor. In ihren Flitterwochen hatte er Hilde jeden Wunsch von den Lippen abgelesen – auch die weniger damenhaften. Hinter seiner gestrengen Fassade steckte ein fortschrittlicher Geist. In der kommenden Woche würden sie gemeinsam zum Amt für Allgemeines Vorlesungswesen gehen, wo er eine Erlaubnis unterschreiben wollte, damit sie als Gasthörerin zugelassen wurde. Hamburg verfügte zwar über keine eigene Universität, doch es gab viele Forschungsinstitute, die dazu gedrängt wurden, Vorträge abzuhalten.

Und wenn ich schwanger bin?, hatte sie gefragt. *Dann besorgen wir ein Kindermädchen,* antwortete er lapidar. Welch ein Glück sie mit Walter hatte, und wie böse sie es ihm vergalt. Er liebte sie wirklich, da war sie sich sicher. Raik unterschied sich von ihm wie Tag und Nacht. Wobei sie nicht sagen konnte, was er verkörperte. Das Zusammensein mit ihm war sündhaft, dunkel und schrecklich aufregend. Er hatte sie aus den Händen ihrer Entführer gerettet, sich für sie geschlagen und geblutet.

Was mit einem Kuss gleich nach ihrer Rettung begann, hatte sie in einer schnellen Spirale abwärtsgerissen. Sie konnte jetzt nicht einfach damit aufhören. So mussten sich Süchtige in einer Opiumhöhle fühlen. Sie musste Raik wiedersehen, *musste!*

Hilde schloss die Augen, und ihre Erinnerung trug sie zu

jenem Tag zurück, an dem alles begonnen hatte. Die Choleraepidemie hielt die Stadt fest in ihren gierigen Klauen. Der Tod hing wie ein düsteres Leichentuch über Straßen und Gassen. Trotzdem fühlte sich Hilde nach ihrer Befreiung so lebendig wie nie zuvor. Wie eine Fackel in der Dunkelheit. Sie hatte überlebt, war dem Tod auf zweifache Weise ganz nahe gekommen und ihm trotzdem nicht zum Opfer gefallen. Raik hatte sie gerettet. Ausgerechnet ein Werftarbeiter, als wollte das Schicksal sie, eine Harkenfeld, verhöhnen. Männer wie Raik kannte Hilde bislang nur aus der Ferne. Als anonyme Menschenmenge, über die ihr Vater herrschte wie ein König. Doch Raik Alberts war einer, der sich nicht beherrschen ließ, das war ihr sofort klar gewesen.

Bereits gestern hatte er ihr eine Nachricht zukommen lassen. Er schrieb ihr unter dem Namen seiner Schwester Emma. Hatte sie eingeladen in ein Café, um über alte Zeiten zu plaudern, wie er schrieb. *Café* war ihr Geheimwort für eine bestimmte Parkbank.

Hilde wusste nicht, ob Walter ihre Korrespondenz las, aber Raik und sie waren lieber übervorsichtig.

Hilde stand auf, drückte Walter einen Kuss auf die Wange, der sich daraufhin träge regte, und ging ins Ankleidezimmer. Mit klopfendem Herzen legte sie sich zurecht, was sie tragen würde: ein cremefarbenes Hauskleid für den Vormittag und dann etwas Schlichtes, aber Hübsches für das Treffen mit Raik. Falls man sie zufällig zusammen sah, sollte nicht jeder auf den ersten Blick wissen, dass sie zwei verschiedenen Schichten entstammten. Das Kleid war von einem unauffälligen, hellen Braunton, der feine Seidenstoff schimmerte mit jeder Bewegung. Schmale Rüschensäume und Biesen betonten die schmale Taille, bauschige Ärmel und weite Schöße die modische Sanduhr-Silhouette. Eine einfache, schmucklose Pelerine aus rostrotem, weichem Kaschmir komplettierte ihre Wahl. Das Haar würde sie aufstecken, aber so, dass es später auch ohne die hübschen Perlenkämme hielt. In den Wochen vor ihrer Hochzeitsreise hatte sie sich bereits ein wenig darin üben können, sich zu verstecken und zu verstellen.

Hilde wusch sich, kleidete sich an und wartete dann am Frühstückstisch auf Walter.

Heute würde er seinen neuen Posten bei Harkenfeld beziehen. Zwar war er in den Wochen vor ihrer Ehe bereits regelmäßig in der Werft ein und aus gegangen, um sich einzuarbeiten, doch ab heute war er offiziell Vaters rechte Hand. Er schien nicht nervös. Hilde aber konnte nur daran denken, dass er dadurch auch häufiger auf Raik treffen würde. Die beiden Männer kannten sich bislang flüchtig, weil Raik Walter seine entführte Verlobte zurückgebracht hatte. Vater duldete den aufrührerischen Gewerkschaftler nur deshalb noch in der Werft.

Walter merkte gar nicht, dass seine Frau in Gedanken war. Sie aßen, er las Zeitung und gab ungefragt kurze Zusammenfassungen und seine Sicht der Dinge wieder. Außerhalb des Schlafzimmers siezten sie sich, weil er fand, dass es vom Respekt der Eheleute füreinander zeugte. In Hildes Augen verstärkte es vor allem die Distanz zwischen ihnen. Manchmal erschien es ihr, als lebe sie mit einem Fremden zusammen, dann war er ihr wieder so vertraut, als kenne sie Walter schon seit ihrer Kindheit.

Der Vormittag verging wie im Flug. Ihre Ehe war noch jung, und Walters Anwesen, das sie nach der Hochzeit bezogen hatte, trug noch nicht ihre Handschrift. Die grundlegende Einrichtung war da, doch es fehlte an Gemälden und Stoffen. Die Hochzeit war zwar knapp anberaumt gewesen, dennoch waren aus Walters und ihrer eigenen Verwandtschaft viele Geschenke gekommen. Kistenweise stapelten sie sich nun in Walters Haus. Manches war per Kurier oder Post geliefert worden und erst eingetroffen, während sie in den Flitterwochen waren. Hilde ließ die Pakete von einer Hausangestellten öffnen und verschaffte sich eine Übersicht über das, was sie an Aussteuer erhalten hatte. Darüber verging der ganze Morgen. Nachdem sie angeordnet hatte, was wohin geräumt werden sollte und welche Geschenke besser unauffällig verschwinden oder eingelagert werden mussten, aß sie einen Imbiss zu Mittag und ließ sich dann ins Zentrum fahren.

Walter wusste, dass sie Besorgungen machen wollte und danach eine Freundin traf, mit der sie zu Abend essen würde. Er hatte sich daraufhin mit einem Geschäftspartner verabredet, der außerhalb Hamburgs eine Spedition betrieb.

Ihr Treffen mit Raik war so sicher, wie es nur sein konnte.

Nachdem sie bei einem Tuchhändler Tischdecken, Servietten und Stoffe für Stuhlbezüge ausgewählt hatte, schlenderte sie davon. Entlang der Alster zupfte sie sich nach und nach ihre perlenbesetzten Kämme aus dem Haar und legte sich die schlichte Pelerine um die Schultern, die sie zuvor über dem Arm getragen hatte.

Kahle, hohe Ulmen warfen Schatten auf den Weg vor ihr. Auf einer Wiese tollten Kinder umher, spielten Ball und Haschen. Drei Buben und ein Mädchen trieben auf einem Platz, wo an Feiertagen manchmal eine kleine Kapelle spielte, mit Stöcken einen Reifen an. Hilde setzte sich auf eine Bank und schlug ein kleines Büchlein auf. Sie gab nur vor zu lesen. Man würde sie für eine Mutter halten, die mit ihren Kindern an einem schönen, milden Wintertag in den Park gegangen war. Nichts Ungewöhnliches. Sie konnte den Eingang des Zoologischen Gartens aus der Ferne sehen. Niemand, den sie kannte, besuchte je die Tierschauen, es sei denn, es fand eine Völkerschau in einem festlichen Rahmen statt. Hier war sie sicher vor Entdeckung, und doch fühlte sie sich nicht so. Immer wieder meinte sie, fremde Blicke zu spüren, doch da war niemand.

Hilde atmete tief durch und blätterte eine Seite weiter. Kribbelige Aufregung machte ihren Hals trocken, und dann spürte sie ihn. Raik. Unter gesenkten Lidern sah sie den Weg hinab. Mit festem Schritt kam er auf sie zu. Er war groß und schlank, mit kräftigen Schultern, geformt von seiner Arbeit als Schiffszimmerer. Er trug eine Kappe auf seinem dunklen Haar, die er nun abnahm. Hildes Knie wurden weich. Sie wusste genau, wie sich seine Haut anfühlte, seine Küsse schmeckten. Röte stieg ihr in die Wangen, als er neben ihr stehen blieb und mit einem Hunger auf sie hinabsah, der ihrem ebenbürtig war. Sein Lächeln war anziehend, und er wusste um dessen Wirkung auf sie.

Raik deutete eine knappe Verbeugung an. »Hilde«, sagte er. Nur ihren Namen. Sie hielt ihm ihre Hand entgegen, damit er ihr aufhalf. Schon die erste Berührung ließ sie angenehm erschauern.

Er legte ihre Hand auf seinen Unterarm, und los schlenderten sie. Ihr klopfte das Herz bis zum Halse. Sie versuchte, sich so zu verhalten, als sei nichts dabei, mit ihm durch den Park zu schlendern. Doch immer wieder zog es ihren Blick zu seinem markanten Profil, den geheimnisvollen dunkelbraunen Augen, die von dünnen Fältchen umkränzt waren, der etwas schiefen Nase. Sie hatte nie gefragt, wann er sie sich gebrochen hatte.

»Wohin gehen wir?«, brach sie das Schweigen.

Er nannte eine Pension, die sie vor einigen Wochen schon einmal aufgesucht hatten. Dort gab es einfache, saubere Zimmer. »Denkst du, es ist genügend Zeit verstrichen, seit wir zuletzt da waren?«

»Mit Sicherheit.« Er klang überzeugt, aber er betrog ja auch niemanden. Im Gegensatz zu ihr war er ungebunden.

»Ich habe uns wieder als Ehepaar Kämmer gebucht und sofort bezahlt, da *fraagt* niemand nach einem Ausweis als Sicherheit.«

Sie seufzte. »Ich hoffe es.«

»Die letzten *Weken* waren einsam ohne dich«, sagte er leise und ohne sie anzusehen.

»Wie ist es dir ergangen?«

»Ich habe Doppelschichten gearbeitet. *Dien Vader* ist der reinste Sklaventreiber.«

Sie schluckte. »Es tut mir leid.«

Er wandte den Kopf und sah sie an, als habe sie etwas Überraschendes gesagt. »Früher oder später wird es ihm leidtun. Der Arbeiterrat gewinnt mehr und mehr Einfluss.«

Raik war Gewerkschaftler und Sozialist. Wenn er nicht Hilde aus den Fängen ihrer Entführer gerettet hätte, wäre er längst nicht mehr in der Werft beschäftigt gewesen, das wussten sie beide. Von seiner sicheren Position aus entwickelte er sich zur Nemesis ihres Vaters und hatte schon einige Verbesserungen für die Belegschaft erreicht. Raik besaß Rückgrat, und das imponierte ihr.

Sie erreichten die kleine Pension und wechselten kaum

ein Wort. Meist schlief Raik in der Nacht nach ihrem Treffen noch einmal in ihrer jeweiligen Unterkunft, damit sie kein Aufsehen erregten. Niemand sollte denken, dass sie sich nur für das eine trafen.

Sobald er die Tür hinter ihnen schloss, atmete Hilde auf. Gleichzeitig klopfte ihr Herz immer schneller. Sie legte ihre Pelerine ab und stellte die Handtasche auf ein kleines Tischchen. In der Luft schwebte der Geruch von Bohnerwachs und gestärkter Bettwäsche. Ein getrocknetes Bündelchen Lavendel hing über dem Bett. Als Raik sich umwandte, brachte der Blick in seinen Augen ihren Atem zum Stocken. Es war, als ließen sie beide im selben Moment ihre Masken fallen. Da war es wieder, dieses Lächeln, das ihr schon bei der ersten Begegnung aufgefallen war. Es verriet ihr, dass er sie begehrte und es ihn noch immer verblüffte, dass er ausgerechnet Hilde, die Tochter des Werkseigners, verführt hatte.

Er hob seine Linke und strich mit dem Handrücken über ihre Wange. Eine Berührung, so flüchtig wie Schmetterlingsflügel. Hilde entfuhr ein leises Seufzen. Ihre Haut fühlte sich plötzlich übersensibel an. Jede Faser ihres Körpers wollte diesen Mann. Wo sie Walter mit Gleichgültigkeit entgegentrat, entfachte Raik ein Glühen in ihr wie in einer Esse. Der leiseste Hauch genügte, um die Flammen auflodern zu lassen. Sie wünschte, dass es nicht so gewesen wäre, dass sie ihrem Ehemann gegenüber so hätte empfinden können, wie sie es für Raik tat. Aber es wollte sich nicht einstellen, und sie hatte es aufgegeben, sich dagegen zu wehren.

Mit einem einzigen Schritt schloss sie die Distanz, stellte sich auf die Zehenspitzen und schloss die Augen. Raiks

Lippen drückten sich weich und beinahe scheu auf ihre. Hilde wollte mehr. Sie grub ihre Hände in sein Haar, umschlang seine Schultern. Raik spannte die Muskeln, und im nächsten Augenblick hatte er sie hochgehoben. Er hielt sie mühelos. Mit ihr im Arm trat er an das kleine Fenster und zerrte die Gardine davor. Weiche Schatten legten sich über das kleine Zimmer.

Raik trug sie zum Bett. In seinen Armen fühlte sie sich geborgen. Er war ihr Retter und nun auch ihr Liebhaber.

Die erste Vereinigung war immer drängend, getrieben von der Sehnsucht nach dem Körper des anderen, die sich über Tage und diesmal sogar Wochen aufgestaut hatte.

Beim zweiten Mal ließen sie sich Zeit, genossen. Als sie schließlich erschöpft nebeneinanderlagen, fühlte Hilde sich beinahe schwerelos. Nur der Arm, den Raik um ihre Mitte geschlungen hatte, schien ihren Körper davon abzuhalten, einfach davonzuschweben. Gedankenverloren spielte sie mit seinem Haar, das fest, ja beinahe drahtig war. Wärme stieg aus seiner Haut, zusammen mit dem ureigenen Duft von ihm und ihr.

Raik lag dicht neben ihr, den Arm unter einem Kissen, den Kopf darauf gestützt. Er begann sie spielerisch mit der freien Hand zu berühren. Seine Fingerspitzen zogen Linien um ihren Nabel, hinauf zum Ansatz ihrer Brüste und wieder zurück.

In seiner Nähe fiel es ihr schwer, auch nur einen einzigen klaren Gedanken zu fassen. Viel Zeit hatten sie nicht mehr. Der Klang der Rathausuhr reichte bis zur Pension, und die Glocken hatten bereits Viertel vor fünf geschlagen. Bald würde sie gehen müssen, und alles, was ihr dann noch blieb, war die Erinnerung, die manchmal so stark war, dass

Hilde meinte, noch Tage später seine Berührung zu spüren. Dann stieg ihr Hitze in die Wangen und ließ ihre Haut rosig werden.

»Und wenn ich dir ein Kind mache?«, brach Raik die Stille. Seine Finger verharrten auf ihrem Unterleib. In Hilde spannte sich alles an, wie bei einer scheuen Katze, die von einem Geräusch aus dem Schlaf geweckt worden war. Bereit zur Flucht.

»Wie kannst du so etwas sagen?«, empörte sie sich.

Er grinste lausbubenhaft. »Mein Sohn als Kuckuckskind von Walter Degen. Ein uneheliches Arbeiterkind, dem jeder erdenkliche Reichtum zu Füßen gelegt wird …«

Während er seine Idee weiterspann, wurde Hilde ganz still. Sie musste wieder an ihre Hochzeitsnacht denken. Furchtsam und zugleich erwartungsvoll hatte sie ihren frisch angetrauten Ehemann erwartet. Es war ihre erste Nacht in seinem Haus. Sie trug ein knöchellanges Nachthemd, das ein kleines Vermögen gekostet hatte. Die Seide schmiegte sich wie eine zweite Haut an ihren Körper, auf den Stickereien saßen echte Perlen, die im weichen Kerzenlicht schimmerten. Große Blumenbouquets schmückten die Nachttische und ein kleines Kabinett.

Walter hatte lange im Bad gebraucht, als fürchte er sich plötzlich vor der Intimität. Mehr als einige keusche Küsse hatte es bis zu diesem Tag zwischen ihnen nicht gegeben. Schließlich trat er ihr in einem dunkelblauen Schlafanzug und einem Hausmantel gegenüber. Er lief einige Male auf und ab, suchte nach Worten, dann kniete er sich neben das Bett und nahm ihre Hand vorsichtig in seine. »Hast du Angst?«, fragte er weich und sah ihr dabei nicht in die Augen, sondern zu einem Punkt über ihrer Schulter.

»Ich bin ein wenig aufgeregt, aber Angst? Nein, das nicht«, erwiderte Hilde ehrlich. Sie wollte es vor allem hinter sich bringen. Das erste Mal mit einem Mann hatte sie in Raiks Armen erlebt und es genossen. Der Vollzug der Ehe mit Walter Degen war etwas, das sie erdulden musste. Es wurde so von ihr erwartet, und sie hatte sich geschworen ihm, so gut es ging, zu Gefallen zu sein.

Sie hatte auf dem Fest genug Champagner getrunken, dass sie sich zutraute, nicht die Nerven zu verlieren. Zumindest nicht, wenn er sich beeilte.

Sacht zog sie an seiner Hand. »Leg dich zu mir, mein Ehemann.«

Fragend zog er die Brauen zusammen. »Willst du das wirklich, nach allem, was diese Männer dir angetan haben?«

»Es wird gehen«, sagte sie nach einem Moment des Schweigens. Es war ja doch sinnlos, ihn zu korrigieren.

»Aber, Hilde, wir können warten … *ich* kann warten.« Er sagte es, als würde er beinahe darauf hoffen.

Hilde wurde schlagartig die Kehle eng. Sie würde jetzt doch nicht weinen. »Willst du mich denn nicht?«, fragte sie mit brüchiger Stimme und im vollen Bewusstsein darüber, wie niederträchtig ihr Vorgehen war. Doch wenn er jetzt nicht mit ihr schlief, würde es vielleicht lange dauern, bis sie sich wieder überwinden konnte.

Er beugte sich hastig vor und küsste sie auf den Mund, presste seine Lippen so fest auf ihre, dass sie die Zähne darunter spürte. Unbeholfen kroch er zu ihr ins Bett. Der Blick war fiebrig, während er mit seinen großen Händen über ihre Haut rieb, knetete, tastete.

Hilde hielt einfach still. Nichts anderes wurde von einer

unerfahrenen Beinahejungfrau erwartet. Walters Erregung nahm zu, sie hörte es an seinem Atem, doch seine Männlichkeit blieb schlaff. Er mühte sich noch eine Weile, dann entschuldigte er sich, schob es auf den Alkohol und legte sich neben sie.

Doch es war nicht der Alkohol gewesen. Denn jeder neue Versuch endete genauso. Hilde hatte schnell ihre Scheu überwunden, alles versucht – auch das ein oder andere wenig Damenhafte – und schließlich ebenfalls aufgegeben.

Und so konnte sie nun, im Dämmerlicht des Pensionszimmers, seufzend und im Brustton der Überzeugung auf Raiks Frage antworten: »Er wird wissen, dass es nicht von ihm ist.«

Seine Finger, die bis dahin ihr Ringelreih um Hildes Nabel fortgesetzt hatten, stoppten. Hilde sah an sich herab, und ihr wurde klar, dass sie zugenommen hatte. Wenn sie sonst auf dem Rücken lag, war ihr Bauch immer etwas eingesunken, nun wölbte er sich einen Hauch nach außen. Sie würde doch nicht, es konnte doch nicht …

»Raik!«

Er sah zu ihr auf, grinste. »Wenn Degen nicht Manns *genoog* ist, dann …«

Sie stieß wieder seinen Namen aus und schubste seine Hand zur Seite. »Sicher ist es dem guten Essen in der Kur geschuldet.«

»Dann hättest du auch an anderen Stellen zugenommen.« Er kniff ihr liebevoll in die Schenkel. Hilde gab ihm eine Ohrfeige und setzte sich hektisch auf. Einsetzende Panik marschierte ihr Rückgrat hinab wie eine Armee von Ameisen. »Nein, nein, nein«, stotterte sie, doch das leichte

Bäuchlein war im Sitzen sogar noch auffälliger. Raik hielt sich die Wange, aber die Ohrfeige hatte sein unverschämtes Grinsen nicht auszulöschen vermocht.

»Du Mistkerl!« Hilde kämpfte mit den Tränen. Er versuchte, sie in den Arm zu nehmen, doch sie rutschte auf der anderen Seite vom Bett. »Fass mich nicht an!«

»Hilde. Hilde! Alles wird *good.*«

»Was soll denn daran gut werden? Er wird es herausfinden. Alles! Das mit uns …« Nun liefen die Tränen, als sei ein Damm gebrochen. »Ich muss es wegmachen, dabei will ich doch ein Kind! Mit Walter werde ich nie eins bekommen.«

»Wegmachen? *Wat seggst* du denn da? Hör mir zu, Hilde.« Raik war ihr gefolgt und fasste sie an den Schultern, doch sie schlug nach ihm, und er ließ sie wieder los. »Hilde! So hör doch!«

»Was denn, willst du mich weiter verhöhnen?«

»Im Gegenteil«, sagte er beschwörend. »*Mi dücht,* bist du nur ein paar Wochen länger schwanger, als du verheiratet bist. Es könnte von deinen Entführern sein, *versteist du?*«

»Nein, ich verstehe gar nichts!« Sie schüttelte den Kopf, wieder und wieder. Raiks Gesicht wirkte durch die vielen Tränen verschwommen, sie konnte sein Mienenspiel nicht lesen. Und doch ahnte sie bereits, worauf er hinauswollte. Eigentlich hätte sie von selbst darauf kommen müssen, doch die aufkeimende Panik hatte im ersten Moment jeden klaren Gedanken überdeckt.

»Degen hat an *de Ehe* mit dir festgehalten, obwohl er glaubte, dass diese Männer Beischlaf mit dir hatten. Er wusste um das Risiko einer Schwangerschaft. Das hast du mir doch selbst *vertellt,* es waren deine eigenen Worte! Nur deshalb haben wir es gewagt, das erste Mal. Du denkst nicht klar, weil du so aufgeregt bist. Hilde, *overlegg* doch mal!«

Sie atmete tief durch und wischte ihre Tränen fort. Der Knoten, der ihre Brust zusammengedrückt hatte, schien sich zu lösen. Raik hatte recht. »Dann sind wir sicher?«

Er strich die Tränen von ihren Wangen. »Ja, wir sind sicher. Und unser Kind ist es *ok.*«

»Unser Kind«, wiederholte Hilde weich und berührte ihren Bauch. Aber was, wenn Walter es nur so dahingesagt hatte und nicht damit rechnete, dass der schlimmste Fall wirklich eintrat? Nun, es würde wohl nicht mehr lange dauern, bis sie es herausfand.

2

Svantje trug ein Kleid nach der neusten Mode. Der Stoff war weinrot, das Oberteil mit Chenillen und braunen Glasperlen geschmückt, die wie kleine Kaskaden fielen und hübsche Muster bildeten. Die Ärmel waren zweigeteilt. An der Schulter breite, modische Keulen, gingen sie am Ellenbogen in enge Röhren über. Der weite Rock hatte eine kurze Schleppe. Das Kleid war teuer und wie fast ihre gesamte Garderobe nagelneu. Es war noch immer ein seltsames Gefühl, sich nicht um Geld sorgen zu müssen.

Sie dachte an ihren ersten Besuch bei Friedrichs Eltern zurück. Als sie herausfanden, dass Svantje aus einer ärmlichen Arbeiterfamilie stammte und Friedrich sie dennoch heiraten wollte, war es zum Eklat gekommen. Doch Friedrich war bereits auf alle Eventualitäten vorbereitet gewesen, hatte sich eine Junggesellenwohnung in der Stadt angemietet und heimlich einen eigenen Geschäftszweig aufgebaut, falls der Vater ihm als Druckmittel das Erbe entzog. So weit war es schließlich aber doch nicht gekommen. Nachdem Friedrich an Cholera erkrankt und unter Svantjes Pflege wieder gesundet war, hatten sie Frieden geschlossen. Dennoch ließ seine Mutter sie mit jedem Blick und jeder Geste spüren, dass sie Svantje für unwürdig hielt. Eine Frau wie sie hatte ihren Sohn und den damit verbundenen gesellschaftlichen Aufstieg nicht verdient. Bei ihrer Hochzeit hatte Frau Falkenberg ihr ein Familienerbstück geschenkt, und Svantje hatte fest daran geglaubt, dass sie fortan gut miteinander auskommen würden. Doch in den Wochen danach verblassten der Schrecken über Friedrichs drohenden Tod und die Erleichterung über seine Genesung so weit, dass die beiden Frauen von der Realität eingeholt wurden. Svantje blieb die Alte, und auch ihre Schwiegermutter hielt stur an ihren Prinzipien und Vorstellungen fest.

Sie verstand nicht, dass sie einander liebten und dass es der Liebe egal war, wie reich die Falkenbergs und wie arm die Claasens waren.

Vater und Sohn arbeiteten wieder gemeinsam, als habe es den Streit nie gegeben. Die Reederei Falkenberg verfolgte nun zwei Geschäftsstrategien. Während der Vater sich um das klassische Geschäft kümmerte und Schiffe und Ladeflächen vermietete sowie Kolonialwaren importierte, hatte Friedrich sich den Tuchen und Pelzen verschrieben. Gemeinsam mit seinem russischen Mitarbeiter Wassili importierte er direkt aus Russland Kaschmir, Rauchwaren und mit nur einem Zwischenhändler auch Seiden aus China. Das Geschäft war vom ersten Augenblick an ein Erfolg gewesen. Friedrich machte keinen Hehl daraus, dass er dabei war, sich ein eigenes Vermögen zu erarbeiten. Seine Gewinnspannen waren durch den Direktimport enorm, und er hatte Svantje unmissverständlich klargemacht, dass sie für ihr neues gemeinsames Leben so viel Geld ausgeben sollte, wie sie wollte. Er wusste, wie sparsam sie war und dass es ihr widerstrebte, Dinge zu kaufen, die sie nicht wirklich benötigte. Eine vollständige neue Ausstattung war für ihren gesellschaftlichen Aufstieg allerdings unabdingbar gewesen. Die Summe, die sie beim Schneider gelassen hatten, entsprach dem Krankenschwesterngehalt eines halben Jahres.

Svantje schob einen Finger zwischen ihren Hals und den engen, hohen Stehkragen, um sich etwas Luft zu verschaffen. Sie fühlte sich eingezwängt, als würde sie unter all dem Stoff erdrückt. Schweigend reichte Friedrich ihr einen Fächer, den sie aufgrund der winterlichen Temperaturen eigentlich gar nicht hatte mitnehmen wollen. Doch nun war sie dankbar.

Sie schlug ihn auf und begann sich Luft zuzufächeln. Sie fuhren in einer geschlossenen Kutsche, in der zur kalten Jahreszeit ein kleines Öfchen stand. Es war stickig und viel zu warm. Doch nachdem Svantje sich bereits einmal vor Friedrichs Eltern blamiert hatte, weil der Fahrtwind aus ihrer aufwendigen Frisur ein zerrupftes Vogelnest gemacht hatte, würde sie die stickige Enge dieses Mal erdulden. Ihm zuliebe.

Friedrich musterte sie mit diesem besonderen Licht in den Augen, das nur für sie schien. Seine Liebe war wie ein Schutzschild, der sie vor allen Widrigkeiten abschirmte. Er nahm ihre Hand in seine, verflocht ihre Finger. »Mir scheint fast, du fürchtest meine Eltern.« Svantje hörte das Lächeln aus seiner Stimme heraus, ohne ihn anzusehen.

»Ich fürchte sie nicht, aber sie mögen mich nicht, und deine Mutter lässt keine Gelegenheit aus, mich das auch spüren zu lassen.«

»Mutter bemüht sich, das weißt du. Sie hat versprochen,

unserer Ehe nicht im Weg zu stehen, und sich auch daran gehalten.«

Svantje nickte. »Sicher, gesagt hat sie nichts, aber manchmal habe ich das Gefühl, die Enttäuschung darüber in ihrem Gesicht zu lesen, dass du keine vernünftige Frau gefunden hast.«

»Gib ihr etwas Zeit, sie fürchtet nichts mehr als den gesellschaftlichen Abstieg oder ins Gerede zu kommen.«

»Ich kann nichts für meine Herkunft, und ich werde mir von ihr nicht weismachen lassen, dass ich mich dafür schämen oder sie verheimlichen muss.«

Friedrich verzog den Mund, hatte sich aber sofort wieder im Griff. »Siehst du, ihre Ängste sind aus ihrer Warte berechtigt. Schon jetzt weiß jeder, dass der Falkenberg-sprössling unter seinem Stand geheiratet hat. Daran kann sie nichts ändern, sosehr sie es auch möchte. Am liebsten würde sie die Leute irgendwie vergessen machen, dass du je etwas anderes warst als die adrette neue Frau ihres Sohnes. Und dann kommst du daher, mit deinem Sturkopf, den ich so liebe, und gehst weiter arbeiten, als hättest du es noch nötig … Mutter meint, es beschäme mich, beschäme uns.«

Svantje lag ein Fluch auf den Lippen, doch sie schluckte ihn hinunter, bitter wie Galle. Sie hatte gewusst, worauf sie sich einließ, gewusst, dass es mit der Hochzeit längst nicht getan war. Nicht nur für sie, auch für Friedrich würden die nächsten Jahre alles andere als leicht werden. »Es tut mir leid«, sagte sie und ballte die Hände zu Fäusten, weil sie am liebsten ihrem Zorn Luft gemacht hätte. Aber das wäre ungerecht gegenüber Friedrich gewesen.

»Dir muss nichts leidtun. Ich wünschte nur manchmal,

das Schicksal hätte uns auf einen weniger steinigen Weg geführt. Und sieh es doch einmal so, Vater hast du längst überzeugt. Er zumindest mag dich wirklich.«

»Wenn du das sagst… Du weißt, dass ich versuche, nicht anzuecken. Gibt es eine Möglichkeit für mich, Frieden mit deiner Mutter zu schließen?«

Friedrich zog grüblerisch die Brauen zusammen. »Vielleicht bittest du sie, dir ein wenig bei der Einrichtung zu helfen? Nur Kleinigkeiten. Ich weiß, dass es dir ohnehin wenig Freude macht. Bitte sie um ihren Rat, unterhaltet euch, lernt euch besser kennen.«

Svantje fand die Vorstellung, mit ihrer Schwiegermutter Tand zu kaufen, fürchterlich, nickte aber. »Für den Familienfrieden.«

»Für den Familienfrieden.« Friedrich grinste, und plötzlich verspürte sie wieder den wilden Wunsch, diesen Mund zu küssen. Sie legte ihrem Mann eine Hand an die Wange und zog ihn zu sich.

»So, jetzt geht es mir besser.« Sie atmete tief durch, während es draußen zu nieseln begann. »Übrigens habe ich mich bereits mit Hilde verabredet, damit sie mir zeigt, was eine Dame der Gesellschaft alles so für ihr neues Heim einkauft.«

»*Das* wird Mutter freuen. Je öfter du dich mit den Harkenfelds sehen lässt, desto besser.« Er lachte, und auch Svantjes Stimmung besserte sich noch ein wenig mehr.

Sie korrigierte den Sitz der Kamee, die ihren hohen Kragen schloss. Der geschnittene Schmuckstein war ein Geschenk von Friedrich und gefiel ihr sehr, auch wenn man für den Gegenwert einige Armenspeisungen hätte bezahlen können.

Es fiel ihr immer leichter, sich von derlei Gedanken zu distanzieren, doch heute gelang es nicht so ganz. Friedrichs Mutter genoss es, ihren Reichtum zur Schau zu stellen, und schon der Gedanke daran stieß Svantje ab.

»Bringen wir es hinter uns«, murmelte Friedrich und hob ihre Hand an seinen Mund, um ihre Knöchel zu küssen. Sie trug dünne Spitzenhandschuhe, die sich sehr fremd anfühlten, dennoch spürte sie seinen Atem auf ihrer Haut. Er war warm, die Geste vertraut.

Die Kutsche rumpelte über Kopfsteinpflaster, in dem hier und da Steine fehlten. »Haben sie das noch immer nicht geflickt?« Er verzog missbilligend den Mund. »Der Senat hat bestimmt wichtigere Entscheidungen zu fällen als die Reparatur einiger Nebenstraßen.« Hier hatte es vor Monaten Auseinandersetzungen zwischen der Hamburger Bevölkerung und der Polizei gegeben. Die Stadt war wegen der Cholera abgeriegelt worden. Über die Straßen verlief kein Handel mehr, und der Hafen, das Herz der Stadt, stand still. Angst vor Seuche und Hungertod hatte die Menschen dazu gebracht, Steine nach den Gendarmen zu werfen, die ihnen den Fluchtweg versperrten. Die notdürftig mit Kies zugeschütteten Löcher in den Straßen zeugten noch von der Gewaltsamkeit der Auseinandersetzung.

»Vermutlich hast du recht«, sagte Friedrich. »Wenn sie sich an ihr Versprechen halten und nicht nur die Kanalisation bauen und erneuern, sondern auch noch die Gängeviertel sanieren, wird wohl kaum noch ein Arbeiter übrig sein.«

Die nötigen Reparaturen und Investitionen in die Infrastruktur waren vom Senat jahrzehntelang verschoben worden, weil sie das Geld lieber für andere Bereiche ausgaben, hinter denen das Wohl der einfachen Bevölkerung weit zurückstand. Erst die Choleraepidemie hatte sie zum Handeln gezwungen.

»Hoffentlich vergessen sie über ihrem Geiz nicht wieder, dass die Stadt und der Handel ohne die Einwohner nicht florieren können.«

Friedrich lugte aus dem Fenster, als die Kutsche ihre Fahrt verlangsamte und dann in eine lang gestreckte Auffahrt einbog. »Wir sind da.«

Svantjes Anspannung wuchs. Sie wünschte sich so sehr, dass die Schwiegereltern sie akzeptierten. Wo seine nur auf sie herabblickten, war es bei ihren eigenen Eltern das genaue Gegenteil. Sie behandelten Friedrich mit so großer Ehrfurcht, als hätten sie es mit einem Halbgott, nicht mit einem normalen Menschen zu tun. Wie sie mittlerweile festgestellt hatte, war Friedrich dieser Umstand ebenso unangenehm wie ihr. Vielleicht würden nur die Zeit und Gewöhnung dieses Problem lösen können. Harmonisch würde die Stimmung zwischen ihren Familien aber wohl niemals werden, und das bedauerte sie sehr.

Die Kutsche hielt, Pferde schnaubten und schüttelten sich das Regenwasser aus den Mähnen. Aus dem dichten Winterfell stieg Dampf. Der Kutscher öffnete die Tür und klappte den kleinen Tritt aus. Friedrich stieg zuerst aus, Svantje überprüfte noch einmal ihr Aussehen in einem kleinen Taschenspiegel, dann ergriff sie die Hand ihres Mannes, fasste mit der anderen den weiten Rock und verließ das Gefährt. Sofort war die Luft angenehmer. Im leichten Nieselregen lag der Duft des vergilbten Rasens und der letzten welken Blätter. Es blühten sogar noch einige wenige Rosen, einsame rote und gelbe Tupfer in kahlen Büschen. Frau Falkenberg pflegte eine beachtliche Sammlung englischer und französischer Züchtungen und sprach gern darüber, wenn sie einmal für eine Weile vergessen konnte, dass ihr Sohn die Tochter eines landlosen, verarmten Bauern geheiratet hatte.

Friedrich drückte ihre Hand, lächelte ihr zu, und schon öffnete sich die Tür. Das Hausmädchen, die helle Tracht faltenfrei und makellos, begrüßte sie mit einem Knicks. Ihr blondes Haar war streng zurückgebunden, und obenauf saß eine Haube. Sie war einige Jahre jünger als Svantje, ihr Gesicht, etwas zu kantig, um hübsch zu sein, wirkte älter, als sei sie stets müde. »Herzlich willkommen, die Herrschaften erwarten Sie bereits.«

Das sagte sie immer. Ganz gleich, wie früh sie kamen, Friedrichs Eltern schienen immer bereits auf sie zu warten.

Wie bei ihrer allerersten Begegnung war eine Kaffeetafel im Wintergarten gedeckt. Die Fenster des gläsernen Anbaus waren frisch geputzt und glänzten in der niedrig stehenden Nachmittagssonne. Es war, als beträten sie einen funkelnden Kristall. Der Tisch war mit weißem Leinen und Spitze gedeckt. Darauf chinesisches Porzellan und drei verschiedene Torten. Neu waren schlanke Stühle aus Kirschholz oder Mahagoni, auch sie muteten asiatisch an. Friedrich liebte es ebenso wie sein Vater, Bilder und Möbel aufzustellen, die ihnen von ausländischen Geschäftspartnern geschickt wurden. Svantje gefielen die Sachen meist, doch sie konnte sich nie merken, was woher kam und wie alt es war. Ihr Gedächtnis schien eher dafür ausgelegt, sich lateinische Bezeichnungen und Rezepte für Arzneien einzuprägen.

Friedrichs Mutter, groß gewachsen und schlank, mit nur wenig Grau im blonden Haar, reichte ihr die Hand. Zu einer Umarmung hatte sie sich nur an einem Tag durchringen können. Nicht dem ihrer Hochzeit, sondern jenem, an dem ihr klar wurde, dass Svantje ihrem Sohn das Leben gerettet hatte.

»Vielen Dank für die Einladung«, sagte Svantje und lobte gleich darauf das zitronengelbe Kleid der Gastgeberin. Sie verhaspelte sich beinahe, so aufgeregt war sie. Frau Falkenberg ignorierte ihre Unsicherheit mit mildem Blick, als habe sie es mit einer Einfältigen zu tun, die es einfach nicht besser verstand, Konversation zu betreiben.

Friedrichs Vater war ein Bär von einem Mann, dem sofort anzusehen war, dass er gutes Essen liebte und gern scherzte. Er begrüßte Svantje wie immer gut gelaunt und erkundigte sich nach ihrem Wohlbefinden. Mit ihm fiel ihr das Reden leichter. Vielleicht, weil er längst akzeptiert hatte, wer und wie sie war.

Kurz darauf saßen sie an der üppigen Tafel, und Svantje kämpfte mit einem sahnigen Törtchen, dessen knuspriger, harter Boden sich kaum mit der Gabel zerteilen ließ. Die Männer unterhielten sich angeregt über eine neue Warenlieferung, die Friedrich binnen der nächsten Woche bekommen sollte. Svantje hörte aufmerksam zu. Eigentlich wurde erwartet, dass sie sich nicht für die Geschäfte ihres Mannes interessierte, sondern sich mit der Gastgeberin unterhielt. Nur wollte ihr einfach nichts einfallen. Sie hatte den Kuchen und die hübsche Tischdekoration gelobt und auch alles andere, was ihr positiv aufgefallen war. Danach hatte sie Frau Falkenberg gebeten, ihr bei der Einrichtung ihres neuen Heims zu helfen, was diese erfreut zugesagt hatte. Sie waren für kommenden Samstag verabredet. Seitdem wusste sie nichts mehr zu sagen. Nun drifteten ihre Gedanken davon, sie konnte sie nicht aufhalten, wie Wasser, das zwischen den Fingern hindurchfloss, ganz gleich, wie fest man sie auch aneinanderpresste. Ihr Beruf war stets präsent, und auch jetzt musste sie wieder an ihren Tag im Klinikum zurückdenken. Eine Patientin war ihr besonders in Erinnerung geblieben. Die junge Bürgerliche hatte sich mit ihrem eigenen Mieder beinahe zu Tode gebracht. Jede Frau schien bestrebt, ihrem Körper eine Sanduhr-Silhouette zu verleihen. Wo die meisten zu diesem Zweck vor allem auf Puffärmel und einen weiten Rock setzten, schnürte diese Frau sich aber enger und enger ein, um dem Ideal zu entsprechen. Ein anderer Arzt hatte Svantje hinzugerufen, damit sie der Frau ins Gewissen redete. Der Anblick war schockierend, ein Extrem, wie Svantje es nie zuvor gesehen hatte. Womöglich hätte ein Mann mit großen Händen die Mitte der Patientin vollständig umfassen können. Das war nicht mehr schön, sondern krankhaft. Selbst nachdem sie sich ausgekleidet hatte, blieb die Taille der jungen Frau erschreckend schmal. Die Rippen hatten sich verformt, das Becken ebenfalls. Sie klagte über Atemnot, Ohnmacht und häufig wiederkehrende Koliken, die darauf hindeuteten, dass auch die Organe Schaden genommen hatten. Die junge Frau hatte sich durch Unwissenheit und Eitelkeit für immer deformiert. Vielleicht hatte Doktor Schawacht recht, und was die Menschen brauchten, war eine Möglichkeit, sich über Ernährung und Gesundheit zu informieren. Kürzlich hatte er sogar davon gesprochen, dass es sinnvoll sein könnte, ein Buch zu verfassen, einen einfachen Ratgeber für jeden, der des Lesens mächtig war.

Die Armen aber konnten nicht lesen und sich vermutlich auch kein Buch leisten. Svantje überlegte, wie man ihnen die Informationen dennoch zukommen lassen könnte. Vielleicht waren Schautafeln das Richtige oder Beratungsstellen bei Armenspeisungen.

Jemand sagte ihren Namen und riss sie aus den Gedanken. Hatte sie beim ersten Mal reagiert oder beim zweiten oder dritten? Sie fluchte innerlich, ihre Unachtsamkeit war peinlich.

Ihre Schwiegermutter hatte die Hand auf Svantjes gelegt und sah sie tadelnd an. »Nachdenklichkeit steht keiner Frau gut zu Gesicht, Svantje. Davon bekommen Sie nur Falten. Und Sie möchten doch wohl nicht hässlich werden!«

»Mutter!«, keuchte Friedrich. Sein Blick sagte alles. Eigentlich wollte er unter allen Umständen den Frieden wahren, doch die Worte seiner Mutter beschämten ihn offenbar. Seine Augen sagten, Svantje solle es sich nicht nahegehen lassen. »Mir gefällt meine Frau so, wie sie ist. Nachdenklich, intelligent und mit dem Herz am rechten Fleck. Und wenn sie irgendwann Falten bekommt, dann habe ich längst selbst welche. Das bedeutet es doch, gemeinsam alt zu werden und die Höhen und Tiefen des Lebens zu teilen.« Er nahm Svantjes Hand und hätte ihr in diesem Augenblick kein schöneres Geschenk machen können als diese Geste. Sie würden zusammenhalten, ganz gleich, was für Steine ihnen das Leben in den Weg legte.

»Ich bin stolz auf meine Frau«, schloss Friedrich. »Auf alles, was sie erreicht hat. Jeden Tag hilft sie Kranken und jenen, die sich keine Behandlung leisten können.« Er schien seinen Eltern von Svantjes Beförderung erzählen zu wollen, doch als sich ihre Blicke begegneten, schüttelte sie kaum merklich den Kopf. Der Graben, der sich zwischen ihm und seiner Mutter aufgetan hatte, war bereits tief genug, er musste nicht weiter darin herumwühlen.

Doch seine Mutter schien es anders zu sehen. Sie räusperte sich, bis die allgemeine Aufmerksamkeit auf ihr ruhte, dann tupfte sie sich mit einer Serviette den Mund und faltete sie sorgfältig. »Mit der Arbeit im Krankenhaus wird es ohnehin bald vorbei sein, sobald Svantje endlich guter Hoffnung ist.«

Svantje errötete, dann gewann ihr Zorn die Oberhand. Sie hatte sich so fest vorgenommen, alles von sich abprallen zu lassen, jeden spitzen Kommentar mit einem Lächeln hinzunehmen. Doch Frau Falkenberg schien einfach nicht genug bekommen zu können. Sie wollte ihr wehtun. Sie so lange vor den Kopf stoßen und sticheln, bis Svantje aufgab und sich den Konventionen fügte. Dass sie der Ehe mit Friedrich zugestimmt hatte, bedeutete noch lange nicht, dass sie nicht versuchen würde, aus Svantje eine perfekte Ehefrau zu formen. Vielleicht, weil sie wirklich nur das Beste für Friedrich wollte. Vielleicht aber auch, weil sie einfach nicht verstand, warum Svantje so widerspenstig war.

»Nun lass sie doch«, sagte der Hausherr und versuchte, beruhigend seine Hand auf ihre zu legen. Doch Frau Falkenberg wies ihn mit einer hastigen Bewegung zurück. Friedrichs Schultern waren angespannt. Auch ihm, der selten aus der Fassung geriet, reichte es jetzt.

Svantje nahm es als Ermunterung, ihre Meinung zu sagen. Sie konnte nicht anders. »Viele der anderen Krankenschwestern haben noch bis in den siebten oder achten Monat hinein gearbeitet. Und wo wäre ich als schwangere Frau auch besser aufgehoben als im Krankenhaus?«

»Im Haus, dort, wo eine anständige Ehegattin hingehört. Nicht an einem Ort, an dem Dreck und Seuchen und Tod vorherrschen.«

»Aber auch Medizin, Aufopferung und Wissen. Ich bin Krankenschwester, das ist es, was ich im tiefsten Herzen bin!« Sie war nicht laut geworden, zumindest nicht sehr.

Frau Falkenberg sah sie ungläubig an. »Und wenn Sie eine Krankheit mit nach Hause bringen, zu Ihrem Mann, Ihren Kindern? Sind Ihnen Fremde denn so viel wichtiger?«

In Svantjes Brust schwoll ein Schrei heran wie eine Flut, kurz davor, einen Damm zu sprengen. Sie setzte zu einer Antwort an, presste dann die Zähne aufeinander und atmete, atmete, als gäbe es in diesem Augenblick nichts Wichtigeres. Schrie nicht, sondern erstickte, was so dringend hinauswollte, dass es schmerzte. Dann erwiderte sie ruhig: »Nein, Fremde sind mir nicht wichtiger, verehrte Schwiegermutter. Aber im Gegensatz zu den meisten Menschen Hamburgs weiß ich mich vor Krankheiten zu schützen und achte peinlichst darauf, die Hygieneregeln einzuhalten. Der beste Beweis ist doch wohl, dass ich Hunderte Cholerapatienten behandelt habe, ohne mich zu infizieren. Unter anderem Ihren Sohn.« Sie starrte Frau Falkenberg an, bis diese mit einem blasierten Geräusch den Kopf abwandte. Svantjes Erwiderung hatte sie aus dem Konzept gebracht. Womöglich überlegte sie auch gerade, was für Hygieneregeln Svantje wohl genau meinen mochte.

»Kinder haben noch Zeit«, sagte Friedrich in das Schweigen hinein. »Wir genießen unsere Zweisamkeit, es ist alles noch so neu.«

»Genau deshalb sollte sich deine Frau auch vor allem

darum kümmern, euer Heim einzurichten, es behaglich zu machen und dich nach einem anstrengenden Tag zu umsorgen, wenn du von der Arbeit nach Hause kommst.«

Friedrich begegnete seiner Mutter mit sturem Blick. »Ich sitze meist nur im Büro, Svantje arbeitet viel härter als ich.«

Frau Falkenberg wollte etwas erwidern, doch er hob nur die Hand. »Es ist unser Leben, Mutter, *unseres!*«

»Aber die Leute reden. Noch tun sie es hinter vorgehaltener Hand, doch täusche dich nicht, mein Sohn, ihr macht euch zum Gespött, du und deine widerspenstige Frau. Und ihr zieht uns mit in den Dreck.«

Svantje schwieg. Diese Diskussion kannte sie schon zur Genüge. Sie wusste auch, warum sie seit der Hochzeit noch zu keinem einzigen Fest der höheren Gesellschaft gegangen waren: Erst wollte sie ihre neue Rolle perfektionieren.

Noch mochte es vielleicht Gerede geben, aber blamiert hatte sie Friedrich sicherlich nicht. Dennoch mischten sich leise Zweifel in ihre Gedanken. Verdarb sie Friedrich womöglich die Geschäfte, weil seine Geschäftspartner ihn nicht ernst nahmen? Weil es aussah, als könne er nicht genug verdienen, um sich und seine Frau zu ernähren? Aber das war doch Unsinn! Sein Handel florierte, ihr Haus war ansehnlich, da konnte doch niemand bei Verstand glauben … nein, sicher nicht. Sie nahm sich vor, ihn beizeiten zur Rede zu stellen, um herauszufinden, ob er tatsächlich so stark unter ihren Entscheidungen zu leiden hatte, wie Frau Falkenberg behauptete.

Unterdessen war der Zank weitergegangen. Die Streithähne nahmen Svantje gar nicht mehr wahr. Ihr Schwiegervater versuchte zu vermitteln, doch seine Frau war jenseits von Ermahnungen und ruhigen Worten. Sie war überzeugt, das Richtige zu tun, wollte ihren Sohn vor allem Unbill beschützen. Sie liebte ihr einziges Kind über alle Maßen, vielleicht zu sehr. Zumindest billigte sie Friedrich nicht zu, seine eigenen Entscheidungen zu treffen.

Svantje sah dem Tumult eine Weile lang schweigend zu, dann tupfte sie sich den Mund ab, legte die gestärkte Serviette sorgfältig neben den Teller und erhob sich. Die Streitenden verstummten, und die plötzliche Ruhe war so dicht, also könne man sie mit Händen greifen. Aller Augen waren auf Svantje gerichtet. »Ich gehe ein wenig frische Luft schnappen«, sagte sie mit dünner Stimme und wartete nicht auf eine Erwiderung. Sie fühlte sich etwas unsicher auf den Beinen, aber nichts konnte sie davon abhalten, zur Tür des Wintergartens zu gehen und in den Garten zu entfliehen.

Sobald sie auf die Terrasse hinausgetreten war, atmete es sich leichter. Kühle, erdige Winterluft umfing sie. Letzte gelbe Blätter trieben im Wind, und am Himmel flogen Tausende Stare in einem dichten Schwarm. Der Nieselregen machte ihr nichts aus. Nur kurz überlegte sie, ob er dem Stoff des neuen Kleides gefährlich werden konnte, doch das war ihr für dieses eine Mal gleichgültig.

Svantje schloss die Tür hinter sich und betrat den weitläufigen Garten. Ihre Augen brannten, doch sie würde jetzt nicht weinen. So viel Macht hatte Frau Falkenberg nicht über sie.

Als sie schließlich wieder ins Haus zurückgekehrt war, hatten sie alle sich für eine geschlagene halbe Stunde benommen wie vernünftige Menschen.

Sobald Svantje und Friedrich in der Kutsche saßen und sich ein wenig vom Anwesen der Falkenbergs entfernt hatten, brach Svantje das Schweigen. »Es tut mir leid, dass unser Besuch einen so unangenehmen Verlauf genommen hat, Friedrich. Wieder bist du für mich in die Bresche gesprungen. Du musst nicht all diese netten Sachen sagen, wenn … wenn …« Ihre Stimme brach, sie wandte den Blick aus dem Fenster. Es war stockfinster.

Bis auf das Klappern der Pferdehufe und Friedrichs tiefes Seufzen war es still.

»Ich habe jedes einzelne Wort genauso gemeint, wie ich es gesagt habe, Svantje. Ich bin wirklich stolz auf dich, und ich freue mich aufrichtig mit dir über deine Beförderung. Es gibt keinen Grund, warum du nicht ebenso das Recht haben solltest, die Ziele in deinem Leben zu verfolgen, wie ich.«

Sie schwieg, was er wohl als Aufforderung verstand weiterzureden. »Aber ich wünsche mir aus tiefstem Herzen Kinder, und wenn es dann so weit ist, erwarte ich von dir, dass du eine Weile zu Hause bleibst. Sie sollen gute, anständige Menschen werden, deren Erziehung ich nicht in den Händen irgendeiner Fremden wissen will.«

»Das will ich doch auch nicht.«

Er fasste sie an den Schultern, drehte sie, damit sie ihn ansah. Es war ihm ernst mit dieser Sache. »Versprochen?«

Sie nickte schnell. »Versprochen.«

3

Walter war von der Arbeit zurück. Er kam spät, der Rat der Harkenfeld-Werft hatte bis in die Nacht getagt. Hilde hatte die Haushälterin längst heimgeschickt. Sie nahm Walter Jacke und Hut ab und hängte beides in einen Schrank. Wie stets erkundigte sie sich nach seinem Tag, genau wie es von ihr erwartet wurde. Er drückte ihr einen flüchtigen Kuss auf die Wange und antwortete einsilbig, als sei er gewiss, dass die Einzelheiten sie ohnehin nicht interessieren würden.

Doch die Werft gehörte Hildes Vater, und seit frühester Kindheit wusste sie stets, wie es um das Geschäft stand. Hans Werner Harkenfeld kannte kaum ein anderes Thema, das in seinen Augen wichtig genug war, um darüber ein Wort zu verlieren.

Walter aber schloss sie davon aus. Eigentlich hatte sie erwartet, froh zu sein, nicht mehr tagein, tagaus von den Geschäften zu hören, doch nun fehlte es ihr ein wenig, und selbst wenn sie nachfragte, erfuhr sie kaum mehr. Aber heute gab es drängendere Themen. Hilde hatte die vergangenen Stunden in kribbelnder Unruhe verbracht.

»Haben Sie schon gegessen? Ich kann Ihnen etwas aufwärmen«, bot sie an.

»Nein, Liebes, ich bin satt.«

»Dann setzen wir uns noch ein wenig ins Wohnzimmer? Auf einen Cognac vielleicht?« Sie musste mit ihm reden, noch heute. Morgen hätte sie vielleicht nicht den Mut dazu.

»Ich bin müde, gehen wir schlafen. Sie hatten doch sicher ebenfalls einen anstrengenden Tag.«

Hilde dachte an ihr Treffen mit Raik, an die gestohlenen Stunden in seinen Armen, an ihre erhitzten Leiber. Hastig wandte sie sich ab, weil es sich anfühlte, als stünde ihr die Sünde auf die erröteten Wangen geschrieben. Sie hob die Hand vor den Mund, um ihr Gesicht zu verdecken, gähnte und betrat die Treppe, die ins Obergeschoss führte. Dort war das Schlafzimmer. Sie konnten auch im Bett reden, mehr geschah dort ohnehin nie.

Hilde schluckte die Bitterkeit hinunter und zog ihre Mundwinkel nach oben. Vielleicht ließ sich die Enttäuschung über ihre Ehe besser ertragen, wenn sie sie weglächelte. Sie setzte sich an ihren Frisiertisch, ein hübsches kleines Möbel aus Kirschbaumholz und weißem Marmor.

Walter war in der Tür stehen geblieben und sah sie an. Sah sie wirklich an, sein Blick weich und verträumt. Er liebte sie, das wusste Hilde. »Sie sind wunderschön«, sagte er andächtig. »Manchmal vergesse ich vor lauter Arbeit, wer zu Hause auf mich wartet. Dann ist es jedes Mal wie ein Wunder, Sie hier zu sehen.«

Hilde wusste nichts zu antworten, nur dass sie diesen Mann, trotz seines Unvermögens, vielleicht nicht verdient hatte. Sie dankte ihm seine Worte mit einem nun aufrichtigen Lächeln, zog ihren Zopf nach vorn und begann ihn zu lösen. Ihr braunes Haar war dick und zu schwer, um es problemlos aufstecken zu können, auch Locken wollten ihr nicht gelingen. Bald fiel es ihr bis hinab in den Schoß, und sie begann es auszukämmen, während Walter seine Jacke aufhängte und den Knopf an seinem Kragen öffnete. Er nahm die Manschettenknöpfe ab und setzte sich auf einen Hocker, um die Schuhe auszuziehen. Immer wieder kehrte sein Blick zu ihr zurück. Er hielt Begehren, Lust und Traurigkeit.

Vielleicht sollte sie die Hoffnung nicht so schnell aufgeben, und in einigen Wochen oder Monaten, wenn sie sich besser aneinander gewöhnt hätten, würde seine Männlichkeit doch noch erwachen.

Doch vorerst gab es da ein Geheimnis, das sie mit ihm teilen musste. Und sie wusste noch immer nicht, wie genau sie das anstellen sollte.

Sie stand auf, überwand den leisen Widerstand in ihrem Inneren, weil sie Walter nicht begehrenswert fand, und trat zu ihm. Er sah zu ihr auf, als sei ihm plötzlich ein Engel erschienen. Vorsichtig, als fürchte er, sie könne zerstäuben wie Meerschaum, hob er die Hände und legte sie auf ihre Hüften. »Wenn du so vor mir stehst, erfülle ich dir jeden Wunsch.«

Die formale Anrede galt nicht mehr. Wie immer fiel es ihr dann leichter, mit ihm zu sprechen.

Sie verspürte den Impuls, ihm ein Versprechen abzuringen. »Wirklich jeden Wunsch?«

Er nickte, leckte sich die Lippen, als warte er auf einen Kuss. Sie drückte ihre Lippen auf seine, zart, öffnete sie nicht. Mit Walter gab es keine Leidenschaft.

»Ich denke, wir müssen reden.« Sie legte eine Hand auf

seine Schulter und setzte sich zu Walters sichtlichem Überraschen auf seinen Schoß. Nur zögernd legte er seinen Arm um sie und die andere Hand auf ihr Knie. Dann sah er sie erwartungsvoll an.

Sie wusste nicht, wie sie beginnen sollte, also sprach sie wohl am besten geradeheraus. Die Worte stürzten geradezu aus ihrem Mund. »Wie denkst du über Kinder?«

»Kinder?« Er wurde blass und ganz still, wie eine Statue. Dann erschienen Falten auf seiner Stirn, und er spannte die Kiefermuskeln an, sodass sie stark hervortraten. Er wurde wütend? Eigentlich war Walter einer der beherrschtesten Menschen, die Hilde kannte. Eine wohltuende Abwechslung zu ihrem aufbrausenden Vater.

Walter nahm einen tiefen Atemzug, wie um sich selbst zur Ruhe zu gemahnen. »Du bist nun schon einige Wochen meine Frau und solltest gemerkt haben, dass ich nicht fähig bin, nicht …«

»Walter.« Hilde schluckte, sie hatte ihn nicht verletzen wollen, und doch war es, als habe sie eine Wunde aufgerissen, die er schon lange mit sich trug. Er blickte sie an wie ein waidwundes Reh.

»Du hast meine Frage nicht beantwortet«, sagte sie leise.

»Deine Frage …«

»Wie du über Kinder denkst.«

»Nun, meine Frau, anscheinend hast du dir diesen Abend ausgesucht, um mir vorzuführen, wie wenig ich als Ehemann tauge. Doch ich will deine Frage beantworten. Ich wünsche mir Kinder, wünsche mir einen Sohn, einen Erben. Doch Gott hat es so verfügt, dass ich ohne Nachkommen sterben werde. Und mit mir alles, was ich in diesem Leben erarbeitet habe und mir von meinen Vorfahren überlassen wurde. Ich habe aufgegeben zu hoffen, denn ich bin nicht Manns genug. Wenn du mich verlassen willst …«

Sie legte die Hände an seine Wangen. »Nein, das will ich nicht. Ich will … ich … ich bin schwanger, Walter.«

Er sah sie an. Versuchte, in ihrem Gesicht zu lesen. Ernst war er, so ernst.

»Du sagst nichts?«, flüsterte sie. Nun war es an ihr, Angst zu bekommen. Würde er sie verstoßen? Er wusste, dass es nicht von ihm war. Vorsichtig legte sie die Hände an seine Wangen, damit er sie ansah. »Könntest du es lieben? Du hast damals meinem Vater etwas versprochen: dass du mich nicht verstoßen würdest, falls aus meinem Unglück ein Kind entstehen würde.«

Er schluckte, und in seinen Augen schimmerten plötzlich Tränen. »Ob ich es lieben könnte, fragst du?« Seine Stimme klang belegt. »Es ist nicht von mir, aber es ist ein Teil von dir. Von dir und …«

Hilde hatte vor dem Spiegel geübt, ihr Gesicht ausdruckslos zu machen, wie eine Maske. Dahinter verbarg sie die Wahrheit, aber für Walter sah es so aus, als schirme sie sich vor schrecklichen Erinnerungen ab. Davor, was die Entführer ihr angetan hatten. Mehr, als dass sie ihre Brust und ihren Hintern berührt hatten, war nie geschehen, doch das wusste Walter nicht, und sie ließ ihn in dem Glauben.

Er kämpfte noch immer mit den Tränen und gewann schließlich etwas von seiner Fassung zurück. »Niemand wird je erfahren, dass es nicht von meinem Blut ist«, flüsterte er. Seine Hände rieben in tröstenden Kreisen über ihren Rücken, während er an ihr vorbei ins Leere blickte. Vor seinem inneren Auge schienen sich Szenen aus der

Zukunft abzuspielen. »Ich werde einen Erben haben oder eine Tochter, die ich verwöhnen kann.«

»Auch wenn das Kind nicht von dir ist?« Hilde musste es sagen, sie konnte nicht anders.

»Das Kind ist mehr, als ich je zu träumen wagte.« Er fuhr ihr vorsichtig mit den Fingerspitzen über die Wange. »Und was ist mit dir? Kannst du es gernhaben, oder wird es dir stete Mahnung an dir widerfahrenes Unrecht sein?« Sein Blick, der kurz so viel Freude gehalten hatte, wurde kühl. Er wollte noch etwas sagen und rang mit den Worten. »Ich verstehe … ich verstehe, wenn du es nicht willst. Wenn du es nicht lieben kannst, muss es in eine Pflegefamilie.«

»Nein!«

»Nein?« Er atmete auf.

»Es ist doch auch mein Kind, es kann nichts für seinen Erzeuger.« Hilde sah Walter nicht an, während sie es sagte, aus Angst, bei einer Lüge ertappt zu werden. Doch sie war auch erleichtert, und diese Erleichterung durfte und sollte er sehen. Sie drehte sich wieder zu ihm. »Wir werden eine richtige kleine Familie, Walter.«

Er zog sie an sich und hielt sie ganz fest. »Ja, das werden wir. Eine Familie … Du ahnst nicht, wie viel mir das bedeutet.« Er schien noch mehr sagen zu wollen. Hilde berührte sacht seine Wange und sah ihn aufmunternd an. »Etwas liegt dir auf dem Herzen, Walter, das sehe ich doch.«

»Ich bin mir nicht sicher, ob ich darüber in so einem glücklichen Moment reden sollte.« Er seufzte. Sein Blick ging in die Ferne, wurde plötzlich dunkler. »Dieses Kind ist ein Geschenk, das mehr bedeutet, als uns zur Familie zu machen.«

Hilde ahnte, worauf er hinauswollte, auch wenn er nie mit ihr darüber gesprochen hatte. »Deine erste Frau.«

»Ja.« Er warf ihr einen überraschten Blick zu. »Sie hat sich von mir scheiden lassen, weil ich nicht in der Lage war …« Seine Worte gerieten ins Straucheln. »Nun, du weißt ja selbst, wovon ich spreche. Sie hat erneut geheiratet und ist mittlerweile Mutter. Es gab Gerüchte, weißt du? Gerede …«

»Jetzt nicht mehr«, sagte Hilde lächelnd. Sie wollte ihren Mann nicht so traurig sehen. »Wir werden in die Welt hinausposaunen, dass Walter Degen Vater wird.«

Er sah sie lange prüfend an, als erwarte er, dass sie sich über ihn lustig machte. Als ihm klar wurde, dass sie es ernst meinte, nahm er sie in den Arm und hielt sie fest. »Ja, das werden wir. Danke für dieses Geschenk!«

Heideland bei Flensburg
20. Dezember 1892

Richard Harkenfeld stand in den Steigbügeln und hetzte im gestreckten Galopp voraus, war ganz eins mit dem Pferd. Die Hufe flogen nur so dahin über magere, sandgeschwängerte Grasflächen. Hier und da wuchs Heide, trocknete abgefrorener Farn zu braunen Flecken, reckte sich Wacholder in dunklen Kegeln himmelwärts. Für diese Momente lebte er. Für das Gefühl, endlich einmal frei zu sein.

In einiger Entfernung taten sich Gräben auf, und erst jetzt sah er sich nach den Männern um, die Mühe hatten, ihm zu folgen. Säbel blitzten in der fahlen Dezembersonne.

Ihre blauen Dragoneruniformen verschmolzen zu einem Wall aus Leibern. In manchen Gesichtern sah er Angst, andere blickten konzentriert geradeaus, die Zügel fest – etwas zu fest – in den Händen. Und dann gab es jene, die schon zuvor gute Reiter gewesen waren und mit Begeisterung der Prüfung entgegenritten.

»Dragoner!«, rief Richard über den Lärm donnernder Hufe hinweg. »Überlasst den Pferden das Gelände. Eure Sache ist der Feind!«

Der ein oder andere gab die Zügel frei. Richards Blick ging wieder nach vorn. Die Gräben lagen nun direkt vor ihm. Erst einer, dann ein doppelter. Im Ernstfall würden sie dort gegnerische Soldaten erwarten, Salven abfeuern, doch dies war Übungsgelände. Sein Hengst setzte souverän über das erste Hindernis. Einhundert Pferde folgten, einer Welle gleich. Doppelsprung, und der erste Mann lag auf dem Boden, sein Rappe überholte die anderen und scherte dann aus, während Richard seine Männer in einem weiten Bogen um eine Kuppe führte.

»Feuer!«, rief er.

Die Männer, nun gleichauf mit ihm, schossen auf eine Reihe von Puppen, die vor ihnen aufgereiht waren. Sie standen dicht an dicht. Manches Pferd würde scheuen, es war eine Prüfung für Reiter und Tier. Eine Salve, dann eine zweite. Nun waren sie schon ganz nah. »Säbel!«, rief er. Überall wurde blankgezogen.

Die ersten Pferde brachen aus, stießen gegen andere. Das Übungsmanöver war gefährlich. Richard jagte an der Puppe vorbei und hieb mit der Klinge von oben herab. Ein tödlicher Treffer genau zwischen Hals und Schulter. Auf beiden Seiten wogten Ross und Reiter nun an ihm vorüber.

Das Signal zum Sammeln erklang. Sein Pferd wurde langsamer, es kannte die Routine.

Richard klopfte ihm den schweißnassen Hals und steckte den Säbel zurück in die Scheide. Dampf stieg aus dem Fell auf wie Nebel.

Während die jungen Dragoner zu einer Fahne ritten, andere zu Fuß über das Feld humpelten, kehrte Richard zu seinen Gedanken zurück. Er, der nie zum Militär gewollt hatte, nannte die 13. Kavallerie nun seine Heimat. Sie waren in Flensburg stationiert, nicht allzu weit von Hamburg. Vater hatte ihn auf die Offiziersschule nach Berlin geschickt, um ihm dort den richtigen Schliff zu verleihen, bevor er das Familienunternehmen übernahm. So weit würde es nun nie mehr kommen. Nein, der Alte hatte ihm das Erbe entzogen, wenn auch nicht offiziell. Das wagte er nicht. Die Leute sollten nicht das Reden anfangen, jedenfalls nicht mehr, als sie es ohnehin schon taten. Bislang ahnte niemand, warum der Werfteigner seinen Erstgeborenen verstoßen hatte. Richards Ruf war tadellos. Nur seine eigene Familie wusste von seiner perversen Neigung. Sie waren Zeugen seiner Sünde geworden, als er einen Mann geküsst hatte. Einen Mann, den er wider seiner besseren Vernunft liebte. Zumindest meinte er, es zu tun, denn viel wusste er nicht von der Liebe. Für eine Frau hatte er nie derart empfunden. Er hatte sich mit einigen Fräuleins getroffen, doch sein Herz zu bewegen, zu vergiften … das war nur Wassili gelungen.

Sie sahen sich nicht mehr, hatten seit jenem verhängnisvollen Kuss kein einziges Mal miteinander geredet. Seit dem Vorfall waren nun knapp zwei Monate vergangen, und doch war die Erinnerung frisch und schwärend wie eine offene Wunde. Aus Herbst war Winter geworden, und in Richard sah es aus wie eine Landschaft nach einer Feldschlacht, seine Seele voller Gräben und Krater, aufgewühlt und gespickt mit Leichen in den dunklen, kalten Winkeln. Etwas war mit der Trennung von Wassili gestorben. Es hatte Richard mehr verletzt, ihn zu verlassen, als seine Familie. Mit dem Vater hätte er früher oder später ohnehin gebrochen. Sie waren unterschiedlich wie Feuer und Wasser. Es war nur die Frage, ob sie verbrannten oder ertranken.

Richard hatte noch in der Nacht nach dem Eklat seine Koffer gepackt und das elterliche Anwesen verlassen. Nach wenigen Tagen in einem Gasthof war er hergekommen. Die Position hatte man ihm bereits in Berlin angeboten. Doch damals war er noch bereit gewesen, es in der Werft zu versuchen. Seinen Einfluss zu nutzen, um die Situation der Arbeiter zu verbessern. Wollte die mahnende Stimme, das Gewissen der Firma sein. Er hatte die Chance verspielt. Nun war er hier, als Rittmeister des 13. Dragonerregiments. Ihm oblag die reiterliche Ausbildung der Männer, und er wusste, dass er gut darin war. Er war ein sicherer Reiter und besaß die Qualität, so zu führen, dass ihm die Männer willig folgten. Sein Parteibuch lag als bloßes Erinnerungsstück bei seinen Unterlagen. Die Mitgliedschaft bei den Sozialisten war zwar nicht verboten, aber beim Militär auch nicht gern gesehen. Von seinem jetzigen Posten aus war für ihn weder eine Parteiversammlung zu erreichen, noch gab es hier Arbeiter, für deren Rechte er sich einsetzen konnte.

Der Posten als Rittmeister war Glück im Unglück. Niemand hatte von seiner Schande erfahren, und er war so weit von Hamburg entfernt, dass man ihn in der Stadt bald vergessen würde. Wäre da nicht Hildes Einladung gewesen, sie über Weihnachten zu besuchen. Sie erwartete ihr erstes Kind und hatte in ihrem Brief deutlich gemacht, wie wichtig es ihr war, den Kontakt zu Richard zu halten.

Seine Schwester überraschte ihn, war sie ihm doch immer oberflächlich und allzu schnell im Urteil erschienen. Sie hatte ihn mit Wassili gesehen, und was ihr Bruder dort tat, hatte sie erschreckt und verstört. Dennoch brach sie nicht mit ihm.

Er musste seine Meinung über seine Schwester wohl revidieren. Vielleicht lag es auch an ihrer Freundin Svantje. Die Tochter eines Hilfsarbeiters hatte Hilde die Augen dafür geöffnet, dass es noch mehr gab als die scheinbare Idylle der bürgerlichen Oberschicht. Ob Hilde mit ihr über Richards perverses Verhalten gesprochen hatte?

Fragen konnte er sie nicht. Er sollte niemals auch nur ein Wort darüber verlieren. Und doch wünschte er sich jemanden, mit dem er reden könnte. Jemanden, der sich nicht vor ihm ekelte, oder zumindest nicht so sehr, wie er selbst es tat.

Richard versammelte seine Dragoner, lobte und tadelte, rief den jungen Männern ins Gedächtnis, dass sie nur so gut sein würden, wie sie es sich erhofften, wenn sie ihrem Partner, dem Pferd, die nötige Aufmerksamkeit schenkten. Dann ritten sie in geschlossener Formation zurück zur Kaserne.

Als Richard sich im Sattel umsah, hielt er einen Moment inne, um den gespenstischen Anblick zu bewundern, der wie für ein Gemälde gemacht war. Der Dampf, der von den verschwitzten Pferden aufstieg, hüllte die Gruppe ein wie ein Schleier. Die winterliche Landschaft glitzerte unter dem Gewicht von Frost und Kälte. Die Männer hatten ihre Kragen hochgeschlagen und den Pferden Decken übergelegt. Einige schwatzten, manch einer rauchte, und wieder andere betrachteten wie Richard die idyllische Winterlandschaft.

Dies, begriff er, war nun sein Zuhause. Nun, es gab schlimmere.

Bei der Rückkehr hatte er seinem Vorgesetzten einen kurzen Rapport über den Ausbildungsstand seiner Männer gegeben und dann für die kommenden zwei Wochen seinen Abschied genommen. Am nächsten Morgen war er aufgebrochen. Mit dem Zug ging es nach Hamburg.

In den Waggons standen kleine, rußende Kohleöfen, um die winterliche Reise angenehmer zu machen. In den Abteilen war es trotzdem schneidend kalt. Richard war die Kälte lieber als der Mief der Öfen. Sein dicker Lodenmantel wärmte zuverlässig. Den Hut hatte er abgenommen, Schal und Handschuhe anbehalten.

Draußen zog eine wechselhafte Landschaft vorbei. Auf den Wiesen standen Eichen und Buchen, vom Wind zu bizarren Figuren geformt. Hecken schützten die Felder. Rinder und Pferde weideten die schneefreien Flächen ab. Hier gab es viele kleine Gehöfte aus Fachwerk oder Rotklinker, die Dächer mit Ried gedeckt.

Hamburg kam schneller näher, als ihm lieb war. Richard begann an der Richtigkeit seiner Entscheidung zu zweifeln. Er hätte fernbleiben sollen, zumindest für einige Jahre, bis Vaters Zorn nicht mehr gar so brannte.

Nun war er aber auf dem Weg; jetzt einen Rückzieher zu

machen wäre feige gewesen. Er ballte die Hände zu Fäusten, während der Rauch der monoton stampfenden Dampflok das Fenster verdunkelte. Schwarz, dann wieder Licht, und im Süden schälte sich Hamburg aus den Feldern. Ein Häusermeer, überragt von Fabrikschloten. Gelbgrauer Dunst hing wie eine Glocke über der Stadt. Er stammte aus den zahllosen Öfen und Herdfeuern der Einwohner. Ihm war noch nie so deutlich aufgefallen, wie schmutzig die Stadt war. Erst jetzt, nachdem er einige Monate auf dem Land verbracht hatte, sah er es.

Schnell schluckten Häuserzeilen den Horizont. Der Zug wurde langsamer, und ein Schaffner in Uniform lief durch die Waggons und verkündete den nächsten Halt. Seine Kleidung sah aus, als gehöre sie ihm nicht, die Knöpfe waren nicht poliert, und die Rasur hatte er an diesem Morgen wohl ausfallen lassen. In seinem Regiment hätte Richard eine solche Schlamperei nicht geduldet.

Er wandte den Blick ab, während er sich selbst wunderte, wann er sich in den Menschen verwandelt hatte, der er nun war. Früher wäre ihm so etwas nicht einmal aufgefallen.

Die Ordnung des Militärs hatte ihm geholfen, die Unordnung in seinem Inneren zu überlagern.

Er stieg aus, durchquerte den Bahnhof und spürte dabei schnell, dass es ein Fehler gewesen wäre, zu Fuß durch die Stadt zu laufen. An jeder Straße und jedem Platz hingen Erinnerungen an ein Leben, das er aufgegeben hatte. Und so nahm er eine Mietsdroschke und fuhr auf direktem Weg zu Hilde.

Zuletzt hatte sie ihn an jenem schicksalhaften Tag gesehen, als Vater ihn niedergeschlagen und aus der Familie verbannt hatte. Voller Abscheu war ihre Miene gewesen, und doch war sie bei ihm geblieben, bis er sie angeschrien und davongejagt hatte, weil er ihren anklagenden Blick nicht ertrug. Deutlich stand darin geschrieben, dass er ihre Familie zerstört hatte, er allein.

Dass sie ihn nun trotzdem sehen wollte, glich einem Wunder. Sie hatte die Hand zur Versöhnung ausgestreckt, und es wäre dumm gewesen, sie nicht zu ergreifen. Manche Dinge nahm man besser dankbar an, statt sie so lange zu prüfen, bis sie zerbrachen.

Hildes Hochzeit mit Walter Degen hatte er verpasst. Eine Einladung war nie gekommen. Als die Droschke nun vor ihrem Haus anhielt, sah er es zum ersten Mal. Es war ein großer, rechteckiger Bau mit strengen Formen. Schnörkellose Säulen flankierten die Eingangstür, zu der eine kurze Freitreppe hinaufführte. Der Garten beiderseits der Auffahrt war akkurat bepflanzt und spiegelte wohl Walter Degens Geschmack wider. Richard besaß nur wenig Gepäck, und so bezahlte er den Kutscher und stieg dann mit seinem einzigen Koffer die Stufen hinauf.

Der Gong hallte durch das Haus, während er der Kutsche nachsah. Hier war wenig Verkehr. Die Droschke bog sofort auf die kopfsteingepflasterte Straße ab, und das Pferd trabte an. Im Haus erklangen Schritte, und Richards Brust wurde eng. Am liebsten wäre er jetzt gegangen, aber dafür war es zu spät.

Die Tür wurde einen Spalt geöffnet und im nächsten Moment aufgerissen. Es sah aus, als wollte Hilde ihm um den Hals fallen, so wie früher. Damals hatte er sie immer hochgehoben und herumgewirbelt. Nun hielt sie in ihrer Bewegung inne, als sei plötzlich eine Mauer zwischen ihnen. Ihr Gesicht verlor das Lächeln, wie weggewaschen.

»Richard«, sagte sie nur und musterte ihn von oben bis unten, als könne man ihm den Makel ansehen.

»Liebe Schwester.« Die Worte blieben ihm beinahe im Hals stecken. Er räusperte sich. »Darf ich hereinkommen, oder ist es dir lieber, wenn ich wieder gehe?«

Sie trat zur Seite. »Komm herein, ich hatte noch nicht mit dir gerechnet.«

»Vielen Dank für die Einladung!« Er stellte seinen Koffer ab und zog den Mantel aus. Da keine Bedienstete zur Stelle war, auch wenn es im Hause Degen zweifelsohne welche gab, hängte er seine Sachen selbst an eine Garderobe. Erst dann wandte er sich wieder Hilde zu. »Bereust du es schon, mir geschrieben zu haben?«, fragte er im Flüsterton.

»Richard, ich … können wir nicht einfach so tun, als sei alles wie früher?«

Ihr flehentlicher Blick ließ ihn die Antwort schlucken. Doch die unausgesprochenen Worte brannten wie bittere Galle in seiner Kehle. »Wenn das dein Wunsch ist.« Er rang sich ein Lächeln ab, verzog die Mundwinkel. *Was für eine Scharade,* dachte er.

Hilde schien noch einen Versuch unternehmen zu wollen, ihn zu umarmen, zögerte dann erneut. Er nahm ihre Hand, hielt sie fest und sah ihr dabei in die Augen. »Ich bin dir sehr dankbar, kleine Schwester. Und nun zeig mir dein neues Heim, ja?«

Sie war erleichtert, sich auf etwas anderes konzentrieren zu können. Er beobachtete Hilde und versuchte zu verstehen, warum sie ihn hergebeten hatte. Zugleich scheute er die Erinnerung. Er wollte nicht an Wassili denken, an seinen Kuss, der eine Lawine ausgelöst hatte, die alles unter sich begrub.

Hilde wurde mit der verstreichenden Zeit immer redseliger. Sie führte ihn durch Wohnzimmer und Rauchsalon ins Esszimmer, zeigte ihm sogar die Küche, in der die Köchin bereits das Abendessen vorbereitete.

Gemeinsam stiegen sie eine weite Wendeltreppe hinauf, die in der Mitte des Anwesens lag, als bilde sie das Rückgrat. Vom Flur gingen mehrere Zimmer ab. Hilde begann mit dem Schlafzimmer, dann führte sie ihn in ihr Ankleidezimmer. Die nächste Tür schwang auf, und ausnahmsweise einmal sagte Hilde nichts. Richard sah eine Krippe aus glänzendem Nussbaumholz, einen Sessel und eine Wickelkommode. In einem Regal standen eine Holzeisenbahn und eine Armee von Zinnsoldaten. In einer Schale daneben lagen weiche Bälle und eine kleine Rassel.

»Hilde«, sagte er leise und vergaß in diesem Moment, dass sie einander nicht mehr so nahestanden wie früher. Er legte ihr den Arm um die Schulter und küsste ihr Haar. »Ich werde Onkel.«

»Ja«, seufzte Hilde. Sie war nicht vor seiner Berührung zurückgewichen, sondern legte sogar ihren Arm um seine Mitte. War sie immer schon so klein und zart gewesen wie ein Vogel, oder machte das die Schwangerschaft? Er verspürte den beinahe übermächtigen Wunsch, sie vor aller Unbill zu beschützen. Schwierig aus der Ferne, aber jetzt war er in Hamburg und würde ihr helfen, soweit es möglich war.

»Bist du glücklich hier?«, fragte er vorsichtig. Walter Degen war der letzte Mann, als dessen Frau er sich Hilde vorstellen konnte. Er war viele Jahre älter als sie und Vaters Geschäftspartner, daher kannte Richard ihn zumindest vom Sehen ein wenig. Ihre Ehe war arrangiert, doch Richard wusste nicht, wodurch der Senior seine Tochter zur Kooperation hatte bewegen können. Hilde besaß denselben berüchtigten Dickkopf der Harkenfelds wir er.

»Es ist alles gut. Besser als erwartet.«

Er studierte ihr Gesicht und konnte keine Lüge herauslesen. Entweder war sie besser darin geworden, ihre wahren Gefühle zu verbergen, oder sie meinte es wirklich ernst.

»Nun sieh mich nicht so an, Bruderherz. Walter ist ein guter Mann.« Sie sah sich um, als fürchte sie, belauscht zu werden. »Du hast den Garten noch gar nicht gesehen!«

Er schwieg, während sie ins Erdgeschoss gingen, um sich die Mäntel anzuziehen. Schwieg, bis sie über einen kleinen Weg einen Pavillon erreicht hatten. Das Konstrukt aus gebogenem Eisen saß inmitten eines gepflegten Rasens. Kletterrosen rankten daran empor. Die Äste waren braun und kahl. Hilde fröstelte in ihrem Wollmantel und verzog den Mund. »Ich weiß, was du denkst. Dass ich Walter Degen nicht liebe, und tatsächlich ist das auch die Wahrheit. Aber er respektiert mich und ich ihn.«

»Warum hast du ihn geheiratet?«

»Um nicht länger davonzulaufen und weil ich ein Versprechen einlösen musste.«

»Du musstest was? Hat Vater dich gezwungen? Ich traue ihm alles zu.«

»Nein, er hat nichts damit zu tun. Als ich damals in diesem rattenverseuchten Keller eingesperrt war, habe ich Gott etwas versprochen. Wenn er mich rettete, würde ich aufhören, so egoistisch zu sein. Ich würde tun, was man von mir erwartet, und Walter heiraten. Kurz darauf war ich frei. Die Hochzeit kam mir damals vor wie eine Strafe, die ich akzeptieren muss. Aber es ist keine Strafe, mit Walter verheiratet zu sein. Tatsächlich ist es … recht angenehm. Jetzt werde ich Mutter, und das macht mich glücklich. Walter wird ein guter Vater sein.« Ihr Lächeln war zurück. Ob sie wusste, wie oft sie ihren Bauch berührte?

»Also soll ich mich mit deinem Mann gutstellen?«

»Natürlich wünsche ich mir, dass ihr beiden gut miteinander auskommt, aber verbiegen musst du dich nicht für mich. Früher habe ich dich immer für den Mut bewundert, mit dem du für deine Überzeugungen eingetreten bist.« Sie warf ihm einen nachdenklichen Blick zu, dann wechselte sie das Thema. »Gehen wir hinein, es gibt heiße Schokolade und Gebäck.«

Er seufzte. »Ich gebe dir mein Ehrenwort, mich mit ihm gutzustellen, aber wenn er dir je …«

»Ich habe dich auch vermisst, Bruderherz«, sagte sie mit einem breiten Lächeln. Ihre Augen funkelten amüsiert. Dann wurde sie plötzlich ernst. »Es wird nie wieder so sein wie früher, oder?«

Er schüttelte den Kopf und hielt ihr die Tür auf. »Wie geht es der Familie?«, fragte er und dachte im gleichen Atemzug, dass er dieses Thema nicht hätte anrühren sollen. Schweigend half er Hilde aus dem Mantel, während sie mehrfach zu einer Antwort ansetzte. »Ich sehe sie nicht mehr so oft. Mutter weint viel und tut so, als wären ihre Tränen unsichtbar. Vater ist die meiste Zeit ruhiger als früher. Vielleicht reißt er sich auch zusammen, da er mich selten ohne Walter sieht. Er ist in den eigenen vier Wänden wie versteinert, dann rastet er alle paar Wochen aus und schreit herum, als müsste sich etwas entladen. Walter hat erzählt, dass er auch in der Werft hin und wieder die Beherrschung verliert.«

»Das ist nichts Neues.«

»Nein, aber es passiert häufiger. Er hat oft Schmerzen in der Brust, aber der Arzt kann auch nur mahnen. Unser kleiner Bruder Florian macht sich, die Lehrer sind sehr zufrieden mit ihm. Aber er vermisst dich. Von allen versteht er am wenigsten, warum sein großer Bruder weg ist. Vater wollte ihm verbieten, deinen Namen zu erwähnen.«

Mittlerweile saßen sie im Salon in zwei Sesseln, und die Köchin hatte Schokolade und Buttergebäck gebracht.

Richard kämpfte mit seinen Gefühlen. »Bitte richte Florian aus, dass ich ihn auch vermisse.«

Hilde nickte und umklammerte ihre Tasse mit beiden Händen. Sie schwieg, ein Schweigen, das sich ausbreitete wie eine schwere Decke.

»Du willst doch etwas sagen, Hilde.«

Ruckartig hob sie den Kopf. In ihren Augen schimmerten Tränen. »Warum, Richard?«

»Ich weiß es nicht.« Er ballte die Hände zu Fäusten. »Es wird nie wieder vorkommen.«

»Du musst zu einem Arzt gehen, in eine Nervenheilanstalt.«

»Und was soll ich dort sagen? Wenn das herauskommt, ist der Ruf der Familie Harkenfeld ruiniert. Wäre es nur Vater, würde es mich nicht kümmern, aber es betrifft auch Mutter und dich und unseren Bruder. Ich würde meinen Posten verlieren!«

»Aber du bist krank, Richard. Lass dir helfen!« Sie weinte nun.

»Ich würde es ja tun, für dich. Aber mir kann niemand helfen.«

»Sag so etwas nicht, Bruder. Ich bete für dich, Mutter tut

es auch, das weiß ich, auch wenn sie deinen Namen nicht sagen kann, ohne zu weinen. Richard, ich flehe dich an. Vertraue auf Gott und auf die Ärzte. Ich habe einen Artikel in der Zeitung gelesen, dass sie sich auch Menschen wie dir annehmen. Versuche es, mir zuliebe.«

»Hast du mich deshalb hergebeten? Um mich davon zu überzeugen, dass ich mich freiwillig bis ans Lebensende in eine Irrenanstalt einsperren lasse?« Richard sprang auf und begann hektisch hin- und herzulaufen. Wenn er seinem Leib nichts zu tun gab, würde er schreien. Und er wollte nicht schreien, war nicht wie der Vater! Er wusste tief in seinem Inneren, dass Hilde es nur gut meinte, dass sie sich ehrlich um ihn sorgte. Und das war das Einzige, was ihn davon abhielt, seiner Verzweiflung lautstark Luft zu machen.

»Sie sperren dich nicht ein, Richard.«

»O doch, das tun sie. Glaubst du denn nicht, dass ich Nachforschungen angestellt habe? Männer mit meiner Diagnose kommen nicht wieder heraus. Wir sind eine Gefahr für die Gesellschaft, sagen sie. Wie ein verdorbener Apfel, dessen Fäulnis auf andere überspringt. Und was macht man mit einem solchen Stück? Man wirft es weg, sperrt es fort. Aber ich lasse mich nicht einsperren!« Nun schrie er doch.

»Richard …«, stöhnte Hilde gequält.

»Ich tue niemandem etwas zuleide! Herrgott! Ich habe Hamburg verlassen, alles, was mir lieb und teuer war, um *euch* zu schützen. Mehr kannst du nicht von mir verlangen, Hilde!«

»Aber wenn ich einen Sohn bekomme …«, setzte sie an, dann verstummte sie, und rote Flecken breiteten sich auf ihren Wangen aus.

Richard verstand zuerst nicht, was das eine mit dem anderen zu tun haben sollte. Doch dann machten seine Gedanken den nötigen Sprung, und die Erkenntnis schnitt ihm wie ein Messer ins Fleisch. Dass sie so etwas auch nur denken konnte! Kraftlos ließ er sich in einen Sessel fallen, brauchte einige Herzschläge lang, um Hilde antworten zu können. »Wenn es eine Tochter wird, fürchtest du dann auch jeden normalen Mann in ihrer Nähe, Hilde? Denkst du, nur weil ich mich aufgrund meiner Krankheit zu Männern hingezogen fühle, würde ich ein kleines Kind anrühren?«

Er sah seine Schwester an, doch sie mied seinen Blick. Dennoch konnte er die Verwirrung, die Hilflosigkeit in ihrer Miene erkennen. Eine kalte Leere drohte sich in ihm auszubreiten – ein Gefühl, das er in den vergangenen Monaten allzu gut kennengelernt hatte und dem er kaum etwas entgegenzusetzen wusste.

»Ich habe Angst. Ich weiß nicht, was ich denken soll. Hilf mir zu verstehen, Richard.« Hilde beugte sich vor und bedeckte ihre Augen mit beiden Händen. »Bitte«, setzte sie leise hinzu, die Stimme bereits rau vor Tränen.

Richard rang mit sich. Er wusste doch selbst nicht, was mit ihm war. Wie sollte er es dann erst ihr erklären? »Meine Triebe mögen widernatürlich sein, aber für dich macht es keinen Unterschied, Schwester. Das Schicksal hat es nur so gefügt, dass ich Männer auf eine Weise begehre wie andere Frauen. Nicht mehr und nicht weniger. Aber fürchten musst du mich nicht.« Seine Stimme versagte, und er verfiel in Schweigen. Hatte Hilde ihm überhaupt zugehört? Sie rührte sich nicht, hielt die Augen noch immer bedeckt. Zwischen ihren Fingern rannen Tränen hindurch und tropften auf ihr Kleid. Es kam ihm so vor, als würde sie auch für ihn mittrauern, die Tränen weinen, die er sich selbst nicht erlaubte.

Und mit jeder ihrer Tränen, jedem ihrer unterdrückten Schluchzer schien sich die Leere in seinem Inneren mit ein wenig mehr Leben zu füllen. Hilde liebte ihn, bemühte sich nach Kräften, das Unbegreifliche zu begreifen.

Am liebsten hätte er sie in den Arm genommen, wie früher. Doch nun wusste er nicht mehr, ob sie zurückschrecken würde.

»Hilde«, sagte er schließlich leise. Nichts.

Schließlich rang er sich durch und legte vorsichtig eine Hand auf ihr Knie. »Ich würde es nicht ertragen, wenn du mich auch noch aus deinem Leben verbannst.«

»Das will ich ja gar nicht«, sagte sie leise, zögerte kurz und legte dann ihre Hand auf seine. Er reichte ihr ein Taschentuch für ihre feuchten Wangen.

»Vertraust du mir?«

Sie sah ihn lange und prüfend an, als könne sie ihm bis in die Seele schauen. »Ja, ich versuche es, Richard.«

»Ganz gleich, was noch geschieht, ich bin froh, hergekommen zu sein.«

Sie lächelte zögernd, und wenn das Lächeln auch nicht ganz ihre Augen erreichte, wusste er doch, dass es ein Anfang war.

23. Dezember 1892

Svantje eilte mit ihrem kleinen Schwesternkoffer durch den Stadtteil St. Pauli. Die winterlichen Straßen glänzten noch vom letzten Regen. Sie sah zum Himmel hinauf, wo dunkle Wolken bereits den nächsten Schauer ankündigten, und zog ihren Mantel enger. Es war ein altes Stück, doch Svantje hatte es bewusst gewählt, damit die Frauen, mit denen sie in den nächsten Stunden zu tun haben würde, leichter Vertrauen fassten. Vor einer offensichtlich wohlhabenden Dame würden sie ihre Sorgen nicht ausbreiten. Also war der dicke Mantel mit dem Pelzbesatz, den ihr Friedrich von einer Auslandsreise mitgebracht hatte, zu Hause geblieben.

Ganz gleich, wie eng sie den Stoff um ihre Mitte zog, die Wolle war dünn und von schlechter Qualität. Und so fror sie, obwohl sie in ihrem Ankleidezimmer weit Wärmeres hatte.

Es war Weihnachten, die Zeit der Spenden und Almosen, und Svantje war auf dem Weg zum Michel, wie die Hauptkirche Sankt Michaelis liebevoll genannt wurde. Dort würde an diesem Tag eine Armenspeisung stattfinden, außerdem gab es Kleiderspenden für die ganz Bedürftigen. Svantjes Beitrag war eine Sprechstunde. Sie hatte es Doktor Schawacht vorgeschlagen, und er hielt es für eine gute Idee. Denn oft kamen besonders die Armen erst dann ins Klinikum, wenn ihr Leiden lebensbedrohlich wurde.

Svantje hoffte, den heutigen Tag nutzen zu können, um zumindest einige ihrer Patientinnen früher zu erreichen. Um an diesem Tag freizubekommen, hatte sie zwar Schichten tauschen müssen, aber zu ihrem ersten Weihnachtsfest gemeinsam mit Friedrich hatte sie sich dennoch freinehmen können.

Der Pfarrer stellte ihr einen Nebenraum zur Verfügung. Als Svantje den Vorplatz der Kirche erreichte, warteten dort schon mehrere Dutzend Menschen. Manche der

Obdachlosen sahen aus, als hätten sie bereits die Nacht dort verbracht, um am Morgen die Ersten zu sein.

Svantje umrundete den prachtvollen Bau, um zu den Eingängen in die Nebengebäude zu gelangen. Schnell fand sie das richtige Zimmer. Man hatte es ihr einfach gemacht. Mit Kreide stand auf die Tür geschrieben: *Frauengesundheit, Schwester Svantje Falkenberg, Eppendorfer Klinikum.* Daneben waren eine Frauengestalt, ein Kreuz und ein Äskulapstab gemalt, für jene, die nicht lesen konnten.

In dem kleinen Zimmerchen gab es drei Stühle und einen Tisch mit einigen wenigen Utensilien, die von der Pfarrei zur Verfügung gestellt wurden. Außerdem eine Waschschüssel, einen randvollen Wasserkrug, Seife und Handtücher.

Svantje setzte ihre Tasche ab und legte Verbandszeug und ihr kleines Operationsbesteck bereit. Es war eine Kostbarkeit, wie sie sonst nur Ärzte besaßen.

Die Skalpelle funkelten im Licht, das durch ein kleines Fenster hereinfiel. Sie waren ein verfrühtes Weihnachtsgeschenk von Friedrich. Er kannte ihr Herz und wusste, womit er ihr eine Freude machen konnte – und mit noch mehr Tand gelang ihm das sicher nicht. Aber dies hier, dies war nützlich und erleichterte Svantje ihre Arbeit. Es war viel sinnvoller als Schmuck oder noch ein Pelz.

Sobald sie alles vorbereitet hatte, setzte sie sich. Lauschte. Glocken erklangen, und mit ihnen erhoben sich Stimmen. Anscheinend gab es ein Gerangel, die Armen stritten sich, wer zuerst eingelassen werden sollte.

Als Kind hatte auch Svantje oft hier angestanden, um Almosen zu erbitten, wenn auch nicht für sich selbst, sondern für ihren Jugendfreund Raik. Damit er eine doppelte

Portion bekam. Er war eine Halbwaise gewesen, doch da sich seine Mutter nicht um ihn kümmerte, war er ganz auf sich gestellt. Svantjes Vater hatte sich seiner ein wenig angenommen, wohl weil er zu jenem Zeitpunkt selbst keinen Sohn hatte. Raik und Svantje waren schnell Freunde geworden, beste Freunde sogar, und wenn es nach Raik gegangen wäre, auch noch mehr. Aber für Svantje war er nie mehr gewesen als ein Bruder.

Ich sollte ihn einmal wieder besuchen, dachte sie, während die Tumulte draußen lauter wurden. Seitdem sie mit Friedrich verheiratet war, hielt Raik respektvollen Abstand, und sie war ihm dankbar dafür. Hoffentlich würde er bald selbst seine große Liebe treffen, sie wünschte es ihm von Herzen.

Ein zaghaftes Klopfen weckte sie aus ihren Gedanken.

»Herein«, sagte sie ein wenig aufgeregt, erhob sich und strich ihren Schwesternkittel glatt. Sie war zum ersten Mal auf sich allein gestellt. Zwar untersuchte sie Patienten auch in der Klinik selbstständig, doch Rat und Unterstützung war meist nur einen Raum entfernt. Die Frau, die nun durch die Tür trat, war hager, die Schultern stießen spitz gegen den Mantelstoff. Sie war nicht viel älter als Svantje, doch das Leben hatte tiefe Spuren in ihre Haut gegraben. Ihre Augen wirkten müde und waren von schlechter Luft und dem Rauch von Kohleöfen gerötet. Sofort fiel Svantje die teigige Haut auf, die nicht zu einer so schlanken Frau passte, und der üble Gestank, der sie wie eine Glocke umhüllte.

»Kommen Sie doch herein«, sagte sie, ohne sich etwas anmerken zu lassen. Die Frau schlurfte vorwärts. »Man hat mir gesagt, hier sei ein Doktor?«

»Kein Doktor, eine Krankenschwester. Was fehlt Ihnen? Tut Ihnen etwas weh?«

Die Frau sah sich mit großen Augen um, dann streifte sie ihren Mantel ab, faltete ihn zusammen und legte ihn auf den Boden. Ihr Haar war so schmutzig, dass Svantje kaum erkennen konnte, ob es braun oder schwarz war. Unter dem Mantel trug sie eine Strickjacke und mehrere Röcke übereinander, doch schon jetzt konnte Svantje riechen, dass ihre Patientin an einer eitrigen Entzündung litt.

»Mein Bein, es tut so weh und wird einfach nicht besser«, sagte die Frau gequält.

»Lassen Sie mich sehen, bestimmt kann Ihnen geholfen werden.«

»Aber ich habe kein Geld.« Sie hatte die Röcke bereits gerafft und die Säume in den Bund gesteckt, um den Stoff aus dem Weg zu halten. Nun aber zögerte sie.

»Meine Hilfe ist kostenlos und auch das, was ich an Mitteln vorrätig habe, keine Sorge«, beruhigte Svantje sie und trat näher.

Die Frau rollte ihre Strümpfe herunter. Der rechte Oberschenkel war mit Lappen umwickelt, der Stoff durchweicht, verkrustet.

Svantje drängte die Frau, sich zu setzen, und löste dann vorsichtig den Verband. Zum Vorschein kam ein handtellergroßes Karbunkel. Doch es war mehr als nur ein übergroßer Furunkel, wie sie hin und wieder vorkamen. Hier war die Haut um den eitrigen Hof schwarz verfärbt, das umgebende Fleisch entzündet und gerötet. Sofort kam Svantje ein Verdacht. »Arbeiten Sie in einer Gerberei oder beim Schlachter?«

Die Frau schüttelte den Kopf. »Beim Seifenmacher.«

»Was ist Ihre Aufgabe?«

»Ich hole die Knochen und anderes mit einem Karren beim Abdecker, dann bereite ich sie vor.«

Svantje nickte. Die schwärzliche Geschwulst wies unmissverständlich auf Milzbrand hin. Wenn das Karbunkel aufbrach und die Flüssigkeiten eine große Ader trafen, würde die Frau womöglich an einer Blutvergiftung sterben. »Wie lange haben Sie das schon?«, fragte sie, während sie ihr Operationsbesteck bereitlegte.

»Seit dem Sommer, denke ich. Da war es noch recht klein. Werden Sie es wegschneiden?« In der Stimme der Patientin schwang ein leichtes Zittern mit. Sie hatte Angst, und das zu Recht.

Doch es gab nichts, was Svantje hätte sagen können, um es besser zu machen. Milzbrand war häufig bei all jenen, die mit toten Tierkörpern zu tun hatten, also Abdeckern, Gerbern, Kütern. »Ich muss es öffnen, den Eiter ausfließen lassen und so viel totes Gewebe entfernen wie möglich. Sie haben Hautmilzbrand. Wenn dies die einzige Stelle ist, habe ich gute Hoffnung.«

»Milzbrand?« Die Patientin wurde blass. »Werde ich sterben?«

»Sie haben Glück im Unglück, gute Frau. Es ist die harmloseste Form, und wenn Sie sich behandeln lassen, werden Sie, so es Gottes Wille ist, wieder ganz gesund.«

Die Patientin war tapfer und gab kaum einen Laut von sich, während Svantje das Karbunkel öffnete, sämtliches geschwärzte Fleisch ausschnitt und dabei unentwegt mit einem Kamillenaufguss spülte, bis die leere Eiterbeule wie ein Krater im Bein klaffte. Die gesamte Zeit hatte sie sorgfältig darauf geachtet, nicht mit der Flüssigkeit in Kontakt zu kommen. Als sie fertig war, streute sie sofort Kalk auf den Fleck am Boden, erst danach trug sie mit einem Tupfer eine Salbe aus Engelwurz auf die Wunde auf. Schließlich legte sie einen Verband an, gab der Patientin ein Töpfchen mit Salbe und einen kleinen Leinenbeutel mit getrockneten Kamillenblüten mit und sprach ihr noch einmal Mut zu.

Bis zum Nachmittag versorgte sie Katarrhe, Leibschmerzen, schwärende Wunden, den gebrochenen Arm eines kleinen Mädchens und ausgerenkte Finger.

Als sich die Tür endlich nicht mehr öffnete, wagte sie einen Blick in den Flur. Er war verlassen. Svantje hatte ihr Tagewerk getan und sich selten so zufrieden gefühlt wie heute. Sie hatte den Menschen wirklich helfen können, womöglich sogar ein Leben gerettet. Dies war ihre Bestimmung, und solange es ging, wollte sie ihr folgen.

Von den Medikamenten war kaum noch etwas übrig. Die Reste überließ sie dem Pfarrer, falls eine ihrer Patientinnen noch einmal zurückkäme und mehr bräuchte.

Es war bereits dunkel, als sie die Nebengebäude am Michel verließ und in eine Pferdebahn stieg. Die Gaslaternen leuchteten beinahe festlich. Feiner Sprühregen umgab sie wie mit einem Heiligenschein.

Svantje drückte erschöpft den Rücken in den Sitz, ihre Tasche behielt sie auf dem Schoß. Es mochte anderen seltsam erscheinen, doch sie war glücklich. Friedrichs Mutter würde das wohl nie verstehen, doch Svantje nahm sich vor, sich nicht mehr vor Frau Falkenberg zu rechtfertigen und ihre Kritik in Zukunft einfach von sich abprallen zu lassen. Was hatte Friedrichs Mutter schon je getan, um anderen zu helfen?

Es war ein Gedanke, der einen Funken Überheblichkeit in sich trug, doch an diesem Abend erlaubte sie ihn sich.

Als sie schließlich ihre Haustür aufschloss, stieg ihr der harzige Wohlgeruch einer Tanne in die Nase. Erst jetzt fiel ihr ein, dass sie an diesem Abend gemeinsam mit Friedrich einen Christbaum schmücken wollte. Es war das erste Weihnachten, das sie als Eheleute feiern würden.

Er hatte sie gehört und trat aus dem Wohnzimmer in den Flur, um sie zu begrüßen. Doch Svantje hob abwehrend die Hände. »Guten Abend, mein Ehemann! Lass mich erst ein Bad nehmen, bevor du mich umarmst.«

Er blieb wie angewurzelt stehen, nickte. »War es sehr schlimm?«

»Nein, es war ein voller Erfolg – eine gute Entscheidung. Ich werde mich mit dem Baden beeilen, und dann möchte ich von dir umarmt und geküsst werden.«

»Brauchst du Hilfe?«, fragte er mit einem lausbubenhaften Grinsen, das Svantje die Röte ins Gesicht trieb und sie ihren Herzschlag deutlich spüren ließ. Sie war schon fast im Badezimmer, als sie über die Schulter zu ihm zurücksah. »Vielleicht.«

Friedrich brauchte keine deutlichere Einladung.

4

Raik war betrunken. In jedem Arm eine hübsche Fabrikarbeiterin, sang er aus vollem Halse. Die politischen Debatten und Weihnachtsansprachen waren vorüber. Nun wurde getrunken, gegessen und gelacht. Eine kleine Kapelle, bestehend aus Blasinstrumenten und Trommeln, stimmte eine Arbeiterhymne nach der nächsten an. Sie hatten etwas zu feiern, und zwar mehr als Weihnachten und die paar Festtage, an denen es in den Fabriken weniger zu tun gab. Im vergangenen Jahr hatte die Sozialistische Partei viele neue Mitglieder gewonnen. Die Choleraepidemie hatte die Menschen wachgerüttelt und ihnen vor Augen geführt, wie wenig die einfachen Leute den Oberen bedeuteten.

Der Rat der Stadt war so versessen auf seine Macht und den Reichtum, dass man die Warnungen der Ärzte anfangs ignoriert hatte. Um die florierende Wirtschaft und den Handel nicht zu gefährden, hatten sie die Seuche totgeschwiegen. Sie fürchteten die Abriegelung des Hafens mehr als den Tod Hunderter Arbeiter, auf deren Schultern die Wirtschaft ruhte.

Nun waren die Proletarier aus ihrem Schlaf erwacht. Sie würden sich nicht mehr knechten, nicht mehr opfern lassen wie tumbes Vieh. Wenn sie aufbegehrten, Schulter an Schulter zusammenstanden, waren sie stark genug, um den Mächtigsten die Stirn zu bieten. Sie waren Zehntausende! Zehntausende gegen einige Hundert. Wenn sie nun auch noch Soldaten in ihre Reihen brachten, dann würde sogar Kaiser Wilhelm II. zittern müssen.

Raik blickte über die Bankreihen hinweg zu einem Mann, der halb verborgen hinter einer Säule stand. Es war kein Geringerer als Richard Harkenfeld, verkleidet als einfacher Mann. Wenn sogar einer wie er die Sozialisten beehrte, dann konnten sie sich Großes erhoffen. Harkenfeld junior hatte sich von seiner Familie abgewandt. Raik wusste nicht genau, warum, doch er vermutete, hoffte, dass politische Differenzen dahintersteckten. Wenn er den Gerüchten glauben konnte, dann war der Junior jetzt Rittmeister. Militärs wie er wären der Schlüssel, sollte es eines Tages hart auf hart kommen.

Die Überlegungen hatten ihn ein wenig ernüchtert. Er sang noch immer, schunkelte und musterte zugleich die Männer und Frauen, die an langen Bänken saßen. Der große Festsaal beherbergte sicher fast dreihundert Menschen. Und im Gegensatz zu früher mussten sie in diesem Jahr nicht fürchten, dass die Versammlung von der Polizei gestürmt und aufgelöst wurde. Raik war bereits einmal mit den Gendarmen aneinandergeraten. Sie hatten ihm nichts nachweisen können, doch der bloße Verdacht, er habe an einer Demonstration teilgenommen, reichte ihnen, um ihm die Nase zu brechen und ihn halb totzuschlagen.

Raik küsste beide Frauen auf die Wange und erhob sich. Berta hielt seine Hand fest. »Geh nicht, Raik, wir haben noch gar keinen Spaß miteinander gehabt.«

Sie war viel betrunkener, als er gedacht hatte. Eigentlich gefielen ihm die Frauen, die zu den Parteiversammlungen kamen. Sie waren meist selbstbewusster und energischer als ihre Geschlechtsgenossinnen, und manche von ihnen nutzten die Zusammenkünfte für einen Flirt. Raik hatte schon die ein oder andere Liebschaft hinter sich, doch betrunkene Frauen verloren in seinen Augen ihren Reiz. Er lächelte beiden noch einmal zu, dann wandte er sich ab und ging, das halb volle Bierglas in der Hand, durch die Reihen. Er schlenderte, blieb hier oder da für ein kurzes Gespräch stehen, doch sein Ziel behielt er stets vor Augen. Harkenfeld schien tief in Gedanken versunken. Seitdem Raik ihn entdeckt hatte, stand er still wie eine Statue halb hinter einer Säule verborgen, als wolle er nicht gesehen werden, und hielt sich an seinem fast leeren Glas fest. Sein Blick wanderte über die Bühne mit der kleinen Kapelle und immer wieder über die Bankreihen feiernder Menschen.

»*Moin*«, sagte Raik, als er neben ihm stehen blieb.

Harkenfeld blinzelte wie ein Träumender, der von einem Geräusch im Schlaf gestört wurde. Er musterte ihn, erst dann huschte Erkennen über sein Gesicht. »Sie, Alberts?«

Raik nickte. »Ich bin über Ihre Anwesenheit wohl mehr erstaunt als Sie über meine.«

»Wohl wahr. Bei Ihren gewerkschaftlichen Aktivitäten ist es nur ein logischer Schluss.« Harkenfeld musterte ihn ernst, und in diesem einen Blick war eine deutliche Botschaft zu erkennen. Sein Besuch der Veranstaltung war zwar kein Zufall, aber es sollte besser nicht bekannt werden, dass er hier gewesen war.

»Ich schweige wie ein Grab«, versicherte Raik und stieß sein Bierglas gegen Harkenfelds.

Der nickte nur und nahm einen Schluck von der schalen blassgelben Brühe, die einst ein Bier gewesen war. Der Industriellensohn verzog angewidert den Mund. »Wie läuft es in der Fabrik? Konnten Sie einige Ihrer Ziele durchsetzen?«

Raik versuchte, sich seine Verwunderung nicht anmerken zu lassen. Es stimmte also wirklich. Der Junior hatte mit der Familie und vor allem mit seinem Vater gebrochen, denn sonst wäre er besser im Bilde gewesen.

Kurz vor der Choleraepidemie hatte Richard Harkenfeld für einige Monate in der Werft gearbeitet und versucht, zwischen den Gewerkschaftern, zu deren gewählten Anführern Raik zählte, und der Konzernspitze zu verhandeln. Der Junior hatte seine Sache gut gemacht, abgewogen, Kompromisse gefunden. Die Arbeiter setzten ihre Hoffnung in ihn, denn wäre er seinem Vater eines Tages nachgefolgt, wären die Angestellten fein raus gewesen. Doch es war anders gekommen. Harkenfeld senior hatte den Vertrag abgeschmettert, und die Arbeiter waren auf die Barrikaden gegangen. Dann war die Cholera ausgebrochen und hatte den Protest erstickt. Die Werften lagen still, der Hafen wurde abgeriegelt, und die Menschen waren vor allem damit beschäftigt zu überleben.

Raik hatte Richard Harkenfeld seitdem nicht mehr auf der Werft gesehen und nur gehört, dass er der Familie den Rücken gekehrt hatte und zum Militär gegangen war. Eine Schande, aber Raik konnte es verstehen. Es war schon für ihn schwer, dem Werfteigner die Stirn zu bieten. Doch sie waren nicht verwandt, hatten keine gemeinsame Geschichte. Er wusste zwar nicht, wie es war, einen Vater zu haben, doch lieber hatte er keinen als einen Tyrannen wie Harkenfeld senior.

»Es gibt einige Neuerungen«, sagte Raik schließlich, »doch längst nicht so viele wie in Ihrem Papier damals. Dennoch machen wir Fortschritte. Da sich die *Arbeiders* unterschiedlichster Werften und Fabriken verbünden, gehen der Führung die Alternativen aus. Es gibt kaum jemanden, der sich als Streikbrecher *anhüren* lässt, und wenn, dann tut er es nur ein einziges Mal, für einen *Dach.*« Er sprach nicht aus, was mit solchen Leuten geschah, war es doch ein offenes Geheimnis, dass sie mindestens mit einer Tracht Prügel zu rechnen hatten.

»Also geht es voran, wenn auch langsam?«

Raik nickte. »Die Betriebsversicherung für schwere Unfälle und Tod ist durch. Der Stundenlohn um drei Prozent angehoben.« Er zählte noch einige andere Punkte auf, dann leerte er sein Bier. »*Drinken* Sie *een* Glas mit mir?«

Richard Harkenfeld sah sich gehetzt um. »Sind noch andere aus der Werft hier?«

»Die Anführer unserer kleinen Revolte *sünd al gan.* Es könnten noch einfache *Arbeiders* hier sein, aber die meisten sind so *steernhagelduun,* dass sie Sie nicht erkennen werden. Auf ein *Beer?*«

»Ja, warum nicht.«

***

Richard hatte nicht nur ein Bier getrunken, sondern drei, und außerdem noch einen Schnaps. Seine Gedanken fühlten sich schwammig an, als trieben sie wie Ölschlieren auf dem Wasser. Jeder Windhauch kräuselte sie, ließ sie in allen Farben tanzen. Raik Alberts hatte geredet und geredet. Erst über die Arbeiterbewegung, dann über sein Handwerk als Schiffszimmerer. Nach dem Schnaps begann er abzuschweifen und machte Richard immer wieder Komplimente für seine schöne Schwester Hilde. War zwischen den beiden mehr geschehen als die vielen Tänze auf Friedrichs und Svantjes Hochzeit? Richard hakte nach, doch Alberts behauptete mit ernster Miene, sie danach nie wiedergesehen zu haben. Richard konnte ihn schlecht einschätzen, dafür kannten sie sich zu wenig, und der Alkohol machte ihm ein klares Denken unmöglich. Er würde Hilde nicht darauf ansprechen. Wahrscheinlich hatte sie Alberts einfach nur schöne Augen gemacht, und der machte sich in seinem berauschten Zustand nun Hoffnungen, die sich niemals erfüllen würden.

Schließlich entdeckte Alberts einige Bekannte und verabschiedete sich. Richard sah ihm einen Moment lang nach. Auch für ihn war es Zeit zu gehen.

Richard erhob sich und lief zwischen den Tischen hindurch, die sich merklich geleert hatten. Er wusste selbst nicht, warum er hergekommen war. Natürlich war da der offensichtliche Grund, dass er Hildes Gastfreundschaft nicht überstrapazieren wollte. Aber wo sollte er hin, wenn er auf keinen Fall Bekannten und Freunden seiner Eltern begegnen wollte? In gewisser Weise war Hamburg klein wie ein Dorf. Bei den Sozialisten würde er sicherlich keinem von Vaters Geschäftspartnern über den Weg laufen. Außerdem war er neugierig gewesen, die Weihnachtsfeier war seine erste Parteiversammlung.

Und dann war da noch ein Grund, auch wenn sich alles in ihm dagegen sträubte, ihn sich einzugestehen. Doch sein stilles Hoffen hatte sich ohnehin nicht erfüllt. Jener, nach dem er klammheimlich Ausschau gehalten hatte, war nicht da, und das war sicherlich auch gut so. Wassili war wenige Tage vor Svantjes Hochzeit ebenfalls in die Partei eingetreten, sodass es nicht ganz unwahrscheinlich gewesen war, dass auch er heute anwesend sein würde. Richard hätte ihn zumindest gern aus der Ferne gesehen. Nur gesehen!

Er war wie ein Opiumsüchtiger, der immer wieder zum Kern seines Leidens zurückkehrte, wie sehr er sich auch wehrte.

Richard hatte den Saal hinter sich gelassen. Sein Gang war besser geworden, es fühlte sich nicht mehr an, als bewege sich der Boden unter seinen Füßen. Die kalte Luft würde ihm guttun. Er holte Mantel, Hut und Spazierstock an der Garderobe ab, zog sich an und schlug den Kragen hoch. Vor dem Lokal stand eine Menschentraube. Offenbar hatten viele ihre Unterhaltung ins Freie verlegt. Es wurde gelacht und gescherzt. In der Luft standen Atemwolken und Tabakgeruch. Die winzigen Schneeflocken, die geräuschlos aus dem Himmel segelten, tauten, bevor sie Mäntel und Hüte erreicht hatten.

Dann hörte er ihn. Wassilis Stimme war wie Musik, gefärbt vom russischen Akzent, der jedes Wort besonders klingen ließ. Richards Brust zog sich schmerzhaft zusammen. Zurück war die vertraute Mischung aus Sehnsucht und Ekel, und plötzlich bekam er es mit der Angst. Nichts hatte sich geändert, die Entfernung ihn nicht geheilt. Die Wunden reichten tief, und nur Wassilis Stimme zu hören ließ frisches rotes Blut daraus hervorquellen.

Richard wandte sich ab und hetzte geduckt an den Menschen vorbei. Dass er die falsche Richtung eingeschlagen hatte, merkte er erst, als er mehrere Häuser weit gegangen war. Er drehte sich um – und sah ihn. Wassili stand auf halber Strecke zwischen ihm und dem Eingang des Festsaals. Er musste ihn erkannt haben und ihm gefolgt sein. Als sich Richard nun umdrehte, verwandelte sich Wassilis fragender Blick in ein breites Lächeln. »Richard!«

Er eilte auf ihn zu, während Richard nur dastand wie festgewachsen. »Nicht … komm mir nicht zu nahe«, stotterte er, doch Wassili schien ihn gar nicht zu hören, schüttelte seine Hand und zog ihn dann an sich. Was für die anderen aussehen musste wie eine kameradschaftliche Umarmung, raubte Richard jedweden Widerstand. Wassili klopfte ihm auf den Rücken, während er noch immer seine Hand hielt und sie mit dem Daumen streichelte. Der Duft seiner Haut, ihm endlich wieder nah zu sein, war wie süßes Gift.

Endlich und doch viel zu früh ließ Wassili ihn los.

»Ich wollte gerade gehen.«

Wassilis Augen blitzten vor Glück. »Dann lass mich dich ein Stück begleiten.«

Richard schüttelte den Kopf, doch Wassili ließ sich nicht so einfach vertreiben. Und war er nicht auch mit dem heimlichen Wunsch hergekommen, ihn noch einmal wiederzusehen? Wassili nahm hastig Abschied von seinen Freunden und sagte, dass er und Richard einen Großteil des Heimwegs gemeinsam gehen könnten. Viel zu schnell war er wieder an seiner Seite. Sobald sie außer Hörweite waren, brach der Russe das Schweigen. »Ich habe mir solche Sorgen gemacht, Richard. Es hat eine Woche gedauert, bis ich von Friedrich erfuhr, dass du sofort aus der Stadt getürmt bist und wieder Uniform trägst.«

»Ich habe ihm telegrafiert, in der Hoffnung, dass die Nachricht dich irgendwie erreicht. Ich hatte keine Wahl, ich musste fort, bevor mein Vater es sich anders überlegt und mich ins Zuchthaus steckt.«

»Es war eine riesengroße Dummheit, Richard. Es tut mir leid.«

Richard nickte, seufzte und versuchte, nicht in seinem Begleiter den Schuldigen zu suchen. »Es ist, wie es ist.«

»Tak ono i jest«, sagte Wassili, und Richard war es gleich, ob es sich dabei um eine Zustimmung handelte oder um einen seiner berüchtigten Trinksprüche.

»Wie ist es dir ergangen, Wassili?«

»Wie immer. Ich bin damals noch geblieben, hab so getan, als sei nichts, ein Küsschen hier, ein Küsschen da, während ich in mir drin am liebsten gestorben wäre. Die letzten Wochen …« Er hob die Hände zu einer Geste der Gleichgültigkeit. »Viel zu tun bei Falkenbergs, sonst nichts.«

Sie schlenderten über Pulverschnee. Die Gassen um sie herum eingehüllt in feierliche Stille, ihre Schritte geräuschlos, der feine, weiße Flaum knirschte nicht unter den Ledersohlen ihrer Stiefel.

Hin und wieder sah Richard zur Seite und musterte das markante, schöne Gesicht seines Begleiters. Hohe Wangenknochen, blaue Augen und eine leichte Hakennase, die seinem Gesicht Charakter verlieh. Er wusste noch genau, wie sich Wassilis Lippen anfühlten. Die geteilten Küsse hatten sich in seine Erinnerung gebrannt, unwiderruflich. Er wollte ihn wieder küssen, und dieser Wunsch weckte Abscheu in ihm. Eine Zeit lang hatte er seine Gefühle für Wassili mit diesem Ekel vor seinen eigenen widernatürlichen Trieben in die Schranken weisen können, doch auf lange Sicht hatte er seiner Zuneigung nichts entgegenzusetzen.

Vielleicht war es der Alkohol, der seinen Widerstand brach, denn am Ende begleitete nicht Wassili Richard, sondern Richard ihn. Längst hatten sie die Richtung zu dessen Wohnung eingeschlagen, und Richard ahnte, dass er heute nicht allein schlafen würde.

Sobald sie die Wohnung erreicht und die Tür geschlossen hatten, gab es kein Halten mehr. Sie küssten sich, und mit der ersten Berührung ihrer Lippen wusch die Leidenschaft über sie wie eine Flutwelle, die alles mit sich riss.

Arm in Arm lagen sie schließlich im Bett und tauschten Neuigkeiten aus, bis Richard klar wurde, dass er gehen musste. Seine Schwester würde Verdacht schöpfen, wenn er zu spät heimkäme. Er musste an das Versprechen denken, das er ihr gegeben und schon nach einem Tag gebrochen hatte, und damit war auch die Abscheu vor sich selbst wieder zurück. Der Ekel half ihm, sich anzuziehen und Wassili im Bett zurückzulassen.

»Wann sehen wir uns wieder?«, rief der mit Sehnsucht in der Stimme.

Richard konnte ihm plötzlich nicht mehr in die Augen schauen. »Ich weiß es nicht, kann nichts versprechen. Die Dreizehnte nimmt mich sehr in Anspruch.«

»Flensburg ist so weit weg.«

»Ja. Aber das lässt sich nicht ändern.« Er blieb kurz stehen, sah sich noch einmal um. Dann schob er nach: »Du hättest mich damals nicht küssen dürfen, Wassili.«

Er war bereits an der Tür, als Wassili ihm eine Frage nachrief. »Gibst du mir etwa die Schuld?«

»Ja«, sagte Richard, und mit diesem Wort war er im Flur. Während er die Treppe hinunterhetzte, wurde ihm klar, dass es stimmte. Er gab Wassili die Schuld an allem.

Richard, der sich von Beginn an vor seinen Gefühlen gescheut hatte, wäre niemals auf die Idee gekommen, einen anderen Mann unter freiem Himmel zu küssen. Wassili hatte ihn gedrängt, versprochen, dass man sie nicht sehen würde, und dann war es doch geschehen. Ja, es war seine Schuld.

Doch die Sünde, die sie auf sich luden, die wog für beide gleich schwer.

5

Juli 1895 – Zweieinhalb Jahre später

Hilde wartete in einem hübschen kleinen Alstercafé auf sie. Nun, da sie im sechsten Monat schwanger war, hatte Svantje ihren üblichen geschmeidigen Schritt verloren. Ihr Gang wurde schwerfälliger, und bei längeren Strecken schmerzte ihr Rücken. Nichts Ungewöhnliches für eine Schwangerschaft, und doch fühlte sie sich, als sei sie vom Leben bestraft worden. Sie hätte gern noch etwas mit dem Kinderkriegen gewartet, doch so war es nun einmal. Mittlerweile freute sie sich auch schon sehr darauf, den kleinen Menschen kennenzulernen, der in ihrem Leib heranwuchs.

Hilde erhob sich, sobald sie Svantje bemerkte, und winkte ihr zu. Ihr nun zwei Jahre alter Sohn war nicht bei ihr. Die Freundinnen umarmten sich. »Meine Güte, bist du rund geworden. Lass dich ansehen.« Sie schob Svantje an den Schultern von sich, um sie zu mustern. »Die Schwangerschaft steht dir gut«, verkündete sie.

»Ach, das sagst du doch nur, um mich aufzumuntern. Ich fühle mich fürchterlich, und seitdem ich auf der Seite schlafen muss, ist es auch mit der Nachtruhe vorbei.«

Sie setzten sich und bestellten Kaffee und Kuchen. Svantje strich geistesabwesend über ihren Bauch. Unter der straffen Haut bewegte sich das Kind. Vermutlich war es das Knie, das sich deutlich fühlbar gegen ihre Hand drückte.

»So kannst du aber nicht mehr arbeiten«, bemerkte Hilde nüchtern.

»Na, da scheinst du dir ja mit allen anderen einig zu sein.« Svantje seufzte.

»Du bist eine starke, energische Frau und hast so viel erreicht. Es sind doch nur ein paar Jahre, dann kannst du wieder weitermachen. Und dein Doktor Schawacht hat dir sicher versprochen, dass du wiederkommen kannst, nicht wahr?«

»Ich mache mir nichts vor, Hilde. Von den anderen Frauen, die schwanger geworden sind, ist nicht eine einzige zurückgekommen. Das Krankenschwesterndasein ist nur für Unverheiratete und Kinderlose. Gestern war mein letzter Tag. Ich hatte noch so viele Pläne. Mein Dienstzimmer leer zu räumen und mich zu verabschieden hat sich angefühlt, als ginge ich zu meiner eigenen Beerdigung.«

»Ach, Svantje.« Hilde nahm ihre Hand und drückte sie. Ihr Blick war mitfühlend. »Du weinst doch nicht etwa?«

»Nein, nein, natürlich nicht.« Sie schwieg einen Moment, versuchte, die Tränen hinunterzuschlucken. Ihre Kehle fühlte sich eng an, trocken.

Was sie schließlich rettete, war der Kellner mit Kaffee und dem Kuchen. Hilde hatte sich eine Sahnetorte mit Himbeeren bestellt, Svantje eine mit Schokolade und Kirschen. Sie stocherte mit der Gabel hinein, pickte eine Kirsche hinaus, aß sie aber nicht. »Ich habe Angst«, gestand sie leise. »Alles, was ich mir je gewünscht habe, ist, Krankenschwester zu sein und anderen Menschen zu helfen. Jetzt bin ich dazu verdammt, die nächsten Monate zu Hause zu sitzen und darauf zu warten, dass mein Bauch dicker und dicker wird. Wenigstens hat das Kleine so lange gewartet, dass ich eine Zeit lang arbeiten konnte. Ich hatte dir doch von der Studie erzählt, die Doktor Schawacht für die Medicinalbehörde durchführen sollte. Wir haben über ein Jahr lang Daten und Fallbeispiele über die häufigsten Erkrankungen der einfachen Arbeiter und Mittellosen zusammengetragen. Ein weiteres Jahr verging mit der Auswertung. Ich durfte sogar ein Kapitel für seinen Bericht schreiben, und es war wirklich eine ganz besondere Erfahrung. Ich hätte nicht gedacht, dass mir auch so etwas Freude machen könnte. Die Studie war ein voller Erfolg und findet viel Beachtung, hier und in Berlin.«

»Siehst du, so hat sich am Ende doch noch alles gefügt. Schließlich konntest du fast drei Jahre als Oberschwester arbeiten, bevor Friedrich dich rund gemacht hat.« Hilde kicherte. »Und was diese Studie betrifft … Ich wusste immer schon, dass Forschergeist in dir steckt, du bist so neugierig, es steht dir ins Gesicht geschrieben.«

»Aber auch damit ist es nun vorbei«, schmollte Svantje. Hilde konnte ja nichts dafür, aber dafür waren Freundinnen da, sie mussten auch in schlechten Zeiten zueinanderhalten.

»Vorbei? Wer sagt denn, dass es vorbei ist? Deinen Geist bekommen wir für die nächsten Monate und Jahre schon beschäftigt. Wenn es dir dann besser geht, könntest du mit mir zu einigen Vorlesungen gehen. Hamburg mag zwar noch keine eigene Universität haben, aber Veranstaltungen gibt es zur Genüge.« Das Akademische Gymnasium war 1895 aufgelöst worden, aber durch eine Gesetzesänderung zum Allgemeinen Vorlesungswesen wurde garantiert, dass weiterhin Vorträge für interessierte Bürger stattfanden. Die vielen in Hamburg angesiedelten wissenschaftlichen Institute sorgten für ein reges Angebot. »Als Gasthörerin bist du jederzeit willkommen.«

Svantje wusste, dass Hilde häufig solche Vorlesungen besuchte, doch darüber gesprochen hatten sie selten. »Was zum Beispiel?«

»Ich finde Literatur und Geschichte sehr interessant. Aber in diesem Semester habe ich mich der Völkerkunde verschrieben. Es sind mehrere Forscher zu Gast im Botanischen Garten, die zugleich Völkerkundler sind. Sie berichten von ihren Abenteuern auf der Suche nach unbekannten Pflanzen, von Urwäldern, wilden Tieren, Menschenfressern. Svantje, manchmal kann ich nachts kaum schlafen, so aufgeregt bin ich von dem Gehörten. Es wäre schön, wenn du mich begleiten würdest. Die Kommilitoninnen sind allesamt patente Frauen, sie haben genau solche Dickköpfe wie du.«

»Und du.« Svantje lächelte nun doch und musste daran denken, wie Hilde gewesen war, als sie sich kennenlernten. Eine arrogante, hochnäsige junge Frau, die sich für nichts anderes interessierte, als einen reichen Ehemann zu finden, der ihr mehr Tand kaufen konnte, als sie in ihrem Leben je brauchen würde. Wie sehr hatte sie sich verändert – und nur zum Guten. Mit der Hilde von früher hätte Svantje niemals befreundet sein können.

»Ich glaube, Literatur und Völkerkunde sind nichts für mich. Aber Medizin. Sicher hat das Professorenkonvent auch für medizinische Vorlesungen gesorgt. Wenn sie mich lassen, würde ich dort gern Mäuschen spielen.«

»Es sind ja Vorlesungen für jedermann, und dein Gatte wird es dir doch sicherlich erlauben.«

Darüber, wie Friedrichs Entscheidung ausfallen würde, hegte Svantje keinen Zweifel. Er war ein fortschrittlicher Mann. »Dann würde ich die Zeit nutzen können, um mich weiterzubilden!« Es fühlte sich an, als löse sich in ihrer Brust ein Knoten, der sich unbemerkt dort gebildet hatte und langsam, aber stetig gewachsen war, bis er ihr die Luft abdrückte. Nun konnte sie wieder freier atmen. »Du hast mich gerettet, Hilde. Danke!«

»Dazu sind Freundinnen doch da.«

Svantje aß etwas Kuchen, der wirklich ganz vorzüglich schmeckte, nun, da ihr Geist nicht mehr von düsteren Zukunftsaussichten okkupiert war. »Lassen wir das Thema ruhen und sprechen über dich. Wie geht es dir und dem kleinen Mann?« Hildes Gesicht wurde weich. Das geschah immer, wenn sie über ihren Sohn sprach. »Mein Heinrich ist so ein guter Junge. Ich war vergangene Woche mit ihm bei einem Fotografen. Möchtest du die Bilder sehen?«

»Was ist das denn für eine Frage, natürlich möchte ich!«

Hilde reichte ihr ein edles schwarzes Kuvert. Darin befanden sich drei verschiedene Fotos in mehreren Ausführungen. Auf einem saß der kleine Junge auf einer Rolle von dickem Seil. Er trug eine Seemannsuniform und hielt einen Kompass in der Hand. Brav schaute er genau zum Betrachter. Der Säuglingsspeck verschwand langsam und ließ erkennen, wie er einmal aussehen würde.

»Ein hübscher kleiner Kerl«, sagte Svantje. »Aber er ist weder nach dir geraten noch nach deinem Mann. Da muss sich die vorherige Generation durchgesetzt haben.«

Hilde nahm ihr das Bild aus der Hand und errötete. »Du bist die Erste, die es so deutlich anspricht.«

Hatte sie etwas Falsches gesagt? »Es tut mir leid, liebe Freundin, wenn dich meine Worte verletzt haben.«

»Nein, nein, nicht, wenn du es sagst. Ich bin ja selbst froh, dass er nicht nach Walter kommt.« Sie wollte noch etwas Weiteres sagen, presste dann aber die Hand auf den Mund. »Kann ich dir voll und ganz vertrauen, liebe Freundin?« Sie klang plötzlich ernst.

»Jedes Geheimnis ist bei mir sicher, das schwöre ich.«

Hilde rückte näher und legte die Fotos wieder vor sie hin. Dann beugte sie sich vor und flüsterte in Svantjes Ohr: »Als er noch ein Säugling war, hat es niemand gemerkt, aber du bist nun schon die Dritte, die es anspricht. Findest du, es ist so auffällig, dass er Walter nicht ähnelt?«

»Auffällig ja, aber nicht so sehr, dass man es nicht erklären könnte. Mein kleiner Bruder ist auch ganz nach Vaters Schwester gekommen.«

»Walter kann keine Kinder zeugen, Svantje.« Sie hatte es so leise gesagt, dass es schwer war, die Worte zu verstehen. Hatte sie sich verhört? Nein. »Bist du dir sicher?«, fragte Svantje, während sie versuchte, Hildes Geständnis in seinem gesamten Ausmaß zu begreifen. »Wer?«, fragte sie nur, mehr brachte sie nicht heraus.

»Du kennst ihn … meinen Retter.«

»Dein *Retter?*« Raik also. Ihr Jugendfreund. In Svantjes Magengrube kribbelte es vor Aufregung. Das Geheimnis, das ihre Freundin soeben mit ihr geteilt hatte, war ungeheuerlich. Sie zog die Fotografie heran, studierte sie. »Heinrich sieht genau aus wie sein Vater«, flüsterte Svantje.

»Jetzt kommt das Problem. Walter ist ein liebevoller Mann, wirklich, einen besseren kann ich mir eigentlich nicht wünschen. Er glaubt, dass mir damals Gewalt angetan worden sei, was ihn nicht davon abgehalten hat, mich zu heiraten. Er liebt Heinrich abgöttisch, mehr, als ich es von den meisten Männern mit ihren leiblichen Kindern kenne.«

»Aber das ist doch alles wundervoll.« Die Dinge hatten sich perfekt gefügt. Hilde sah aus, als habe sie ein weiteres Geheimnis, das geteilt werden musste. Als sei ein Damm gebrochen.

»Heraus damit«, flüsterte sie verschwörerisch und drückte die Hand ihrer Freundin.

»In letzter Zeit hat Walter gesagt, er wünschte sehr, dass Heinrich ein Geschwisterchen hätte. Dabei sieht er mich dann ganz seltsam an.«

»Meinst du etwa, er will …« Allein der Gedanke trieb Svantje die Schamesröte in die Wangen. Wie konnte er seine eigene Frau zu einer solchen Sünde anstiften! Seine eigene Frau! Vor allem, da er dachte, ihr sei Gewalt angetan worden.

»Genau das.«

»Bist du sicher?«

»Sehr sicher … glaube ich.«

»Wahrscheinlich ist es nur so dahingesagt, nur eine Laune. Wenn du nicht darauf eingehst, vergisst er diesen seltsamen Gedanken bestimmt bald.«

»Das glaube ich nicht, denn er sagt es schon seit einem Jahr. Ich denke, er meint es sehr ernst. Er will noch ein Kind, und er weiß, wenn ich seinen Wunsch erhören möchte, dann muss ich ihm Hörner aufsetzen. Trotzdem lässt er die Sache nicht ruhen.«

Svantje musterte ihre Freundin ernst und flüsterte: »Und was willst du tun? Dein eigener Mann fordert dich zum Ehebruch auf. Das ist ja allerhand!«

»Wäre es das nicht nur, wenn wir die Ehe auch vollzogen hätten? Vielleicht hat er Angst, ich könne ihn verlassen wie seine erste Frau, und will, dass ich … nun ja … das Eheglück nicht vermisse. Aber das ist nur eine Vermutung«, gab Hilde noch leiser zurück.

Svantje fühlte das Blut in ihren Schläfen pochen. Das war doch alles ungeheuerlich.

Hilde seufzte. »Wenn ich ehrlich bin, wäre es schön, wenn Heinrich einen kleinen Bruder oder eine kleine Schwester bekäme.«

»Aber das geht doch nicht«, protestierte Svantje laut.

»O doch, es geht sogar recht einfach, liebe Freundin, das weißt du selbst. Sie würden sich sogar ähnlich sehen. Das allerdings könnte andererseits auch zu Problemen führen.«

Svantje schluckte. Vor ihrem geistigen Auge sah sie wieder Raik und Hilde vor sich, wie sie auf ihrer Hochzeit ausgelassen tanzten, den ganzen Abend lang. Es hätte Svantje schon damals auffallen sollen, doch sie war die Braut gewesen und so glücklich, dass sie nur Augen für Friedrich gehabt hatte.

»Sei bloß vorsichtig liebe Freundin. Wenn das herauskommt …«

»Aber das wird es nicht. Niemals!«

***

Svantje hatte beschlossen, den Vorschlag der Freundin in die Tat umzusetzen. Eine umfangreiche Einverständniserklärung Friedrichs in der Tasche, betrat sie die Verwaltung der Wissenschaftlichen Anstalten, wo sie sich für einige nicht der Allgemeinheit zugängliche Vorträge einschreiben wollte, nachdem sie herausgefunden hatte, dass es auch spezielle Veranstaltungen gab, die sich an zukünftige Medizinstudenten sowie fortbildungswillige Ärzte und Apotheker richteten. Im weiteren Sinne zählte sie als ausgebildete Krankenschwester zu diesem Kreis.

Friedrich hatte ihr zwar angeboten, sie zu begleiten, doch sie hatte das Gefühl gehabt, dass dies ein Weg war, den sie allein gehen musste und wollte.

Nun saß sie im Büro des Sekretärs, der schon seit einigen Minuten ihre Unterlagen betrachtete, darunter auch ihre Ausbildungsbescheinigung und eine Empfehlung Doktor Schawachts.

»Krankenschwester also«, las er murmelnd. »Aber kommen Sie mir nicht auf die Idee, zu meinen, Sie könnten unsere Studenten belehren.«

»Nein, selbstverständlich nicht.« Sie biss sich auf die Zunge und sah ihn artig an. Was glaubte dieser Mann denn, weshalb sie hier war? Sie hielt den Mund, wollte nicht schon am ersten Tag den Ruf bekommen, eine anstrengende und launische Weibsperson zu sein.

»Also gut«, sagte der Sekretär schließlich, und Svantje fiel ein Stein vom Herzen. Sie musste mehrfach unterschreiben, Friedrichs Einverständniserklärung wurde hinzugeheftet, und dann war sie offiziell Gasthörerin.

»Ich werde jemanden holen, der Sie ein wenig herumführt.«

»Das ist nicht nötig, ich finde mich schon allein zurecht.«

»Nein, nein, Fräulein, es ist weitläufig hier, und man kann schnell die Orientierung verlieren.«

»Danke.« Sie wartete fast eine Viertelstunde, bis er mit einem jungen Mann zurückkehrte, dessen Gesicht ihr bekannt vorkam.

»Schwester Falkenberg?« Als er sie überrascht musterte, fiel ihr wieder ein, woher sie ihn kannte.

»Sie sind der Verlobte der Schwesternschülerin Julia Reiss, haben das Fräulein immer abgeholt!«, rief sie.

»Das stimmt. Gerd Hartung, angenehm.« Er deutete eine Verbeugung an.

»Wenn Sie sich bereits kennen, umso besser«, murmelte der Sekretär und kehrte hinter seinen Schreibtisch zurück.

Hartung öffnete Svantje die Tür, gemeinsam traten sie in den Flur. »Sie wollen also an den medizinischen Vorträgen teilnehmen?«, erkundigte sich Hartung gut gelaunt.

»Ja, wie Sie sehen, bin ich in Umständen, die es mir nicht erlauben, weiter zu arbeiten. Ich würde diese Auszeit gern sinnvoll verbringen.«

»Und das Aufziehen von Kindern ist nicht sinnvoll genug?«, fragte er mit ernstem Ton, doch in seinen Augen blitzte der Schalk.

»Sie wissen genau, was ich meine. Mein Kopf braucht auch etwas zu tun, nicht nur meine Hände.«

Sie gingen gemeinsam zu den Hörsälen und besahen die Lehrpläne. Da es sich nicht um eine echte Universität handelte, war die Auswahl begrenzt. Ein Teil der Vorträge fand in einem Gebäude statt, das zu den Eppendorfer Kliniken gehörte. Svantje wählte eine Vortragsreihe zu Infektionskrankheiten aus, die vom neu gegründeten *Institut für Hygiene und Umwelt* organisiert wurde, sowie eine zu Blut und Blutkreisläufen. Für insgesamt zwei Tage in der Woche stellte sie sich einen Plan zusammen und notierte die Bücher, die sie benötigen würde, dann verabschiedete sich Hartung zu einem Termin. Nun hatte Svantje nicht mehr viel Zeit, bis sie sich mit Hilde traf.

Es war ein warmer Sommertag, und die wenigen Schönwetterwolken verdeckten die Sonne kaum. Als Svantje das Gebäude verließ, öffnete sie einen Sonnenschirm aus feiner Spitze, den sie zwar ebenso überflüssig wie lästig fand, der bedauerlicherweise aber zur Ausstattung einer jeden Dame zählte. Auf dem Platz flanierten einige Spaziergänger, aßen Eis im Schatten sorgfältig gestutzter Platanen, in denen Hunderte Spatzen lärmten.

Svantje umkreiste ungeduldig den Brunnen, an dem sie mit Hilde verabredet war. Am liebsten hätte sie gleich heute die ersten Vorträge gehört. Sie musste nicht lange warten, da tauchte Hilde auf. Sie schwatzte mit zwei Freundinnen, die beide Reformkleider anhatten und damit einige Blicke auf sich zogen. Die Taillen nicht mehr eng geschnürt und die Röcke etwas kürzer und schmaler, waren sie schon von Weitem zu erkennen. Dazu trugen sie breite, mit Seidenblumen geschmückte Sommerhüte.

Svantje begrüßte die drei. »Darf ich dir Elise, genannt Lise, und Margarete Köhler vorstellen? Sie besuchen wie ich die Vorlesungen der Völkerkundler und Botaniker.«

»Sehr angenehm.« Svantje musterte die Schwestern. Sie waren beide von zarter Statur mit dunkelblondem Haar und versprühten Lebenslust und Energie. Dass sie es wagten, nicht nur zu Hause, sondern selbst in der Innenstadt entgegen den Schönheitsidealen der Mode Reformkleidung zu tragen, sprach Bände.

Svantje erzählte kurz, wie ihre Anmeldung verlaufen war, dann verstrickten sie sich schnell in eine angeregte Diskussion über Mode, Gesundheit und die Vorteile von Leibesertüchtigung wie Gymnastik und Radfahren.

Ja, dachte Svantje, *hier bin ich richtig aufgehoben.* Für einen kurzen Augenblick ergriff sie die Hand ihrer Freundin Hilde und drückte sie dankbar.

Schon eine Woche später war es so weit. Svantje lief mit einem Gefühl leiser Ehrfurcht über den Flur und blieb vor den kleinen Glasvitrinen stehen, in denen präparierte Organe ausgestellt wurden. Ganz dicht beugte sie sich heran, es gab so viele Details! Es war erstaunlich, wie gut die Exponate erhalten waren. Es gab ein Herz, das anscheinend mit einer Art Wachs gefüllt worden war. Leuchtend rot zeichnete sich das Adernetz ab. Daneben hing eine Lunge, die beinahe noch faszinierender war. Dann wurde Svantje bewusst, dass es Teile von Menschen waren, die sie wie Kunstwerke in einem Museum bestaunte. Und Kunst kam das, was der Präparator hier geschaffen hatte, zweifellos gleich.

Nach und nach fanden sich immer mehr Interessierte auf dem Flur vor dem Vortragsraum ein. Ihre Unterhaltungen verschwammen im Hintergrund zu gleichförmigem Murmeln, sodass Svantje erst gar nicht wahrnahm, dass jemand neben sie trat. Ein Räuspern erklang, als sie gerade fasziniert die präparierten Nieren betrachtete. Svantje zuckte zusammen.

»Nun, Fräulein, die sind abstoßend, nicht wahr? Warten

Sie erst einmal, bis Sie die echten Gekröse sehen. Das ist nichts für ein zartes Frauengemüt.«

Die Freunde des jungen Mannes mit dem großen Mundwerk, die nicht weit weg standen und alles mit anhörten, lachten und gestikulierten, spielten vor, seufzend in Ohnmacht zu fallen.

Einen Moment lang war Svantje zu perplex, um schlagfertig zu sein.

»Wenn sie ohnmächtig wird, fange ich sie auf«, rief einer. Svantje drehte sich zu ihm um, und sein Lachen erstarb, als er ihren runden Bauch sah. Zweideutige Scherze über eine Schwangere zu machen schien selbst diesem vorlauten Gesellen nicht recht zu behagen.

»Meine Herren, ich denke, ich habe weit mehr menschliche Körper von innen gesehen als die meisten oder vielleicht sogar alle von Ihnen. Wir werden schon noch herausfinden, wer als Erstes die Nerven verliert. Eines aber kann ich Ihnen garantieren: Ich werde es nicht sein.«

Das Gelächter verstummte endgültig, als jemand zu klatschen begann. »Bravo, Schwester Falkenberg!« Hartung war hinzugekommen. »Ich würde auf Sie setzen, wenn wir wetten müssten!«

6

Mai 1899

Morgens war ihr immer übel, darum hatte Svantje heute nicht mit Friedrich gefrühstückt, denn allein beim Duft von Kaffee und Brot drehte sich ihr der Magen um. Meist bekam sie erst gegen elf etwas herunter, und sie hatte es aufgegeben, sich vorher zu zwingen. Deshalb besuchte sie zurzeit auch nicht die Vorlesungen. Eine Frau, die ständig aus dem Saal stürzte, um sich zu übergeben, es vielleicht nicht einmal rechtzeitig hinausschaffte, wollten sie dort nicht sehen. Und Svantje fühlte sich auch nicht danach, obwohl sie sich in den vergangenen Jahren durch Fleiß und Sachkunde den Respekt der Referenten und Zuhörer erarbeitet hatte und viele Wissenslücken hatte schließen können, die sie bereits seit der Ausbildung störten.

Die zweite Schwangerschaft war in vielen Belangen schwieriger als die erste. Svantje verlor stark an Gewicht, und schon in den ersten Wochen war ihr so unwohl, dass sie sich häufig hinlegen musste.

Eigentlich war es sogar ihre dritte Schwangerschaft, doch darüber wollte Svantje nicht nachdenken. Sie war ein halbes Jahr nach dem Abstillen von Karoline wieder schwanger geworden, hatte nach vier Monaten aber eine Fehlgeburt erlitten. Es war ein Kindchen gewesen, das sich kaum bemerkbar machte, außer dass ihre Regel ausblieb und der Bauch ein wenig wuchs. Sie verlor es in der Nacht. Eine Weile hatten Friedrich und sie getrauert, waren schließlich aber gemeinsam mit der kleinen Karoline ans Meer gefahren, um auf andere Gedanken zu kommen. Und dort musste sie wieder empfangen haben.

Svantje hatte sofort gewusst, dass dieses Kind bleiben würde, denn es versetzte ihren Körper in heillosen Aufruhr. Sie bekam fürchterliche Launen, die durch die beständige Übelkeit nicht besser wurden. Die erste Regung war energisch, als habe sie einen kleinen Ziegenbock in sich. Es war gar nicht genug Zeit, auch nur darüber nachzudenken, ins Klinikum zurückzukehren. Svantje sah sich schon ein Kind nach dem anderen austragen, bis sie alt und faltig war. Sie war erst sechsundzwanzig und hatte noch viele fruchtbare Jahre vor sich. Obwohl sie die kleine Karoline über alles liebte und sich auf deren Geschwisterchen freute, verfolgte sie dieser Albtraum.

Ihren Förderer Doktor Schawacht traf sie dennoch hin und wieder auf einen Kaffee. Er brachte ihr oft Bücher aus seiner privaten Sammlung und neu erschienene wissenschaftliche Zeitungen.

Hin und wieder waren sie auch zu viert ausgegangen, Friedrich, Doktor Schawacht, seine Frau und sie. Bei einem dieser Treffen hatte sich Svantje davon überzeugen lassen, ihre Zeit dafür zu nutzen, ein Buch zu schreiben. Der Doktor hatte sie in den Monaten zuvor vermehrt in die Arbeiten an seinen Publikationen einbezogen. Sie hatte von zu Hause aus Material gesichtet und zusammengefasst und auch einige kleinere Passagen verfasst. So fiel es ihr nicht schwer, den endgültigen Schritt zu tun und selbst zu schreiben. Tag für Tag saß sie nun am Schreibtisch, sobald die morgendliche Übelkeit vorüber war. In das Buch sollte viel aus ihrer Berufspraxis einfließen, vor allem leicht zu behandelnde Krankheiten, dazu noch Erste Hilfe und allgemeine Gesundheitsratschläge. Sie hoffte, dass nach der Lektüre keine Frau mehr auf die Idee kommen würde, sich mit dem Mieder beinahe zu Tode zu schnüren.

Gegen diese Art von Arbeit hatte sogar ihre Schwiegermutter nichts einzuwenden, und so hatte Svantje mit ihr eine Art Frieden geschlossen, vielleicht auch nur einen Waffenstillstand. Hin und wieder brachte sie Karoline für einen Nachmittag zu den Falkenbergs, die ihr einziges Enkelkind mit Geschenken und Zuneigung überhäuften.

Svantje nutzte die Zeit für ihre Schreibarbeiten. Auch jetzt legte sie sich Notizen zurecht, um beginnen zu können, sobald Friedrich aus dem Haus war.

Als sie nun Schritte auf der Treppe vernahm, bekam sie ein schlechtes Gewissen. Sie hatte ihren Ehemann beim Frühstück wieder einmal allein gelassen und die vergangene halbe Stunde an ihrem Schreibtisch zugebracht. Das Buch nahm Formen an. Stapelweise türmte sich eng beschriebenes Papier. Das Tintenfässchen wartete frisch befüllt auf seine Aufgabe. Seit Monaten arbeitete sie an dem Werk, und mittlerweile tat ihr schon nach kurzer Zeit mit dem Füllfederhalter die Hand weh.

Als Friedrich klopfte, massierte sie sich geistesabwesend die Finger. »Komm herein!«

Er drückte die Tür auf und trat leise ein. »Ist meine kleine Prinzessin bei dir?«, flüsterte er.

»Nein, Karoline schläft noch.« Friedrich trat zu ihr und

legte ihr die Hände auf die Schultern. »Wie geht es euch beiden?«

»Mir ist wieder übel, aber das Kleine ist putzmunter. Und da heißt es immer, das zweite Kind sei einfacher auszutragen als das erste.« Svantje hoffte, dass der unangenehme Teil der Schwangerschaft bald vorüber war. Friedrich beugte sich zu ihr herab und küsste sie sacht auf die Schläfe. »Wie kommst du mit deinem Buch voran?«

»Mühsam, seit zwei Wochen fast krampft mir die Hand vom Schreiben, und die Abhandlungen zu lesen, die mir Doktor Schawacht zukommen lässt, führt mir zu oft vor Augen, wie sehr ich meinen Beruf vermisse.«

Friedrich seufzte. Sie wusste, dass er durchaus nichts dagegen gehabt hätte, wenn sie niemals wieder arbeitete, doch er sagte es nicht, weil er ihren Wunsch respektierte. »Wenn du dich gut genug fühlst, dann begleite mich doch heute ins Büro. Vielleicht habe ich eine Überraschung für dich.«

Erstaunt legte sie den Kopf in den Nacken, lehnte sich gegen Friedrichs flachen Bauch und sah zu ihm auf. »Eine Überraschung? Aber ich trage noch mein Hauskleid. Wann willst du aufbrechen?«

Er kniete sich neben sie und nahm ihre Hände in seine. »Sobald du fertig bist.«

»Und Karolinchen?«

»Bleibt hier, bei der Haushälterin.«

»Du hast das geplant!«

»Ich bin Fernhändler. Selbstverständlich habe ich es geplant, so wie ich *alles* plane.« Er lächelte verschmitzt, und ihr Herz tat einen aufgeregten Satz. Zwischen ihnen hatte sich in den Jahren ihrer Ehe nichts verändert. Sein Charme wirkte wie am ersten Tag, sie war ihm hoffnungslos ausgeliefert, und das gern.

»Ich beeile mich«, flüsterte sie dicht an sein Ohr gebeugt, sodass ihr Atem über seinen Hals strich, und eilte davon.

Die Fahrt in der Droschke war kurz, so kurz, dass die Übelkeit sich nicht verstärkte. Svantje hatte das Büro schon seit einer Weile nicht mehr betreten. Friedrich hatte seines mit dem seines Vaters zusammengelegt. Gemeinsam unterhielten sie nun ein Lagerhaus in der neu errichteten Erweiterung der Speicherstadt. Die Backsteine leuchteten noch in frischem Rotorange, während ältere Gebäude schon vom Schmutz der Holzkohlefeuer und dem Ruß der Dampfschiffe ergraut waren. In dem neuen Bau war nun nicht nur das Büro, sondern auch das Warenlager untergebracht. Durch Tore und Seilwinden zur Wasserseite konnte direkt vom Schiff entladen werden.

Svantje betrat das Gebäude und wurde von einer wilden Mischung exotischer Düfte empfangen. Friedrichs Vater handelte vor allem mit Kaffee, Kakaobohnen, Zimt, Nelken und anderen Gewürzen, während sich ihr Mann Tuch und Rauchwaren verschrieben hatte. Svantje wurde klar, dass sie es vermisst hatte, hier zu sein. Die letzten Wochen hatte sie fast ausschließlich an ihrem Schreibtisch oder mit der kleinen Tochter verbracht und sich immer mehr zurückgezogen.

Friedrich stieg vor ihr die Treppe hinauf und öffnete die Tür.

Svantje trat an ihm vorbei. »Guten Morgen«, sagte sie etwas lauter. Die Sekretärin des Seniors lächelte und erwiderte ihren Gruß, ebenso ein junger Kaufmann, der, soweit sie wusste, einen Teil der Inlandsgeschäfte führte. Ihr Schwiegervater war noch nicht da.

Friedrich legte eine Hand um ihre Mitte und schob sie sacht vorwärts. »Komm, dein Geschenk wartet in meinem Büro.«

»Du machst es spannend.«

»Selbstverständlich.« Er lachte.

Sein Büro war durch eine breite Flügeltür von den anderen Räumlichkeiten getrennt. Wie meist stand sie auch jetzt offen. Im Inneren gab es drei großformatige Schreibtische sowie viele Regale, in denen Warenmuster lagen. Die Wände wurden von mehreren prächtigen Ölgemälden geschmückt, die ferne Landschaften und einen bunten Basar zeigten. Hier und da waren kleinere Exotika aufgestellt.

Friedrichs persönlicher Assistent, der Russe Wassili Alfjorow, kehrte mit einigen Akten von einem Schrank zurück und deutete eine Verbeugung an. »Meine liebe Svantje, welch eine Freude, Sie hier zu sehen.«

Er nahm ihre Hand in seine beiden und musterte sie wohlwollend. Wassili war ein langjähriger Freund ihres Mannes, der regelmäßig mit ihnen zu Abend aß und, da er so weit weg von seiner Heimat war, auch hin und wieder an Familienfesten teilnahm. »Wie geht es Ihnen?«, fragte Svantje.

»Das sollte ich eigentlich Sie fragen, Verehrteste. Ich kann nicht klagen, wenngleich sich meine arme russische Seele nach der Heimat verzehrt.«

»Dann unternehmen Sie doch eine Reise.«

»Oh, das werde ich auch! Ihr Mann hat große Pläne, was den Seidenimport über das Zarenreich angeht, und er hat mich auserkoren, die Verträge persönlich vor Ort auszuhandeln. In drei Wochen breche ich auf.«

»Das freut mich.« Sie meinte es aus ganzem Herzen. Sich vorzustellen, allein in einem fremden Land zu leben, wenn auch unter Freunden, war ihr unerträglich. Obwohl sie nicht gebürtig aus Hamburg stammte, war sie so fest mit dem Ort verwurzelt, dass sie ihn mit vollkommener Selbstverständlichkeit ihre Heimat nannte.

»Ich denke, dort drüben wartet etwas auf Sie«, sagte Wassili und deutete mit einem Kopfnicken zu einem Tisch, auf dem eine hölzerne Seekiste stand. Friedrich wartete dort bereits auf sie, in seiner Hand Hammer und Beitel, um den vernagelten Deckel zu öffnen.

Nun war Svantjes Neugier zurück. »Was ist es?« Sie berührte das Holz und suchte den Absender. »Aus Amerika? Treibst du denn Handel mit Amerika?«, fragte sie an Friedrich gerichtet.

»Nein, für gewöhnlich nicht, die Bestellung war eine gesonderte Angelegenheit. Soll ich aufmachen?«

Sie nickte aufgeregt, und Friedrich hebelte mit einigen geübten Handgriffen den Deckel auf und stellte ihn zur Seite. Im Inneren befand sich ein Polster aus Sägespänen. Svantje versuchte, die dicke, duftende Schicht zur Seite zu schieben, und fühlte darunter einen kantigen Gegenstand, der in Leinen eingewickelt war. Sie hatte keine Vorstellung, was der Inhalt sein mochte. Friedrich machte ihr oft Geschenke, doch meist handelte es sich um erlesene Tuche oder Schmuck. Dies war keines von beiden.

Gemeinsam schaufelten sie bergeweise Späne in einen kleinen Papierkorb, dann hob Friedrich den umwickelten Gegenstand heraus, und Wassili räumte Box und Deckel zur Seite.

Svantje schlug das Leinen zurück und blickte auf eine

seltsame Gerätschaft. Es gab Tasten mit Buchstaben darauf, doch sie waren nicht in alphabetischer Reihenfolge. Hebel, Bänder und weitere Tasten vervollkommneten das Bild. »Das ist doch nicht etwa …«, stotterte Svantje und wagte kaum, die Maschine zu berühren.

»Damit wirst du leichter und schneller schreiben können. Es ist eine Underwood No. 1 aus Amerika.«

»Aber wie soll ich denn … damit kann ich doch nicht …«

Svantje berührte verdattert einen Buchstaben und zuckte erschrocken zurück, als sich ein dünner Hebel löste, der sie allzu sehr an ein Spinnenbein erinnerte. Ihr unterdrückter Schrei sorgte für Gelächter, und prompt stieg ihr das Blut in die Wangen.

»Gib mir einen Kuss, und dann überlasse ich dich Wassilis Fachkunde, dich in den Gebrauch des Ungetüms einzuweisen. Wenn du möchtest«, setzte er hinzu, weil ihm durch die ausbleibende Freude seiner Frau offenbar Zweifel kamen.

Svantje fasste sich. Energisch drückte sie ihrem Mann einen Kuss auf die Wange. »Danke«, sagte sie, auch wenn sie noch nicht so recht wusste, ob sie sich mit dieser neumodischen Erfindung würde anfreunden können. Sie wollte das Gerät hochheben und zu Wassilis Schreibtisch bringen, doch es war schwer und unhandlich und bewegte sich, sobald sie versehentlich einen der Spinnenbeinhebel berührte.

»Ich helfe dir.« Friedrich trug ihr die Schreibmaschine herüber, während Wassili einen Stuhl heranrückte.

Die nächsten Stunden flogen nur so dahin. Sie lernte, wie sie die Tasten benutzen, Papier einlegen und das Farbband wechseln musste. Tippte sie zunächst noch mit vielen

Pausen und spitzen Fingern, so wurde es am Mittag bereits besser. Sie wusste jetzt, wo sich welche Taste befand, auch wenn sie hin und wieder noch die falsche erwischte. Ein Fehler, der nicht mehr zu beheben war.

»Wenn ich in diesem Tempo weiterschreibe, bekomme ich fünf Kinder, bevor mein Ratgeber fertig ist«, seufzte sie schließlich entmutigt.

»Das wird schon werden, meine Liebe«, versicherte Wassili ihr gut gelaunt. Er besaß eine ebensolche Maschine, doch seine Finger flitzten eifrig über die Tastatur, wenn er Bestellungen und Listen tippte. Wollte er aber kyrillische Schrift verwenden, musste er es von Hand tun. »Bald habe ich die passenden Buchstaben, dann ist auch das Geschichte«, sagte er auf Svantjes interessierte Nachfrage hin. Sie mochte gar nicht glauben, dass er die Benutzung dieses Geräts als Verbesserung ansah.

Doch nach einiger Übung musste sie eingestehen, dass ihre Finger nicht schmerzten wie an anderen Tagen. »Wir werden uns schon noch aneinander gewöhnen«, sagte sie schließlich, sah über die Schulter zu Friedrich, der sie beobachtet hatte, und warf ihm eine Kusshand zu.

Sein Lächeln zeigte große Erleichterung.

August 1899

Svantje war im achten Monat schwanger, als sie ihre alte Abteilung im Klinikum betrat und geradewegs auf Doktor Schawachts Büro zuhielt. Sie war beinahe so aufgeregt wie bei ihrer Hochzeit. Die Euphorie, endlich ihr fertiges Werk vorzeigen zu können, ließ sie vergessen, dass es ihr schon seit dem Vorabend nicht gut ging. Sie hatte leichte Wehen, doch die waren seit einigen Wochen stete Begleiter und, soweit sie von anderen Frauen wusste, bei manchen Schwangerschaften üblich. Das Unwohlsein schob sie auf die neue Lage des Kindes, das ihr auf den Magen drückte und Taubheit bis in ihre Beine sandte.

Doktor Schawacht war nicht da. Svantje würde warten müssen. Sie setzte sich auf ein schmales Sofa, das zwischen zwei schwer beladenen Bücherregalen stand. Dass der Arzt wiederkommen würde, sah sie an seiner schwarzen Ledertasche und dem Ebenholzkästchen mit seinem persönlichen Operationsbesteck. Beides ließ er niemals in der Klinik, wenn er heimging.

Eine halbe Stunde verstrich, dann eine ganze. Mit der Zeit war auch ihre Aufregung dahingeschwunden. Man konnte nicht immer aufgeregt sein, das Gefühl nutzte sich ab, verschliss wie Leinen.

Der Schmerz, der irgendwo in ihrem Rücken begann, strahlte bis in die Beine aus. Svantje ging ein wenig herum, um sich Linderung zu verschaffen, doch auch das fiel ihr schwer. Sie fühlte sich nicht sicher genug auf den Beinen. Schwindel kam und ging. Ihr Kreislauf strafte sie für ihre Nachlässigkeit, nicht gefrühstückt zu haben.

Sie setzte sich wieder, es war besser so, und nahm die Tasche mit ihrem Manuskript wieder auf den Schoß.

Vom Flur erklangen aufgeregte Stimmen, hastige Schritte eilten vorbei. Jemand stöhnte unablässig. Ein Notfall? Trotz ihres Zustands fühlte sich Svantje, als müsse sie sofort aufspringen und hineilen. Sie erstickte das Gefühl, indem sie ihre Hände um den Griff ihrer Tasche krampfte.

Die Schreie ebbten ab. Wohl eine weitere halbe Stunde

darauf zog Essensgeruch ins Zimmer. Die Patienten bekamen ihre Mahlzeiten. Es war fast immer Eintopf und Brot, einfache Gerichte, die von fast jedem vertragen wurden.

Doktor Schawacht und die anderen Ärzte würden nun ebenfalls zu Mittag essen, vermutlich auswärts, das würde dauern.

Svantje zuckte, als sie jemanden an der Tür hörte. Soeben schlug die Uhr drei. Sie musste eingeschlafen sein, vielleicht war sie auch ohnmächtig geworden. So oder so, nun war sie hellwach.

Doktor Schawacht betrat sein Büro, und Svantje erhob sich. Den Schwindel überspielte sie mit einem Lächeln. Der grauhaarige Arzt war mit wenigen Schritten bei ihr und begrüßte sie herzlich. »Wenn ich gewusst hätte, dass Sie hier sind, wäre ich schneller zurückgekommen. Warum haben Sie denn niemandem Bescheid gegeben?«

»Die Nöte der Patienten gehen vor.«

»Denkt niemals an sich, so ist sie, meine Schwester Falkenberg. Die angehenden Doktoren, denen ich unseren Operationssaal gezeigt habe, hätten gerne warten dürfen. Nun sagen Sie, wie geht es Ihnen?«

Er geleitete sie zu einem Stuhl und setzte sich ihr gegenüber, nachdem er eine Schwester gebeten hatte, Erfrischungen zu bringen.

»Mir geht es gut so weit, ich vermisse meine Arbeit, aber …« Ihr fiel keine gute Überleitung ein, und so zog sie schlichtweg den dicken Stapel Papier aus ihrer Tasche, legte ihn auf den Schreibtisch und schob ihn dem Arzt herüber.

»Ist es, was ich glaube?« Er setzte seine Brille auf und las: »*Medizinischer Ratgeber für die Frau und Mutter. Von Svantje Falkenberg*. Ich gratuliere!«

»Gratulieren Sie nicht, bevor Sie es gelesen haben … wenn Sie meinem Werk diese Ehre zuteilwerden ließen?«

»Aber selbstverständlich, habe ich Sie doch überhaupt erst dazu angestiftet.« Er stand auf, kam um den Tisch herum und schüttelte ihre Hand.

Svantjes Herz jagte nun wieder. Wie viele hatten sie belächelt, sie gar offen verspottet. Eine Frau, die schrieb, und dann auch noch wissenschaftlich. Das war skandalös und lächerlich, gestand man dem schwachen Geschlecht doch allenfalls zu, süßliche Novellen und Romane zu verfassen. Der Doktor traute ihr mehr zu. Sie erhob sich. »Danke, Ihr Glaube an mich bedeutet mir sehr viel, Sie wissen gar nicht, wie viel.«

Sie schwankte, der Schmerz raste aus ihrem Rücken die Beine hinab, raubte ihr den Atem. Dann sank sie.

Nein, sie fiel.

Schawacht schrie etwas, doch da war die Dunkelheit bereits über ihr und riss sie unerbittlich hinab.

***

Das Gespräch mit seinem Vorgesetzten hatte Richard beunruhigt, dabei hätte es ihn als Angehörigen seiner Zunft doch in Wohlwollen versetzen sollen. Der Kaiser trieb einen Ausbau der Streitkräfte voran, um dem Deutschen Reich endlich einen Platz unter den Großmächten zu sichern. Auch ihre Kaserne würde mehr Männer und Kriegsgerät erhalten. Vor allem aber betraf es die Flotte.

Großadmiral von Tirpitz, der seine Stellung als Staatssekretär des Reichsmarineamtes seit 1897 innehatte, sah in diesen Schritten auch ein Mittel, um drohende Spannungen im Reich zu befrieden, und nahm damit den Rechtskonservativen den Wind aus den Segeln.

Sie hatten eine Abschrift des neuen Flottengesetzes diskutiert und dabei Weinbrand getrunken. Noch immer lag Richard der Geschmack süßlich auf der Zunge. Er hoffte, dass die neuen Entwicklungen letztlich vor allem ein innenpolitisches Bestreben darstellten. Denn mit der Marine Großbritanniens und der anderen Großmächte konnten es die Deutschen nicht aufnehmen.

Tief in Gedanken versunken querte er den Innenhof. Es war spät, und bis auf einige Gaslaternen gab es wenig Licht. Im Westen stand noch ein wenig Helligkeit am Himmel, nicht mehr als ein samtiger Streifen Blaugrau in all der Schwärze. Hochnebel verdeckte die ersten Sterne und umgab den Mond mit einem milchig schimmernden Hof.

Der Platz war sauber gefegt, und Richards Stiefel hinterließen Spuren im feinen Kies. Er ging an den Kasernen vorbei, in denen die einfachen Soldaten lebten. Alte, kerzengerade Linden reckten sich beiderseits der breiten Zufahrt, auf der regelmäßig aufmarschiert wurde. Eine der vielen Katzen, die in den Ställen der Dragonerpferde hausten, huschte vorbei, den Körper an die Gebäudewand gepresst. Gab es einmal nicht genug Mäuse, konnten sie immer Reste in der Küche oder bei den Soldaten ergattern.

Richard wusste, dass er so schnell keine Ruhe finden würde. Als er auf Höhe der Ställe war, bog er ab. Er würde noch einmal nach seinem Pferd sehen. Der warme Tiergeruch und die friedvolle Stimmung des Stalls übten schon seit Kindertagen einen besonderen Zauber auf ihn aus.

Er grüßte eine aus zwei Mann bestehende Patrouille und betrat den Holzbau. Die rhythmischen Schritte der Männer waren schnell verklungen. Im Vorraum brannten zwei Lampen. Richard nahm eine davon und betrat den Stall. Es duftete nach Heu und Stroh. Hier waren die hochblütigen Rosse der Offiziere untergebracht, die nicht gut mit der Ständerhaltung zurechtkamen. Es waren auch Hengste darunter, die gern miteinander kämpften. Zu dieser Uhrzeit aber herrschte Frieden im Stall. Viele Tiere schliefen im Liegen, andere dösten, wenige, so auch Richards Rappe, fraßen. Er begrüßte das Tier, streichelte die warmen Nüstern, dann lehnte er sich gegen die Tür und sah ihm zu, wie es mit halb geschlossenen Augen kaute.

Richards Gedanken kehrten unterdessen zu den neuen Flottengesetzen zurück. Vermutlich würde Vater sich die Hände reiben. Nur wenige Werften waren groß genug für den Bau von Kriegsschiffen, wie sie Großadmiral von Tirpitz vorschwebten. Die Harkenfeld-Werft war eine von ihnen.

Walter Degen und Vater würden die Nächte durcharbeiten müssen, um Angebote vorzubereiten und Konkurrenten zu unterbieten. Der Preiswettkampf würde zum Nachteil der Arbeiter geführt werden, andererseits bedeutete die neue Entwicklung aber auch, dass sie weitere Männer einstellen konnten. Mehr und mehr Landbevölkerung strömte in die Städte und füllte die Ränge der Armen und Ärmsten immer weiter auf. Eine Anstellung in einer Fabrik oder im Schiffbau war ihre Rettung, ganz gleich, wie lächerlich der Lohn ausfiel.

Wäre die Firma auf Richard übergegangen, hätte er sich weiterhin auf Handels- und Auswandererschiffe konzentriert, doch seine Meinung war nicht mehr gefragt, würde es nie wieder sein.

Er rieb sich über das Gesicht. Er wurde nun doch müde, und der Branntwein verfehlte seine Wirkung nicht. Zeit, ins Bett zu gehen. Er rief seinen Hengst mit einer lockenden Handbewegung zu sich und streichelte zum Abschied die breite Stirn mit dem münzgroßen weißen Stern, dann wandte er sich ab und hielt inne.

Ein Geräusch hatte ihn aufhorchen lassen. Konnte es sein? War er etwa nicht allein im Stall oder ihm sogar jemand gefolgt? Er hob die Laterne über den Kopf. »Heda!«, rief er und kam sich im selben Moment töricht vor. Dann fiel in der Futterkammer etwas um.

Mit wenigen Schritten war Richard an der Tür und riss sie auf.

Der Anblick, der sich ihm bot, erwischte ihn eiskalt. Zwei junge Dragoner, der eine vornübergebeugt, der andere in eindeutiger Pose hinter ihm. Beide hatten die Hosen heruntergelassen. Für einen Augenblick schien die Zeit stillzustehen. Richard registrierte die Erektion des einen Soldaten mit einer enervierenden Mischung aus Ekel und erwachender Lust. Beide blickten ihn an, starr vor Entsetzen, ihre jungen Gesichter blass bis auf ihre geröteten Münder. Geküsst hatten sie sich, so leidenschaftlich, dass die Haut gereizt war von den kurzen Bartstoppeln.

»Was ist das hier?«, schrie Richard, sobald er einen Teil seiner Fassung wiedererlangt hatte.

Der Blonde riss seine Hosen hoch und stammelte etwas, sein braunhaariger Partner versuchte mit Tränen in den Augen, seine nur langsam schwindende Erektion zu verbergen.

»Bitte, bitte, Rittmeister, es war das erste Mal …«

»Ihr bringt Schande über mein Regiment! Widerwärtig«, spuckte Richard ihm entgegen.

»Es wird nie wieder vorkommen«, bettelte der Dunkelhaarige. »Wenn meine Familie das erfährt …«

Seine Panik versetzte Richard einen Stich. Er kannte diese Situation nur allzu genau. Bevor er entscheiden konnte, was zu tun war, ertönten Schritte. »Was ist hier los?«, rief jemand. Licht erhellte den Stall. Pferde, aus dem Schlaf geweckt, sprangen auf. Die beiden wachhabenden Soldaten kamen mit hoch erhobenen Lampen durch die Gasse.

»Herr Rittmeister!« Der Ältere der beiden salutierte und sah sich um. Die jungen Soldaten waren längst vollständig bekleidet. Der Blonde strich seine Jacke glatt, straffte die Schultern.

»Abführen, in den Karzer mit den beiden!«, befahl Richard, wandte sich ab und marschierte davon. Er ging davon aus, dass seine Befehle anstandslos befolgt wurden.

Er musste hier hinaus, nur hinaus! Mit langen Schritten stürmte er aus den Stallungen, hetzte weiter, bis die Dunkelheit ihn verschlang, dann begann er zu rennen.

Er nahm einen Reitweg, der in die schier endlose Heide führte, riss seine Jacke auf und warf sie auf einen Wacholderstrauch. Richard lief, bis ihm die Beine brannten, lief und stürzte über eine Wurzel, sprang auf und rannte weiter. Doch er konnte seinen Gefühlen nicht davonlaufen. Der Anblick der beiden hatte sich in sein Gehirn gebrannt. Die Lust, die ihn augenblicklich ereilte, haftete an ihm wie ein Makel. Er war entsetzt, von den beiden jungen Soldaten ebenso wie von seiner eigenen Reaktion.

Sie waren wie er und wie Wassili, und er hatte diese Männer verraten!

***

Der Schmerz war wie ein Anker, der sie aus der Ohnmacht in die Welt zurückriss. Svantje fand sich im Kreißsaal des Hospitals wieder. Nur wenige Schritte von ihr lag eine Frau in den letzten Wehen. Mit einem beinahe unmenschlichen Schrei bäumte sie sich auf. Gleich darauf hielt eine Schwester einen rosigen, verschmierten Säugling hoch. Sie nahm den Kleinen an den Füßen, reinigte unsanft Nase und Mund, danach schwang sie ihn hin und her. Der kleine Kopf lief rot an, dann das ersehnte Husten, ein Rinnsal Fruchtwasser und ein erster Schrei.

Schmerz ließ Svantje den Kopf herumreißen. »Nein«, keuchte sie. »Es ist noch viel zu früh, viel zu früh.«

»Das schert das Kind nicht«, fuhr eine beleibte Schwester sie an. Es war Cornelia Thomsen, ein Gesicht wie eine Fleischergehilfin, ein Nacken wie ein Stier. Svantje hatte nie verstanden, was diese Frau bei den werdenden Müttern verloren hatte, und nun war sie ausgerechnet ihr ausgeliefert. Andererseits hatte sie bislang weder mit Schwester Thomsen zusammengearbeitet noch Schlechtes über sie gehört.

»Sie sind in guten Händen«, sagte eine Männerstimme. Svantje reckte sich zwischen zwei Wehen und erkannte Doktor van Dullem in dem Sprecher. Ein junger Arzt, den Doktor Schawacht sehr schätzte. Er war schmal, mit kurzem, dunklem Haar und Schnäuzer und einer Brille als ständigem Begleiter. Svantje hätte sich ihren Förderer an ihrer Seite gewünscht, doch der Chirurg hatte andere Fachgebiete, Frauenheilkunde gehörte nicht dazu.

Eine neue Schmerzwelle. Sie presste die Arme an den Körper, die Hände krampften. Ihr Herz jagte, als wolle es der Pein entfliehen. Schwester Thomsen fasste sie unter der Schulter, zog sie mühelos in eine aufrechte Position. »Zum Geburtsstuhl, meine Liebe, lassen Sie die Schwerkraft helfen.«

»Ich kann nicht«, keuchte Svantje. Ihre Knie fühlten sich ganz weich an, die Beine, als würden sie ihren Körper nicht tragen können.

»O doch, Sie können.« Schwester Thomsen ließ keinen Zweifel zu. »Lise, fass mit an!«

Eine Schwesternhelferin unterstützte sie von der anderen Seite, und bevor die nächste Wehe einsetzte, saß Svantje auf dem Geburtsstuhl. Lise stellte die Rückenlehne in eine aufrechtere Position und machte es ihr so angenehm wie möglich. Dann kehrte der Schmerz zurück. Svantje krampfte die Hände um die Lehnen, presste mit den Füßen gegen die Stützen, bis der Stuhl hörbar ächzte.

»Mein Mann«, sagte sie, schwindelig vom abklingenden Schmerz.

»Es ist jemand zu ihm unterwegs«, beruhigte sie der junge Arzt, während er ihren Puls maß. »Sie müssen sich jetzt ganz auf sich und Ihr Kind konzentrieren.« Er tastete ihren Bauch ab, jede Berührung unangenehm.

»Ist alles in Ordnung?«, fragte Svantje. Der Mann legte die Stirn in Falten, schob sich in einer nervösen Geste die Brille höher auf den Nasenrücken, dann wandte er sich ab, ohne ihr zu antworten. Er trat zu Schwester Thomsen. Svantje versuchte, zu hören, was sie besprachen, doch die nächste Wehe kam, und sie ertrank in Schmerz.

Als es vorüber war, tropfte Schweiß von ihrer Stirn. Unter dem Stuhl breitete sich eine Lache von Fruchtwasser aus, und ihr Bauch hatte plötzlich eine andere Form. Fahrig, mit zitternder Hand, strich Svantje darüber. »Mach mir keine Angst, Kleines«, flüsterte sie.

Warum kam Friedrich nicht! Warum war keine Freundin, keine Verwandte bei ihr? Sie fühlte sich so alleingelassen mit all diesen fremden Menschen. Ihre Tränen fielen in dem verschwitzten Gesicht nicht auf.

»Das Kind liegt falsch«, erklärte die bullige Schwester Thomsen mit wenigen Worten. »Wenn wir es nicht drehen, kommt es nicht heraus.«

»Doktor!«, schrie Svantje verzweifelt und reckte den Arm nach van Dullem. Er trat zu ihr, das Gesicht blass unter dem dunklen Bart. Sie fasste sein Handgelenk und hielt es fest. »Versprechen Sie mir etwas.«

»Was?«

»Wenn Sie es nicht drehen können, schneiden Sie es heraus.«

»Aber Frau Falkenberg, nur zwei von zehn Frauen überleben eine *Sectio caesarea.*«

»Schwören Sie es!«

»Ich schwöre nicht.«

Mit der nächsten Schmerzwelle war der Arzt verschwunden. Svantje spürte deutlich, wie sich ihre Leibesfrucht absenkte und nach dem Ende der Wehe sogleich wieder hob.

Die Rasten wurden verstellt, und die Lehne kippte zurück, bis sie beinahe lag, dann begann Schwester Thomsen, das Kind zu drehen. Es tat weh, so unendlich weh. Überall waren Hände, die quetschten, drückten, schoben. Wehen dazwischen, dann erneut Hände. Van Dullem hielt ihren Oberkörper fest. Svantje wurde immer wieder schwarz vor Augen, doch die Pein riss sie stets wieder aus der lockenden Umarmung der Ohnmacht. Sie wimmerte, merkte erst spät, dass die Geräusche aus ihrer eigenen Kehle kamen. »Bitte, bitte«, wiederholte sie, doch der Arzt erhörte sie nicht.

Als die Lehne wieder aufgerichtet wurde, war Svantje kaum noch bei Besinnung. Der Schmerz war allumfassend, brandete wie Sturmwogen gegen sie und über sie hinweg.

Sie rissen das Kind mit einer Zange aus ihr heraus. Es war klein und blau und ein Junge.

Svantje sah ihm nach, wie er von van Dullem davongebracht wurde. Er schrie nicht. Ihr Kopf nickte nach vorn, und dann sah sie es. Blut, so viel Blut. Der Anblick von all dem Rot ließ sie seltsam ruhig werden.

Das war es also. Sie verblutete nach einer komplizierten Geburt, wie so viele Frauen vor ihr. Wenn es doch wenigstens das Kindchen geschafft hätte.

Ihr Kopf wurde ganz leicht. Sie hörte Friedrich nach ihr rufen, doch ihre Augen schlossen sich wie von allein.

Aus.

7

Die Nacht war verstrichen und beinahe der gesamte Tag, und Richard war noch immer nicht zu einem Entschluss gekommen, wie er mit den beiden jungen Dragonern verfahren sollte, die er bei der Unzucht ertappt hatte.

Er kannte das Standardprozedere und die allgemeingültige Meinung. Männlicher Eros war krankhaft und ansteckend wie eine Seuche. Kam es in einer Soldatenbaracke erst einmal zu entsprechendem Verhalten, häuften sich die Vorfälle bald.

Die Männer mussten mit sofortiger Wirkung aus der Truppe entfernt und unehrenhaft entlassen werden. Ihre widernatürlichen Triebe waren offiziellen Stellen zu melden, um die Gesellschaft vor ihnen zu schützen.

Richard bezweifelte, dass die Neigungen der Männer ansteckend waren. Auch wenn er es sich nicht gern eingestand, so hatte er selbst sich doch auch nicht angesteckt. Bis er die Lüste bei sich bemerkte, hatte er noch nicht einmal davon gehört, dass sich Männer miteinander einließen, geschweige denn welche gekannt, die es taten. Nun, zumindest nicht, soweit er wusste, was nichts heißen mochte.

Was würde es also bringen, die beiden öffentlich anzuprangern? Er würde zwei Leben zerstören, die gerade erst begonnen hatten. Andererseits … war es nicht seine Pflicht als Offizier und Rittmeister, für Ordnung zu sorgen und die Leitlinien durchzusetzen?

Auf dem Weg zum Karzer schwankte er noch immer, was er tun sollte. Die beiden jungen Soldaten hockten getrennt voneinander in kleinen, lichtlosen Zellen. Es hatte nicht einmal einer Begründung bedurft, um sie dort einzusperren, Richards Rang genügte.

Der wachhabende Soldat erhob sich und salutierte. »Rittmeister Harkenfeld!«

»Ich bin wegen der beiden Dragoner hier, die in der Nacht weggesperrt wurden. Bringen Sie die Männer her!«

Es dauerte nicht lange, und die zwei standen vor ihm. Sie wagten nicht, einander anzusehen. Beide waren blass und hatten Ringe unter den Augen, hielten die meiste Zeit die Köpfe gesenkt. Richard lief es eisig den Rücken hinunter. Was tun? Was nur tun?

Erwischte man sie wieder, würde es womöglich auf ihn zurückfallen. Er selbst musste über jeden Verdacht erhaben sein. Musste! Doch warum hätte man ihn überhaupt verdächtigen sollen?

»Was wird mit den Männern geschehen, Rittmeister?«, fragte der Wachhabende. Er wurde ungeduldig. Seine Frage ließ Richard innerlich zusammenfahren. Am liebsten hätte er alles rückgängig gemacht und sich einfach aus dem Stall geschlichen, doch das war nicht möglich. Eingesperrt lassen konnte er sie jedoch ebenfalls nicht. Ohne triftigen Grund war das auch jemandem in seiner Stellung nur für einige Tage möglich.

»Ich denke, sie hatten genug Zeit, um ihr ungebührliches Verhalten gegenüber einem Vorgesetzten zu bereuen. Vermerken Sie das in Ihren Unterlagen.«

»Jawohl, Herr Rittmeister.« Der Mann salutierte. Richard unterschrieb einen Tadel für respektloses Verhalten und ignorierte die Beschuldigten dabei die ganze Zeit über.

»Mitkommen!«, sagte er schließlich zu ihnen. Er querte den Hof und ging auf die Mannschaftsquartiere zu. Jeder Schritt fiel ihm leichter, als schwinde ein Gewicht von seinen Schultern. Schließlich blieb er stehen und wandte sich um. »Das ist Ihre erste und letzte Chance gewesen, meine Herren. Passiert das noch einmal, landen Sie im Zuchthaus, und dann gnade Ihnen Gott.«

Sie stammelten ihren Dank, doch Richard hatte sich bereits von ihnen abgewandt. Er fürchtete, was sie in seinem Gesicht lesen könnten.

***

Friedrich hielt ihre Hand, das war das Erste, was Svantje spürte. Er war es, auch wenn sie ihn nicht sah, sie wusste es einfach.

Noch bevor sie ihre Augen öffnete, war der Schmerz zurück. Es fühlte sich an, als sei etwas in ihr entzweigerissen. Die Binde zwischen ihren Beinen war nass und warm. Svantje verlor noch immer viel Blut, aber dass sie es überhaupt spüren konnte, war ein Wunder.

»Ich lebe?«, fragte sie irritiert. Ihre Stimme, rau vom Schreien, klang auch in ihren Ohren fremd.

»Svantje?« Friedrich rückte noch näher. Sie wandte den Kopf und sah Tränen in seinen Augen. Er küsste ihre Hand, dann ihre Wange, strich ihr über die Stirn, und sie fühlte sich sofort geborgen. Doch das Gefühl hielt nur kurz an, denn in ihrem Inneren klaffte ein gewaltiges Loch. Darin war einzig Schmerz. Sie hatte ein Kind verloren. Ein einmaliges kleines Wesen, ein Teil von ihr und dem Mann, den sie liebte.

Dennoch sah sie in Friedrichs Augen keinen Vorwurf, keine Anklage.

»Ich hatte solche Angst, dich zu verlieren, aber dein Doktor Schawacht hat dich gerettet.«

»Wie?« Mehr als dieses eine Wort brachte sie nicht heraus.

»Bluttransfusion. Etwas von meinem Blut ist jetzt in deinen Adern.«

»Danke«, sagte sie und bemerkte erst jetzt die Bandage in seiner Armbeuge. »Es tut mir leid«, stieß sie schließlich hervor, würgte an den Worten, die kaum herauswollten.

»Was tut dir leid, Liebes?«

»Wenn ich wieder gesund bin, werden wir wieder ein Kind bekommen.«

Friedrich sah sie verständnislos an. »Glaubst du etwa … aber er lebt! Dein Sohn lebt! Er ist klein, winzig sogar, aber gesund.« Er sprang auf, lief zur Tür und rief einer Schwester zu, den Kleinen zu bringen.

Svantje war wie benommen. Sie wagte sich nicht zu freuen, als sei es nur ein Traum, aus dem sie bald aufwachen würde. Der Schmerz in ihrer Brust weigerte sich, wieder zu verschwinden.

Doch nach einigen Minuten kam tatsächlich eine Schwester. Sie fuhr ein schlichtes Rollbettchen hinein. Inmitten der Decken lag ein winziges Kind. Es schlief. Auf dem Köpfchen waren Krusten zu erkennen, wo es mit der Zange gepackt worden war.

Der Anblick verschlug Svantje die Sprache, sie streckte die Hände aus. War das wirklich ihr Kind? Ihr Junge?

Während Friedrich ihr in eine aufrechte Position half und in ihrem Rücken Kissen feststopfte, begann sie vor Erleichterung zu weinen.

Die Schwester hob den Winzling hoch und legte ihn ihr in den Arm. Dumpf wurde der Schmerz, es gab nur noch sie und ihn und Friedrich.

»Sie rufen mich, falls Sie etwas brauchen?«, sagte die Schwester, dann ließ sie sie allein.

»Er ist wunderschön«, sagte Friedrich weich und setzte sich neben Svantje auf die Bettkante, um das schlafende Kind zu betrachten. Es hatte die Unterlippe eingesogen, die geschlossenen Augenlider schimmerten bläulich. Seine schmalen, kleinen Hände schlossen und öffneten sich langsam.

»Ach«, seufzte Svantje, »was für eine glückliche Entwicklung. Ein Sohn.«

»Wie willst du ihn nennen?«, fragte er. Sie hatten vorher viele Namen durchgespielt und sich doch für keinen entscheiden können.

»Wie gefällt dir Clemens?«

»Clemens?« Svantje sagte den Namen mehrfach und sah dabei in das unfertige Gesichtchen. Es war nicht leicht, sich vorzustellen, wie er einmal aussehen würde. »Clemens ist ein guter Name.«

Sie hatte ihren Sohn an die Brust gelegt und war dann mit ihm im Arm eingeschlafen. Friedrich war offenbar nicht von ihrer Seite gewichen, denn als sie von einem Geräusch geweckt wurde, lehnte er neben ihr auf dem Bett, den Blick in die Ferne gerichtet.

Jemand klopfte an der Tür, und gleich darauf trat Doktor Schawacht ein. Friedrich erhob sich, und auch Svantje war mit einem Schlag hellwach. Dies war nicht die Abteilung ihres Förderers. Seine Miene war ernst. Sie kannte diesen Blick genau, hatte ihn zu oft gesehen, wenn er Patienten schwer zu verkraftende Diagnosen mitteilen musste. Sie griff nach Friedrichs Hand, drückte sie fest.

»Ich sehe, meine beste Krankenschwester erholt sich rasch, das freut mich.« Seine Mundwinkel zuckten zu einem knappen Lächeln nach oben. »Gegen Sie hat sogar der Tod keine Chance.«

Hatte Svantje sich geirrt? War er wirklich nur hier, um ihr einen Krankenbesuch abzustatten? »Ich bin so froh, dass er gesund ist, Doktor.«

Schawacht beugte sich vor und strich dem Neugeborenen über die Stirn, musterte die Schorfspuren vom rabiaten Einsatz der Klammern. »Bald ist davon nichts mehr zu sehen. Aber wie geht es Ihnen, Frau Falkenberg?«

»Ich habe starke Schmerzen im Unterleib. Mehr als nach der letzten Geburt, und ich denke, ich verliere noch immer zu viel Blut.«

Er nickte ernst und faltete die Hände vor dem Kittel. »Das nachzuprüfen überlasse ich meinem jungen Kollegen. Er operiert gerade. Doch ich wollte Sie nicht so lange warten lassen, und so bin ich hergekommen.«

Friedrich drückte Svantjes Hand. Jetzt wurde auch ihm klar, dass dies kein reiner Freundschaftsbesuch war. Gebannt warteten sie ab, bis Doktor Schawacht seine Gedanken gesammelt hatte und ihnen in ruhigen Worten erklärte, dass der kleine Clemens vermutlich ihr letztes Kind sein würde. Nur mit Müh und Not hatten die Schwestern und van Dullem das Leben von Mutter und Kind retten können. Sie hatten keine Zeit gehabt, um vorsichtig zu sein. Svantjes Organe hatten gelitten, und wie sie bereits vermutet hatte, waren die Blutungen nicht normal.

»Danke für Ihre Offenheit«, sagte Friedrich nüchtern. »Ich würde jetzt gerne mit meiner Frau allein sein.«

Doktor Schawacht ging ohne ein weiteres Wort. Svantje sah ihm nach und fühlte nichts bis auf den steten Schmerz im Unterleib, aber den konnte sie ertragen.

Friedrich strich ihr übers Haar, küsste sacht ihre Stirn. »Wir haben eine Tochter und jetzt auch einen Sohn. Ich bin glücklich, wenn du glücklich bist.«

»Und das bin ich«, flüsterte Svantje, auch wenn sie eigentlich nicht recht sicher war, was sie fühlte. Nur eins wusste sie mit Bestimmtheit: »Du bist der beste Mann, den ich mir wünschen kann.«

Oktober 1899

Wie eine graue, willenlose Schar harrten Männer und Jungen vor dem Pförtnerhaus der Harkenfeld-Werft aus, als Raik im Morgengrauen ankam. Sein Dienst würde erst in einer Stunde beginnen, vorher wollte er mit einigen Kameraden die neusten Entwicklungen besprechen. Sie waren Sozialisten wie er und beunruhigt, mit welcher Effizienz es Wilhelm II. gelang, seine Pläne am Parlament vorbei durchzusetzen. Das Flottengesetz war ein Geniestreich, um einerseits verschiedene Strömungen zu befrieden, andererseits die Monarchie zu retten.

Erst am Vortag war öffentlich geworden, dass die Harkenfeld-Werft von dem auf sechs Jahre ausgelegten Plan zum Aufbau von zwei Geschwadern profitieren würde. Gerüchte hatte es bereits zuvor gegeben. Raik wusste, dass die Werftleitung Entwürfe für Küstenpanzerschiffe eingereicht hatte sowie sich als Zulieferer für andere Werften bewarb. Nun also hatte es einen Zuschlag gegeben.

Die Männer, die am Pförtnerhaus warteten, beinahe fünfzig an der Zahl, machten einen ausgezehrten Eindruck. Die meisten hatten nicht viel mehr als Lumpen am Leib und trugen trotzdem vermutlich das Beste, was sie besaßen. Sie alle wollten neue Anstellungen als Hilfsarbeiter ergattern.

Schon formierte sich die Werkswacht hinter dem Tor, ungeschlachte, grobe Kerle, mit denen auch Raik schon unliebsame Bekanntschaft geschlossen hatte. Seit einigen Jahren genoss er jedoch Narrenfreiheit. Keiner seiner Kameraden verstand, warum, und er konnte es ihnen auch nicht erklären. Denn dass er Hilde vor ihren Entführern gerettet hatte, war ein wohlgehütetes Geheimnis zwischen ihm und der Familie Harkenfeld.

Raik zeigte am Tor seinen Werksausweis vor und trat hastig hindurch. Es fiel ihm nicht leicht, sich vor dem Elend der anderen zu verschließen. Beispringen konnte er ihnen aber nicht, denn Harkenfelds Geduld kannte trotz ihrer Vorgeschichte Grenzen. Besser, Raik blieb nicht, bis die Arbeitslosen mit Drohungen und Knüppeln vertrieben wurden.

Das Werksgelände war riesig. Es gab sechs Trockendocks verschiedener Größe und noch einige Hallen. Raik arbeitete meist in einer solchen. Er war Schiffszimmerergeselle mit dem ehrgeizigen Plan, es schon bald zum Meister zu bringen.

Die Hände tief in die Jackentaschen gegraben, hielt er auf das Gebäude zu, in dem er arbeitete. Nebel hing über den Docks, weit über ihm zogen Möwen vorbei. Ihr heiseres Lachen hallte gespenstisch durch den Dunst.

Der Boden war schlammig. In einem hilflosen Versuch, Menschen und Arbeitstieren das Gehen zu erleichtern, wurden regelmäßig Schotter und Holzspäne ausgebracht. Etwas mehr Nässe, und der Untergrund würde sich dennoch in zähen Morast verwandeln.

Der Geruch von Kohlefeuer lag über allem. Die Dampfmaschinen, die Kräne und Sägen antrieben, wurden frisch beschickt. Das war nicht seine Welt. Raik schob das Tor der kleinen Halle auf und tauchte in den wohligen Duft von Holz und Harz ein. Still war es hier, bis auf die stets glimmenden Öfen. Geistesabwesend warf er ein paar Holzreste hinein, damit es seine Kameraden in einer halben Stunde wärmer hätten.

»*Moin, Meester* Lech«, grüßte er seinen Vorgesetzten und tippte sich an die graue Filzkappe. Es war zu kühl, um sie abzunehmen, der Herbst hielt nun wirklich Einzug. Sein Meister, ein sehniger Mann kurz vor dem Ruhestand, hob das bärtige Gesicht. Seine starken, von langer Arbeit knotigen Hände ruhten auf einem Tisch. Vor ihm ausgebreitet lagen Blaupausen. Er studierte die Holzarbeiten, die gemacht werden mussten. »Bist *'n beten* früh dran, Alberts.«

Raik zuckte mit den Schultern. »Hab's nicht länger im Bett ausgehalten.« Er legte seine Tasche ab, zog einen Kittel an und begann sein persönliches Werkzeug durchzusehen. Prüfte bei jedem Beitel, Schnitzmesser und Hobel die Klingen. Wo es nötig war, schärfte er nach.

»Kein anständiger Mann kann *slapen,* wenn der Kaiser zu einem Wettrüsten mit dem Britischen Königreich bläst.«

»Der Werftleitung ist es recht.« Raik trat an den Tisch mit den Plänen.

»Denen ist alles recht, was *Monnee* in die Kassen spült.«

»Und das, scheint's, reichlich.«

»*Jo.*« Lech war kein Mann großer Worte, doch ein überzeugter Sozialist wie Raik. Nach Gründung der Gewerkschaft auf Harkenfeld hatte Raik bewusst zu Lech gewechselt, weil sein erster Meister lieber vor der Obrigkeit kroch. Jetzt hatte er mehr Freiheiten, und wenn er Versammlungen organisierte, drückte Lech auch mal beide Augen zu.

»Vielleicht sollten wir *dankbaar sien*«, murmelte der alte Zimmerer.

»*Dankbaar?*« Raik spuckte in die dicke Schicht aus Hobelspänen, die den Boden der Werkshalle in manchen Bereichen zentimeterhoch ausfüllte.

»Ohne das neue nationale Ziel der Flottenrüstung wären die Rechtsnationalen vielleicht einfach gewaltsam gegen Liberale und Sozialdemokraten oder gleich das ganze Parlament vorgegangen. *Dat* kannst auch du *nich wullen.* Sieh es als einen Schachzug. Außerdem soll es *nich* mal Steuererhöhungen geben. Wilhelm hat es zusammen mit diesem Tirpitz *klaarkriggt,* die Industriellen mit den ostelbischen Großgrundbesitzern zu versöhnen.«

Raik gefiel seine Rede nicht, auch wenn der Meister wohl in Teilen recht hatte. »Sie wollen der SPD den Wind aus den Segeln nehmen. Auf Jahre werden *Hunnerte*, vielleicht *Dusende* in Lohn und Brot kommen. Zufriedene *Arbeiders* organisieren sich nicht, schon jetzt stehen Dutzende arme *Swienen* vorm Werkstor.«

»Hast sie also auch gesehen?«, brummte Lech. »Nun komm her, *Jung*, und *kiek mol*, was wir für den Alten aus dem Hut zaubern sollen.«

Vor ihm lagen der Plan eines Küstenpanzerschiffes und die Detailzeichnungen der hölzernen Elemente von Ruderhaus und Brücke.

»Sechs Stück?«, fragte Raik. Selbst wenn sie keine anderen Arbeiten zu erledigen gehabt hätten, wäre der Auftrag überwältigend gewesen.

»Immer zwei parallel, so hat Harkenfeld es angeordnet.«

»Wir werden in *Arbeid* ersaufen.«

Lech bleckte die Zähne zu einem bitteren Grinsen. »Siehst du, von Tirpitz' Pläne gehen schon auf. Du wirst so viel zu tun haben, dass du zu *mööd* sein wirst, um weiterhin rebellische Reden zu schwingen, und das …«

»… sechs Jahre lang«, ergänzte Raik.

Als seine Kameraden schließlich kamen, um das gemeinsame Vorgehen des Betriebsrats zu besprechen, war sein Elan geschwunden.

April 1900 – Ein halbes Jahr später

Heinrich war nun sechs Jahre alt und rannte vor Hilde die Treppe hinauf. Er trug einen weiß-blauen Matrosenanzug und hielt das Spielzeugschiff, das Walter ihm geschenkt hatte, fest an seine Brust gedrückt. Ihr Mann, schon lange Aufsichtsratsmitglied in der Werft, kannte fast nur noch ein Thema: den Ausbau der Marine. Ihm und Vater zuliebe hatte sie Klein Heinrich so ausstaffiert. Auch heute würde es beim Tischgespräch um nichts anderes gehen, und Hilde stöhnte innerlich auf. Hoffentlich würden die Männer sich bald in den Salon zurückziehen, und sie hätte Zeit mit Mutter. Sie sahen einander viel zu selten.

Wenigstens mied Walter zu Hause jedes Thema, das mit der Arbeit zu tun hatte. Seine wenige freie Zeit galt dann Hilde und vor allem Heinrich, mit dem er stundenlang spielen konnte. Es gab wohl kaum einen Mann, der so viel Zeit mit seinen Kindern verbrachte. Er las ihm sogar vor und hörte sich geduldig die fantastischen Geschichten von Rittern, Drachen und liebsten Stofftieren an. Dann wusste Hilde wieder, dass sie den richtigen Mann geheiratet hatte.

Trotzdem verbrachten sie zu wenig Zeit miteinander, denn Vaters einnehmendes Wesen forderte von seinem Schwiegersohn ganzen Einsatz, oft bis spät in die Nacht.

Ein livrierter Diener öffnete die Tür zum elterlichen Anwesen und verneigte sich tief.

Nach einer herzlichen Begrüßung und einem üppigen mehrgängigen Essen schlenderte Hilde mit ihrer Mutter durch den frühlingshaften Garten. Beide hatten zuvor kaum ein Wort gewechselt, da sich Hildes Befürchtung bewahrheitet hatte. Die Konversation der Männer hatte nur ein Thema gekannt.

Nun atmeten die zwei Frauen auf. Es war ein wunderschöner Apriltag, mild und licht. Hilde und ihre Mutter hatten Sonnenschirme dabei. Der Spitzenstoff warf blasse Muster auf ihre Gesichter und verlieh der Älteren ein jugendliches Aussehen. Sie lachte, als ihr Enkel wie ein Derwisch über das Gras rannte und einen Reifen mit dem Stock trieb. Er stolperte, fiel hin und war mit einem wilden Schrei gleich wieder auf den Beinen. »Ein prächtiger Junge«, sagte sie und legte ihrer Tochter einen Arm um die Mitte. »Die Mutterschaft steht dir gut.«

Hilde lächelte. Sollte sie ihr schon von der Neuigkeit berichten?

Sie hielten auf einen Pavillon zu. Hier hatte Hilde als junge Frau Unterricht in Konversation und Etikette erhalten und ihre Lehrerin regelmäßig zur Verzweiflung getrieben. Mit dem Abstand einiger Jahre betrachtet war sie nun froh, gut vorbereitet in die Gesellschaft eingeführt worden zu sein. Ihre Freundin Svantje kämpfte noch immer mit den Konventionen. Anfangs hatte sie jeden offiziellen Anlass gemieden, aus Furcht, sich zu blamieren. Hilde dagegen bewegte sich in der Oberschicht wie ein Fisch im Wasser und konnte sich auf Gerüchte und Intrigen konzentrieren, die in der gehobenen Bürgerschaft Hamburgs einen Großteil des politischen Manövrierens ausmachten. Doch sie war nicht hier, um für ihren Mann zu spionieren.

»Heinrich bekommt ein Geschwisterchen«, platzte sie mit der Neuigkeit heraus.

Sie umarmten einander lange, und die Mutter hatte Tränen in den Augen. »Wundervoll. Weiß dein Ehemann es schon?«

»Seit gestern. Ich bin erstaunt, dass er es nicht beim Essen verkündet hat.« Sie versuchte, sich ihre wachsende Sorge nicht anmerken zu lassen. Es war eingetreten, was sie befürchtet hatte: Zwar war Walter nicht von seinem Wunsch nach weiteren Kindern abgewichen, auch nachdem es ihm im Lauf der Jahre nicht gelungen war, selbst für eine einzige Zeugungsmöglichkeit zu sorgen. Und es war nicht bei jener einen Andeutung geblieben, dass ihm auch unorthodoxe Mittel recht waren. Doch nun, da sie tatsächlich schwanger war, bereute er seine Worte wohl. Auch auf sein Drängen hin hatte Hilde den Namen des Vaters nicht preisgegeben. Nur dass es sich um einen anständigen Mann handelte, der Stillschweigen bewahren würde, hatte sie verraten. Dennoch fraß die Situation an Walters Stolz.

Mutter strich ihr über die Wange. »Schau nicht so sorgenvoll, mein liebes Kind. Wer versteht schon die Männer. Besonders diese beiden sind in erster Linie mit der Arbeit verheiratet, erst dann, viel später, kommen wir.«

Hilde seufzte. »Vermutlich haben Sie recht.« Sie sah sich nach ihrem Sohn um. Heinrich hatte das Spiel mit dem Reifen vergessen und stocherte nun mit dem Treibstock nach Ameisen, die er in einem Beet ausgemacht hatte. Hilde setzte sich in den Schatten des Pavillons, sodass sie ihn beobachten konnte.

Mutter tupfte sich unauffällig eine Träne aus dem Auge. »Ich wünschte, das Unglück wäre nicht über unsere Familie gekommen. Ich wünschte, Richard könnte seinen kleinen Neffen kennenlernen. Man hat ihn mir aus dem Herzen gerissen.«

»Mutter, nicht.« Hilde nahm ihre Hand, und sie hatte plötzlich Herzrasen. Es fühlte sich falsch an, das zweite Geheimnis in ihrem Leben auch vor der Mutter zu wahren. Sie räusperte sich. »Richard hat ihn bereits kennengelernt.«

Mutter zuckte zusammen und starrte sie an. Hilde erwiderte den Blick nicht, sah stur geradeaus über die Wiesenfläche hin zum Anwesen. Mit Richard in Kontakt zu treten war ein direkter Angriff auf die Autorität ihres Vaters, der gefordert hatte, dass niemals wieder von seinem Ältesten gesprochen, geschweige denn mit ihm geredet werden sollte. Richard Harkenfeld war für ihn gestorben. Schlimmer gar, denn er behandelte die Angelegenheit, als hätte es den Junior nie gegeben.

»Du hast deinen Bruder gesehen?« Die Stimme der Mutter war dünn, fragil. »Wann? Wo ist er dir begegnet?«

»Er kommt Weihnachten zu uns. Jahr um Jahr.« Sie feierten Heiligabend mit ihm, und am ersten Feiertag, wenn die gesamte Familie bei den Eltern zusammenkam, blieb er allein zurück.

»Und was sagt dein Mann dazu?«

»Er weiß, dass Vater und Richard miteinander gebrochen haben, und vermutet, dass es wegen seiner sozialistischen Aktivitäten passiert ist. Aber er hält zu mir, obwohl ich mich Vaters Anweisungen in diesem Punkt widersetze. Walter akzeptiert, dass unsere geschwisterlichen Bande stärker sind. Es ist ihm allerdings nicht daran gelegen, zu einer Versöhnung beizutragen, selbst wenn das möglich wäre. Er möchte das Gleichgewicht in der Zusammenarbeit mit Vater nicht gefährden.«

Im Gesicht ihrer Mutter konnte sie die Sehnsucht lesen,

ihren Sohn wiederzusehen. Zugleich war da aber auch Abscheu über das, wovon sie Zeuge geworden war.

»Du hättest es mir nicht sagen sollen«, sagte die Mutter nun und kämpfte mit den Tränen. »Aber da es nicht mehr rückgängig zu machen ist, erzähle mir von ihm. Wo ist er, wie geht es ihm?«

»Haben Sie denn in all den Jahren niemals versucht herauszufinden, was mit Richard passiert ist?«, fragte Hilde ungläubig. Dann begann sie ihren Bericht.

8

Mai 1900

Friedrich blickte ernst auf sie hinab, während sie Clemens mit Brei fütterte. Er war mittlerweile neun Monate alt und hatte sich gut entwickelt, auch wenn er noch immer etwas zu dünn für sein Alter war. Svantje war vor allem froh, dass sie nun nicht mehr so oft stillen musste und wieder mehr Freiheiten hatte.

Ihr war Friedrichs Stimmung nicht entgangen. »Du bist doch nicht nur hergekommen, um grimmig vor dich hin zu schauen, Ehemann.«

Er fuhr sich durchs Haar. »Nein. Ich war beim letzten Verlag, der mir noch eingefallen ist. Sie wollen dein Buch nicht herausbringen. Es tut mir leid.«

Svantje senkte den Blick. Sie hatte so viel Hoffnung in das Buch gesetzt. Sollte denn ihre ganze Arbeit umsonst gewesen sein? Tränen brannten in ihren Augen. Sie war wütend und enttäuscht. Clemens fing an zu quengeln. Er wollte mehr Brei und verstand nicht, warum seine Mutter ihm nicht mehr ihre volle Aufmerksamkeit schenkte.

»Svantje.« Friedrich legte ihr eine Hand auf die Schulter. »Es war ein Traum, ein schöner Traum, aber du musst einsehen, dass es einer bleiben wird.«

»Ein Traum?«, fuhr sie ihn an.

»Es tut mir leid.«

»Ich will dein Mitleid nicht!« Sie wischte seine Hand von ihrer Schulter wie ein lästiges Insekt.

Er trat von ihr zurück. Sein Blick war düster, als sei sie undankbar. Und vielleicht war sie das ja auch. Andere Frauen, vermutlich die meisten, wären damit zufrieden gewesen, einen Mann wie Friedrich zu heiraten und gesunde Kinder auf die Welt zu bringen. Aber nicht so Svantje. Geistesabwesend fütterte sie Clemens weiter, bis er den Brei wieder ausspuckte und dabei zu quengeln begann. »Magda!«, rief sie.

Die Haushälterin, die sich zugleich auch regelmäßig um die Kinder kümmerte, kam nur wenige Augenblicke später und holte den kleinen Jungen ab, um ihn ins Bett zu bringen. Svantje bestand darauf, viel Zeit mit ihren Kindern zu verbringen, statt wie andere Frauen ihrer Position gleich mehrere Ammen und Kinderfrauen zu beschäftigen. Doch nun war sie ausnahmsweise einmal froh, die Verantwortung abgeben zu können, denn sie war kurz davor, die Nerven zu verlieren. Clemens musste dem nicht ausgesetzt sein.

Sobald Magda das Zimmer verlassen hatte, konnte sie ihre Tränen nicht länger zurückhalten. »Nicht einmal Doktor Schawachts Vorwort und seine Empfehlung konnten sie überzeugen?« Sie wischte sich mit den Händen über die Wangen.

Friedrich lief im Raum auf und ab. Seine Füße trommelten einen unharmonischen Rhythmus auf das schimmernde Parkett. In einer hilflosen Geste hob er die Hände und ließ sie wieder sinken. »Du warst ja nicht da, du kannst dir nicht vorstellen, was ich mir alles anhören musste. Die freundlichsten Absagen waren die, dass niemand das Buch einer Frau kaufen würde.«

»Ich möchte schreien vor lauter Ungerechtigkeit, Friedrich! Ich möchte fluchen wie ein Seemann! Es gibt doch mittlerweile auch praktizierende Ärztinnen.«

»Eine oder zwei vielleicht«, murmelte er entmutigt.

»Sie behandeln uns wie dumme Tiere.«

Er fasste sie an den Schultern und zog sie auf die Beine. Dann schloss er sie in die Arme. »Wenn sie nur wüssten, was sie verpassen.«

Dieses Mal ließ sie die Nähe zu. Svantje legte den Kopf an seine Brust und lauschte seinem Herzschlag. Ihr Zorn verkroch sich in einen Winkel tief in ihrem Inneren. Friedrich hatte ihn nicht verdient. »Danke, für alles, was du getan hast. Deine Hilfe bedeutet mir viel.«

»Aber?«

»Aber ich würde es am liebsten selbst schaffen. Selbst mit diesen Sturköpfen reden.«

»Die stellen sich taub, und du bist eine Frau. Das Einzige, was sie verstehen, ist die Sprache des Geldes. Für sie ist ein medizinisches Buch von dir ein nicht zu kalkulierendes Risiko. Wenn du sie wirklich überzeugen willst, musst du ihnen einen Beweis liefern.«

»Und wie?«

Er zuckte mit den Schultern. »Ich bin Fernhändler und ratlos. Dir wird etwas einfallen. Meiner gewitzten Frau schlägt man nicht so einfach die Tür vor der Nase zu. Sie werden es bereuen.«

»O ja«, sagte Svantje, doch so ganz überzeugt war sie noch nicht.

Zwei Wochen später war es so weit. Der Einfall war Svantje bei einem Spaziergang mit den Kindern gekommen, als sie an einer Litfaßsäule Plakate für einen Vortrag gesehen hatte. Nun würde sie das erste Mal vor einer Gruppe Frauen sprechen. Es waren allesamt wissenschaftlich interessierte Damen, die ihre Freundin Hilde durch die Vorlesungen kennengelernt hatte, die sie nach wie vor mit großer Begeisterung als Gasthörerin besuchte.

Sie sollten ein Urteil abgeben, ob Svantjes Vorhaben eine Zukunft hatte, und eine weibliche Sicht beisteuern. Durch die Kenntnisse, die sie sich während der Vorträge angeeignet hatten, waren sie sicherlich kritischer als die meisten Frauen, die Svantje mit ihrem Buch erreichen wollte.

Sie trafen sich im Stadthaus der Degens, da es dort mehr als genug Platz gab und Svantje sich in einer fremden Umgebung beweisen wollte.

Ihre Freundin Hilde hatte den Salon mit Stühlen ausstatten lassen. Von ihrem Mann Walter stammte eine Tafel, auf der er sonst in seinem Büro Rechnungen und Pläne erstellte. Ob er wohl wusste, dass Hilde sie ausgeborgt hatte, während er auf der Arbeit war?

Svantje war fürchterlich aufgeregt. Sie hatte ihre Zuhörerinnen vorher nicht begrüßt, sondern war in dem Wirtschaftszimmer geblieben, das an den Salon anschloss.

Erneut ging sie ihre Notizen durch, während durch die Tür leise Gesprächsfetzen zu ihr drangen. Zwei Frauen lachten, und Svantje fühlte sofort einen Stich, dabei war es sicher nicht gegen sie gerichtet.

Ein Blick auf ihre kleine Taschenuhr. Es war zehn. Zeit, ihren Vortrag zu beginnen. Ihre Knie waren weich wie Pudding. Sie musste wieder an eine Begebenheit denken, die mittlerweile Jahre zurücklag. Während der Choleraepidemie war Doktor Robert Koch nach Hamburg gekommen, und ausgerechnet Svantje hatte der Koryphäe und seiner Entourage aus Ärzten die Lebenssituation der Arbeiter in den Gängevierteln zeigen sollen. Sie hatte es gemeistert, sogar persönlichen Dank erhalten. Dann sollte es ihr doch leichtfallen, vor einer Gruppe wohlwollender Laien zu sprechen!

Svantje atmete tief durch, dann betrat sie den Salon. Die acht Frauen unterbrachen ihre Gespräche und applaudierten gut gelaunt. Röte schoss Svantje in die Wangen, dann war die Nervosität plötzlich fort. »Meine lieben Damen, ich freue mich, dass Sie hergefunden haben und mich mit Ihrer Aufmerksamkeit beehren. In meinem Vortrag soll es über häufige medizinische Probleme, die Frau betreffend, gehen. Im Anschluss stehe ich Ihnen für Fragen zur Verfügung. Falls Sie etwas nicht verstehen, geben Sie mir bitte sofort Bescheid.«

»Bravo, Svantje«, rief Hilde und prostete ihr mit einer Porzellantasse zu.

Hilde referierte über einfache Fragen. Sie begann mit allerlei Empfehlungen zur Gesunderhaltung des Leibes wie Ertüchtigungsübungen und gesunde Speisen. Dann wandte sie sich ernsteren Dingen zu. Leiden, die durch Gebären entstanden, Kinderkrankheiten, die Behandlung einfacher Wunden und die Pflege von kranken Familienangehörigen. Besonders auf ihr heutiges Publikum zugeschnitten, warnte sie vor den Folgen zu eng geschnürter Mieder und gab als leichte Note zum Abschluss noch einige Schönheitsempfehlungen für Haut und Haar.

Der Applaus dauerte mehrere Minuten, bis es Svantje unangenehm wurde. »Vielen Dank, gibt es Fragen?«

Fast eine Stunde lang beantwortete sie alles, was Hildes Freundinnen wissen wollten. Sie war in Hochstimmung: Endlich konnte sie wieder ihrer Bestimmung nachgehen!

Als es Nachmittag wurde, hatten sie gemeinsam Pläne geschmiedet. Svantje würde in den kommenden Wochen noch weitere Auftritte folgen lassen.

Mittlerweile war ihr auch klar, dass Hilde ihr einen gewaltigen Gefallen getan hatte. Denn diese Frauen waren nicht irgendwelche Freundinnen aus ihrem Studienkreis, sondern mit Bedacht ausgewählt. Eine jede von ihnen war in einem oder mehreren Vereinen und Zirkeln aktiv, in Literaturclubs, Fördervereinen für Kunst oder Frauenrechtsgruppen.

Die Frauenrechtlerin Julia wollte Svantje sogar in die Spinnerei ihrer Familie einladen, damit sie sich speziell den Problemen der einfachen Arbeiterinnen widmete. Schon jetzt wirbelten in ihrem Kopf Pläne durcheinander, wie sie die Themen den Anforderungen anpassen konnte.

»Svantje? Liebe Freundin, hörst du mir überhaupt zu?« Hilde berührte sie am Arm, und Svantje zuckte überrascht zusammen. »Ja, ja natürlich.«

»Unsinn, kein Wort hast du mitbekommen, ich kenne doch diesen verträumten Blick.«

»Entschuldige, was hast du gesagt?« Die anderen waren mittlerweile aufgebrochen, und nun saßen sie zu zweit auf einem Sofa und schmiedeten Pläne.

»Ich sagte, du solltest Geld verlangen.«

Svantje wollte protestieren, doch Hilde gebot ihr mit einer Handbewegung Einhalt. »Nicht von allen. Nur von denen, die es sich leisten können. Und mit dem, was du verdienst, kaufst du, was du für nötig hältst, um die Mittellosen versorgen zu können. Ich würde etwas dazutun, Walter hat mehr als genug Geld, und wenn ich von allem, was er mir zur Verfügung stellt, Kleidung kaufen würde, bräuchte ich ein drittes Ankleidezimmer. Dass er es auf den krumm geschufteten Rücken der Werftarbeiter verdient, ist schlimm genug. Ich möchte etwas zurückgeben. Tun wir uns zusammen.«

»Deine Idee ist fabelhaft. Seit wann bist du unter die guten Samariterinnen gegangen, liebe Freundin?«

»Seitdem du und Raik mir die Augen geöffnet habt.« Bei der Erwähnung ihres heimlichen Geliebten berührte sie ihren schwellenden Leib und lächelte versonnen.

»Raik wieder«, murmelte Svantje wissend und umarmte ihre Freundin. Es hatte eine Weile gedauert, bis sie akzeptieren konnte, dass ihre Freundin eine Ehebrecherin war und anscheinend vorhatte, es auch zu bleiben. Andererseits hätte Hilde auch jedes Recht vor Gott gehabt, sich von ihrem Mann scheiden zu lassen, und tat es nicht. Offenbar hatten die beiden einen Weg zu leben gefunden, mit dem sie sich arrangieren konnten: Walter bekam eine wunderbare Frau und Familie, Hilde ihre Freiheit.

Flensburg
Juli 1900

Ich habe Mutter von Dir erzählt, sie will Dich sehen, hatte in dem Brief gestanden. Richard war hin- und hergerissen. Eigentlich hatte er mit dem Kapitel abgeschlossen und sich damit abgefunden, dass seine Familie nur noch aus der Schwester bestand.

Doch nun wollte Mutter ihn also sehen.

Er saß im Zug, auf seinem Schoß eine aufgeschlagene Zeitung. Doch er las nicht. Sein Blick war auf den Abdruck einer Fotografie gerichtet. Sie zeigte neue Wohnquartiere, die als Ersatz für die Gängeviertel angelegt worden waren. Doch die Stadt kam mit dem Bauen kaum hinterher. Allein im Hafen und auf den Werften schufteten täglich fünfundzwanzigtausend Menschen, und sie alle hatten Familien, die Obdach brauchten. Das Wachstum der Industrie lockte täglich mehr Menschen an. Nun überlegte der Senat, neue Gebiete für den Wohnungsbau zu erschließen.

Richard hatte den Artikel wohl zum dritten Mal begonnen und dann immer wieder den Faden verloren. Das bevorstehende Wiedersehen mit der Mutter hatte alte Wunden aufgerissen.

Er fragte sich, wie es wohl seinem kleinen Bruder ging, der nun bald elf Jahre alt sein würde. Sie waren einander mehr als die Hälfte seines jungen Lebens fremd gewesen, und Florian war schon als kleiner Junge mit Lügen über das Verschwinden seines älteren Bruders gefüttert worden.

Eine Stunde später erreichte Richard Hamburg in einem Sommergewitter. Hilde hatte arrangiert, dass er bei den

Falkenbergs unterkam, auch wenn er ein Hotel vorgezogen hätte. Die Freunde wussten nichts von seiner Verbindung zu Wassili Alfjorow und dass er eigentlich alles daransetzte, ihm nicht zu begegnen.

Vom kurzen Weg durchnässt, erreichte er das Anwesen. Weder Svantje noch Friedrich waren zu Hause, doch die Haushälterin war auf den Besuch vorbereitet. Sie brachte ihn ins Gästezimmer, wo bereits ein kleiner Imbiss auf ihn wartete, und ließ ihm Badewasser ein.

Am Abend war ein gemeinsamer Opernbesuch geplant, bei dem er wie durch Zufall auch Hilde und Mutter begegnen sollte. Vater ging niemals in die Oper, und so war Richard dort vor einer Begegnung sicher. In den Augen des Seniors waren das *Gekreisch* und der *Radau* unnützer Zeitvertreib.

Am heutigen Abend stand eine außergewöhnliche Veranstaltung an. Im Schauspielhaus an der Dammtorstraße dirigierte Gustav Mahler persönlich Puccinis *La Bohème*.

Richard trug seine Ausgehuniform, als sie schließlich aufbrachen. Er hatte bereits viel von Svantjes ehrgeizigen Plänen erfahren, während sein Jugendfreund Friedrich sich ruhig zurückhielt und seine Frau mit leisem Stolz beobachtete. Mit einer Mietsdroschke fuhren sie nun zu einem Restaurant, in dem sie vor dem Opernbesuch essen wollten.

Der Kellner begrüßte sie mit einem Bückling. Während Friedrich seiner Frau aus dem dünnen, regenbenetzten Sommermantel half, ließ Richard seinen Blick schweifen. Das Lokal war gut gefüllt, fast alle Tische waren besetzt. Die Düfte, die durch den Raum schwebten, machten Lust auf vorzügliches Essen, und er wusste schon jetzt, dass er etwas mit Trüffeln wählen würde. Kristallgläser wurden aneinandergestoßen. Er wandte den Blick – und glaubte seinen Augen nicht zu trauen.

»Das andere Paar ist bereits eingetroffen.« Der Kellner machte eine einladende Geste und übernahm die Führung. Hastig, mit einem flauen Gefühl im Magen, wandte sich Richard Friedrich zu. »Ist das etwa Wassili Alfjorow?«

»Mit seiner reizenden Ehefrau«, erklärte Friedrich.

»Ehefrau?«, keuchte Richard.

»Ja, es kam für uns alle etwas überraschend, aber Irina ist wirklich eine zauberhafte Person.«

»Weiß er, dass ich hier bin?«

»Nein. Nun schau doch nicht so. Ich dachte, es sei eine schöne Freude, wenn wir alle gemeinsam etwas unternehmen, wie in alten Tagen.«

Richard fühlte sich wie ein in die Enge getriebenes Tier. Doch weder Flucht noch Angriff waren eine Option. Es blieb nur ein kurzer Moment, Wassili unbemerkt zu betrachten. Er wirkte unverändert. Vielleicht waren die Fältchen um seine Augen etwas tiefer geworden. Er lachte viel und gern. Die Frau an seiner Seite hatte braunes, lockiges Haar, ihr Gesicht war trotz der prominenten Wangenknochen rundlich. Ein herzförmiger Mund und dunkle Augen mit ungewöhnlich langen Wimpern verliehen ihr eine puppenhafte Weiblichkeit. Sie war klein und zart, und ihr Anblick schmerzte Richard wie ein Dolchstich.

Beide sahen zugleich auf. Wassili wurde blass und zog wie ertappt die Hand aus der seiner Frau. Sichtlich darum bemüht, die Fassung zu wahren, erhob er sich mit einem falschen Lächeln, das wohl jeder der Anwesenden als solches erkannte. Friedrich stellte sie einander vor. Die Ehefrau Irina stammte wie Wassili aus dem Zarenreich.

»Wie habt ihr euch kennengelernt?«, fragte Richard in gezwungen neutralem Ton, ohne Wassili anzusehen, und setzte sich dabei hin.

»Über ihren Vater. Es gibt einige russische Familien unter Hamburgs Geschäftsleuten. Wir treffen uns zweimal im Jahr, um uns auszutauschen.« Irina lächelte Wassili unentwegt an, während er sprach, als sei er das Licht ihres Lebens. Er hingegen wirkte unberührt, als spreche er über einen Geschäftsabschluss, dem er nicht viel Bedeutung beimaß.

Die Ehe war eine Farce. Richard atmete innerlich auf, Mitleid für Irina schlich sich hinzu. Sie ahnte nicht, dass sie eine Zweckehe eingegangen war.

Der Kellner kehrte zurück. Sie bestellten Wein und Wasser. Menükarten wurden gereicht. Während Richard die Gerichte überflog, kehrte er in Gedanken zu den beiden Dragonern zurück, die er nachts im Pferdestall ertappt hatte. Zu wissen, mit eigenen Augen zu sehen, dass er mit seinen Trieben nicht allein war, hatte ihn ein Stück weit mit sich und seinem Schicksal versöhnt. Vielleicht war er nicht mehr ganz so weit davon entfernt, es einfach anzunehmen, wie zuvor. Wassilis Hochzeit erschien ihm da ein klein wenig wie Verrat, als habe der andere sich genau im falschen Augenblick davongestohlen.

Aber nein, Richard würde nie mit sich Frieden schließen und sich regelmäßig mit einem Mann treffen können. Und seine aufwallende Eifersucht war nichts weiter als peinlich, Wassilis Hochzeit hingegen vernünftig. Es war sicher angenehmer, als für immer Junggeselle zu bleiben und zusehen zu müssen, wie Freunde und Bekannte Familien gründeten. Vor allem aber war es weniger auffällig.

Das Essen wurde gebracht, Kalbsbäckchen mit Trüffelsoße, Kartoffeln und Preiselbeeren, und sie plauderten über Nichtigkeiten. Friedrich und Wassili ergingen sich in Anekdoten über gemeinsame Geschäftsfreunde. Richard lachte hin und wieder über einen Scherz, doch er konnte sich auf keines der Gespräche konzentrieren. Svantje befragte Irina zu ihren Familienplänen, und die junge Frau antwortete zögerlich, nachdem ihr fragender Blick an Wassili keine Erwiderung fand. »Mein Mann möchte gern noch etwas warten, doch ich hoffe, Gottes Gnade segnet mich bald mit einem Kind.«

Gottes Gnade oder Wassilis?, dachte Richard bissig. Svantje lächelte mitfühlend. »Genießen Sie Ihre Zeit, solange Sie noch zu zweit sind. Die Kinder kommen früh genug. Ich liebe meine beiden sehr, aber ich muss gestehen, dass ich froh bin, nicht mehr zu haben. Clemens' Geburt war schwierig. Ich weiß nicht, wie ich eine weitere durchstehen sollte. Doch der Arzt sagt ohnehin, dass ich keine Kinder mehr bekommen kann, und um ehrlich zu sein, erleichtert mich das. Wenn es nach Friedrich ginge, könnte ich wohl zehn haben, und es wäre ihm noch nicht genug.«

Irina lachte leise und gekünstelt und sah wieder zu Wassili. In ihrem Blick lag eine Mischung aus unerfüllter Sehnsucht und Liebe.

Richard kam ein schlimmer Verdacht. War Wassilis Hochzeit wirklich nur eine Scheinehe? Wenn Irina irgendwann die Geduld mit ihm verlöre, könnte sie sich scheiden lassen, und da sie einen Grund angeben musste, wäre der Skandal vorprogrammiert.

Svantje forderte Richard auf, von sich zu erzählen. Nach anfänglichen Schwierigkeiten fiel es ihm immer leichter.

Als sie beim Dessert angelangt waren, fühlte es sich endlich wieder an wie früher. Als hätte es die Jahre zwischen ihrem letzten Treffen und dem Wiedersehen nicht gegeben.

Im Anschluss fuhren sie zusammen zur Oper. Auf den Stufen ergriff Svantje seinen Arm, sodass Friedrich und er sie gemeinsam hinaufgeleiteten. Die Empfangshalle glomm festlich im Licht Dutzender Kronleuchter. Die Oper hatte Platz für siebenhundert Menschen, und ein jeder Platz schien gebucht.

Es war noch eine halbe Stunde bis zum Beginn. Damen in aufwendigen Kleidern von Seide, Brokat und feinstem Kaschmir flanierten mit ihren Galanen umher. Champagner wurde gereicht, dazu kleine, kunstvoll dekorierte Häppchen. »Auf ein Wort, alter Freund«, sagte Wassili plötzlich. Friedrich lächelte verständnisvoll. »Ich gehe mit den Damen, sie möchten das Fräulein Hilde suchen.«

Binnen Augenblicken waren sie fort und Richard allein mit Wassili. Nein, nicht allein, sondern in einem Meer von Hunderten. Und doch schrumpfte die Welt auf den Quadratmeter zusammen, auf dem sie beide standen.

Wassili musterte ihn mit intelligentem Blick, als würde er Richards Stimmung genau taxieren, bevor er das Gespräch begann. »Ich habe getan, was du von mir verlangt hast, Richard, und doch sehe ich dich unglücklich mit mir«, sagte er leise und kramte dabei seine Taschenuhr heraus, als sei er nach der Uhrzeit gefragt worden.

Richard antwortete ebenso leise: »Ich habe nicht gesagt, dass du heiraten sollst, Wassili. Die arme Frau liebt dich abgöttisch, und du?«

»Ich behandle sie mit Respekt. Von dir muss ich mir das

nicht anhören. Ich soll mein Leben weiterleben, als sei nie etwas geschehen, und genau das mache ich.«

»Irina möchte Kinder«, sagte Richard anklagend.

»Und ich mühe mich nach Kräften, ihr welche zu machen«, erwiderte Wassili bissig und zerstreute damit Richards Verdacht. Wassili ließ die Uhr zuschnappen und schob sie zurück in seine Westentasche. Sehr, sehr leise setzte er hinzu: »Wenn es nach mir geht, hat sich zwischen uns nichts geändert.«

In Richards Innerem zog sich etwas zusammen, und er vergaß einen Moment lang zu atmen.

»Herr Harkenfeld? Sind Sie das wirklich?«, rief plötzlich jemand mit lautem, rumpelndem Bass, und Richard bereute sofort, sich auf diesen Opernbesuch eingelassen zu haben. Dass sein Vater Bühnenkunst verabscheute, bedeutete nicht, dass seine Geschäftspartner und Mitarbeiter diese Ansicht teilten.

Er zwang sich zu einem Lächeln und fuhr herum. Ein korpulenter, aber kleiner, vollbärtiger Mann schüttelte ihm mit einer Heftigkeit die Hand, als wolle er ihm den Arm ausreißen.

»Herr Wingert, welch Überraschung!«, begrüßte er einen von Vaters Geldgebern, dem er früher regelmäßig in Aufsichtsratssitzungen begegnet war. Von den dort anwesenden Männern hatte er ihn als einen der sympathischeren in Erinnerung. Wingert war ein ungewöhnlich bodenständiger Geschäftsmann, der durch den Holzhandel zu Wohlstand gekommen war.

»Sie sehen mich ebenso überrascht.« Er schüttelte auch Wassili die Hand. »Und wenn das nicht der Sekretär der Falkenbergs ist.«

»Der Junior ist auch hier«, sagte Wassili und sah sich suchend um.

»Nun sagen Sie, wie geht es Ihnen?«, polterte Wingert und schlug Richard kumpelhaft auf die Schulter. »Man hört ja nichts mehr. Ihr Vater tut bald, als hätte es Sie nie gegeben.«

Richard fühlte sich innerlich schrumpfen. Fieberhaft legte er sich die nächsten Worte zurecht. »Mein Vater hat meine Entscheidung, im Militär Karriere zu machen, nicht gut aufgenommen.«

Erst jetzt schien Wingert die Ausgehuniform wahrzunehmen. Er zog die Brauen zusammen, als versuche er vergeblich, aus Tressen und Spiegeln den Rang abzulesen.

»Rittmeister des 13. Dragonerregiments, in Flensburg stationiert«, half Richard seinem Gegenüber aus.

In diesem Moment erklang ein Gong.

»Hat mich gefreut, Herr Harkenfeld. Falls wir uns nicht mehr sehen, wünsche ich Ihnen alles Gute. Meine Frau wird sich bestimmt schon fragen, wo ich verloren gegangen bin.«

Richard erwiderte die Wünsche knapp. »Eine Katastrophe«, sagte er leise zu Wassili. »Mein Vater darf nicht wissen, dass ich in Hamburg bin. Ich dachte, nach acht Jahren und mit der Uniform wäre ich zumindest halbwegs sicher.«

Wassili warf ihm einen beschwichtigenden Blick zu. »Es ist ja nicht so, als würdest du polizeilich gesucht, Richard. Du hast es nur mit einem wütenden Vater zu tun. Einem einzelnen Narren. Du hast nichts zu verlieren, er hingegen … was kann er schon tun?«

Richard zuckte mit den Schultern. »Wahrscheinlich hast du recht.«

»Viel Glück!«

Es war von vornherein abgemacht, dass sich ihre Wege in der Oper trennen würden. Richard sah auf seine Karte, dann machte er sich auf die Suche nach der Loge, in der Hilde und die Mutter auf ihn warteten.

***

Hilde strich ihr Kleid glatt. Der steife, glänzend dunkelblaue Stoff schien nicht zum Sitzen gedacht zu sein und erst recht nicht für einen Schwangerschaftsbauch. Der Rock bauschte sich vor ihren Schienbeinen absurd in die Höhe.

»Nun lass doch, Kind«, raunte ihre Mutter. Sie war noch viel nervöser als Hilde, doch wo ihre Tochter zu unruhigen Gesten neigte, zog sie sich mehr und mehr in sich zurück. Hilde hatte sich oft gefragt, ob es am Vater lag. Laut und herrisch und ein genauer Beobachter, reagierte er schnell auf die Stimmung anderer. Mutter hatte gelernt zu beschwichtigen. Stets ging sie den Weg des geringsten Widerstands. Dass sie sich heute hierhergetraut hatte, um gegen die deutliche Order ihres Mannes zu verstoßen, war wohl das Mutigste, was sie je gewagt hatte.

Warum ließ Richard sie jetzt auch noch warten? Verstand er denn gar nichts?

»Bist du sicher, dass er kommen wird?«, fragte Mutter nun. Im Opernsaal wurden bereits die Lichter gelöscht. Aus dem Orchestergraben klangen schiefe Töne, während die Musiker ihre Instrumente stimmten.

»Er hat es versprochen, Mutter. Ich habe auch schon die Falkenbergs getroffen, mit ihnen ist er hergekommen.

Vielleicht wurde er aufgehalten.« Sie lächelte aufmunternd.

Und tatsächlich wurde Augenblicke später der schwere Samtvorhang zur Seite gezogen. Richard kam gebückt herein und ließ den Stoff hinter sich zurückfallen.

Er sah gut aus in seiner dunklen Uniform, wirkte, als sei er jetzt erst vollends hineingewachsen. Das Haar trug er etwas länger und zur Seite gekämmt, dazu kurze Koteletten. Er schien gehetzt, als fühle er sich verfolgt.

»Guten Abend, Schwesterherz«, sagte er und küsste sie auf die Wange. Hilde drehte ihn am Arm herum, sodass er direkt vor Mutter stand. Die erhob sich zögernd und blass.

Sie musterte ihren Sohn vom Gesicht an abwärts. Tränen schimmerten in ihren Augen, und auf Hilde wirkte sie plötzlich älter und tief verletzt.

»Mutter«, sagte Richard leise. Er zögerte, näher zu kommen, streckte eine Hand aus. Es war ein Angebot. Unendlich lang dehnten sich die Augenblicke, in der seine Geste unerwidert blieb. Hilde hielt es nicht mehr aus. Die Oper würde beginnen, bevor die beiden sich versöhnt hatten. Sie trat neben ihre Mutter, legte ihr einen Arm um die Schulter und schob sie näher.

Die Ältere schien wie aus einer Starre zu erwachen. »Mein Junge«, sagte sie und legte eine Hand an seine Wange. »Lass dich ansehen. Ein fescher Offizier bist du geworden. Geht es dir gut?«

»Ja, Mutter, Sie brauchen sich nicht um mich zu sorgen.«

Nun erklang der Gong dreimal. Richard setzte sich zwischen Hilde und Mutter, die fast die gesamte Vorstellung über die Hand ihres lang verschollenen Sohnes hielt.

9

Einige Tage später

»Kiel? Berlin? Bremen?« Fassungslos starrte Svantje auf den Brief. Sie war von einer Frauenorganisation zu einer Vortragsreihe eingeladen worden. In jeder Stadt sollte sie gleich mehrfach auftreten. Ihr Herz jagte, während sie Clemens auf ihrem Knie schaukeln ließ. Mit einer Hand drehte sie den Brief um, mit der anderen zerrte sie spielerisch an einem Beißring. Clemens hielt ihn seinerseits fest und gluckste vor Freude, sobald sie ihn gewinnen ließ.

Auf der Rückseite des Briefes standen weitere Städte, und Svantje wurde ein wenig schwindelig.In den vergangenen Wochen war sie oft aufgetreten. Die Vorträge waren gut, manche sogar sehr gut besucht, und stets bekam sie Zuspruch und weitere Einladungen. Ein Viertel der Besucher waren Männer, daher begann sie ihre Themen auszuweiten. Meist schaffte sie es nur noch ein- oder zweimal in der Woche zu einer der Vorlesungen, die sie nun endlich wieder aufsuchen konnte.

Mittlerweile hatte es auch schon unter den anderen Studenten die Runde gemacht, dass Svantje Vorträge hielt. Während die meisten Kommilitonen sie müde belächelten, war der ein oder andere im Publikum aufgetaucht.

»Clemens, willst du mit deiner Mama auf große Fahrt gehen?«, sagte sie gut gelaunt und herzte ihren Sohn. Sie würde ihn mitnehmen müssen, er war noch zu klein, um zu Hause zurückzubleiben. Zumindest wollte sie ihn keiner Amme anvertrauen. Ein Kind war am besten bei seiner Mutter aufgehoben, davon war sie überzeugt, und diese Meinung vertrat sie auch gegenüber ihren Zuhörerinnen.

Was würde Friedrich dazu sagen?

Zwar unterstützte er sie weiterhin und freute sich über ihre Erfolge, doch ganz glücklich war er mit der Entwicklung nicht. So hatte er sich seine Ehe vermutlich nicht vorgestellt. Svantje war hin- und hergerissen. Wären ihre Positionen umgekehrt und sie der Mann, würden andere ihr sicher in erster Linie zum Erfolg gratulieren, statt ihr vorzuwerfen, die Familie zu vernachlässigen.

Diese Vortragsreise bedeutete, Tage, wenn nicht gar Wochen unterwegs zu sein. Friedrich würde es ihr nicht verbieten, aber sie sah jetzt schon seinen Blick vor sich, mit der leisen Anklage darin. Irgendwann, da war sie sich sicher, würden auch bittere Worte folgen.

Zwei Wochen später saß Svantje im Zug nach Berlin. Ihr gegenüber sah Hilde aus dem Fenster, deren Augen nur so blitzten vor Abenteuerlust. Ihr Mann Walter hatte sie und Svantje zum Bahnhof gebracht und ihnen das Gepäck in den Waggon gehoben. Von Friedrich und der kleinen Karoline hatte sie zu Hause Abschied genommen.

»Endlich erleben wir etwas«, sagte Hilde mit vergnügtem Lächeln.

»Bis auf unsere Hochzeitsreise war ich noch nie weit weg von Hamburg«, gestand Svantje. Sie war schrecklich aufgeregt. »Ich bin so froh, dass du bei mir bist, liebe Freundin.«

»Und ich, dass du mich gefragt hast. Allerdings wäre ich auch ein wenig beleidigt gewesen, wenn nicht. Das wird ein feines Abenteuer.«

»Wird es dir denn nicht zu viel?« Svantje musterte Hildes rundlichen Bauch mit Besorgnis.

»Ich bin schwanger, nicht krank«, protestierte Hilde. »Es reicht, dass Walter mich wie ein rohes Ei behandelt. Nun fang du nicht auch noch an.«

Svantje lächelte breit. Ihre Freundin war Anfang des achten Monats und sah schon arg rund aus. »Wie ein Ei siehst du vielleicht noch nicht aus, aber lang dauern kann es nicht mehr.«

Hilde verzog den Mund und schlug ihr spielerisch auf das Bein. »Oh, du böses Weibsbild!«

Sie lachten beide ausgelassen. Svantje fühlte sich zu Hause eigentlich nicht eingesperrt, doch in diesem Moment empfand sie eine Freiheit, die sie, wie sie jetzt erst begriff, lange, lange entbehrt hatte.

Eine Stunde verging, in der sie die meiste Zeit schwiegen, wenn sie sich nicht gegenseitig auf Besonderheiten der vorbeiziehenden Landschaft aufmerksam machten. Clemens schlief mit geröteten Wangen. Das Stampfen der Dampflok lullte ihn ein, und auch Svantje fühlte sich träge. Nach all der aufregenden Vorbereitung der letzten Tage konnte sie zum ersten Mal wieder zur Ruhe kommen. Unter halb geschlossenen Lidern beobachtete sie ihre Freundin, die ihrerseits aus dem Fenster blickte.

Wer hätte gedacht, dass sie einander je so nahekommen würden? Svantje sicher nicht. Bei ihrer ersten Begegnung waren sie jung gewesen, mehr Kind noch als Frau. Hilde war arrogant und behandelte Menschen, die nicht ihres Standes waren, mit Herablassung, manchmal sogar Verachtung. Svantje, Tochter eines ungelernten Arbeiters und einer Aushilfe, machte da keinen Unterschied. Doch nach und nach waren sie einander nähergekommen. Svantje war gesellschaftlich aufgestiegen, und Hilde hatte bittere Erfahrungen machen müssen, die ihren Horizont erweiterten. Schließlich hatten sie beide begriffen, dass sie mehr verband als trennte. Schon als Svantje noch als Hildes Anstandsdame fungierte, war das Eis zwischen ihnen zwar nicht unbedingt gebrochen, hatte aber langsam zu tauen begonnen.

Als Svantje dann Friedrich heiratete, war es Richard, der seiner Schwester das Versprechen abnahm, ihr bei ihren ersten Gehversuchen in der Oberschicht beizustehen. Was Hilde als junges Mädchen im Benimmunterricht gelernt hatte, gab sie bei gemeinsamen Treffen an Svantje weiter. Und bald hatten sie ihren Spaß daran, zu üben, was die gehobene Gesellschaft von einer Dame erwartete. Kaum merklich hatte sich ihre Freundschaft vertieft.

»Entschuldigen Sie?«, riss eine Frauenstimme Svantje aus ihren Tagträumereien.

»Ja bitte?«

Neben ihrem Sitz stand eine Fremde, die schüchtern die Augen niederschlug. »Sind Sie Svantje Falkenberg, die berühmte Krankenschwester?«

»Berühmt?« Svantje lachte. »Nun, das vielleicht nicht, aber Svantje Falkenberg bin ich durchaus.«

Die junge Frau drehte sich um und winkte ihrer Begleiterin. Mit einem Blick wusste Hilde, dass es sich um ihre Mutter handelte. Die Ältere stand auf und kam nun auch zu ihnen. Sie hielt einen etwa sechsjährigen Jungen an der Hand.

»Mein Name ist Elvira Kaufmann«, sagte die Jüngere. »Dies sind mein Sohn Josef und meine Mutter Renate Gliech. Ich möchte Ihnen im Namen meines Sohnes danken. Josef, gib der Dame die Hand!«

»Hallo, kleiner Mann«, sagte Svantje und tauschte einen Blick mit Hilde. Dann musterte sie den Jungen. Ein hübsches Kind, gerade und gut gewachsen, mit einem intelligenten Ausdruck. Seine kurzen Hosen entblößten aufgeschürfte Knie, doch welcher Junge in seinem Alter hatte die nicht? Sie lächelte ihn aufmunternd an, dann wandte sie sich wieder seiner Mutter zu. »Frau Kaufmann, wie kann ich Ihnen helfen?«

»Das haben Sie bereits, und ich werde Ihnen bis an mein Lebensende dankbar sein. Wissen Sie, vor zwei Monaten war ich bei einem Ihrer Vorträge. Einen großen Abschnitt nahm die Erste Hilfe für Kinder ein. Keuchhusten, Stürze, Brüche. Aber das brauche ich Ihnen ja nicht sagen. Josef ist ein wildes Kind …« Sie strich ihm über den blonden Haarschopf, und er sah schuldbewusst auf.

»Was ist geschehen?«

»Wir waren in einem Park mit Teich. Josef hat Enten gejagt, obwohl er es nicht sollte, dann ist er hineingefallen. Wir haben es erst spät gemerkt. Als ich ihn herauszog, war er ganz weiß und hat nicht mehr geatmet. Ich wurde panisch, habe um Hilfe gerufen. Dann habe ich mich wieder auf Ihre Worte besonnen, ihn auf die Seite gedreht, bis das Wasser aus seinen Lungen lief, und habe meinen Atem geteilt …« Ihre Augen röteten sich, doch sie lächelte. »Er lebt, und das verdanke ich Ihnen.«

»Nein, das verdanken Sie Ihrem eigenen Mut und entschlossenen Handeln.«

Frau Kaufmann reichte Svantje erneut die Hand. »Ich wünsche Ihnen viel Erfolg. Ach, würde doch jede Frau einen Ihrer Vorträge hören.«

»Sie sollten ein Buch schreiben, einen Ratgeber«, brach die Ältere ihr Schweigen und stach damit genau in Svantjes Wunde. *Wenn ihn nur jemand verlegen wollte,* dachte sie traurig, *wenn nur …*

***

Raik trug neue Hosen und eine gute Jacke, denn auf der Harkenfeld-Werft gab es etwas zu feiern. Seit Tagen waren auf dem weiten Hof Planken verlegt und eine kleine Empore für Gäste errichtet worden, damit sie nicht von Schmutz und Schlamm behelligt wurden. Es war Samstag, früher Morgen, und auf dem Helgenkrangerüst wurden Lampen und bunte Wimpel angebracht. Obwohl er sich dagegen sträubte, war auch Raik für die besondere Stimmung empfänglich.

Eine Bark würde heute vom Stapel laufen. Der Dreimaster war schon jetzt, in seinem unfertigen Zustand, wunderschön. Es war ein Schiff, wie Raik es liebte. Fast vollständig aus Holz gebaut und vom Wind angetrieben. Es würde als Frachtschiff die Weltmeere befahren. Vor zwei Jahren, als der Auftrag bekannt geworden war, hatte er sich gewundert, dass sie ihn überhaupt bekommen hatten. Harkenfeld stand mehr und mehr in dem Ruf einer Werft, die vor allem eiserne Vollschiffe baute, und das sehr gut.

Die Bark war wie eine Erinnerung an eine alte und – wie Raik meinte – bessere Zeit. In diesem Segler steckte ein Teil seiner besten Arbeit, etwas, worauf er stolz sein konnte.

Raik lief neben den Plankenwegen, der Dreck machte ihm nichts aus, zudem trug er noch seine alten Arbeitsstiefel. Ständig hetzten Männer und Frauen auf den Bohlen hin und her. Sie gehörten zu einem Gasthof, der die Bewirtung der einfachen Leute bewerkstelligen würde.

Es war eine neue Entwicklung, dass die Männer, die das Schiff gebaut hatten, ebenfalls an der Feier teilnehmen durften. Für die Werftleitung war es ein geringer Preis, sich mit den Arbeitern gutzustellen.

Die Idee war Walter Degens Kopf entsprungen. Hildes Mann war ein diplomatischer, erschreckend intelligenter Kerl, wie Raik fand. Er hatte sich binnen weniger Jahre das Vertrauen des alten Tyrannen erarbeitet. Etwas, das dessen eigenem Sohn nicht gelungen war. Mit seinem ruhigen, überlegten Charakter war Degen ein angenehmer Verhandlungspartner, doch schwer zu durchschauen. Wenigstens besaß sein Wort Gewicht, und er gab es nicht leichtfertig. Mögen musste Raik ihn trotzdem nicht, widerwillige Anerkennung reichte.

Anfangs hatte er es merkwürdig gefunden, regelmäßig auf den Mann seiner Geliebten zu treffen. Doch nach mittlerweile acht Jahren dachte er inzwischen nicht mehr darüber nach.

Es war eine Sache, die er weder ändern konnte noch wollte. Er war kein Träumer. Als vaterloser Sohn einer Hure aufzuwachsen hatte das Liebesleben für ihn entzaubert. Eine Familie im eigentlichen Sinne hatte es nie für ihn gegeben. Dennoch wollte er Frauen mit Respekt behandeln und nicht benutzen, das hatte er sich immer vorgenommen.

Mit Hilde war ihm das stets gelungen. Sie sprachen offen miteinander, äußerten frei, was sie voneinander erwarteten und wünschten. Vielleicht waren sie Freunde … ja, das auf jeden Fall. Gern hätte er seinen Sohn besser kennengelernt, doch er machte sich keine Hoffnungen. Heinrich würde nie erfahren, wer sein wirklicher Vater war. Doch Hilde brachte Raik regelmäßig Fotografien mit, die er wie einen Schatz aufhob.

Anfangs hatte er oft nach dem Kleinen gefragt, sich gesorgt, ob Walter Degen seinem Kuckuckskind ein guter Vater sein konnte. Hilde war ebenso überrascht wie er, dass ihr Mann Heinrich tatsächlich wie einen eigenen Sohn behandelte und mit Zuneigung überhäufte.

Raik hatte beschlossen, dass ihm das reichte. Seinen Sohn gut versorgt und in einer heilen Familie zu wissen machte ihn froh.

Nun war er an dem Platz angekommen, wo die Schreinerlehrlinge einfach zusammengezimmerte Tische aufbauten. Das Holz würden sie später weiterverwenden. Der Untergrund, obwohl im Freien, war halbwegs trocken. Dafür sorgte eine dicke Schicht von Hobelspänen und Spelzen aus einer nahen Mühle.

»Alles *kant un klaar,* Jungs?« Die sechs Burschen nickten oder bejahten einsilbig. Hier und da wurde noch ein Nagel eingeschlagen, ein Keil gesetzt.

»*Orntlich*«, befand Raik. »*Orntlich,* aber lahm. Beeilt euch, sicher tauchen die Ehrengäste bald auf, und dann habt ihr hier nichts mehr verloren.«

Raik ging zum Wasser hinunter, wo die Bark vom Stapel laufen sollte. Von hier aus konnte er an Kränen vorbei weit in beide Richtungen schauen. Das komplette Ufer war bebaut. Werft reihte sich an Werft, Fabrik an Lagerhaus an Fabrik. Das Wasser war aufgewühlt und schlammig, stets bewegt von Lastkähnen und Fähren. Die Fleete und Kanäle spülten Unrat aus der Stadt, doch auf Raiks Seite trieben vor allem Holzreste und Fabrikabfälle vorbei. Er streckte sich, bis es in seinem Rücken vernehmlich krachte, und blickte auf die vertraute Silhouette Hamburgs. Durch die diesige Luft konnte er die Turmspitzen von Sankt Michaelis, der Nikolaikirche, Sankt Jacobi und zwei weiteren Kirchen ausmachen. Dutzende Kräne ragten auf, wo noch immer an neuen Arbeiterwohnungen gebaut wurde, welche die niedergerissenen Gängeviertel ersetzen sollten.

Raiks Blick kehrte zu der Schonerbark zurück. Es kam ihm vor, als könne das Schiff es kaum noch erwarten, endlich in sein wahres Element entlassen zu werden. Dabei war es längst nicht fertig. Viele Arbeiten wurden erst ausgeführt, wenn es im Wasser lag. Ein Teil der Aufbauten fehlte, zudem der Innenausbau und die Masten. Den Bug zierte wieder eine von Raiks Galionsfiguren. Er war der Einzige in der Werft, der sie anzufertigen wusste. Diese hier trug Hildes Gesicht. Hoffentlich hatte er sich damit nicht zu weit aus dem Fenster gelehnt. Das Profil war perfekt getroffen, doch nun, da sie mit leuchtenden Farben bemalt worden war, würde ein Fremder es nicht mehr erkennen können.

Die barbusige Dame ritt mit zwei Delfinen auf der Bugwelle. Ihr feuerrotes Haar verflocht sich mit Seetang, ihr Leib war der eines Fisches. In der einen Hand hielt sie eine Krone, mit der anderen stieß sie sich am Delfin ab. Auch die Brüste waren eindeutig Hildes.

Raik grinste, beim Gedanken an ihre Treffen wurde ihm

noch immer warm. Bis sie einander das nächste Mal sahen, würde er noch eine Weile warten müssen. Erst trug sie ihr zweites gemeinsames Kind aus und mimte eine Weile die brave Hausfrau und Mutter. Walter Degen durfte niemals Verdacht schöpfen, wer genau dafür sorgte, dass der Bauch seiner Frau prall und rund wurde. Dass es jemand anders tat als er selbst, schien ihn laut Hilde nicht zu stören.

Eine Stunde verging, bis Walter Degen mit seinen Gästen, dem Konsortium Weber, Carlmann und Fischer, aus dem Haupthaus trat. Er begleitete die Männer, während Harkenfeld senior bereits auf seiner kleinen Tribüne ausharrte, vor sich ein Papier mit einer kurzen Rede.

Raik stand mit einigen Schiffszimmerern und anderen Handwerkern neben der Plattform. Ihnen würden die Konsorten der Reederei stellvertretend für alle am Bau beteiligten Arbeiter die Hand schütteln. Die einfachen Leute warteten mit gebührendem Abstand, um nach dem Stapellauf Bier und Essen zu ergattern.

Harkenfelds glühend vorgetragene Rede ähnelte denen, die Raik bei anderen Anlässen gehört hatte. Die drei Reeder schienen dennoch ergriffen. Es war ihre Investition, die hier vor ihren Augen Gestalt angenommen hatte, und sie waren zufrieden. Raik sah schon das fertige Schiff vor sich, die drei Masten hoch aufgerichtet unter vollen Segeln. Jahrzehntelang würde es von Kontinent zu Kontinent segeln, um Kaffee und Kopra, Stoffe und seltene Hölzer zu transportieren. Am liebsten hätte er nur Schiffe wie dieses gebaut statt eiserner Dampfer.

Ein Tusch erklang, dann spielte eine kleine Blaskapelle auf. Zu einem fröhlichen Marsch wurden Leinen gekappt und Hebel angesetzt. Ein tiefes Grollen erklang, das Reiben von Holz auf Holz, dann war die Bark plötzlich in Bewegung. Tonnenschwer kroch sie ihrer Vereinigung mit dem Wasser entgegen. Raik hielt den Atem an. Jetzt durfte nichts schiefgehen. Wenn der Rumpf zu schnell vorwärtsglitt oder in Schieflage geriet, war es aus. Doch die Arbeiter waren zuverlässige Männer. Wasser rauschte. Kleine, sedimentgefärbte Wellen rollten an Land, dann Jubel. Die Arbeiter gratulierten einander, so mancher warf seine Mütze in die Luft. Champagnerkorken knallten. Werksleitung und Eigner stießen an, dann waren einige der betuchteren Gäste an der Reihe. Raik und den Zunftmeistern wurde Wein angeboten. Auch hier machte Harkenfeld mit einfachen Mitteln klar, wo wer stand. Schlechtes Bier für die Arbeiter, Wein für die Vorgesetzten und Champagner für die Obrigkeit.

Raik nippte an seinem Glas, blickte über den Hafen und fragte sich wieder einmal, was ihn hier hielt. Er war gut in dem, was er tat, es würde kein Problem sein, in einer anderen Werft anzuheuern. Und doch fühlte er sich den Männern hier verpflichtet. Es war wie in einer Familie, und die suchte man sich bekanntlich nicht aus.

Er stand nicht weit von Harkenfeld entfernt, als dieser einen Kaufmann begrüßte, den die Reeder offenbar zur Feier eingeladen hatten. Der Neuankömmling war klein, rund wie ein Fass und sprach mit lauter, fröhlicher Stimme.

»Wunderbarer Stapellauf, ganz herrlich.« Gläser klirrten, als sie anstießen. »Sie glauben nicht, wen ich durch Zufall neulich in der Oper getroffen habe.«

»Mich bestimmt nicht«, scherzte Harkenfeld. »Vermutlich sind Sie meiner Frau und meiner Tochter begegnet, ich wusste nicht, dass Sie sich kennen.«

»Das erklärt es. Ich hatte noch nicht die Ehre, die Damen Harkenfeld kennenzulernen, daher sind wir womöglich ahnungslos aneinander vorbeigegangen. Aber Ihren Ältesten, den habe ich auch in Uniform sofort erkannt.«

Raik spannte unwillkürlich die Schultern an. Die Luft lud sich auf wie in einer Spelunke, kurz bevor eine Schlägerei losbrach. Er wusste durch Hilde, dass es einen schlimmen Bruch zwischen Vater und Sohn gegeben hatte, angeblich weil der lieber zum Militär gegangen war, als weiter dem Patriarchen die Stirn zu bieten. Und bei ihrer Begegnung auf der Weihnachtsfeier der Sozialisten war klar geworden, dass eine Versöhnung in weiter Ferne stand.

»Richard?«, fragte Harkenfeld kühl. Sämtliches Gefühl war aus seiner ohnehin schon harten Stimme geschwunden.

»Ja, er war es eindeutig. Sagte, Sie wären mit seiner Berufswahl nicht einverstanden, aber glauben Sie mir, er ist ein prächtiger junger Mann geworden.«

Harkenfeld lachte trocken auf, und Raik hätte alles dafür gegeben, in diesem Moment das Gesicht des Alten zu sehen. Sein Gegenüber schien nicht zu merken, dass Harkenfeld kurz davor war, die Nerven zu verlieren, und plapperte einfach weiter. »Die Verantwortung als Rittmeister bekommt ihm gut, aber ich denke, Sie sollten ihn zurück in die Firma holen. Einen Mann wie ihn können Sie brauchen. Wir werden ja alle nicht jünger.« Er lachte laut.

Harkenfeld ging nicht auf das Gesagte ein. »War er mit zwei Frauen dort?« Er verdächtigte Richard, sich heimlich mit Hilde getroffen zu haben, schloss Raik.

»Nicht, dass ich wüsste. Er war in ein angeregtes Gespräch vertieft, mit einem Mitarbeiter des Importeurs Falkenberg.«

»Wassili Alfjorow.« Harkenfeld sprach den Namen aus, als würde er ein Urteil fällen.

»Ja, der war es. Russe, glaube ich.«

Raik vernahm einen unterdrückten Fluch, dann entfernten sich schwere Schritte. Als er sich schließlich umdrehte, stand Harkenfeld weit weg am schlammigen Hafenufer. Die kräftigen Schultern hochgezogen, die Hände zu Fäusten geballt, das Champagnerglas lag zu seinen Füßen im Schlamm. Was auch immer Richard und dieser Alfjorow angerichtet hatten, um in Ungnade zu fallen, Raik wollte jetzt nicht in ihrer Haut stecken.

***

Es war eine laue Sommernacht. Wassilis Schritte waren leicht, aber es fiel ihm etwas schwerer als sonst, seinen Kurs zu halten. Zu laufen war ein guter Entschluss gewesen. Seine Frau sah es nicht gern, wenn er betrunken war. Das hatte er nun davon, dass er unbedingt hatte heiraten wollen.

Die frische Luft würde seine Sinne klären, immerhin hatte er noch zwanzig Minuten Wegstrecke vor sich. Und das war die Zeit, die es dauerte, wenn man zügig lief, wobei sein schlendernder Gang an diesem Abend wahrlich nicht zügig genannt werden konnte.

Ständig fiel ihm etwas auf, was besonders oder betrachtenswert war. Ein Bettler mit einer Fidel, der eine schöne Melodie spielte, große Nachtfalter, die um eine Gaslaterne tanzten. Eine vornehme Kutsche mit edlen Pferden.

Eindeutig, die letzten zwei Gläser Wodka waren zu viel

gewesen. Das Treffen der *Russischen Gesellschaft zu Hamburg* endete immer mit Verbrüderung, wehmütigen Liedern, Tränen nach der Heimat und zu viel Schnaps. Es war das erste Treffen nach seiner Hochzeit, mit der er auch besiegelt hatte, abgesehen von seinen seltenen Geschäftsreisen nie wieder ins Zarenreich zurückzukehren. Seine Heimat war nun Hamburg. Irina war in der Stadt geboren worden und verstand sich trotz ihrer Herkunft als Deutsche, sie würde niemals von hier wegziehen.

Wassili passierte einen Park, der Name wollte ihm partout nicht einfallen. Aber was kümmerte ihn, wie Parks und Straßen benannt waren? Ihm reichte es, wenn er wusste, dass er noch auf dem richtigen Weg war. Nur noch zwei Straßen, und er hätte es geschafft.

Der Gedanke an seinen Geburtsort hatte ihn wehmütig werden lassen. Ihm fehlten nicht nur seine Familie und Freunde, sondern auch seine Landsleute. Die Deutschen waren kühl, distanziert, und die wenigsten verstanden es, Spaß zu haben. Er erinnerte sich an Angelausflüge mit seinem Vater. An die Datscha seiner Familie mitten im Wald. Ein zweistöckiges Holzhaus mit zahlreichen Fenstern, wohin sie flohen, wann immer Zeit war. Besonders im Sommer, wenn die Hitze in der Stadt unerträglich wurde. Dann packte die gesamte Familie Alfjorow ihre Sachen, wie so viele andere.

Die Nachbarn am See kannten sich, man besuchte sich, aß miteinander, es wurden Ausflüge unternommen und frei diskutiert, was in der Enge der Stadt niemand zu sagen wagte.

Laute Schritte rissen ihn aus der Erinnerung. Zwei Schutzmänner in Uniform und Pickelhauben kamen die

Straße herunter auf ihn zu. Die Straßenlaterne hinter ihnen verwandelte die Bewaffneten in schwarze Scherenschnitte. Wassili wunderte sich. In dieser Gegend, er war schon fast zu Hause, ließen sich selten Polizisten blicken. Allenfalls die Nachtwächter drehten ihre Runden. Kamen sie direkt auf ihn zu und würden nicht nur an ihm vorbeigehen? Wassili bekam ein merkwürdiges Gefühl, dabei hatte er sich nichts zuschulden kommen lassen. Er straffte die Schultern, versuchte, nicht so betrunken auszusehen, wie er sein musste. Er fühlte sich zwar besser als bei seinem Aufbruch, aber so schnell konnte die Wirkung des Alkohols nicht nachgelassen haben.

Die Schutzmänner musterten ihn auffallend, sprachen leise miteinander. Es waren nur wenige Worte, dann zog der Kleinere von beiden seinen Schlagstock.

»Stehen bleiben«, sagte der linke. Er war älter als Wassili. Die blaue Uniform spannte sich über eine Ringerbrust, am Bauch hatte er etwas Fett angesetzt, doch das änderte nichts daran, dass er aussah, als könne er sich einen anderen Mann mühelos über die Schulter werfen und bis zur Wache tragen.

Wassili befolgte den Befehl sofort und blieb mit hängenden Armen stehen, die Hände offen und gut sichtbar. Er war unbewaffnet. »Guten Abend, Herr Wachtmeister.« Seine Worte klangen schwer, seine Zunge fühlte sich träge an, aber gelallt hatte er nicht. Er versuchte, so freundlich wie möglich auszusehen.

Der Gendarm mit dem Schlagstock trat um ihn herum, klopfte drohend in seine Hand. Wassili musste sich zwingen, stillzustehen und sich nicht nach der Gefahr umzudrehen.

»Name?«, fragte der mit der Ringerstatur.

»Wassili Alfjorow.«

Die Uniformierten warfen sich über seine Schulter einen bestätigenden Blick zu. Aber warum? Furcht ließ sein Herz schneller schlagen.

»So, so, Herr Alfjorow, und warum sind Sie so spät noch unterwegs?«

»Ich komme vom Treffen der *Russischen Gesellschaft zu Hamburg*. Es war ein ausgelassener Abend.«

»Das kann ich riechen, aber nicht, ob Sie die Wahrheit sagen. Ein schmucker Mann wie Sie, adrett zurechtgemacht, könnte genauso gut aus dem Park kommen.« Der Gendarm wies auf eine Baumreihe, die im Nachtdunkel wie eine schwarze Wand aussah. Wassili wusste, was dort an vielen Tagen geschah. Es war ein geheimer Treff für Männer, die ihresgleichen begehrten. Man konnte sich dort kennenlernen, geheime Treffpunkte verabreden. Jahre waren ins Land gezogen, seitdem er sich zuletzt dorthin begeben hatte. Nur einige Male seit seiner ersten Begegnung mit Richard und kein einziges mehr seit seiner Hochzeit. Es war besser so. Er wollte seine Ehe nicht riskieren.

Richard hatte recht, Männer wie sie sollten besser versuchen, sich anzupassen, statt ihren Gelüsten nachzugeben und damit nicht nur den eigenen, sondern auch den Ruf ihrer Familien aufs Spiel zu setzen.

Er gab sich die Schuld an dem Zerwürfnis der Harkenfelds. Hätte er Richard nicht zu diesem verhängnisvollen Kuss gedrängt, würde der vermutlich mittlerweile die Werft leiten und die Arbeitsbedingungen von Hunderten verbessert haben. Er würde noch in Hamburg leben, mit

Familie und Freunden. Zweifellos trug Richard das schwerere Los. Und das alles nur wegen eines Kusses.

Wassili täuschte ein Lachen vor, doch es gelang ihm nur schlecht. »Was sollte ich denn zu dieser Uhrzeit in einem Park?«

»Rammeln wie die Karnickel, das machen doch solche warmen Brüder wie Sie.« Der Gendarm stieß ihm mit der Spitze des Schlagstocks in den Hintern, genau auf das Steißbein.

Wassili, überrascht von dem scharfen Schmerz, taumelte vorwärts und prallte mit dem anderen Mann zusammen. Dessen Faust bohrte sich in seinen Magen. Wassili krümmte sich. Galle, Wodka und die Entenbrust mit Kartoffelkrönchen drängten aufwärts. Er umklammerte seine schmerzende Mitte und erbrach sich auf die polierten Schuhe des Wachtmeisters.

Das war das Schlimmste, was in dieser Situation passieren könnte, begriff Wassili. Während er noch würgte, traf ihn das Knie des Mannes mitten ins Gesicht. Es knackte, Schmerz schoss wie ein glühender Dorn durch seine Nase in den Kopf, und alles wurde schwarz.

10

10. August 1900

Sie kehrten einen Tag eher als geplant zurück. Am Bahnhof trennten sich Svantje und Hilde mit einer langen Umarmung. Die Vortragsreise war ein voller Erfolg gewesen.

Mit dem schlafenden Clemens auf dem Arm saß Svantje nun in einem kleinen Einspänner. Das für die Reise angestellte Kindermädchen hatte sie mit dem Gepäck nach Hause geschickt. Sie waren sehr früh aufgebrochen und hatten den ersten Zug genommen. Nun, um kurz vor zehn, konnte Svantje bereits das Schild mit der Aufschrift »Falkenberg & Sohn« an dem vertrauten Gebäude sehen.

»Halten Sie dort, bitte!«, rief sie dem Kutscher zu, und er brachte das Pferd zum Stehen. »Vielen Dank, einen schönen Tag noch.« Svantje bezahlte und wartete, bis er abgefahren war, dann drückte sie mit der Schulter die Flügeltür auf.

Leise ging sie die wenigen Stufen zum Eingang des Büros hinauf. Es war eine hölzerne, weiß gestrichene Flügeltür, flankiert von zwei indischen Statuen, die schlanke Tänzerinnen darstellten, welche mit kunstvoller Pose je eine Schale hielten. Fast jede Woche änderte sich deren Inhalt.

Mal war es Kaffee, dann wieder duftete es daraus nach Kakaobohnen, Zimtstangen oder Sandelholz. Wassili war auf diese Idee gekommen, und Svantje fand es überaus entzückend. Kurz fuhr sie mit den Fingern durch Nelkensterne und roch daran, dann drückte sie die Klinke hinunter. Ohne ein Geräusch zu machen, trat sie ein. Die Sekretärin bemerkte sie und lächelte. Svantje schlich auf Zehenspitzen zu ihr. »Ist mein Strohwitwer da?«, flüsterte sie.

»Vor ein paar Minuten von einem geschäftlichen Frühstück zurück. Soll ich den Kleinen nehmen?«

»Ja, bitte.« Ganz vorsichtig ließ sie Clemens in den Arm der Sekretärin gleiten. Er wurde kurz unruhig, und Svantje legte ihre Hand mit sanftem Druck über Stirn und Wange. Binnen Augenblicken war er wieder eingeschlafen.

»Sie können zaubern«, flüsterte die Sekretärin und lächelte.

»Das musste ich auf der Reise lernen. Mein Kindermädchen hat mir den Trick gezeigt«, gab Svantje zurück und lief auf leisen Sohlen an zwei verwaisten Schreibtischen vorbei. Friedrichs Vater zog sich nach und nach aus dem Geschäft zurück und begann seinen halben Arbeitstag selten vor Mittag, doch dass Wassili nicht an seinem Platz war, verwunderte sie. Der Russe war ein Inbegriff von Arbeitseifer, daran hatte auch seine junge Ehe nichts ändern können.

Svantje klopfte an die Bürotür. Die Vorfreude ließ ihr Herz schneller schlagen. Friedrich so nah bei sich zu wissen hatte noch immer dieselbe Wirkung auf sie wie vor all den Jahren. »Ja?«, rief er ein wenig unwirsch.

Svantje trat ein. »Ja, willst du denn deine Frau nicht begrüßen?«

Er sah sie ungläubig an, als hätte sich eine Fata Morgana hereingeschlichen. »Du kommst erst morgen an.«

»Ich habe dich so vermisst, ich konnte es nicht länger aushalten.« Sie warf sich in seine Arme, und er zog sie ganz fest an sich. Wie sehr hatte es ihr gefehlt, den Duft seiner Haut einzuatmen, an seiner Brust geborgen seinem Herzschlag zu lauschen.

»Du hast mir auch gefehlt, Weib«, erwiderte er lachend. »Jetzt lasse ich dich nie wieder fort.«

Svantje erwiderte seine Umarmung mit gleicher Heftigkeit. Diese eine Reise reichte ihr erst einmal für lange Zeit. »Wie geht es meiner kleinen Karoline?«

Friedrich löste sich von ihr, um sie anzusehen. »Die Wahrheit?«

Svantje schluckte und nickte nur.

»In den ersten Tagen hat sie sehr viel geweint. Sie vermisst ihre Mutter. Ich musste abends oft lange bei ihr sitzen, bis sie eingeschlafen war.«

Svantje kämpfte erfolgreich gegen die Tränen an. »Jetzt bin ich ja wieder zurück. Wenigstens hat sich die Reise gelohnt.«

Friedrich hob fragend die linke Braue, genau wissend, welche Wirkung diese kleine Eigenart auf Svantje hatte. Mit diesem Gesicht konnte er ihr jedes Geheimnis entlocken. Doch die Aufforderung brauchte sie gar nicht. Sie war so glücklich, dass sie es am liebsten herausgeschrien hätte.

Sie ergriff Friedrichs Hände. »Vorgestern in Berlin war ein besonderer Gast im Publikum, er …«

Der Gastraum des kleinen Lokals war voll besetzt gewesen. Sechzig Frauen und vielleicht zehn Männer saßen dicht an dicht und lauschten Svantjes Vortrag aufmerksam. Auch dahinter drängten sich noch Zuhörer. Zum allerersten Mal war eine Veranstaltung nicht nur voll besetzt, sondern platzte buchstäblich aus allen Nähten. Angeblich hatten die Veranstalter sogar einige Besucher wieder wegschicken müssen.

An der Decke strahlten elektrifizierte Kronleuchter, warfen glitzernden Lichtschein auf aufmerksame Gesichter.

Svantje war allein auf der Bühne und fühlte sich mittlerweile recht wohl dabei, während sie verschiedenste Themen ansprach und dabei zur Erläuterung Schautafeln benutzte.

Hin und wieder lauschte sie einen Augenblick lang. Clemens war mit seiner Amme direkt hinter der Bühne. Meist schlief er um diese Zeit. Sie stillte ihn immer direkt vor dem Auftritt und erkaufte sich so diesen Frieden.

Zum Schluss wandte sie sich wie immer der Ersten Hilfe zu. Eine Freiwillige war auch in diesem Publikum schnell gefunden. Es war eine Frau ihres Alters, mit dunkelbraunen Locken, einem zarten Gesicht und intelligentem Blick aus hellbraunen Augen. Svantje meinte, die Dame schon einmal irgendwo gesehen zu haben, spulte aber dennoch ihr Programm ab, ohne weiter nachzufragen. Die Dame ließ sich einen provisorischen Verband anlegen, erst für einen gebrochenen Unterarm, dann einen Wickel, um den gesamten Arm angewinkelt ruhig zu stellen.

Applaus brandete auf.

Svantje verbeugte sich mit geröteten Wangen. Das Herz galoppierte ihr nur so in der Brust. An all die Aufmerksamkeit würde sie sich wohl niemals gewöhnen. Einzelne Frauen riefen *Bravo,* und ein Mann warf ihr eine Kusshand zu. »Du meine Güte«, murmelte Svantje in sich hinein. Sie war erleichtert und zugleich etwas traurig, dass dies ihr letzter Auftritt war.

Dann sagte sie an die Dame gewandt: »Einen Augenblick, ich werde Sie befreien, vielen Dank für Ihre Hilfe.« Sie begann die Armschlinge ihrer Freiwilligen zu entknoten.

»Ganz großartig, Frau Falkenberg«, lobte diese. »Ich war vor einer Woche schon einmal bei einem Ihrer Vorträge und möchte mich noch bedanken, dass Sie sich so viel Zeit genommen haben, um all meine Fragen zu beantworten.«

»Aber gern doch.« Svantje wickelte routiniert die Bandage auf, während vor der Bühne Stühle herumgerückt wurden und die ersten Zuschauer den Salon verließen. Daher also kannte sie die junge Frau!

»Hätten Sie vielleicht einen Moment Zeit? Ich würde Ihnen gern meinen Mann vorstellen.«

Svantje sah kurz zum Bühnenabgang, doch wenn das Kindermädchen dort nicht stand und ihr ein Zeichen gab, war alles in Ordnung. »Mein Sohn schläft hinten«, sagte sie zur Erklärung, »aber einen Moment habe ich.«

Sie gingen gemeinsam die Stufen hinab. »Ich habe mich noch gar nicht vorgestellt. Mein Name ist Isabella Jäger. Und dies ist mein Mann Gustav.« Die Frau blieb vor einem fülligen Mittvierziger stehen, dessen blondes Haar eine Halbglatze kränzte. Er trug eine Brille, schob sie aber nun auf die Nasenspitze, um Svantje darüber aus wasserblauen Augen zu mustern.

»Das ist also die Dame, von der du so viel erzählt hast, Isabella. Sehr angenehm. Ich habe offen gestanden erst nicht so viel darauf gegeben, doch sie hat mir so lange in den Ohren gelegen …«

»Ich hoffe, ich habe Sie nicht gelangweilt«, sagte Svantje schnell und fragte sich unterdessen, was sie hier denn eigentlich sollte.

»Ganz im Gegenteil, meine Liebe, ich habe mich bestens unterhalten gefühlt.«

Seine Frau hatte sich bei ihm untergehakt, lächelte stolz und drückte auffordernd seinen Arm. »Mein Mann ist Verleger«, sagte sie.

»Verleger?«, Svantjes Stimme wurde dünn, und es fühlte sich an, als sei der Boden unter ihren Füßen plötzlich ein Stückchen zur Seite gerückt. Ihr schwindelte.

»Na, na, Sie werden ja ganz blass.«

»Es ist nichts«, sagte Svantje schnell und starrte ihn an wie eine Maus die Katze.

»Ihr Publikum scheint Ihnen sehr zugetan, sie haben eine Gabe, komplizierte Sachverhalte einfach und verständlich zu erklären. Isabella sagte, Sie hätten beiläufig erwähnt, an einem Ratgeber zu arbeiten.«

»Ja, das stimmt.«

»Und haben Sie schon einen Verleger für Ihr Werk?«

»Nein.« Svantje schalt sich eine Idiotin. Was war nur mit ihr los? Da präsentierte sich hier die Chance ihres Lebens, und sie verhielt sich wie ein schüchternes, maulfaules Mädchen. Sie räusperte sich. »Es ist bereits fertig. Das Buch, meine ich.«

»Umso besser. Sie können es mir gern an diese Adresse senden, wenn Sie möchten.« Er zückte ein Silberetui und reichte ihr eine Visitenkarte. »Wenn es Ihnen gelingt, einen Arzt aufzutreiben, der ihre Sachkunde bestätigt, ist es so gut wie verlegt.« Er streckte ihr die Hand hin.

Und Svantje hatte mit fiebriger Aufregung eingeschlagen.

Friedrich küsste sie überschwänglich auf die Wange und rief seiner Sekretärin zu, Champagner aus dem Keller zu holen.

»Wann soll es erscheinen?«

»Er hat ja das Manuskript noch gar nicht gelesen«, protestierte sie. Noch immer war der Zweifel groß, ob sich ihr Traum tatsächlich erfüllen würde. »Er sagte, er verstehe nicht, warum es ein Hindernis sein sollte, dass ich eine Frau bin. Die Hälfte seiner Kundschaft bestünde aus Frauen. Friedrich, ich denke, es ist ihm ernst damit. Er wird meinen Ratgeber veröffentlichen!«

»Ich kann dich nur erneut beglückwünschen, meine wunderbare Frau. Du würdest es schaffen, das wusste ich.«

Svantje ließ sich küssen und herzen und versuchte, nicht daran zu denken, dass er ihren Traum noch vor wenigen Wochen zum Scheitern verurteilt hatte. Aber war sie nicht selbst kurz davor gewesen aufzugeben?

Die Sekretärin kam herein, den schlafenden Clemens in einem Arm, eine Champagnerflasche im anderen.

»Du meine Güte«, entwich es Svantje, als sie die Frau mit der doppelten Last sah, und nahm ihr den Kleinen ab. Seine Fäustchen krallten sich in ihre Bluse, und er öffnete die Augen.

Friedrich beugte sich über ihn und wurde mit einem Lächeln belohnt. »Bist du groß geworden.«

»Aber Friedrich, wir waren keine zwei Wochen unterwegs.«

»Dennoch, er ist ein prächtiger Junge.« Er nahm drei Gläser aus einem Schränkchen, in dem auch andere Spirituosen ihren Platz gefunden hatten, öffnete die Champagnerflasche mit einem vernehmlichen Knall und goss die blassgelbe Flüssigkeit in die Schalen.

»Für mich?«, fragte die Sekretärin irritiert.

Sie stießen an, die Gläser klirrten hell, und Friedrich brachte einen Toast auf zukünftige Erfolge aus. Mit einem euphorischen Gefühl nippte Svantje an dem kühlen Getränk. Herbe Süße füllte ihren Mund. Nach wenigen Schlucken fühlte sie sich leicht und ein wenig beschwipst. »Ich habe noch kein richtiges Frühstück gehabt und trinke schon Champagner«, kicherte sie. »Das hätte ich mir vor einigen Jahren auch noch nicht träumen lassen.«

Während sie sprach, betrat jemand das Büro.

»Das wird Wassili sein, ich hoffe, er hat eine gute Erklärung. Bei dem Termin heute Morgen hätte er mich eigentlich begleiten sollen«, sagte Friedrich. Es war ungewöhnlich, dass Wassili sich verspätete oder wichtige Termine vergaß, und Svantje hörte leise Sorge aus Friedrichs Tonfall heraus.

»Guten Morgen?«, sagte eine Frau, die Stimme so hoch, dass sie panisch klang. Zu dritt verließen sie Friedrichs Büro.

Irina Alfjorow stand neben dem verwaisten Schreibtisch ihres Mannes, eine Hand auf dem glatt polierten Holz, als müsse sie sich abstützen. »Ist Wassili hier?«

»Nein«, erwiderte Friedrich knapp. Sie versammelten sich um Irina, deren Augen bereits vom vielen Weinen gerötet waren.

»Was ist passiert? Haben Sie sich gestritten?«, fragte Svantje und führte die junge Frau zu einem Stuhl.

»Nein, wir streiten niemals. Er ist gestern Abend zum Treffen der Russischen Gesellschaft gegangen, allein, da ich bereits mit meiner Schwester verabredet war. Als ich nach Hause kam, war er noch nicht da, aber ich machte mir keine Sorgen. Diese Abende dauern lang, manchmal bis in die frühen Morgenstunden. Aber auch heute Morgen war er nicht zurück.«

»Und da haben Sie gehofft, er sei direkt hierhergekommen«, schloss Friedrich.

»Ja, aber … ich weiß nicht, ich habe ein schreckliches Gefühl. Etwas muss passiert sein. Vielleicht ist er überfallen worden und liegt nun verletzt in einer Gasse!«

Svantje überließ es Friedrich und der Sekretärin, Irina zu beruhigen, denn Clemens war wach geworden und verlangte lautstark nach Aufmerksamkeit.

Svantje hörte noch, wie Friedrich versprach, Wassilis Frau auf die Polizeiwache zu begleiten, dann schloss sie die Tür des Hinterzimmers, um Clemens in Ruhe zu stillen. Hier hatte sie auch einen kleinen Vorrat an Windeln untergebracht.

Während sie Clemens die Brust gab, lauschte sie auf die traurigen Schluchzer Irina Alfjorows. Sie liebte ihren Mann sehr, das war Svantje vom ersten Moment an klar gewesen, als sie einander vorgestellt wurden. Wassili dagegen wusste seine Gefühle gut zu verbergen. Ein Verdacht schlich sich ein. Betrog er seine Frau etwa? Tat er es so dreist, dass er sogar bei der anderen übernachtete?

Nein, so schätzte sie ihn nicht ein. Hoffentlich war ihm nicht tatsächlich etwas zugestoßen. Hoffentlich stellte sich alles als harmlos heraus.

Sie wusch und wickelte Clemens schnell. Er quengelte, bis sie ihm seine Rassel gab. Als sie fertig war, schlief er fast schon wieder.

Als sie gerade das Hinterzimmer verließ, wurde mit Fäusten gegen die Eingangstür geschlagen. Gleich darauf stürmten sechs Uniformierte herein. Clemens begann wie am Spieß zu schreien.

Friedrich gestikulierte ihr, sich im Hintergrund zu halten, während er dem ersten Wachtmeister entgegentrat.

Eben noch hatten sie auf ihren Erfolg getrunken, und nun standen sie sechs finster dreinblickenden Gendarmen gegenüber. Es war, als sei plötzlich die gesamte Welt aus den Fugen geraten.

Friedrich blieb ruhig und hob beschwichtigend die Hände. »Sie können hier nicht einfach so eindringen, Falkenberg & Sohn haben sich nichts zuschulden kommen lassen.«

»Was wir können und was nicht, lassen Sie doch bitte unsere Sache sein, Herr …?«, knurrte der Polizist, der offenbar das Sagen hatte, und legte mit deutlicher Geste eine Hand auf den Griff seines Schlagstocks.

»Friedrich Falkenberg. Weshalb sind Sie hier?«

»Wassili Alfjorow ist Ihr Sekretär, wenn ich richtig verstehe. Wo ist sein Schreibtisch?«

Friedrich wies darauf, und der Polizist wartete nicht länger. »Alles einpacken«, kommandierte er. Wie ein Schwarm Heuschrecken fielen die übrigen Gendarmen über den Tisch und die zugehörigen Aktenschränke her.

»Das geht nicht!«, protestierte Friedrich.

»Sie erhalten eine Liste der Dinge, die wir mitgenommen haben«, erwiderte der Mann ungerührt.

»Ich möchte Ihren Namen erfahren und den Grund für all das hier.«

»Dietz«, sagte der Gendarm. Er war ein drahtiger Mann

von Mitte vierzig. In sein blondes Haar mischte sich erstes Grau. Große Sommersprossen ließen seine Haut fleckig erscheinen. Er wippte auf den Fersen und schien seine Machtposition zu genießen. »Offenbar beherbergen Sie einen Spion unter Ihrem Dach.«

»Wassili Alfjorow ein Spion? Dass ich nicht lache. Er ist mein bester Mitarbeiter, Sie müssen ihn mit jemandem verwechseln.«

»Ein Spion arbeitet im Geheimen«, sagte der Mann belehrend.

»Man wirft ihm Spionage vor?«, fragte Irina dünn.

»Und wer sind Sie?«, blaffte der Polizist.

»Irina Alfjorow, seine Frau.«

»Dann interessiert es Sie sicher besonders, dass er auch wegen homosexueller Umtriebe und sittenwidrigen Verhaltens angezeigt wurde.«

Svantje traute ihren Ohren nicht. Irina wurde weiß wie Schnee, und noch ehe jemand bei ihr war, brach sie ohnmächtig zusammen und schlug im Fall mit dem Hinterkopf auf eine Stuhlkante.

***

Da Walter arbeitete und sie ohnehin ein verwaistes Haus vorfinden würde, fuhr Hilde auf direktem Weg zu ihrer Mutter. Ihr Sohn Heinrich hatte die Zeit ihrer Reise bei seinen Großeltern verbracht und ihnen hoffentlich wenig Scherereien bereitet.

Als Erstgeborener hatte er bei seinen Eltern in vielen Dingen Narrenfreiheit, und besonders Walter verwöhnte ihn nach Strich und Faden. Wo er in seinem Beruf Korrektheit und sofortiges Umsetzen seiner Anordnungen erwartete, ließ er bei Heinrich alles durchgehen. Hilde schmunzelte, als sie wieder vor sich sah, wie Walter vergeblich versucht hatte, die kleinen Zinnfiguren seines Sohnes zu einer Schlachtordnung aufzustellen, während dieser in regelmäßigen Abständen mit seinem hölzernen Nachziehpferdchen alles umwalzte und dabei aus vollem Herzen lachte, wie nur Kinder es vermochten. Seine Fröhlichkeit war ansteckend, und bald lachten sie alle, bis ihnen die Bäuche wehtaten und Hilde ihren sonst oft so ernsten, nachdenklichen Mann kaum noch wiedererkannte.

Auch wenn sie ihn nicht liebte, es vielleicht niemals tun würde, freute sie sich darauf, ihn wiederzusehen. Auf ihn würde sie noch bis zum Abend warten müssen, doch bis zu ihrem Wiedersehen mit Heinrich dauerte es nur noch wenige Minuten.

Schon bog die Kutsche in die Auffahrt ein. Die Wachleute hatten sie durchgewunken, sobald Hilde den Kopf aus dem Fenster gestreckt hatte.

Sie war überrascht, Mutter an der offen stehenden Eingangstür zu sehen. Ihr Gesicht war blass und sehr ernst. Sie rang die Hände in Ungeduld. Als die Kutsche anhielt und der Fahrer die Tür öffnete, rief die Mutter erleichtert Hildes Namen, doch die Sorge schwand nicht aus ihrem Gesicht.

Schnell erfuhr Hilde, was geschehen war. »Ich habe den Doktor erwartet, er will nach deinem Vater sehen. Aber komm erst einmal herein, Liebes.«

»Ist er krank?«

»Das Herz wieder. Etwas setzt ihm zu. Doch es ist nicht die Werft, ich habe ihn gefragt und auch deinen Ehemann ausgehorcht. Offenbar hat sich nichts ereignet, was ihn derart erschüttern könnte. Du kennst deinen Vater, er ist ein sehr …« Sie suchte nach Worten. »… ein sehr energischer, lauter Mann. Und nun erkenne ich ihn kaum wieder. Er zieht sich in sich zurück. Seine Brust schmerzt bis in den Arm hinein, und er will weder mich noch seinen Enkel sehen.«

»Und Heinrich?«

»Es geht ihm gut, das Wetter ist so schön, da habe ich ihn mit dem Küchenmädchen in den Garten geschickt.« Ihr Sohn würde also noch etwas auf das Wiedersehen warten müssen. »Ist Vater in seinem Arbeitszimmer?«

»Nein, er liegt in unserem Bett. Ich habe dir doch gesagt, es ist ernst.«

Wenn der Vater am Tag im Bett lag, war es das wirklich. Sämtliche Vorfreude war aus Hilde gewichen. Ihre Schritte waren wie Blei, als sie die Stufen zum Obergeschoss hinaufstieg, wo das elterliche Schlafzimmer lag. Der Mann, der hinter dieser Tür ans Bett gefesselt war, war zweifelsohne ein Tyrann, doch er war gleichzeitig noch immer ihr Vater.

Sie klopfte leise. Als sie keine Antwort bekam, trat sie einfach ein.

Mehrere Kissen sorgten für eine aufgerichtete Position, die beinahe darüber hinwegtäuschte, dass der Vater schlief.

Hilde trat nahe ans Bett und betrachtete das Familienoberhaupt. Auf sie wirkte er wie ein alternder König, der an seiner Macht festhielt. Er duldete keine Schwäche, von niemandem. Es rührte Hilde, zu sehen, dass er selbst im Schlaf die Hände zu Fäusten geballt hatte, als würde er kämpfen. Gegen die Unabwendbarkeit des Alters oder die Pein in seiner Brust? Sie wusste es nicht.

Doch auch sein kämpferischer Geist musste irgendwann

einmal kapitulieren, und sie hatte den Eindruck, dass es bis dahin nicht mehr weit war. Erfüllt von plötzlicher Verlustangst, kamen ihr die Tränen. So oft, seit ihrer Kindheit, war sie an ihrem Vater verzweifelt. Ihr kindlicher Wunsch, ihm alles recht zu machen, war bald der Erkenntnis gewichen, dass sie seinen Ansprüchen niemals genügen würde. Sie hatte ihre Träume aufgegeben, für ihn. Hatte sich als Pfand seiner Wirtschaftsinteressen benutzen lassen. Hatte auf seinen Wunsch hin seinen Geschäftspartner geheiratet, weil dieser frisches Kapital mitbrachte. Wie viel davon der Vater für ihre Zukunft und ihr Wohl getan hatte und wie viel für seine egoistischen Ziele, würde sie wohl niemals herausfinden. Für die Ehe mit Walter war sie ihm mittlerweile allerdings dankbar.

Sie zupfte ein Taschentuch aus ihrem Ärmel und tupfte sich die Tränen von den Wangen. Der Vater würde sie nicht weinen sehen wollen. Hilde musste an ihre Mutter denken, die niemals vor ihm weinte und jedes Gefühl in sich verschloss, wenn er zugegen war. Hilde kannte sie anders. Warm und gütig, natürlich auch streng, wenn es sein musste. Sie hätte die Mutter gern kennengelernt, bevor ihre Eltern geheiratet hatten. Womöglich waren sie sich ähnlicher, als man heute meinen mochte.

Der Vater stieß ein tiefes Seufzen aus, als lastete ein Gewicht auf seiner Seele. Seine verkrampfte Linke öffnete sich, dann ballte er sie wieder zur Faust. Die Augenlider zitterten. Er wurde wach.

Hilde kämpfte gegen den plötzlichen Wunsch an, das Zimmer zu verlassen. Stattdessen zog sie sich einen Hocker heran. Lautlos glitten die Holzbeine über den dicken Teppichflor. Sie setzte sich.

Der Vater blinzelte, er sollte sich nicht erschrecken.

»Ich bin es. Hilde«, sagte sie leise und nahm seine Hand, weil es das Natürlichste war, wenn man am Bett eines Kranken saß. Doch er zog seine Hand unwirsch fort. »Hilde?« Seine Stimme war belegt.

»Möchten Sie etwas trinken?« Sie goss Wasser aus einer Karaffe und stand auf, um ihm das Glas an die Lippen zu halten.

»Ich bin noch nicht tot, gib her!« Er nahm ihr das Glas ab und versuchte zu überspielen, wie sehr seine Hand zitterte. »Was machst du hier?«

Hilde setzte sich. »Ich besuche Sie, Vater, und ich hole meinen Sohn ab.«

»Ah ja. Die Reise.«

Er würde sich nicht nach ihrer Fahrt erkundigen, da er es nicht gutgeheißen hatte, dass sie Svantje begleitete, das wusste sie von Walter. Doch er war nicht mehr ihr Vormund und hatte es ihr nicht verbieten können.

»Wie geht es Ihnen? Haben Sie starke Schmerzen?«

»Das verdammte Herz.« Er schlug sich mit bitterer Miene auf die Brust, bedauerte wohl, dass seine Macht nicht so weit reichte, dass er es kontrollieren konnte. »Du hast es gewusst«, fuhr er lauernd fort.

Die Wendung des Gesprächs kam unerwartet.

»Was gewusst, Vater?«, fragte Hilde vorsichtig. Aufregung war Gift für seine Gesundheit, und am Klang seiner Stimme erkannte sie, dass es sich um ein Reizthema handelte.

»Richard. Er war in Hamburg.«

Hilde zuckte zusammen, als hätte der Vater sie mit Eiswasser übergossen. »Er kann reisen, wohin er will.«

»Du hast ihn getroffen?«

Hilde nickte. Leugnen nutzte nichts. Der Vater würde sie durchschauen, außerdem schien er die Antwort längst zu kennen. War Richards Besuch der Grund für die erneute Herzschwäche?

»Er ist nicht mehr mein Sohn, er ist eine Schande für den Namen Harkenfeld. Habe ich mich nicht klar genug ausgedrückt?« Noch immer sprach der Vater ruhig, doch unter dem dichten Backenbart begann sich die Haut verdächtig zu röten.

»Sie haben sich sehr klar ausgedrückt, Vater. Sie können Richard enterben und niemals wieder seinen Namen aussprechen, aber Sie können mir meinen Bruder nicht nehmen. Wir sind Geschwister, und nichts in der Welt wird daran etwas ändern.«

»Dann bist du genauso verderbt wie er. Ja, ich weiß, dass er in deinem Haus gewesen ist, dein Mann hat sein Schweigen gebrochen. Du hast diesem Sünder Herberge gegeben, damit er in der Stadt seinen widernatürlichen Trieben nachgehen kann.«

»Er hat nicht …«, verteidigte sie Richard schwach, dann wurde ihr klar, dass sie nichts in seinem Namen versprechen konnte.

Der Vater stieß einen Laut aus, halb Schmerz, halb Wut. »Er zeigt sich öffentlich mit diesem anderen Lüstling. In der Oper …«

»In der Oper? Das kann nicht sein! Er war dort mit mir, wir haben uns getroffen. Mutter kann …« Hilde schlug sich die Hand vor den Mund. Das hätte ihr nicht herausrutschen dürfen.

Sein Blick wurde starr, fühlte sich an wie glühende Kohlen auf ihrer Haut. »Was kann deine Mutter?«, fragte er kühl.

»Nichts, nichts … es … war ein Zufall.«

Seine Hand schnellte vor, er packte Hilde am Arm, riss sie vorwärts, sodass sie halb auf das Bett fiel, dann schlug er ihr mit der anderen Hand mehrmals ins Gesicht.

Ihre Wangen brannten wie Feuer. Zorn unterdrückte den Schmerz. Sie entwand sich seinem Griff, verdrehte ihm die Finger, stolperte zurück und fiel über den Saum ihres Rocks. Stoff riss, und sie fand sich auf dem Boden wieder, hatte sich gerade noch abfangen können.

Sitzend starrte sie den Mann an, der ihr Vater war, presste sich schützend beide Hände auf den Bauch, in dem sich das Kind protestierend regte. Ein Glück, dass sie nicht anders gefallen war.

In ihrem Inneren tobte Empörung. Nicht einmal auf ihr ungeborenes Kind nahm dieser alte Tyrann Rücksicht. »Willst du deinen Enkel umbringen?«, keuchte sie.

Doch der Vater antwortete nicht, war in die Kissen zurückgesunken. Seine Brust hob und senkte sich wie ein Blasebalg, das Gesicht war bis auf einige rote Flecken bleich geworden. Falls er gerade einen weiteren Anfall erlitt, war es Hilde in diesem Augenblick gleich. Mühsam rappelte sie sich auf und stürmte ohne einen Blick zurück zur Tür hinaus.

Im Flur hielt sie inne und versuchte, sich zu sammeln. Er hatte sie geschlagen wie ein ungezogenes Gör. Jetzt tat es auch weh.

Sie trat an einen goldgerahmten Spiegel. Der verwischte Abdruck einer Hand zeichnete sich dunkelrot auf ihrer Wange ab, auf der anderen Seite begann ihr Auge zuzuschwellen. Ihre Nase lief. Abwesend wischte sie mit dem Ärmel darüber und verschmierte ein wenig Blut. So fand Mutter sie vor, als sie in Begleitung des Arztes die Treppe heraufkam. Hilde bekam kaum mit, wie die Mutter den Doktor zu dem Kranken schickte. Sobald er die Tür hinter sich zugezogen hatte, nahm sie ihre Tochter in den Arm. »Hilde, Hilde, Hilde«, wisperte sie.

Nun konnte sie die Tränen nicht mehr zurückhalten. »Er weiß es«, wisperte Hilde. »Er weiß, dass Sie sich mit Richard getroffen haben. Es ist mir herausgerutscht, es tut mir leid.«

»Nichts muss dir leidtun, Kind. Ich hätte mehr Mut beweisen sollen, habe mich immer nur geduckt vor ihm. Kleiner und kleiner habe ich mich gemacht, bis ich gar nicht mehr da war. Das muss nun aufhören.« Sie strich Hilde über die Wange, mit den Fingerspitzen nur.

»Ich habe Angst um Richard. Vater hasst ihn so sehr … Was, wenn er ihm etwas antut?«

»Er kann ihm nichts anhaben, Kind. Wer weiß, ob er sich je wieder erholt. Der Arzt hat nicht viel Hoffnung.«

Hilde musterte ihre Mutter. Erst jetzt fiel ihr auf, wie schmal sie geworden war. Als habe sie mehr als nur einige sorgenreiche Tage hinter sich. »Wie lange geht das schon so?«

»Seit mehr als zwei Wochen. Aber ich wollte dich vor deiner Abreise nicht beunruhigen. So schlecht wie jetzt geht es ihm erst seit einigen Tagen. Zu Anfang war es noch schleichend. Aber das entschuldigt nicht, wie er mit dir umgegangen ist.«

»Verzeihen Sie mir, Mutter, aber ich werde in den nächsten Wochen nicht mehr herkommen.«

Die Mutter seufzte schwer. »Das verstehe ich, Liebes, aber wenn er …«

»Wenn es zu Ende gehen sollte, dann komme ich. Und auch sonst jederzeit, wenn Sie mich brauchen und der Vater in seinem Bett liegt oder nicht im Haus ist. Doch er wird mich nicht mehr vor die Augen bekommen.«

Sie küsste Hilde auf die Wange. »Dein Mann wird wütend sein, wenn er dich sieht, und er hat jedes Recht …«

»Mutter!«, sagte Hilde ungläubig. »Er hat nicht Walter geschlagen, sondern mich. Nicht ihn gekränkt, sondern *mir* wehgetan. Ich bin nicht das beschädigte Eigentum meines Mannes!«

Die Mutter hob die Hände und ließ sie wieder fallen. »Du hast ja recht, Kind. Komm, holen wir deinen Kleinen, und dann schnell nach Hause mit euch.«

***

Wassili erwachte in seinem eigenen Erbrochenen. Sie hatten ihm so oft in den Magen geschlagen, bis er meinte, den Schmerz nicht mehr aushalten zu können, dann hatte er das Bewusstsein verloren. In der Zeit mussten sie ihn in die Zelle geschafft haben.

Er wälzte sich auf den Rücken, um der stinkenden Lache zu entgehen. Dass er nicht daran erstickt war, war reines Glück, falls man in seiner Lage überhaupt von Glück sprechen konnte.

Stöhnend öffnete er die Augen. Es blieb recht dunkel. Nur durch einen winzigen Schacht, der die Bezeichnung Fenster nicht verdiente, fiel etwas Licht. Es reichte aus, um seine karge Umgebung einer kurzen Inspektion zu unterziehen. Er war allein in der Zelle. Die Wände bestanden aus Backsteinen, die vor vielen Jahren einmal gekalkt worden waren. Im Dämmerlicht schienen sie von fleckigem Braun und einem Gelb zweifelhafter Herkunft zu sein. Auf dem Boden klebte eine dicke Schicht Unrat. Es gab eine Decke zum Schlafen und einen Eimer für die Notdurft. In einer Holzschüssel befand sich Wasser zum Waschen und Trinken, das hoffte er zumindest. Die Tür, die aus der Zelle führte, bestand aus eisenbeschlagenen Bohlen. Wenngleich aus Holz gefügt, wirkte sie dennoch derart massiv, dass Wassili sämtliche Hoffnung auf eine Flucht fahren ließ. Und wie sollte er auch fliehen? Er war sogar zu schwach, um aufzustehen.

Die Männer, die ihn zusammengeschlagen hatten, verstanden ihr Handwerk. Wassili horchte in sich hinein. Er hatte höllische Schmerzen, doch er bezweifelte, dass die Prügel bleibende Schäden hinterlassen würden. Die gesamte Zeit über, die sie ihn quälten, hatten sie nichts gesagt. In der Hoffnung, weiteres Leid umgehen zu können, hatte er auf Fragen gewartet, die er beantworten konnte, doch da kam nichts. Nur Schweigen und Schmerzen.

Anfangs, bei seiner Verhaftung, hatte er erwartet, dass sie ihn schnell aburteilen und in eine Nervenheilanstalt stecken würden. Eine von der Sorte, aus der man nicht mehr lebend rauskam.

Die Zeit floss zäh dahin, während es ihm langsam besser ging. Auf allen vieren kroch er zu dem Platz mit der Rupfendecke und blieb dort liegen. Er konnte keinen klaren Gedanken fassen, alles kreiste um den pochenden Schmerz in seinem Inneren. Es wurde zuerst schlimmer, und er hörte sich selber stöhnen.

Jemand brachte dünne Suppe und Brot. Sie kühlte aus, quälte ihn mit dem Geruch von Bohnen, Mehl und etwas Speck.

Schließlich ging es ihm so gut, dass er sich aufsetzen konnte. Auf der Suppe in der Schale schwammen erkaltete Fettaugen. Wassili aß sie trotzdem, behielt sie einen Moment bei sich, dann verkrampfte sich alles, und er gab sie wieder von sich.

Die Männer kamen zurück, und dieses Mal schlugen sie ihn mit der Begründung, dass er undankbar sei, weil er das Essen erbrochen hatte.

In diesem Augenblick begriff Wassili, dass sie immer einen Grund finden würden, ihm Schmerzen zuzufügen, solange sie Freude daran hatten, und etwas in ihm zerbrach.

Es war die Hoffnung.

»Aber ich habe doch nichts getan!«, wimmerte er.

Wie schon zuvor bekam er als Antwort nur einen Tritt.

So würde es also von nun an sein.

Niemand wusste, wo er war, niemand würde kommen, um ihn zu retten. Er war allein mit sich und seinem Schmerz.

***

Svantje hatte Irina Alfjorow stürzen sehen und schon in diesem Augenblick gewusst, dass es nicht glimpflich mit einem kleinen Hämatom ausgehen würde. Das Geräusch, mit dem die junge Frau auf der Stuhlkante aufschlug, ließ Svantje das Mark in den Knochen gefrieren. Etwas war gebrochen.

Wassilis Frau blieb reglos liegen. Friedrich wollte ihr aufhelfen, doch Svantje stieß ihn weg und schrie: »Nicht berühren, niemand bewegt sie!« Sie war derart resolut, dass auch die Gendarmen auf Abstand gingen.

Sie überließ Clemens der Sekretärin und Friedrich das Unheil, das über seine Firma gekommen war. Ihre einzige Sorge galt nun Irina Alfjorow.

Sie untersuchte sie vorsichtig. Die Frau rührte sich nicht und war sehr blass. Ihr Rücken war leicht gekrümmt, die Arme und Beine angewinkelt, sodass sie an eine achtlos fallen gelassene Gliederpuppe erinnerten.

Svantje überprüfte Atmung und Herzschlag, dann tastete sie vorsichtig den Nacken entlang. Jeder Wirbel schien an seinem Platz, doch das konnte täuschen. Noch einmal wiederholte sie ihre Untersuchung mit höchster Konzentration. Erst dann machte sie am Kopf weiter. Blut verklebte das Haar am Hinterkopf und benetzte ihre Finger. Sie ertastete die Schwellung, und darunter bewegte sich etwas. Svantje hielt erschrocken den Atem an. »Sie muss sofort ins Krankenhaus«, sagte sie knapp. »Es ist ein Bruch im Schädel. Wenn sich zu viel Flüssigkeit ansammelt, könnte sie daran sterben.«

Svantje kümmerte sich nicht darum, wer den Transport organisierte. In ihrer kleinen Tasche war Verbandszeug, das sie auf ihren Vorträgen zu Demonstrationszwecken genutzt hatte. Das war ihr Glück, denn so konnte sie Irina einen strammen Verband anlegen, bevor sie Friedrich bat, dabei zu helfen, die bewusstlose junge Frau aufzurichten.

»Was jetzt?«, fragte er leise und sah sich mit gehetztem Blick um. Noch immer packten die Gendarmen Akten und Unterlagen in Kisten, zerrten Schubladen heraus und überprüften Wassilis Schreibtisch auf Geheimfächer. Irinas Unglück schien sie nicht zu kümmern.

»Wir müssen sie aufrecht transportieren. Denn wenn ich recht habe, dann blutet ihr Schädel ins Innere. Wenn sich zu viel Blut und Hirnflüssigkeit ansammeln, könnte Irina geistige oder motorische Schäden davontragen oder …«

»Sterben?« Friedrich schien die Schwere der Verletzung erst jetzt bewusst zu werden. »Das lasse ich nicht zu. *Du* darfst es nicht zulassen, hörst du?«

Svantje nickte und hätte ihn in diesem Moment so gern in die Arme geschlossen. Doch sie musste Irina festhalten, damit sie nicht zur Seite kippte.

Schließlich kam die gerufene Kutsche. Ein Arbeiter aus dem Lagerhaus half, die Ohnmächtige hineinzutragen, und würde bis zum Krankenhaus mitfahren. Friedrich blieb bei den Polizisten, und die Sekretärin seines Vaters musste auf Clemens achtgeben. *Zum Glück habe ich ihn noch gestillt, bevor das Unheil seinen Lauf nahm,* dachte Svantje.

Der Lagerarbeiter Thomas Meuthen, den sie bis zu diesem Tag nicht gekannt hatte, hielt die Verletzte die ganze Fahrt über fest. Irina blieb ohnmächtig. Svantje umfasste ihre Hand, den Zeigefinger beständig auf dem schwachen, aber regelmäßigen Puls.

Die Kutsche rumpelte über Kopfsteinpflaster und schüttelte sie alle ordentlich durch. Svantje biss die Zähne aufeinander. Hoffentlich schafften sie es rechtzeitig ins Krankenhaus. Nicht auszudenken, wenn Wassili aus dem Gefängnis freikäme und seine Frau durch ein Unglück den Tod gefunden hätte. Sicher würden die Vorwürfe bald entkräftet und er wieder frei sein.

Hatte der Pulsschlag gerade ausgesetzt? »Irina, bleiben Sie bei uns«, beschwor Svantje die Ohnmächtige.

Endlich erklang ein Klopfen. Der Kutscher gab Bescheid, dass sie ihr Ziel fast erreicht hatten. Er hielt direkt vor dem Eingang. Friedrich hatte den Mann bereits bezahlt, daher musste sie sich damit nicht aufhalten. Gemeinsam mit dem schweigsamen Meuthen trug der Kutscher Irina in aufrechter Position ins Klinikum. Svantje lief voraus. »Wir brauchen einen Rollstuhl«, rief sie. Ein vertrautes Gesicht. »Schwester Burgert!«

Die blonde, auf den ersten Blick zarte Frau war sofort zur Stelle. Niemand sah ihr die Kraft und die schier unerschöpfliche Energie an, mit der sie Patienten versorgte. Doch es blieb keine Zeit für eine lange Begrüßung. »Wahrscheinlicher Schädelbruch durch einen Sturz, vielleicht muss eröffnet werden«, berichtete Svantje ihrer ehemaligen Kollegin.

Der Kutscher und der Lagerarbeiter blieben zurück, sobald Irina Alfjorow im Rollstuhl saß. Schwester Burgert schob, während Svantje sie aufrecht hielt.

»Doktor Schawacht ist gerade aus dem Operationssaal zurück«, sagte Schwester Burgert. Sie wusste, wie viel Svantje auf ihren ehemaligen Vorgesetzten und Förderer hielt und dass sie ihre Bekannte am liebsten in seinen Händen wissen würde.

Eine Schwesternschülerin wurde vorausgeschickt, um ihn zu holen und einen Untersuchungsraum bereit zu machen.

Svantje war zwar schon seit Jahren nicht mehr im Beruf, doch bis auf einige fremde Gesichter hatte sich wenig verändert. Sie fiel schnell in die alte Routine zurück, wie ein Fisch im Wasser. Die vorbereitenden Handgriffe fielen ihr leicht, und als der Doktor schließlich eintraf und Irina

Alfjorow untersuchte, gab sie wie in alten Tagen einen knappen, präzisen Bericht ab.

»Sie haben genau richtig gehandelt, Schwester Falken…, Frau Falkenberg«, korrigierte er sich mit einem ernsten Lächeln. »Liegend transportiert, wäre sie nicht mehr am Leben. Eine Penetration wird nötig sein, um den Druck auf das Gehirn zu mindern. Möchten Sie mir behilflich sein?«

Svantje nickte.

»Dann lassen Sie sich von Schwester Burgert einen Kittel und eine Haube geben.«

Schnell war Svantje umgezogen. Unterdessen hatte man die Patientin in aufrechter Haltung in einem Operationsstuhl festgeschnallt. Svantje half Schwester Burgert dabei, Irina Alfjorows Kopf an einer Stelle zu rasieren und mit Jod abzureiben. Doktor Schawacht machte einen kleinen Schnitt mit einem Skalpell, der die Patientin nicht aufwachen ließ. Svantje spülte mit Kochsalzlösung, während der Arzt kleine Knochensplitter entfernte, die Gefahr liefen, ins Gehirn einzudringen. Dann floss plötzlich sehr viel Blut. Es war das Hämatom, das nun einen Abfluss hatte. Irina Alfjorows Hände zuckten, doch sie war festgeschnallt.

»Alles wird gut, Irina«, flüsterte Svantje, während der Arzt sich beeilte, die Wunde wieder zu vernähen.

»Wir beobachten das in den nächsten Stunden genau. Wenn es nötig ist, werde ich angesammeltes Blut mit einer Spritze entfernen«, schloss er, nachdem er die Patientin versorgt hatte.

»Sie wird wieder gesund?«

»Wie Sie wissen, gebe ich keine Garantien, Frau Falkenberg, aber ich bin mir sehr sicher. Ihre Freundin wird wieder gesund, und das verdankt sie Ihnen. Sie retten Leben, auch wenn Sie keine Schwester sind. Ich denke, es wird Zeit, dass Sie wieder zurückkommen. Das Klinikum braucht Sie.«

Trotz der dramatischen Situation hätte er nichts Schöneres sagen können.

»Mein Sohn ist noch sehr klein, ich muss darüber nachdenken«, erwiderte Svantje, doch ihr Herz kannte die Antwort bereits. Sie wollte, *musste* so schnell wie möglich zurück.

Auch wenn es Friedrich nicht gefallen würde.

11

Svantje hatte Kittel und Haube zurückgegeben und saß nun als einfache Besucherin an Irinas Bett. Hin und wieder nahm sie deren Hand, überprüfte aus Gewohnheit den Puls. Sie scheute sich davor, nach Hause zu gehen, ohne eine gute Nachricht mitbringen zu können.

Das Zimmer war winzig, aber die Patientin hatte es für sich allein, ein Luxus, den sie wohl ohne ihre Begleiterin nicht kennengelernt hätte. Svantje trat an das schmale, hohe Fenster und zog den Vorhang auf. Es ging zum Innenhof hinaus. Sie beobachtete das vertraute, stets emsige Treiben. Eine Schwester und ein Helfer schoben ein Krankenbett in eine andere Station. Männer und Frauen mit Krücken, andere, die sich auf ihre Begleitung stützten, drehten in dem kleinen Park ihre Runden. Eine ältere Schwester mit einem Medikamentenwagen nahm die Abkürzung zwischen den Trakten und überquerte den Hof. Mit einer unwirschen Geste scheuchte sie einen kleinen Taubenschwarm auf.

Svantje sah Spaziergängern und Wäschewagen nach, bis ihr Blick an einer kleinen Familie hängen blieb. Erwachsene und Kinder trugen dunkle Kleidung. Ein Mann weinte, und eine ältere Frau stierte ins Leere. Die Kinder sahen ratlos zu den trauernden Erwachsenen auf. Jene, die sonst ihr Fels und Halt waren, brauchten nun selbst Trost. Nicht weit von ihnen trug eine junge Wöchnerin ihren winzigen Säugling zu einer Bank, wo ihr Ehemann wartete.

In diesem Hof spielte sich das gesamte Leben ab. Es war wie ein Spiegel, ein Ausschnitt von Glück und Tragödien, wie sie sich jeden Tag Tausende Male wiederholten. Leben und Tod berührten einander. Auch Irina Alfjorow war von der Hand des Todes gestreift worden. *Habe ich sie wirklich gerettet?*, dachte Svantje. Es fühlte sich nicht besonders an. Sie hatte einfach nur getan, was richtig war. Was sie am besten konnte.

Ein leises Klopfen an der Tür.

Als sie sich umwandte, war Doktor Schawacht bereits eingetreten. »Ich wollte einmal nach unserer Patientin schauen, auch wenn ich sicher bin, dass Sie alles im Griff haben.«

Die Untersuchung ging schnell vonstatten, dann trat er neben Svantje und folgte ihrem Blick in den Hof und über das Tor hinweg auf die Silhouette der Stadt. Einzelne hohe Wolken krochen über die Dächer, schwer wie Gebirge. Am Abend würde es vermutlich Regen geben.

»Kann ich Irinas Mann sagen, dass sie wieder gesund wird?«, fragte sie. »Es ist wichtig, dass ich ihm etwas sagen kann, falls …« Sie rang die Hände. »Falls er wieder aus dem Gefängnis zurück ist.«

»Dem Gefängnis? Ich glaube, Sie schulden mir eine Geschichte, Schwester.«

»Nicht nur eine.« Sie lächelte gequält und erzählte, was sie am Morgen nach der Rückkehr vorgefunden hatte. Schawacht hörte schweigend zu und runzelte die Stirn.

»Und ihm wird Spionage und Homosexualität zum Vorwurf gemacht? Das ist in der Tat eine seltsame Mischung. Sie kennen diesen Mann. Können Sie sich eines von beidem vorstellen?«

Svantje schüttelte den Kopf. »Alfjorow ist seit Jahren mit meinem Mann befreundet, sein bester Mitarbeiter ... und hier liegt seine Ehefrau.«

»Die Spannungen zwischen Deutschland und Russland wachsen seit Jahren, da ist es kein weiter Weg zu solchen Verleumdungen, falls jemand einen missliebigen Konkurrenten loswerden will. Jemand muss den Gatten Ihrer Freundin beschuldigt haben.«

»Er ist auf dem Rückweg vom Treffen einer Gesellschaft russischer Emigranten verhaftet worden. Aber das sind alles angesehene Händler, soweit ich weiß.«

Doktor Schawacht legte Svantje eine Hand auf die Schulter. »Es tut mir leid. Wenn Alfjorow nicht freigelassen wird, dann könnte ich Erkundigungen einholen.«

»Aber wie?« Svantje drehte sich erstaunt zu ihm um.

»Erinnern Sie sich an den jungen Doktor Grahmer?«

»Natürlich, ein wirklich talentierter Mann. Und er ist jetzt Arzt hier?«

»Ja, das auch. Einen Tag in der Woche nimmt er sich kranker Gefangener an. Er geht im Gefängnis und auf den Polizeistationen ein und aus. Er könnte sich umhören.«

»Das wäre großartig! Doch erst einmal hoffen wir, dass Wassili längst wieder freigekommen ist und alles nur ein furchtbarer Irrtum war.«

Irina stöhnte. Schnell trat Svantje mit dem Arzt ans Bett. »Irina, können Sie mich hören? Wie geht es Ihnen?« Sie nahm die Hand der Kranken in ihre.

»Svantje?«, flüsterte Irina schwach und versuchte, den Kopf zu drehen, was ihr offenbar Schmerzen bereitete.

»Ich bin hier, bleiben Sie ruhig, Sie sind im Krankenhaus.«

Das schien Irina zu überraschen. Sie öffnete die Augen zur Gänze, um sich umzuschauen.

»Können Sie sich erinnern, was passiert ist, Frau Alfjorow?«, fragte Doktor Schawacht, nachdem er sich vorgestellt hatte.

»Mein Mann ist nicht nach Hause gekommen, und dann … die Polizei, ich bin gestürzt. Ich erinnere mich nicht mehr.«

»Was Sie noch wissen, reicht mir, um Ihnen zu versichern, dass Sie wieder gesund werden. Sie dürfen sich nicht ruckartig bewegen und werden eine Weile ans Bett gefesselt sein, aber seien Sie guter Hoffnung.« Er sah sie aufmunternd an und tätschelte ihre Hand.

Svantje nahm kurz darauf Abschied, nachdem sie versprochen hatte, alles in ihrer Macht Stehende zu tun, um Wassili zu finden.

Eine Woche später

Als das Telegramm Richard erreichte, war er im ersten Moment so überrascht, dass er nichts fühlte. Als sei sein Körper ein leeres Gefäß. Vater auf dem Sterbebett, Wassili im Gefängnis, er solle sofort kommen.

Die Nachricht stammte von Hilde, sonst hätte es den zweiten Satz nicht gegeben.

Richard hatte bei seinem Vorgesetzten um Freistellung

gebeten, um familiäre Angelegenheiten in Hamburg zu regeln. Ausnahmsweise kam ihm sein Name zugute. Die meisten kannten Harkenfeld in Verbindung mit den Flottengesetzen. Die Werft baute Panzerboote, es war von nationalem Interesse, dass die Firma reibungslos lief. So manch einer ging davon aus, dass Richard demnächst die Leitung der Werft übernahm. Dass er vom Erbe ausgeschlossen war, war ein Familiengeheimnis.

Er nahm den nächstmöglichen Zug nach Hamburg und schenkte der Fahrt kaum Beachtung. Seine Gedanken kreisten um den Vater und Wassili. Zwei Unglücke auf einmal.

Er konnte nicht glauben, dass er so unvorsichtig gewesen war. Weder er noch Wassili hatten in den vergangenen Jahren einen der geheimen Treffpunkte aufgesucht, an denen sich Männer wie sie trafen. Sicherer als Wassili, der sogar geheiratet hatte, konnte man nicht sein. Zwar hatte Richard sich zwei Tage nach dem Opernbesuch noch einmal mit ihm getroffen, doch sie waren unter sich gewesen, in einem Sommerhaus außerhalb Hamburgs, das nur von Wald umgeben war.

Jemand musste sie verraten haben, und dafür kamen nur drei Menschen infrage. Vater, Mutter und Hilde. Seiner Schwester hatte Richard keinen Grund gegeben, ihn zu hassen. Ganz im Gegenteil, sie näherten sich einander an, und das auf eine Weise, wie es sie früher nicht gegeben hatte. Die kindische Rivalität ihrer Jugend war vorüber. Hilde war eine andere, eine stärkere Frau geworden.

Sie erwartete ihn, als der Zug in die große Bahnhofshalle einfuhr und den Bahnsteig für eine Weile in Rauch und Dampf hüllte. Menschengewirr, Taubenschwärme erhoben sich mit klatschenden Flügeln. Ein Schaffner blies in eine Trillerpfeife, um sich Gehör zu verschaffen.

Richard hatte einen großen Koffer dabei, nicht wissend, wie lang sein Aufenthalt dauern müsste. Hilde war ein Stück zurückgetreten und drückte sich ein weißes Spitzentaschentuch über den Mund, um den Rauch der Dampflok nicht einzuatmen. Trotzdem erkannte er sie sofort. Ihre Haltung war aufrecht, das rostrote Kleid entsprach der neusten Mode, breit in den Schultern, mit üppigen Puffärmeln. Die so beliebte Sanduhrsilhouette, geformt von bauschigen Ärmeln und weitem Rockschoß, litt unter ihrem wachsenden Kindsbauch. Richard fand, dass die Schwangerschaft Frauen schöner machte. Auch Hildes eher kantige Züge, so typisch für die Harkenfelds, hatten sich gerundet, und ihre Augen funkelten, sprühten förmlich vor Leben.

Er küsste sie auf die Wange. »Du holst mich ab? Womit verdiene ich diese Ehre?«, fragte er.

»Ich wollte mit dir reden. Zu Hause werden wir dazu kaum Gelegenheit bekommen«, erwiderte sie ernst. Ernüchtert bot er ihr den Arm, und sie verließen den Bahnsteig. Draußen wartete Vaters Kutsche, ein geschlossenes Gefährt. Als Junge war Richard gern außen mitgefahren und wusste daher, dass Gespräche nicht durch die gepolsterten Wände drangen. »Meine schlaue Schwester«, flüsterte er und begrüßte den alten Kutscher. Der Mann ließ sich nicht anmerken, ob er die Anwesenheit des verstoßenen Sohns guthieß. Sein Gesicht war wie ein Felsen, alt und verwittert und genauso starr.

Er schloss die Tür hinter ihnen und stieg auf den Kutschbock. Richard musterte seine Schwester. Hilde schwieg mit ernster Miene, beide Hände um den prallen Bauch gelegt, der sich selbst unter dem weitesten Kleid nicht mehr verstecken ließ. Sie sah aus dem Fenster, als warte sie auf etwas. Als sie schließlich in den gedrängten Verkehr auf einer Allee einbogen, wo sich Reiter, Eisenbahnen, Automobile und Karren dicht an dicht drängten, sagte Richard leise ihren Namen.

»Ich weiß nicht, wo ich anfangen soll, Bruder. Ich wollte nie Teil des Krieges zwischen Vater und dir werden, und doch finde ich mich nun auf einer Seite wieder. Auf deiner. Dabei hast du diesen Zwist ausgelöst.«

»Glaubst du das wirklich? Denkst du, dass Vater und ich je hätten gut miteinander auskommen, gar über Jahre gemeinsam die Firma leiten können, ohne dass es zu einem Zerwürfnis gekommen wäre?«

Sie zuckte wenig damenhaft mit den Schultern. »Ich weiß es nicht, und wir werden es auch niemals herausfinden, nicht wahr? Was geschehen ist, ist deine Schuld. Wenn du und dieser Wassili Alfjorow nicht …«

Richard schnitt ihr mit einer raschen Handbewegung das Wort ab, doch Hilde war längst kein unsicheres Mädchen mehr, das sich den Mund verbieten ließ. »Deine Verfehlung widert mich an, Richard.«

»Mich auch«, sagte er, ohne darüber nachzudenken.

»Wirklich?«, fragte sie irritiert.

»Ja … nein … Damals zumindest hat es das. Wenn du die Wahrheit von mir hören willst … Ich weiß es nicht. Ich weiß seit Jahren nicht mehr, was richtig und falsch ist, was ich fühle und was nicht. Sicher ist nur, was die Gesellschaft gutheißt und was meine Familie von mir erwartet. Und daran versuche ich mich zu halten.«

»Du versuchst es«, wiederholte Hilde leise und musterte ihn. Ihre Augen waren tief wie Bergseen und ebenso unergründlich.

»Was willst du von mir hören?«

»Das wiederum weiß *ich* nicht, Richard. Ich bin zu deiner Komplizin geworden, dabei ist das Letzte, was ich will, dich in deinem widernatürlichen Treiben zu unterstützen. Gib doch zu, dass du dich noch immer mit diesem Mann getroffen hast. Du spuckst große Töne, dich anständig zu benehmen, wagst es, mir einfach ins Gesicht zu lügen!«

Richard hob abwehrend die Hände. »Ich sagte, ich *versuche* es.«

»Also ist wahr, was Vater sagt. Du hast dich mit Wassili Alfjorow getroffen.«

»Vater weiß …«

»Richard!«, keuchte sie wütend. »Unser Vater mag vieles sein, aber dumm ist er nicht. Wenn du zu wissen glaubst, wo er überall seine Fäden gesponnen hat, dann kannst du deine Annahmen getrost verdoppeln. Walter ist jedes Mal beeindruckt, wenn er ein weiteres Teil in dem Puzzle entdeckt, das das Machtgespinst unseres Vaters ergibt. Er weiß alles. Vater weiß von deinem Treffen mit dem Russen, und er weiß auch, dass ich und Mutter ihn hintergangen haben, indem wir dich in der Opernloge besuchten. Und es bringt ihn um, zu wissen, dass seine eigene Familie ihn hintergeht.«

Richard war beeindruckt. Seine Schwester kam mehr nach dem Vater, als sie ahnte. Sie hatte mehr geerbt als die herbe Kantigkeit der Harkenfelds, die zwar einem Mann gut zu Gesicht stand, nicht aber einer Frau. Auch ihre füchsische Schläue stammte eindeutig vom Senior. »Wärst du ein Sohn, würde Vater wohl dich als seinen Nachfolger wählen, auch wenn du nicht sein machthungriges Naturell geerbt hast.«

»Pah!« Hilde funkelte ihn zornig an.

»Seinen Zorn hast du auch.«

»Mach nur weiter, Bruder. Verspotte mich und verlier auch noch deine letzte Verbündete. Mutter hast du nicht auf deiner Seite.«

»Ich habe den Krieg, der in unserer Familie geführt wird, längst verlassen. Für mich muss niemand Partei ergreifen.«

»Dann willst du deinen … *Freund* Alfjorow also einfach im Gefängnis verrotten lassen? Einen anderen für deine Sünden büßen lassen?«

Richard schluckte. Plötzlich wurde seine Brust eng, als habe jemand eine Eisenkette darumgelegt, die sich mit jedem Atemzug fester zusammenzog. Er fühlte sich so hilflos, als sei er wieder ein Kind, dem jegliche Entscheidungskraft abgesprochen wurde. »Wenn ich versuche, ihn freizubekommen, reite ich uns beide nur noch tiefer ins Verderben. Ich würde dem Verdacht, der gegen ihn vorgebracht wird, mehr Gewicht verleihen. Noch ist Wassili ein verheirateter, angesehener Mann, der nie auffällig geworden ist. Oder wurde er bei …« Scham ließ seine Worte versiegen.

Hilde musterte ihn nüchtern. Sie hatte tagelang Zeit gehabt, dieses Gespräch in all seinen Facetten durchzuspielen. »Nein. Sie haben ihn, soweit ich weiß, von der Straße weg verhaftet. Er war allein, aber es gab einen anonymen Hinweis. Mehr hat Friedrich dem Polizisten nicht entlocken können.«

»Vater«, schloss Richard.

»Wer sonst! Indirekt hat er es sogar zugegeben, indem er Mutter sagte, er habe dafür gesorgt, dass du der Familie keine Schande mehr machst.«

Richard spannte jeden Muskel an und hätte am liebsten mit der Faust gegen die gepolsterte Kutschenwand geschlagen. Doch er tat es nicht, beherrschte sich. Vater hatte ihn nicht ohne Grund zum Militär geschickt. Der Drill hatte ihn geschliffen, ihm die Kontrolle über die Harkenfeld'sche Energie gegeben. Er schluckte das heiße Brennen in seiner Kehle hinunter, während Hilde berichtete, was sie wusste. Dass der Vater der Mutter auf dem Krankenbett gesagt habe, er plane, die Schande, die Richard über die Familie gebracht hatte, mit Stumpf und Stiel auszumerzen, und wenn es das Letzte sei, was er in seinem Leben tue.

Der Kutscher trieb die Pferde an. Das Zentrum mit seinen überfüllten Straßen und Gassen lag nun hinter ihnen. Richard sah vertraute Alleebäume vorbeiziehen. Erste Villen reckten sich hinter ihren breiten Kronen.

»Was erwartest du von mir, Schwester? Was erwartet Mutter von mir?«

»Es wäre zu viel von dir verlangt, Frieden zu schließen, das ist mir bewusst. Doch der Arzt sagt, es sei ernst. Den nächsten Anfall überlebt Vater nicht. Er wird nicht mehr in die Fabrik zurückkehren. Wenn er überlebt, dann als ein anderer. Er wird womöglich ans Bett gefesselt sein, auf jeden Fall aber an einen Rollstuhl. Laufen können wird er nie wieder. Um ehrlich zu sein, bin ich mir also selbst nicht sicher, warum ich dich hergebeten habe. Du hast keinen Grund, ihm zu verzeihen, und er ist zu stur, um auch nur einen Schritt auf dich zuzugehen.«

Richard beugte sich vor und nahm Hildes Hand, während unter den Kutschenrädern der Kies der Auffahrt knirschte. »Es war richtig zu telegrafieren, Hilde. Danke!«

Berlin
Anfang September 1900

»Dann unterschreiben Sie bitte hier«, sagte der Mann nüchtern. Für ihn mochte es eine alltägliche Angelegenheit sein, mit einem Autor oder einer Autorin einen Vertrag zu machen, doch für Svantje war es einer der bedeutendsten Augenblicke ihres Lebens. Sie war so aufgeregt, dass ihr der Füller aus der Hand fiel. Er rollte über den Tisch und hinterließ einen großen Fleck auf ihrem Kleid, das sie extra für diesen Anlass hatte schneidern lassen.

Friedrich hob den Füller mit einem Schmunzeln auf und reichte ihn ihr. Nur er ahnte wohl, wie es um ihr Gemüt bestellt war. Er sagte jedoch nichts, und dafür war sie ihm dankbar.

Ihre Finger waren feucht, als sie schließlich ihren Namen unter den Vertrag setzte. Auch Friedrich unterschrieb, wenngleich er eigentlich nichts mit der Angelegenheit zu tun hatte. Aber so standen die Dinge nun einmal. Ohne seine Zustimmung konnte sie keine derart weitreichenden Verträge abschließen.

Der schmale Mann, der sich als Sekretär Maienboom vorgestellt hatte, sah die Papiere durch und zeichnete sie gegen. Neben ihm lag ihr Manuskript, sorgfältig getippt. Kurz huschten Svantjes Gedanken zu Wassili Alfjorow, der sie in die Benutzung der Schreibmaschine eingeweiht und, wenn es einmal besonders schnell gehen sollte, auch selbst einige Seiten getippt hatte. Während sie hier ihren Traum verwirklichte, saß er in einer dunklen Gefängniszelle ein. Friedrich hatte versucht, ihn ausfindig zu machen, doch der verantwortliche Polizist schwieg sich aus. So hatten sie nur in Erfahrung bringen können, dass er inzwischen von der Wache in ein Gefängnis verlegt worden war. Nun ruhte alle Hoffnung auf Doktor Grahmer, der sich vorsichtig umhörte.

»Das wäre es dann, Frau Falkenberg, Herr Falkenberg. Da uns das Manuskript bereits vorliegt, gibt es ihrerseits nichts mehr zu tun. Sobald der Probedruck da ist, wird er Ihnen nach Hamburg zugesandt. In zehn Monaten wird Ihr Buch vorliegen, bis zur Auslieferung kann es dann noch etwas dauern.«

»Vielen Dank«, sagte Svantje mit brechender Stimme. Sie erhob sich. Friedrichs Arm lag um ihre Mitte, als wisse er genau, wie weich ihre Knie waren.

Sie verabschiedeten sich mit wenigen Worten und fanden sich im weiß gestrichenen Flur wieder. An den Wänden hingen nichtssagende Drucke und einige Urkunden. »Deine Wangen glühen«, sagte Friedrich amüsiert und küsste ihre Stirn. »Wollen wir aufbrechen?«

Sie nickte. »Ich kann es noch gar nicht fassen.«

»Aber es ist wahr, meine liebe Frau, und es ist ganz und gar dein Verdienst.«

»Es fühlt sich unwirklich an, wie eine Nebensächlichkeit. Dabei …« Sie lächelte verlegen. »Ich möchte singen und tanzen, so sehr freue ich mich.«

»Und ich möchte dich herumwirbeln.«

»Aber nicht hier.«

»Nein, nicht hier«, stimmte er verschmitzt zu, und sein Blick verriet, dass er noch viel mehr wollte, als sie nur im Kreis zu schwingen. Svantje hakte sich bei ihm ein und fühlte sich in die Zeit zurückversetzt, als sie frisch verliebt waren.

Schnellen Schrittes liefen sie den Gang hinunter und stiegen in den Paternoster. Die einzelnen Kabinen wackelten ein wenig, und Svantje fand die Fahrt in diesen Vorrichtungen meist ein wenig aufregend, doch heute hatte sie anderes im Kopf.

Als sie schließlich draußen vor dem Verlagsgebäude standen, atmete sie auf. Menschen eilten an ihnen vorbei. Berlin war eine betriebsame Stadt, noch mehr als Hamburg. Die Mundart der einfachen Leute klang fremd, aber sympathisch.

»Und jetzt?«, fragte Svantje ratlos. Sie hatte den ganzen Tag für den Verlagsbesuch eingeplant, nun war es schon nach zwanzig Minuten vorüber. »Wir könnten einen frühen Zug nehmen und heute schon heimfahren.«

»Gott bewahre!«, stieß Friedrich überrascht hervor. »Ich habe einen Tisch im besten Restaurant der Stadt reserviert! Wir essen, trinken Wein und Champagner, bis du nur noch kicherst, und dann unternehmen wir etwas. Wie wäre es mit einem Konzert?«

»Konzerte gibt es in Hamburg zur Genüge.«

»In den Tierpark?«

»Ohne die Kinder?« Es kam ihr ungerecht vor. Tochter und Sohn waren zu Hause beim Kindermädchen zurückgeblieben.

»Natürlich ohne die Kinder, nur du und ich. Wir werden

uns einen schönen Tag machen und ein paar Elefanten füttern. Na, was sagst du?«

Sie beugte sich ganz nah zu ihm und flüsterte: »Und heute Nacht kannst du mich so viel herumwirbeln, wie du möchtest.«

Am nächsten Morgen nahmen sie den Zug nach Hamburg. Zu Hause erwartete Svantje ein kurzer Brief von Doktor Schawacht.

Sehr geehrte Frau Falkenberg,
mein Kollege hat Ihren Bekannten ausfindig gemacht.
Wenn Ihrerseits Interesse an einem Treffen besteht,
finden Sie sich am Mittwoch um acht Uhr in
meinem Büro ein.
Mit besten Grüßen
Doktor Johann Schawacht

Svantje überlegte, Wassili Alfjorows Frau Bescheid zu geben. Sie war vor drei Tagen aus dem Krankenhaus entlassen worden und wurde nun zu Hause gepflegt. Jede Aufregung würde ihr schaden, und Svantje wollte ihr keine falsche Hoffnung machen. Friedrich war ihrer Meinung. Erst einmal musste sie herausfinden, wie es um Wassili stand.

Bereits um kurz vor acht am nächsten Tag wartete sie im Eppendorfer Klinikum. Eine junge Frau brachte ihr eine Schwesterntracht, die sie anlegen sollte.

Svantje glaubte erst, man habe sie verwechselt, doch die Schwesternschülerin hatte entsprechende Anweisung von Doktor Schawacht erhalten, auch wenn sie die Frage nach dem Warum nicht beantworten konnte. Als Svantje schließlich fertig umgezogen das Büro ihres Mentors betrat, saß der Arzt hinter seinem großen Schreibtisch aus poliertem, dunklem Holz.

»Frau Falkenberg, schön, Sie zu sehen.« Er erhob sich und reichte ihr die Hand. »Mein Kollege wird gleich hier sein. Setzen Sie sich doch.«

Svantje strich die vertraute Uniform glatt und nahm in dem angebotenen Stuhl Platz. »Ich denke, es gibt einen Grund für das alles?«

Er nickte. »Wir werden Sie als Krankenschwester ausgeben, die Sie von der Profession her ja auch sind. Doktor Grahmer macht heute wieder seine Runde durch die Gefängnisse. Es gibt genug zu tun, um Ihre Gegenwart plausibel zu erklären. Sie werden den gesamten Tag nicht von seiner Seite weichen. Am frühen Nachmittag treffen Sie dann vermutlich auf Ihren Bekannten. Aber lassen Sie sich nichts anmerken, wenn es nicht vermeidbar ist. Wir könnten hier alle Probleme bekommen, wenn jemand anfängt, die falschen Fragen zu stellen.«

»Zum Beispiel, ob ich hier arbeite.«

Er atmete langsam und gedehnt aus und lehnte sich in seinem Stuhl zurück. »Ich sehe, wir verstehen uns.«

Jemand klopfte an der Tür und trat gleich darauf ein. Doktor Grahmer war ein großer, ungewöhnlich hagerer Mann. Er hatte hellbraunes Haar, das an den Schläfen bereits ergraute, obwohl er kaum älter als dreißig sein konnte. »Schwester Falkenberg, ich erinnere mich.« Er lächelte schmal und zwinkerte verschmitzt. »Wir werden Herrn Alfjorow finden. Ich konnte herausfinden, wo er untergebracht ist.«

»Oh, ich weiß gar nicht, wie ich Ihnen danken soll. Haben Sie in Erfahrung bringen können, wie es ihm geht?«

»Nein, bislang habe ich mich nur vorsichtig umgehört, und dann tauchte sein Name auf der Liste der Männer auf, die ich mir ansehen sollte.«

Svantje erhielt eine eigene Tasche mit Verbandszeug, Medikamenten und Salben. Angeblich verfügten die Gefängnisse und Polizeistationen über eigene Ausstattung, zögerten aber damit, sie für die Inhaftierten zu verwenden. Als sie schließlich auf dem Weg waren und in einem kleinen Einspänner saßen, schwand Svantjes Anspannung langsam. Die erste Tageshälfte würde sie damit verbringen, Unbekannte zu versorgen. Menschen helfen, das konnte sie. Auch die vier Jahre, die sie nicht mehr im Klinikum gearbeitet hatte, änderten daran nichts.

Grahmer musterte sie unauffällig. »Ich muss gestehen, bei jeder anderen Schwester hätte ich Bedenken gehabt, sie mitzunehmen. Doch Ihnen eilt ein gewisser Ruf voraus.«

Das ließ Svantje aufhorchen. »Ich wüsste nicht, was mich von meinen Kolleginnen unterscheidet.«

»Sie haben mit Schawacht eine der Cholerabaracken geleitet, soweit ich weiß. Sie haben Elend gesehen.«

»Ich denke, Sie unterschätzen uns Frauen. Wir sind Leid gewohnt, vielleicht mehr als Männer. Natürlich würde sich eine feine Dame nicht in ein heruntergekommenes Viertel wagen und Obdachlose versorgen. Aber das würde wohl auch kein Händler oder Kaufmann.«

Der junge Arzt erwiderte nichts. Sie versuchte, in seinem Gesicht abzulesen, ob er schwieg, um sie nicht zu brüskieren, oder weil er um eine Antwort verlegen war.

Doch der Grahmer, der nun vor ihr saß, war nicht mehr

der Student, den sie vor Jahren kennengelernt hatte. In seiner Zeit als Arzt hatte er gelernt, eine Maske zu tragen, die seine wahren Gefühle verbarg. Um dahinterzublicken, kannte sie ihn nicht gut genug.

Sobald sie auf den Innenhof des ersten Gefängnisses fuhren, begann Svantje zu frieren. Es war, als läge ein Schatten über dem Komplex.

Sie wollte aussteigen, doch Grahmer hielt sie kurz am Arm fest. Sobald sie innehielt, ließ er sie los. »Ignorieren Sie, was Sie gleich hören. Manche dieser Männer haben seit Jahren keine Frau mehr gesehen, erst recht keine hübsche wie Sie.«

»Suchen Sie keine Entschuldigung für diese Kerle. Nichts rechtfertigt es, eine Frau zu behandeln wie ein Stück Fleisch, auf das man Appetit hat. Gar nichts.«

»Sie haben ja recht. Ich hatte nicht vor, Ihre Gefühle zu verletzen, sondern Sie vorzuwarnen. Gehen wir.«

Sobald Svantje ausstieg, war es mit der Ruhe im Innenhof vorbei. Sie versuchte, die Ohren vor den widerlichen Rufen zu verschließen, vor Pfiffen und Angeboten, was die Männer mit ihr machen würden, wenn sie die Chance dazu bekämen.

Zwei Gefängniswärter eskortierten sie hinein, und erst nachdem sich die Tür schon eine Weile hinter ihnen geschlossen hatte, versiegten die Rufe und Pfiffe.

»Ich hoffe, Sie wissen, worauf Sie sich eingelassen haben«, brummte der kleinere der Wärter, ein ungepflegter, schmaler Mann, dem die Uniform um den Leib schlackerte, als sei sie zu groß. Svantje überließ es dem Doktor zu antworten. Der schwieg dazu und sagte nur: »Gehen Sie voraus, wir haben einen eng gesteckten Zeitplan.«

In den nächsten beiden Stunden liefen sie von Zelle zu Zelle und behandelten eine breite Palette von Krankheiten und Verletzungen. Es gab schwer Lungenkranke, deren Leiden Svantje allzu bekannt war von den Armen, die in schimmligen, nassen und überfüllten Häusern lebten. Zwei Männer litten unter Brüchen. Während der eine zugab, sich den gebrochenen Arm bei einer Schlägerei mit einem Mitgefangenen zugezogen zu haben, schwieg der andere über seinen zertrümmerten Fuß. Svantje riet dem Wärter, die Verletzung ganz genau zu beobachten, denn die Haut war verletzt, und es bestand die Gefahr, dass die Wunde brandig wurde. Das konnte den Mann das Körperteil und im schlimmsten Fall das Leben kosten.

Viele der Männer waren nur für die Behandlung in Einzelzellen untergebracht worden. Ihre Strafe verbüßten sie in Massenunterkünften, die auf Svantje wie Käfige wirkten. Auf drei Seiten Gitterwände, mehrere Eimer für die Notdurft. Eine Wand mit einem kleinen, vergitterten Fenster. Es stank erbärmlich.

Svantje schätzte, dass sich zwischen fünfzehn und dreißig Männer eine Zelle teilten. Die Glücklicheren hatten Stockbetten, für die anderen gab es strohgefüllte Säcke und Decken. Nichts davon schien in ausreichender Menge vorhanden zu sein, sodass sich die Häftlinge beim Schlafen abwechseln mussten. Sie trugen die Kleidung, in der sie verhaftet worden waren, wohl auch noch Jahre danach. Es glich einem Wunder, dass keine Seuchen grassierten.

Ein alter Häftling hatte sich wund gelegen, andere zeigten schwere allergische Reaktionen auf Floh- oder Wanzenbisse.

Svantje verbrauchte fast sämtliche Arzneimittel, die in

ihrer kleinen Tasche waren, und erst als sie wieder in die Kutsche stiegen, wurde ihr klar, dass sie nun womöglich nicht mehr genug hatte, um Wassili zu versorgen, falls er verletzt war.

Die Tasche auf dem Schoß, machte sie hektisch Inventur, um sich einen Überblick zu verschaffen. Ihr Begleiter beobachtete sie genau bei ihrem Tun.

»Was fehlt Ihnen?«, seufzte er schließlich und schob mit dem Fuß eine Kiste zu ihr hinüber. Der Inhalt klirrte, und schon das Geräusch verriet Svantje, dass die Kiste randvoll mit Apothekerfläschchen sein musste. Sie schlug den Deckel zurück und sah fragend zu Doktor Grahmer.

»Bedienen Sie sich«, sagte er mit einer einladenden Handbewegung. »Aber gehen Sie sparsam damit um, mehr habe ich für diesen Monat nicht.«

»Diesen Monat?«

»Hat Doktor Schawacht Ihnen nicht erklärt, was ich mache?«

Als sie den Kopf schüttelte, fuhr er fort: »Ich sammle Spenden bei wohlhabenderen Patienten und bei dem ein oder anderen Apotheker. Die Kutsche stellt mir ein Kollege zur Verfügung. Dies ist mein freier Tag. Ich besuche die Gefängnisse ehrenamtlich einmal die Woche. Sie glauben doch nicht, dass irgendjemandem am Wohl der Gefangenen gelegen ist. Sie sind der Abschaum der Gesellschaft. Für die Armen hat mancher sicher noch ein Herz, aber für Verbrecher? Niemals. So manch ein rechtschaffener Bürger wünscht sicherlich heimlich, dass die Gefangenen einfach so verrecken, verschwinden oder zumindest nie wieder freigelassen würden.«

»Ich dachte, Sie würden dafür bezahlt«, sagte Svantje.

»Sie haben meinen größten Respekt, und falls ich irgendwie helfen kann? Ich würde mich gerne revanchieren.«

»Ein Gefängnis ist doch kein Ort für eine Frau«, erwiderte Doktor Grahmer im Brustton tiefster Überzeugung.

Svantje ignorierte seine Bemerkung. Dieser Mann war mit seiner Einstellung nicht allein, und sie hatte derlei Aussagen zur Genüge in den verschiedensten Ausführungen gehört. »Ich würde Sie dennoch begleiten, sooft es mir möglich ist. Und brauchen Sie Geld? Für Medikamente, meine ich?«

Er musterte sie irritiert. »Ich denke nicht, dass eine einfache Krankenschwester genug verdient …«

Sie hob die Hand, lächelte. »Meinem Mann gehört ein international tätiges Unternehmen, Doktor Grahmer, und ich habe einflussreiche Freunde. Ich möchte helfen.«

Seine Augen leuchteten auf. »Reden wir später darüber, in wenigen Minuten sind wir an unserem nächsten Ziel. Im Vergleich dazu war das erste Gefängnis ein Spaziergang. Bei den Wärtern hier sitzt der Schlagstock etwas lockerer.«

Svantje unterdrückte ihre aufwallenden Gefühle und sagte nur: »Dann weiß ich, mit welcher Art Wunden wir es zu tun bekommen werden.«

In den nächsten beiden Stunden schienten sie ein Bein, versorgten mehrfach wund geschlagene Fußsohlen und Schnitte. Dennoch nahm Svantje den Imbiss, den sie sich weit nach der Mittagsstunde gönnten, mit Appetit ein. Während der Choleraepidemie hatte sie gelernt, jede Gelegenheit zu nutzen, um sich auszuruhen oder zu stärken. Der Anblick von Elend schlug ihr nicht auf den Magen.

Während sie aßen, konkretisierte sie mit Grahmer ihre

Pläne, seine Sache zu unterstützen. Svantje wusste, dass auch Hilde bereit sein würde, eine regelmäßige Summe zu spenden. Es interessierte Walter nicht, ob sie sich das zehnte neue Kleid in diesem Jahr kaufte oder das Geld in etwas anderes investierte, solange seine Frau nur zufrieden war.

Jedes Mal wieder, wenn Svantje an die Ehe ihrer Freundin dachte, musste sie bei dem Gedanken an die wundersamen Bande zwischen Hilde und Walter lächeln. Hilde liebte ihren Mann nicht, und doch lebten sie harmonisch miteinander, vereint durch die Liebe zu ihren Kindern, von denen Walter doch wusste, dass sie nicht von seinem Blut waren.

Zügig beendete Svantje ihre Mahlzeit. Der Gedanke an Hilde hatte sie eine Weile abgelenkt, nun wurde sie wieder unruhig. Sie wollte endlich zu Wassili.

Grahmer zahlte, und schon saßen sie wieder in der Kutsche. Ihr Begleiter erkundigte sich noch einmal, ob sie wirklich Spenden auftreiben könne. Er schien wie trunken von der Aussicht, endlich genug Geld zu haben, um sein Ehrenamt zu finanzieren. Für ihn hatte es sich bereits jetzt gelohnt, das Wagnis einzugehen, Svantje mitzunehmen.

Am frühen Nachmittag erreichten sie eine Polizeistation, an die ein kleines Gefängnis angeschlossen war. Hier wurde zum ersten Mal Svantjes Anwesenheit infrage gestellt, doch Grahmer setzte schnell durch, dass sie mitkommen konnte.

Die Polizisten auf dieser Wache waren anders als jene, die sie bislang kennengelernt hatte. Nur wenige Gendarmen trugen Uniformen. Die meisten waren gekleidet wie der Durchschnitt von Hamburgs Bevölkerung. Während einige an einfache Bürger erinnerten, sahen andere aus wie Arbeiter. Einer trug sogar die Uniform eines Seemanns der Marine. Er schob einen Kerl in Handschellen vor sich her, dessen zugeschwollenes Auge darauf hinwies, dass er versucht hatte, sich der Verhaftung zu entziehen.

Svantje stieß Doktor Grahmer an und wies auf den Mann. »Warten Sie hier«, sagte er leise und verwickelte den Polizisten in Matrosenuniform in ein Gespräch. Dessen Gefangener schwankte, und Svantje musste sich zusammennehmen, nicht hinzulaufen und ihn zu stützen. Nach einer kurzen Diskussion bekam der junge Arzt die Erlaubnis, ihn zu untersuchen. Er führte den Mann zu einem Fenster und besah das Auge genau. Als er zu Svantje zurückkehrte, sah sie ihn fragend an. »Nichts, was der Körper nicht aus eigener Kraft heilen könnte. Die Iris schien nicht verletzt.«

Er fasste sie am Arm und führte sie in einen schlichten Flur. Die Backsteinwände waren in der oberen Hälfte weiß gestrichen, in der unteren grau. Es gab viele Türen mit schweren Riegeln. Alle waren geschlossen. Massenunterkünfte sah sie hier nicht. Hinter einer Tür hörte Svantje einen Mann stöhnen, und es lief ihr eisig den Rücken hinab. Wo war sie hier nur hineingeraten?

Sie spannte die Schultern an. Ganz gleich, was sie in diesem Gebäude zu sehen bekam, ihr Ziel würde sie nicht aus den Augen verlieren. Sie musste Wassili Alfjorow aufspüren und schlussendlich einen Weg finden, seine Unschuld zu beweisen.

***

Wassili dämmerte vom Traum in die Ohnmacht und zurück. Die Ohnmacht war ihm lieber, denn dann konnten ihm weder Schmerz noch Verzweiflung etwas anhaben.

Seit diesem Morgen war die Erlösung in Form der Bewusstlosigkeit nicht gekommen. Sein Geist kreiste um den Schmerz. Längst wusste er nicht mehr, seit wie vielen Tagen er eingesperrt war, doch zwei Wochen waren mindestens verstrichen. Die Hoffnung freizukommen, hatte er aufgegeben. Er würde in dieser Zelle sterben.

Die Männer, die ihn folterten, verhörten ihn nicht. Sie quälten ihn nur, als würde es ihnen Freude bereiten. Anfangs hatten sie versucht, ihm ein Geständnis abzuringen. Damals war er noch stark gewesen. Hatte geleugnet, sich mit Männern einzulassen, keinen einzigen Namen genannt. Ihnen war wohl schnell klar geworden, dass sie keinen russischen Spion gefangen hatten.

Mittlerweile hätte Wassili alles gestanden. Er wollte einfach, dass es vorbei war. Selbst für einen schnellen Tod wäre er bereit gewesen, alles zu unterschreiben, was sie wollten. Doch sie stellten keine Fragen mehr.

Sie schlugen ihn, auf den Kopf, auf die Finger und die Zehen. Sie verspotteten ihn, während sie ihn festhielten und sich mit einem Schlagstock an ihm vergingen. Er sollte lustvoll stöhnen, erst dann hörten sie auf. Irgendwie war es ihm gelungen, das gewünschte Geräusch hervorzubringen, oder seine Peiniger hatten Langeweile bekommen, weil der Schmerz ihrem Opfer die Besinnung geraubt hatte. Das geschah nun öfter, seitdem Wassili aufgehört hatte zu essen und seinem Leib nach und nach die Kraft verloren ging, die ihn ans Leben fesselte. Noch hatten seine Folterer nicht gemerkt, dass er die Suppe und die Grütze, die er täglich bekam, unter seine Ausscheidungen in dem Eimer mischte, der für seine Notdurft bereitstand. Für das harte, kaum essbare Brot hatte er einen dankbaren Abnehmer gefunden. Die Nebelkrähe, die seit seinem ersten Tag in dieser Zelle hin und wieder durch das vergitterte kleine Fenster spähte, trug in ihrem kräftigen Schnabel ganze Scheiben davon. Das Tier bei seinem Treiben zu beobachten war die einzige angenehme Abwechslung, die Wassilis neuer Alltag bot.

Heute hatte er kaum die Kraft gefunden, aufzustehen und das Brot auf das Sims zu legen.

Mit einem schmerzvollen Seufzen ließ Wassili sich wieder auf seine Pritsche sinken, genoss den kurzen Schwindel und legte sich hin. Sobald ihm nicht mehr schwarz vor Augen war, richtete er seinen Blick auf das Fenster, wo jeden Moment sein gefiederter Freund und Komplize auftauchen sollte. Die Krähe kannte die Essenszeiten mittlerweile genau.

Wassilis Magen knurrte. Sein Körper verstand die Entscheidung nicht, die sein Geist getroffen hatte. Der Körper war wie ein Tier, das sich mit Klauen und Zähnen auch an den letzten Lebensfunken klammern würde. Ihm stand ein harter Kampf bevor.

Der Vogel kam, bedankte sich mit einem Krächzen und flog mit seiner Beute davon. Erleichtert schloss Wassili die Augen. Er schlief ein, träumte von seiner Frau, die er nicht liebte, und fragte sich, ob er ihr Unrecht getan hatte. Er war stets freundlich zu ihr, es war ihm sogar gelungen, wie Mann und Frau mit ihr zu liegen … wenn er betrunken war und dabei an Richard dachte. Ja, er war schlecht zu ihr gewesen. Wenn er starb, würde wenigstens sein Erbe bis ans Ende ihres Lebens für ein gutes Auskommen sorgen.

Nein, entschied er, so schlecht war er nicht zu ihr gewesen. Nicht schlecht genug, um das hier verdient zu haben.

Schritte auf dem Flur. Kalter Schweiß brach ihm aus. Schritte auf dem Flur, außerhalb der Zeiten, in denen Essen gebracht wurde, konnten nur eines bedeuten: Schmerz. Wassili hoffte, dass der bittere Kelch an ihm vorübergehen würde. Es gab noch andere Gefangene hier. Er hatte sie schreien, jammern und betteln hören. Einer hatte nachts nach seiner Mutter geweint wie ein kleines Kind. Ein anderes Mal hatte er jemanden beten hören.

Wassilis Atem stockte, und er war schlagartig hellwach. Die Schritte waren lauter geworden und dann abrupt abgebrochen.

Sie standen vor seiner Tür. Sein Atem wurde schnell und flach. Er hatte den dringenden Wunsch, sich zu verstecken, winzig zu werden wie die Fliege an der Wand.

Der Schlüssel wurde im Schloss gedreht, und die Metalltür schwang auf. »Der hier ist auch etwas mitgenommen«, sagte eine Stimme, die ihm das Blut in den Adern gefrieren ließ. »Beeilen Sie sich!« Schlurfende Schritte. Wassili kniff die Augenlider zusammen. *Bitte nicht, bitte nicht, bitte nicht, bitte …* Die Stimme in seinem Kopf drehte sich im Kreis.

»Herr Alfjorow?«, fragte ein Mann und klang dabei beinahe freundlich. Hatten sie sich eine neue List einfallen lassen, um ihn zu quälen?

Die schwere, eisenbeschlagene Holztür fiel ins Schloss, der Schlüssel wurde herumgedreht, und Wassili öffnete zögernd die Augen. Fremde. Nein, vertraute Gesichter! Wie war das möglich?

Svantje Falkenberg kniete sich neben ihn. Eine Hand auf

eine lederne Tasche gestützt, berührte sie ihn am Arm. Seine Instinkte übernahmen das Regiment, und er zuckte zurück, obwohl er nicht wollte. Von ihr drohte keine Gefahr. Sie war nur eine wundervolle Illusion. »Wassili, wie geht es Ihnen?«, flüsterte sie und blickte über die Schulter zur Tür, als habe sie Angst, gehört zu werden.

Er lächelte träge. Eine wirklich schöne Illusion. Lieber noch hätte er Richard gesehen, doch seinem Geliebten würde er erst in der Hölle wiederbegegnen.

Dieses Leben war verwirkt.

»Wassili? So sagen Sie doch etwas!«

12

Florian Harkenfeld war dreizehn Jahre alt und hatte neben den Gesichtszügen und der hohen Stirn auch den starren Blick des Vaters geerbt, der Hilde und Richard schon in frühen Kindertagen das Fürchten gelehrt hatte. Noch wirkte er eher wie ein verzogener, gelangweilter Junge, doch er hatte Potenzial, das wussten seine Lehrer zu berichten. Florian wurde in dem Bewusstsein großgezogen, eines Tages das Schiffsimperium des Vaters zu übernehmen, und der sorgte dafür, dass sein Jüngster das richtige Rüstzeug für diese Aufgabe besaß. Hatten anfangs Privatlehrer seine Ausbildung übernommen, verbrachte Florian nun die meiste Zeit in einem Internat.

Richard hatte seinen kleinen Bruder zuletzt vor sieben Jahren gesehen. Er erkannte die familiäre Ähnlichkeit, doch in Wahrheit saß dort ein Fremder. Als er selbst in Florians Alter gewesen war, war auch er selten zu Hause gewesen und sein Interesse am kindlichen Bruder daher gering.

Florian musterte ihn unverhohlen in einer Mischung aus Neugier und Abscheu.

Richard kannte von Hilde zumindest einige der Schauermärchen, die der Vater Florian aufgetischt hatte, um die Abwesenheit des Bruders zu erklären. Es mochte alles sein, nur eines war es ganz bestimmt nicht: die Wahrheit.

Heute war der dritte Tag, den Richard in seinem Geburtshaus verbrachte, doch der erste, an dem fast alle Familienmitglieder anwesend waren. Hilde hatte sie alle nur eine Woche nach ihrer Niederkunft mit Töchterchen Beatrix zu einem gemeinsamen Mittagessen gebeten, und da saßen sie nun.

Vaters Platz am Kopf der Tafel war verwaist. Richard hockte neben Hilde, der die Mütterlichkeit aus dem Gesicht strahlte, gegenüber Mutter und Florian. Der Vater würde nicht kommen. Er lag in seinem Krankenbett und rang um sein Leben. Zu seiner Herzschwäche hatte sich eine Lungenkrankheit gesellt. Er bekam keine Luft mehr, und seine Atmung klang, als wäre Wasser hineingeraten.

»Und nun, Bruder?«, brach Florian das unangenehme Schweigen. »Wirst du dich über Vaters Willen hinwegsetzen und, noch bevor seine Leiche kalt ist, die Firma an dich reißen?«

Richard sah ihn fassungslos an. Langsam, seinen aufkeimenden Zorn bezähmend, erhob er sich, beugte sich über den Tisch. Florian stierte ihn an, in den Augen blitzte Kampfeslust. Früher hätte Richard vermutlich versucht, die Wogen zu glätten. Doch er war nicht mehr der schüchterne Harkenfeld-Junge, getrieben von Versagensangst, angesteckt von seiner Mutter, die stets einen leisen, friedlichen Ausweg aus jedem Konflikt suchte, viel zu oft auf ihre eigenen Kosten.

Er war Rittmeister der Dragoner, und er ließ sich nicht von einem verzogenen Jungen beleidigen.

Mit einer schallenden Ohrfeige beendete er den verbalen Schlagabtausch, bevor er begonnen hatte. Florian hatte nicht einmal versucht auszuweichen. Der Schlag traf ihn auf die Wange, und er fiel mitsamt dem Stuhl zu Boden.

»Florian! Richard!«, keuchte Mutter kreideweiß.

Richard strich seine Kleidung glatt und setzte sich, während sein Bruder verdattert auf die Beine kam. Hilde unterdrückte vergeblich ein Grinsen. Offensichtlich war sie der Meinung, dass es längst überfällig gewesen war, Florian eine Lektion zu erteilen.

»Wie konntest du nur«, grollte der. Er presste eine Hand auf die gerötete Wange und stellte den Stuhl wieder auf.

»Setz dich, kleiner Bruder. Wenn du dich nicht wie ein Erwachsener benehmen kannst, dann werde ich dich auch nicht wie einen behandeln. Und wage es nicht noch einmal, meine Ehre infrage zu stellen, nur weil du selbst keine besitzt.«

»Mutter! Nun sagen Sie doch etwas!«, protestierte Florian.

Sie schüttelte den Kopf. »Setz dich, Sohn.«

Florian ließ sich auf den Stuhl fallen. In seinen geröteten Augen schimmerten Tränen. Ob sie vom Zorn oder Schmerz herrührten, würde sein Geheimnis bleiben.

Richard seufzte und lehnte sich in seinem Stuhl zurück. Seine Handfläche brannte. Er rieb sie gedankenversunken über seinen Oberschenkel. Vermutlich sollte er Florians vorgebrachte Anklage beantworten, um ihm und auch Hildes Mann keinen Anlass zur Sorge zu geben. Richard brauchte während seiner Zeit in Hamburg nicht noch weitere Probleme. Es war auch so schon schwierig genug, mit einem sterbenden Vater und dem Menschen, der ihm außer Hilde und Mutter am meisten bedeutete, im Gefängnis.

»Ich habe keinerlei Interesse an der Werft. Falls Vater tatsächlich etwas zustoßen sollte, stünde ich noch nicht einmal für eine Übergangsphase zur Verfügung.« Er hatte ein für alle Mal mit dieser Sache abgeschlossen. Seine Zukunft hatte er nie mit ganzem Herzen in der Werft gesehen, selbst zu der Zeit nicht, als der Vater ihn noch auf dem Posten haben wollte. Mittlerweile fühlte Richard sich wohler bei den Dragonern, als er je erwartet hätte. Er genoss die viele freie Luft, die Reiterei und sogar das Leben in der Kaserne. Hamburg kam ihm inzwischen zu eng und schmutzig vor. Nur einige wenige Menschen vermisste er.

Florian musterte ihn. Ihm lag eine Erwiderung auf den Lippen, doch er öffnete und schloss den Mund nur und schluckte sie hinunter. Eine weise Entscheidung.

»Was hat der Arzt gesagt, Mutter? Er war doch heute da. Sollten wir Vater in ein Krankenhaus bringen?«, fragte Richard.

Hilde ergriff das Wort. »Ich habe mit dem Doktor geredet. Er sagt, es mache keinen Unterschied, ob der Vater hier oder in einer Klinik untergebracht ist. Der Transport könnte seinen Zustand allenfalls verschlechtern.«

»Also können sie Vater nicht helfen.«

»Nur Gott kann ihm noch helfen und sein eiserner Wille, mit dem er sich ans Leben klammert. Die Schwester, die ihn pflegt, ist sehr erfahren. Sie weiß, welche Medikamente er wann zu sich nehmen muss.«

»Dann können wir also nur warten und hoffen«, seufzte Mutter.

»Ich muss mit Vater sprechen«, sagte Richard. »Ich werde

versuchen, ihn nicht aufzuregen. Aber wenn ich jetzt nicht mit ihm rede, habe ich vielleicht niemals wieder die Chance dazu.«

»Richard! Er weiß doch gar nicht, dass du hier bist!«, protestierte seine Mutter. Hilde dagegen sah ihn nur wissend an. Der Sterbenskranke besaß wahrscheinlich den Schlüssel zu Wassili Alfjorows Freiheit und würde ihn womöglich mit ins Grab nehmen.

Richard ging zu seiner Mutter und küsste ihre Wange. »Wollen Sie denn nicht, dass wir uns versöhnen?«

»Natürlich, mein Junge.«

»Dann muss ich das Risiko eingehen.«

Er wartete nicht auf eine Reaktion seines jüngeren Bruders und blickte sich auch nicht noch einmal um, als er den Weg ins elterliche Schlafzimmer antrat. Seit seiner Abreise aus Flensburg hatte er versucht, sich die richtigen Worte zurechtzulegen. Waren der Hass und die Enttäuschung seines Vaters so groß, dass er nicht einmal auf dem Sterbebett verzeihen konnte?

Richard trat leise ein. Schon mehrere Male hatte er in den vergangenen Tagen durch die offen stehende Tür gelugt, wenn Mutter bei Vater war, sich aber nie näher herangewagt.

Nun ging er zum Fuß des Bettes. Obwohl das Fenster offen stand, roch es nach Krankheit. Der Mann, der dort unter den Decken lag, besaß kaum Ähnlichkeit mit dem vertrauten Familienoberhaupt. Sein Gesicht war von gräulichem Ton und schmal, Nase und Ohren wirkten größer, als Richard sie in Erinnerung hatte. Unter den Augen lagen deutliche Schatten.

Es war bestürzend, den Vater so zu sehen. Richard setzte

sich und lauschte dem rasselnden Atem, der so angestrengt klang, als würde sich die Brust bei jedem Heben gegen Bleigewichte stemmen. Ja, dieses Mal war es ernst. Richard konnte es nicht genau festmachen, aber er spürte, dass es keine Genesung geben würde. Vater starb.

In den vergangenen Jahren hatte er für diesen Mann nur schlechte Gefühle übriggehabt. Sie schwanden zwar nicht, doch sie zogen sich zurück, wurden dumpf wie der Schmerz einer alten, längst vernarbten Wunde. Und plötzlich wurde Richard klar, dass er sich wirklich versöhnen wollte. Das letzte Gespräch sollte nicht als jenes in Erinnerung bleiben, bei dem Vater ihn aus der Familie geworfen hatte.

Er musterte die starken, knotigen Hände, die auf der weißen Bettdecke ruhten, und berührte den Kranken schließlich an der Schulter.

»Vater«, sagte er leise. »Hören Sie mich?«

Der rasselnde Atem stockte kurz, dann wurde er schneller und verriet, dass der Kranke erwachte. Er stöhnte. »Wer ist da?«

»Ich bin es. Richard.«

»Richard?«

»Ihr ältester Sohn.«

»Ich habe nur einen Sohn, und der heißt Florian.« Die Stimme des Vaters klang fremd, doch die Schärfe seiner Worte war es nicht. Er blinzelte, rieb sich die verklebten Augen. Sie waren ein wenig trüb. Suchend irrte sein Blick umher. Aus seiner Position konnte er nur die Zimmerdecke und das Fenster neben sich sehen. Richard verspürte den Impuls, sich feige davonzustehlen, doch er blieb, rückte näher ans Bett und in Vaters Sichtfeld.

»Du wagst es …«

»Ich möchte nicht, dass wir im Streit auseinandergehen.«

»Das hast du dir selbst zuzuschreiben. Ich … ich kenne dich nicht mehr!« Die letzten Worte waren laut. Der Vater begann zu husten, presste die Hände auf die Brust. Bekam keine Luft mehr. Richard sprang vom Stuhl und richtete seinen Vater auf. Dessen Kopf war hochrot, als er endlich wieder atmen konnte.

»Wasser«, sagte er pfeifend, und Richard hielt ihm das Glas an den Mund. Der Alte verschluckte sich mehrfach. Schließlich sank er mit einem Seufzen in die Kissen und schloss die Augen.

Richard wartete einen Moment lang, um sicherzugehen, dass Vater nur in einen Erschöpfungsschlaf sank und er nicht Zeuge von etwas Schlimmerem wurde, dann verließ er das Zimmer.

Hilde erwartete ihn im Flur und sah ihrem Bruder sofort an, dass er keinen Erfolg gehabt hatte. »Versuch es morgen noch einmal«, sagte sie leise.

»Er will mich nicht sehen.«

»Na und? Ob er will oder nicht, den Sturkopf haben wir doch alle von ihm geerbt.«

Richard legte ihr einen Arm um die Schulter und drückte sie kurz. »Wassili hat nicht verdient, dass Vater seine Enttäuschung über mich an ihm auslässt«, flüsterte er.

»Vielleicht gelingt es Svantje, ihn zu finden. Sie sagte, sie habe eine Spur«, warf Hilde ein.

»Ich hoffe es.«

***

Wassili war dem Tode näher als dem Leben. Der Anblick des vertrauten Mannes hatte Svantje sprachlos gemacht. Er war kaum noch wiederzuerkennen. Die verdreckte Kleidung schlotterte um seinen mageren Leib. Die Nase war gebrochen und schief, ein Auge zugeschwollen. Wo sie auch hinsah, gab es Verletzungen, manche oberflächlich, doch viele bereiteten ihr Grund zur Sorge.

Wassili erkannte sie nicht. Sie nahm seine Temperatur. Er hatte Fieber, das vielleicht von einer Entzündung stammte, doch sie konnte noch nicht erkennen, von welcher der zahlreichen Wunden es ausging.

Gemeinsam mit Doktor Grahmer hatte sie als Erstes die Verletzung an seinem Hinterkopf untersucht, die ihr am schwerwiegendsten erschien. »Das muss genäht werden«, sagte der Arzt und schlug mit der Faust gegen die Tür.

Kurz darauf wurde sie aufgeschlossen, und ein bulliger Wärter lugte herein. »Was ist denn?«, knurrte er.

»Wir brauchen Wasser, einen sauberen Lappen und Seife. Schwester Falkenberg wird mit Ihnen gehen und alles herbringen.«

»Ich bin doch nicht Ihr Laufbursche.« Der Wärter wollte die Tür wieder schließen, doch Svantje stellte energisch ihren Fuß dagegen. »So wie dieser Mann aussieht, könnte ich bei Ihren Vorgesetzten eine Beschwerde einreichen«, sagte Grahmer ruhig. »Möchten Sie das?«

»So *mall* kann es doch nicht sein.«

»Sehen Sie selbst«, forderte Svantje.

Widerwillig lugte der Mann um die Ecke und hob überrascht die Brauen. »*Dunners!* Die haben es übertrieben«, brummte er kaum hörbar. Konnte es sein, dass einige Wächter die Gefangenen ohne das Wissen der anderen folterten? Der Mann hatte ehrlich überrascht gewirkt. Er nahm die Kappe vom Kopf, kratzte sich das dünne Haar und setzte sie wieder auf.

»Dann komm, Mädchen«, sagte er konsterniert. Svantje ließ die Herabwürdigung unkommentiert und folgte ihm in einen Wachraum, wo mehrere Wärter Karten spielten. Als Einsatz diente etwas Kleingeld.

Svantje bekam einen Blecheimer ausgehändigt, dazu ein neues Stück Seife, noch eingewickelt in Papier. »*Water* gibt es da vorne.« Ihr Begleiter wies auf einen Hahn und setzte sich an den verwaisten Platz am Kartentisch. Svantje füllte den Eimer, während sie die Blicke der Männer wie Messer im Rücken spürte. Einige von ihnen, vielleicht sogar alle, folterten die Gefangenen, und es blieb ohne Konsequenzen. Verletzungen wie in dieser Anstalt hatte sie in den anderen nicht gesehen. Wassili hatte es mit am schlimmsten getroffen.

»Von der würd ich mich *ok* mal einseifen lassen«, feixte ein Wärter und stierte Svantje an, als könne er durch ihre Schwesterntracht bis auf die Haut schauen. Hoffentlich würde sie einem Mann wie ihm niemals allein oder im Dunkeln begegnen.

Svantje zerrte ein Handtuch von einem Stapel, und mit einem Gefühl, als würde ihr ein Stein im Magen liegen, eilte sie zu der Zelle zurück. Erst als sie Grahmer an ihrer Seite hatte, fühlte sie sich wieder sicher. »Ein schauriger Ort.«

»Ja, einer, den man am liebsten niemals von innen sehen möchte. Und doch sind wir hier …«

»… um zu helfen«, ergänzte Svantje. Grahmer hatte vorsichtig Wassilis Kopf rasiert. Nur eine kleine Stelle, damit sie die Platzwunde besser reinigen und nähen konnten. Sie arbeiteten gut zusammen. Das hatten sie schon früher, als Grahmer noch Doktor Schawachts Assistent gewesen war.

Wassili stöhnte leise, als der letzte Faden verknotet wurde. Svantje hockte sich augenblicklich so hin, dass er sie sehen konnte, und strich ihm über die Wange. »Wassili? Hören Sie mich? Wir sind hier, um Ihnen zu helfen.«

Sie strich ihm über die Stirn, wie sie es bei ihrem kleinen Sohn tat, wenn er Angst hatte, und ebenso wie Clemens wurde auch Wassili umgehend ruhiger. Die Schultern, die vor einem Moment noch gezittert hatten, entspannten sich. Schließlich öffnete er die Augen. »Friedrichs wunderschöne Frau«, flüsterte er. »Ich muss träumen.« Dann huschte sein Blick über verdreckte Zellenwände. »Nein, ich träume nicht.«

»Herr Alfjorow, ich bin Doktor Grahmer, wir haben Ihren Kopf versorgt. Wo tut es Ihnen noch weh?«

»Doktor?« Wassilis Atem rasselte. »Mir tut alles weh.«

»Können Sie sich aufsetzen?«

Svantje fasste ihn unter einem Arm, bis er auf seiner Decke sitzend an der Wand lehnte. Wassilis Gesicht war schneeweiß, die Lippen blass und aufgesprungen. Svantje berührte ihn am Arm, nahm ein Stückchen Haut zwischen zwei Finger und zog es hoch. Als sie es losließ, blieb die Falte eine Weile stehen, bevor sich die Haut wieder glättete.

»Habe ich es mir doch gedacht. Sie müssen trinken. Ihr Körper ist so ausgetrocknet, als hätten Sie soeben die Wüste durchquert. Gibt man Ihnen nichts zu trinken?« Svantje entdeckte eine Zinnkanne und einen Becher. Sie goss etwas ein und hielt es ihm an die Lippen. Wassili drehte den Kopf weg.

»Sie müssen trinken!«, drängte nun auch Doktor Grahmer.

»Nein, ich will nicht mehr.«

Svantje wusste sofort, was seine Worte bedeuteten. »Geben Sie sich nicht auf! Jetzt, da ich Sie gefunden habe, komme ich häufiger her. Wir holen Sie hier heraus, verstanden? Friedrich tut, was er kann. Verlassen Sie sich auf Ihre Freunde, Wassili!«

Nun blickte er sie zum ersten Mal direkt an und erinnerte dabei an ein waidwundes Tier, das sich seinem finalen Schicksal längst ergeben hatte. »Sie schlagen mich tot, bevor der gute Friedrich irgendetwas erreichen kann.«

»Herr Alfjorow, hören Sie zu. Ich bin Arzt und werde einen Bericht über Ihre Lage anfertigen und an höhere Stellen leiten. Kein Gefangener darf so verhört werden«, sagte Grahmer entschieden. »Ich wünschte, Sie hätten recht, Herr Doktor. Aber ich werde nicht verhört. Man stellt mir keine Fragen. Sie kommen einmal am Tag, manchmal auch zweimal, und quälen mich. Das ist alles. Es gibt keine Fragen. Einen Richter habe ich niemals zu Gesicht bekommen.«

»Das ist doch unerhört!«, echauffierte sich Grahmer. »Dann werden Sie erst recht schnell freikommen!«

»Sind Sie da sicher?« In Wassilis Augen blitzte ein Hoffnungsfunke.

Grahmer nickte mit zusammengepressten Lippen. »Kennen Sie die Namen Ihrer Peiniger?«

Wassili schüttelte den Kopf. »Nein. Es sind zwei, immer dieselben. Sie haben es auf mich abgesehen.«

Svantje überlegte. Diese Männer … hatten sie womöglich eine alte Rechnung mit ihrem Opfer offen, von der Wassili nichts wusste? Oder waren es einfach nur gewalttätige Barbaren, die sich an den Gefangenen vergingen? Sie hielt Wassili den Wasserbecher hin. »Bitte, trinken Sie! Für mich.«

Er zögerte, doch schließlich leerte er den Becher.

So gut sie konnten, versorgten sie seine wund geschlagenen Hände und Füße. Er schien Schmerzen im Unterleib zu haben, doch sie fanden keine Spur von Schlägen. Als schließlich ein Wärter die Tür öffnete, hatten sie sämtliche Untersuchungen abgeschlossen.

Wortlos trat Svantje an dem Wärter vorbei. In ihr kochte es, doch gegenüber den Uniformierten fühlte sie sich hilflos. Wenn sie sich jetzt etwas anmerken ließe oder den Wärtern mit Konsequenzen drohte, würden die ihren Unmut an Wassili auslassen. Grahmers Versprechen, eine Lösung zu finden, überzeugte sie nicht. Er hatte keine Autorität über die Wärter, genauso wenig wie sie selbst. Ganz im Gegenteil war er auf deren Kooperation angewiesen, um überhaupt zu den Inhaftierten vorgelassen zu werden.

Die Tür fiel zu und wurde verriegelt. Svantje hatte Wassili nicht noch einmal angesehen. Dann wäre ihre Fassung dahin gewesen, und sie hätte ihn verraten. Denn offiziell kannten sie den Gefangenen nicht persönlich.

Sie hatten sich in Bewegung gesetzt, ohne dass es ihr bewusst war. Nun strich der graue Flur an ihnen vorbei. Anonyme Zellentüren. Hinter jeder war ein Schicksal verborgen.

»Ich möchte mit Ihrem Vorgesetzten sprechen«, sagte

Doktor Grahmer plötzlich, als sie in der Wachstube angekommen waren.

»Und warum das?«

»Weil Sie beinahe einen Mann umgebracht haben, der Ihrer Obhut anvertraut ist. Und jetzt bringen Sie mich zu ihm!«

Svantjes Herz klopfte laut, und sie sandte ein stilles Gebet hinauf. Vielleicht kannte Doktor Grahmer doch einen Weg.

***

»Gut gemacht, Alberts!« Der Schiffbaumeister schlug Raik anerkennend auf die Schulter. Eine freundliche, aber ruppige Geste, die einen anderen womöglich in die Knie gezwungen hätte. »Kommen Sie doch am Sonntag zu mir nach Hause, dann feiern wir unseren kleinen Triumph.«

Raik sagte zu. Er mochte Meister Geldern, er war ein guter Handwerker und stets gerecht zu seinen Gesellen und Auszubildenden.

Nachdem Raiks alter Meister Lech vor einigen Monaten in den Ruhestand gegangen war, hatte Raik Sorge gehabt, mit seinem Nachfolger womöglich nicht ebenso gut zurechtzukommen. Doch alle Befürchtungen hatten sich als unbegründet erwiesen. Geldern war ein echter Gewinn, nicht nur für die Werft, sondern vor allem auch für die Arbeiter.

Gemeinsam hatten Raik und Geldern sich in den vergangenen Wochen für eine Lohnerhöhung eingesetzt. Der Werft ging es gut, sie konnten sich vor Aufträgen kaum retten, und die Wirtschaft florierte, zumindest in Bereichen, die mit den ehrgeizigen Rüstungsplänen des Kaisers zusammenhingen.

Walter Degen, der gemeinsam mit sechs Beratern die Geschäfte führte, solange Harkenfeld mit einer Lungenentzündung darniederlag, hatte nur wenige Argumente gehabt, die Arbeiter nicht an der positiven Entwicklung zu beteiligen. Dennoch waren die Verhandlungen lang und anstrengend gewesen. Ohne Harkenfeld verliefen sie aber zumindest in anständigen Bahnen, mit wenig Geschrei und zumeist höflich.

Raiks ruhige, überzeugende Art war der Trumpf der Arbeitervertreter. Früher war er hitziger an die Sache herangegangen, aber er hatte dazugelernt. Vor einer Verhandlung feilte er oft nächtelang an jedem einzelnen Satz; überlegte sich für jedes Argument, das die Gegenseite womöglich vorbringen würde, gleich mehrere Erwiderungen und Lösungswege.

Mit Hildes Mann zu verhandeln war wie eine Schachpartie unter ähnlich starken Gegnern. Raik reizte der Konflikt. Dieses Mal hatten sie eine Lösung gefunden, bei der beide Seiten das Gesicht wahren konnten. Er hatte nur die Möglichkeit eines Streiks in die Waagschale geworfen, und schon waren sie an den Verhandlungstisch zurückgekehrt.

Jede Verzögerung in der Werft brachte die Aufträge in Gefahr, die sich wie an einer Perlenschnur aneinanderreihten. Mit dem Militär als Geldgeber konnte sich Harkenfeld kein Risiko mehr leisten, und das war der Trumpf, den die Arbeiter nun gegen die Werft in der Hand hatten.

Raik erreichte das Haus der Gelderns etwas früher als zur verabredeten Zeit. Er hasste es, zu spät zu kommen. Er sah auf seine Taschenuhr und schob sie zurück in seine Weste. Neugierig musterte er das Gebäude. Es war kein Stadthaus, sondern stammte aus einer Zeit, als Hamburg noch viel kleiner gewesen war. Es besaß zwei Geschosse und einen recht üppigen Garten, der fast vollständig dem Anbau von Obst und Gemüse vorbehalten war. Dennoch fanden sich hier und da Stockrosen und blühende Kräuter. Zu beiden Seiten erhoben sich neuere Bauwerke, mehrgeschossige Wohnhäuser aus Rotklinker, die Fassaden bis auf einige farbige Formziegel ohne Schmuck. Auch das Haus der Gelderns war ein Rotklinkerbau. Das Tor war zugemauert und durch eine kleine Tür ersetzt worden, was Raiks Vermutung bestätigte, dass es sich einst um einen Bauernhof gehandelt hatte.

Er schlenderte auf und ab, sah noch einmal auf dic Taschenuhr und bemerkte dann eine junge Frau im Garten, die offenbar noch schnell einige Kräuter schnitt. Das dunkelbraune Haar fiel ihr in einem langen, glänzenden Zopf über die Schulter. Sie trug ein schlichtes blaues Kleid und darüber eine weiße Schürze. Ob sich der Handwerksmeister eine eigene Köchin leistete?

Geldern war verheiratet, aber kinderlos, soweit Raik wusste. Um seine Schwiegertochter konnte es sich also nicht handeln.

Die Frau bemerkte ihn, schien kurz überrascht und winkte ihm dann zu. »Sind Sie Raik Alberts?«

»Ebender, ich bin etwas zu früh.«

»Das macht doch nichts, kommen Sie ruhig schon herein.« Sie wies auf ein Törchen, dass durch den hüfthohen

Flechtzaun führte. Raik zögerte nicht, auch wenn es ihm seltsam erschien, bei einer Einladung durch die Hintertür zu gehen.

»Einen schönen Garten haben Sie hier, Frau …«

»… Stade, Johanna Stade. Nur einen Augenblick, ich bin sofort so weit.«

Raik verbeugte sich knapp. »Lassen Sie sich ruhig Zeit.«

Sie schnitt Lauch und Kerbel. Um sie herum summten Bienen und Hummeln. Weiße Schmetterlinge tanzten über Salat und Kohl, und Raik ertappte sich dabei, die junge Frau zu mustern, die sein Alter haben musste oder etwas jünger war. Die gebückte Haltung war schuld, dass er ihr wohlgeformtes Gesäß bewunderte, das sich unter dem Rock abzeichnete. Ihre Fesseln waren schlank und fein, die Arme kräftig, als scheue sie die Arbeit nicht. Mit geröteten Wangen und einem einnehmenden Lächeln richtete sie sich auf. Sie hatte wunderschöne graublaue Augen und hohe Wangenknochen, auf denen sich vereinzelt Sommersprossen zeigten.

Das Messer verstaute sie in einer Schürzentasche, die duftenden Kräuter behielt sie in der Hand. »Dort entlang, bitte«, sagte sie, und Raik bereute sofort, dass er vorausgehen musste und Johanna Stade aus dem Blick verlor. An der Tür wartete er, öffnete und ließ sie vorbei. Vor ihnen lag ein enger Gang, der sich in einen geräumigen Flur öffnete.

»Meister Geldern? Ihr Besuch ist da«, rief sie. »Ich ziehe mich solange in die Küche zurück. Wir sehen uns beim Essen, Herr Alberts.«

»Sehr gern, ich freue mich darauf.« Er blieb in dem weiten Eingangsbereich stehen und sah sich um. Der Raum war künstlich erweitert worden. Balken, die zuvor Zwischenwände getragen hatten, lagen nun bloß, waren blank geschliffen und geölt. Dazwischen standen mit Intarsien geschmückte Möbel, jedes eine Zierde. Raik verstand, was Geldern hier getan hatte. Er huldigte dem Werkstoff seines Handwerks in jeder Ausprägung, und Raik war sich sicher, in dem Haus auf weitere besondere Stücke zu treffen.

Der Schiffsbauer begrüßte ihn mit einem kräftigen Handschlag. Es war ungewohnt, ihn nicht in der Arbeitskleidung seiner Zunft zu sehen, sondern im bürgerlichen Sonntagsstaat. »Schön, dass Sie kommen konnten, mit Frau Stade haben Sie sich ja bereits bekannt gemacht, denke ich.«

»Ja, sie war so freundlich, mich über den Garten hereinzulassen. Ein wunderschönes Heim haben Sie hier, *Meester.*«

»Nicht so förmlich, Alberts, Sie sind hier unter Freunden. Das Haus stammt noch von meinen Großeltern. Ich versuche nur, es in Schuss zu halten.«

Er leitete Raik ins Esszimmer, das genauso eingerichtet war, wie er es erwartet hatte. Dunkle, polierte Bohlen auf dem Boden, verlegt in einem aufwendigen Fischgrätmuster. Am Rand verlief umlaufend eine Zierkante aus hellem und rötlichem Holz. Zwei Vitrinen stellten Geschirr und Silberwaren zur Schau. Der mächtige Tisch in der Raummitte war für vier Personen gedeckt und musste sich vor der Tafel der Falkenbergs nicht verstecken.

Leinen, Silber und kostbares Porzellan, Kristallgläser, in denen sich das Kerzenlicht fing. »Meine Frau und Johanna werden mit uns essen. Es wird nicht mehr lange dauern.« Geldern goss Rotwein in zwei Gläser und reichte ihm eines.

Raik zögerte, ob seine Neugier angebracht war. »Frau Stade ist … Ihre *Dochter?*«

Geldern schmunzelte und rieb sich den üppigen Backenbart. »Hätte Gott meine Ehe mit Kindern gesegnet, wäre ich stolz, ein Mädchen wie Johanna meine Tochter nennen zu dürfen. Aber nein … das Schicksal hat ihr übel mitgespielt und sie in unsere Arme gespült. Sie ist eine junge Witwe. Ihr Mann, ein Geselle eines befreundeten Zimmerers, starb aus heiterem Himmel.«

»*En Havaree?*« Raik musste an die vielen Unfälle denken, derer er schon Zeuge geworden war.

»Nein. Der Blinddarm, sagen die Ärzte. Aber ganz gleich, was es war, Johanna stand plötzlich ohne alles da und mit einem kleinen Kind noch dazu. Meine Frau hat zuerst von ihrem Schicksal erfahren und wollte sie nicht auf der Straße stehen lassen. Wir hatten genug Platz, und so zog Johanna mit dem kleinen Jonte bei uns ein. Er ist für seine zwei Jahre ein sehr liebes Kind. Sicher ist es keine dauerhafte Lösung, doch Johanna ist meiner Frau eine gute Gesellschaft und eine große Hilfe im Haushalt.«

»Trotzdem, es ist sehr *ehrenweert* von Ihnen.« Raik nippte an dem Wein. Er hatte wenig Ahnung davon, aber dieser schmeckte fruchtig und besaß eine gute Schwere, um in angenehmer Erinnerung zu bleiben.

»Setzen wir uns, ich denke, sie sind gleich so weit«, sagte Geldern und wies ihm den Platz an seiner Seite zu. Die Frauen würden ihnen gegenübersitzen.

Eine Weile plauderten sie noch über die Änderungen, die in der Werft bevorstanden, sollte es tatsächlich zu einem Führungswechsel kommen, dann öffnete sich eine Flügeltür, und die beiden Frauen kamen herein. Die ältere, eine mollige, fröhliche Natur, trug einen dampfenden Krustenbraten auf einer Platte, Johanna Stade brachte Salzkartoffeln und frisches Gemüse. Ihnen folgte in gemächlichem Schritt ein langhaariger, schwarz-weißer Kater, der erbärmlich miaute.

Die Hausherrin machte eine abwehrende Geste, doch das Tier ließ sich nicht verscheuchen. Es setzte sich, gähnte lange und begann sich zu putzen.

»Dieser Unhold hat versucht zu stehlen!«

»Und er war sicherlich erfolgreich, Weib, weil du es zugelassen hast. Darf ich dir unseren Gast vorstellen? Das ist Raik Alberts, ein engagierter junger Gewerkschafter und erstklassiger Schnitzer.« Raik erhob und verbeugte sich und dankte für die Einladung.

Es wurde ausgeteilt, und am Tisch entwickelte sich schnell eine rege Unterhaltung über die Vor- und Nachteile, mit einer Katze zusammenzuleben. Die Gelderns erzählten Anekdoten, und Raik gab sich damit zufrieden, Johanna zu beobachten. Nun, da er von ihrem Verlust wusste, sah er ihr die Traurigkeit an. Doch wenn sie lachte, war es wie unverhoffte Sonnenstrahlen an einem trüben Tag. Ihm wurde das Herz leicht bei ihrem Anblick. Ob sie ihren Mann sehr geliebt hatte? Wie lange war sie wohl schon Witwe?

Er ertappte sich bei dem Wunsch, ihre Hand zu halten und ihr Haar zu berühren.

»Alberts? Alberts, haben Sie meine Frage gehört?«, drang Meister Gelderns Stimme plötzlich zu ihm durch. Er konnte gerade noch verhindern zusammenzuzucken.

»Unser Gast war gerade dabei, unsere liebe Johanna zu bewundern, nicht wahr?«, sagte die Hausherrin und lachte zart, wie es überhaupt nicht zu einer kräftigen Frau wie ihr passte.

»Ich … ich war in Gedanken«, stotterte Raik. »Was war denn *de Fraag?*«

»Ob Sie uns ein wenig von Ihrem Werdegang erzählen möchten. Die Damen langweilen sich, wenn wir nur über Berufliches sprechen.«

Raik sammelte sich und kam seinem Wunsch nach. Er wollte, dass vor allem Johanna mehr von ihm erfuhr. Und so begann er von Anfang an. Er schönte nichts, aber er verschwieg die bittersten Details. Niemand musste wissen, dass seine Mutter eine Hure gewesen und seine Schwester ihrer Profession für einige Jahre gefolgt war. Aber sie durften wissen, dass er auf der Straße aufwuchs und erst durch die Güte von Svantje Falkenbergs Vater eine Chance bekommen hatte. Vater Claasen hatte ihn behandelt wie einen Sohn, ihm Essen und Kleidung gegeben und ihm schließlich eine Lehrstelle bei Harkenfeld besorgt.

Johanna hatte an seinen Lippen gehangen und gelegentliche Zwischenfragen gestellt, nur einmal entschuldigte sie sich kurz, um nach ihrem schlafenden Sohn zu sehen. Ein jeder am Tisch schien beeindruckt von Raiks steinigem Weg.

»Und nun will Raik Alberts sogar die Meisterprüfung ablegen«, sagte Geldern mit Stolz in der Stimme, »und ich werde ihn dabei unterstützen, so gut ich es vermag.«

Raik dankte ihm überwältigt.

Der Abend verging mit weiteren Geschichten. Geldern erzählte von seiner eigenen Lehrzeit, seine Frau vom Alltag einer Krämerstochter. Nur Johanna blieb schweigsam, wohl weil ihre eigene nahe Vergangenheit nur traurige Erinnerungen bereithielt. Dabei hätte Raik so gern mehr von ihr erfahren.

Es war kurz vor Mitternacht, als er sich verabschiedete, nachdem er versprochen hatte, bald wiederzukehren. Beschwingten Schrittes lief er heim. Warum ihn Geldern wohl eingeladen hatte? Sie kamen gut aus, aber wirklich nahe standen sie sich nicht, dafür kannten sie einander noch nicht lang genug. Raik kam ein Verdacht. Die Gelderns suchten einen Ehemann und Versorger für ihr Mündel. Ja, so musste es sein.

Kurz fühlte sich Raik übertölpelt, doch dann dachte er wieder an Johannas scheues Lächeln und ihre schönen, schlanken Hände und befand, dass er sich vielleicht gern übertölpeln ließ. Er würde auf jeden Fall auch die nächste Einladung annehmen und herausfinden, wie Johanna zu dieser Sache stand.

***

Svantje blickte in die Runde. Ernste Gesichter, wohin sie auch sah. Sie hatte ihre Freunde und Bekannten im Lesezimmer zusammengerufen. Irina Alfjorow war derart blass, dass Svantje kurz davor gewesen war, das Treffen ohne sie abzuhalten. Neben ihr saß Hilde mit der winzigen Beatrix im Arm und strahlte trotz der ernsten Situation Wärme und Leben aus, wie nur frischgebackene Mütter es konnten. An ihrer Seite befand sich Richard, die Miene steinern. Svantje wusste, dass er mit Wassili befreundet war, doch die Bindung reichte offenbar tiefer, als sie geahnt hatte. Friedrich war der Letzte in der Runde. Flüsternd erkundigte er sich bei Irina Alfjorow, ob er ihr Wasser bringen sollte. Nach ihrer schweren Kopfverletzung wurde sie oft von Schwindel geplagt. Trotzdem hatte sie darauf bestanden, dem Treffen beizuwohnen.

»Vielen Dank, dass ihr alle gekommen seid«, begann Svantje. »Vor einigen Tagen ist es mir mithilfe eines Arztes, der regelmäßig die Gefangenen verschiedener Gefängnisse versorgt, gelungen, Wassili ausfindig zu machen.«

»Wie geht es ihm?«, drängte Irina.

»Ich würde Ihnen gern bessere Nachricht überbringen, aber Ihrem Mann geht es schlecht. Als wir ihn fanden, hatte er die Hoffnung bereits aufgegeben und einen bitteren Entschluss gefasst.«

Alle hingen an ihren Lippen, auch Friedrich, dem sie längst alles bis ins letzte Detail berichtet hatte.

»Er war so verzweifelt, dass er nicht mehr essen und trinken wollte.«

»Er will sich umbringen?« Irina bekreuzigte sich und sprang auf. »Ich muss zu ihm. Er darf seine Seele nicht verderben, er … er muss leben!«

»Beruhigen Sie sich, Irina. Ihr Mann hat dieses Vorhaben aufgegeben. Wir konnten ihm wieder Hoffnung machen und haben seine Wunden versorgt. Er sagt, er habe noch keinen Richter gesehen und wisse nicht, was man ihm vorwirft.«

»Das ist Unrecht. Er muss einem Richter vorgeführt werden«, sagte Richard ruhig, doch Svantje entging nicht, wie sich die Finger seiner Linken um das Leder des Sessels krallten, auf dem er saß. Er war aufgebracht und suchte Friedrichs Blick. Die Männer waren seit Kindertagen befreundet. »Du musst dich darum kümmern. Fordere, dass er einem Richter vorgeführt wird und diese lächerlichen

Anschuldigungen fallen gelassen werden oder er freikommt.«

»Warum kümmerst du dich nicht selbst darum, Freund? Der Name Harkenfeld hat in Hamburg Gewicht.«

Richard schien um eine Antwort verlegen, tauschte einen kurzen Blick mit seiner Schwester, die ihre Hand auf seinen Unterarm legte. »Unser Vater liegt im Sterben, mein Bruder und ich werden zu Hause gebraucht.«

»Oh, Hilde«, sagte Svantje überrascht. »Ich wusste nicht, dass es so schlimm um ihn steht. Dann werden wir uns selbstverständlich für Wassili einsetzen. Friedrich kennt sicherlich einen guten Anwalt.«

»Die Kosten übernehme ich vollumfänglich, wenn ich sonst schon nicht von Nutzen sein kann«, bot Richard entschlossen an.

»Gut, dann ist das Wichtigste auf dem Weg. Ich selbst werde in drei Tagen wieder mit Doktor Grahmer die Gefangenen besuchen. Solange ich nicht wieder als Krankenschwester arbeiten kann, werde ich ihn wöchentlich unterstützen. Es ist eine gute Sache. Viele kümmern sich um die Armen, doch für die Inhaftierten gibt es keine Hilfe. Ich habe dem jungen Arzt als Dank dafür, mich ins Gefängnis zu schmuggeln, finanzielle Hilfe für seine Sache versprochen.« Sie blickte fragend in die Runde. Friedrich nickte, auch Hilde versprach etwas Geld, ebenso Richard.

»Danke, liebe Freunde! Ich habe noch einen Vorschlag zu machen. Vermutlich werden sie Wassili jeglichen Besuch verwehren, was aber nicht bedeutet, dass wir es nicht zumindest versuchen können.« Sie erläuterte ihren Plan, dass jeden Tag einer von ihnen zum Gefängnis gehen und darum bitten sollte, zu Wassili vorgelassen zu werden.

»Sie werden ablehnen, doch wir werden ihnen klarmachen, dass unser Freund nicht vergessen wird. Fragt nach ihm, und wenn sie euch nicht vorlassen, bleibt dort, solange es euch möglich ist. Seid unbequem. Ich kann mich daran leider nicht selbst beteiligen, sonst lässt mich die Gefängnisbelegschaft nicht mehr als Doktor Grahmers Helferin zu Wassili.«

Irina rutschte auf ihrem Stuhl nach vorn, als wolle sie aufspringen. »Ich werde gleich heute hinfahren, jeden Tag lang, bis sie mir meinen Wassili wiedergeben.«

Richard beobachtete sie mit einem gequälten Gesicht. Er schien hin- und hergerissen zwischen seiner Pflicht als Sohn und seiner Freundschaft. »Wann immer ich Zeit entbehren kann, werde ich mit Hilde dort sein.«

»Wir könnten mehr Zeit dort verbringen, wenn wir einzeln gehen.«

Richard schüttelte den Kopf. »Nein, erinnert euch daran, was man ihm vorwirft. Friedrich ist sein Arbeitgeber und erregt keinen Verdacht. Doch jeder andere Mann könnte mit hineingezogen werden. Als Begleiter meiner Schwester kann ich meine Anwesenheit dagegen erklären.«

»Recht hast du«, pflichtete Friedrich bei. »Und nun entschuldigt mich, ich möchte noch heute mit einem Anwalt sprechen, der mir schon häufiger in Rechtsstreitigkeiten geholfen hat.«

»Es ist bereits neun Uhr abends«, sagte Svantje.

»Das macht nichts, er wird noch nicht zu Bett sein.«

Die kleine Gruppe trennte sich, nachdem sie noch eine Weile beisammengesessen und Vermutungen angestellt hatten, wer hinter den falschen Beschuldigungen stecken mochte. Vielleicht ein neidischer Geschäftsmann oder jemand, dem Wassilis beinahe legendäres Verhandlungsgeschick die Pläne durchkreuzt hatte? Dass er ein russischer Spion war, glaubte keiner von ihnen, und dass er sich mit Männern eingelassen hatte, war so absurd, dass Svantje keinen Gedanken daran verschwendete.

Er war immerhin verheiratet, und es bestand kein Zweifel, dass Irina ihn aufrichtig liebte.

13

Einige Tage später

Svantje trug erneut ihre Schwesterntracht. Sobald sie die Uniform anzog, fühlte sie sich wieder vollständig und in ihrem Element. Mit einer prall gefüllten Medikamententasche war sie aufgebrochen. Nun waren ihre Vorräte bereits stark geschrumpft, und sie begann mit Medikamenten und Salben hauszuhalten. Doktor Grahmer hatte sich überschwänglich für die Geldspenden bedankt, doch er war noch nicht dazu gekommen, seine Reserven aufzufüllen. Er schien noch immer überrascht, dass Svantjes Worte keine hohlen Versprechen gewesen waren.

Wie bei ihrem letzten Mal war Wassilis Haftanstalt die letzte, die sie besuchten. Die Zeit kroch nur so dahin, und ihr fiel es zunehmend schwer, sich zu konzentrieren. Der Mann, den sie nun behandelten, war ein verurteilter Vergewaltiger. Ein grobschlächtiger Kerl, stark wie ein Bär, mit Halbglatze und braunrotem Rauschebart.

Nachdem er Svantje mehrfach aufs Übelste beleidigt und mit seinen lüsternen Blicken ausgezogen hatte, verließ sie die Zelle. Nun stand sie mit dem Rücken an die kühle Wand gedrückt und versuchte, den Ekel abzuschütteln. Dieser Kerl hatte ihr Angst gemacht, und doch verstand sie

Doktor Grahmers Bestreben, auch Menschen wie ihm eine Grundversorgung zukommen zu lassen.

Sie spreizte die Finger auf der gestrichenen Backsteinoberfläche. Langsam, ganz langsam ging es ihr wieder besser.

»Ich habe Sie doch gewarnt, Fräulein«, erklang die Stimme des Wärters, der sie bereits letzte Woche durch die Anstalt geführt hatte. Sie hatte ihn nicht kommen hören. »Hat er Ihnen große Angst gemacht?«

Svantje schüttelte den Kopf. In den Augen des Beamten las sie das Versprechen von Gewalt. Falls sie seine Frage bejaht hätte, wäre das Leben des Gefangenen von nun an wohl die Hölle gewesen. »Doktor Grahmer kümmert sich allein um ihn.«

»Dann haben Sie ja jetzt Feierabend«, sagte ihr Gegenüber. Er war einer der angenehmeren Zeitgenossen, die hier Dienst taten. Er musterte sie, wie manche Männer Frauen beurteilten, und was er sah, schien ihm zu gefallen. »Ich habe auch gleich Dienstende. Auf einen Kaffee vielleicht?«

Svantje lächelte, hob ihre rechte Hand und ließ das Licht auf ihrem Ehering funkeln. »Dann würde ich meinen Mann und meine Kinder warten lassen müssen.«

Der Wärter tippte sich an seine Mütze. »Verstanden. Die Kinder sieht man Ihnen nicht an, wenn ich das sagen darf.«

»Vielen Dank.«

»Brauchen Sie noch etwas?«

»Nein, wir besuchen nur noch diesen Alfjorow, dann geht es nach Hause«, sagte Svantje betont gleichgültig.

»Den Russen? Nein, der steht heute nicht auf Ihrem Plan.«

Svantjes Herz tat einen Satz, und in ihrem Nacken breitete sich ein frostiges Gefühl aus. »Wir werden ihn sehen«, sagte sie energisch.

»Anweisung von oben.«

»Dann sagen Sie Ihrem *Oben,* dass wir den Gefangenen untersuchen werden. Beim letzten Mal war er dem Tod näher als dem Leben. Wir haben berechtigte Sorge, dass er sterben könnte, und Sie wollen doch nicht, dass ein Gefangener sein Leben lässt, bevor er überhaupt verurteilt wurde.« Sie hatte sich verplappert, dachte sie erschrocken.

Dem Wärter war es nicht entgangen. Er verengte die Augen. »Was wissen Sie über Alfjorow?«

»Nur das, was er uns im Fieber erzählt hat. Dass er glaubt, unschuldig zu sein, und noch keinen Richter gesehen hat.«

Prüfend sah der Wärter sie an. Svantje hielt dem Blick stand, drückte eine Hand wieder auf die kühle Wand hinter sich und fühlte, wie sich auf der glatten Oberfläche der Schweiß absetzte. Jetzt nur nichts verraten.

Endlose Augenblicke verstrichen, dann zuckte der Wärter mit den Schultern und wandte sich ab. »Ihr Doktor lässt sich Zeit.«

»Er ist ein gewissenhafter Arzt.«

Der Wärter schnaubte herablassend. Svantje wünschte sich beinahe wieder zurück in die Zelle, als endlich die Tür geöffnet wurde und Grahmer heraustrat. Er trug seine Tasche und auch Svantjes. »Geht es Ihnen gut?«

Sie nickte und nahm ihre Ausrüstung entgegen. »Es tut mir leid, die habe ich vergessen.« Der Wärter schloss die Zelle ab und rüttelte prüfend an der Tür. »Ich begleite Sie hinaus.«

»Er verweigert es uns, Alfjorow zu sehen. Sie erinnern

sich an den Russen?«, sagte Svantje und blickte Grahmer drängend an. »Ich sorge mich zu sehr um den Mann, um eine Woche zu überspringen. Er war dem Tode nah.«

»Bringen Sie uns hin!« Grahmers Tonfall war kommandierend, wie sie es noch nie von ihrem Begleiter gehört hatte.

»Das kann ich nicht, Doktor. Ich habe meine Befehle.«

Doktor Grahmer stellte geräuschvoll seine Tasche ab und blieb wie angewurzelt stehen. »Hören Sie, Mann, ich kenne Ihren Vorgesetzten und habe mit ihm über die Auffälligkeiten in dieser Anstalt gesprochen. Er würde es mir niemals untersagen, einen der kritischen Fälle anzusehen. Und nun bringen Sie uns zu Alfjorows Zelle, bevor ich mich vergesse und Beschwerde gegen Sie einlege!«

Svantje beobachtete, wie der Wärter den Mut verlor. Es wirkte, als würde er ein Stückchen schrumpfen. Sie sah es mit Genugtuung und atmete innerlich auf, weil sie Wassili nun doch sehen würde. Gleich darauf kehrte die Sorge zurück. Es musste einen Grund geben, warum die Wärter nicht wollten, dass sie ihn untersuchten.

Sie folgten dem Uniformierten durch ein Gewirr grauer Flure. Nur hin und wieder erhellte eine Lampe ihren Weg, ihr Licht wie Inseln in der Dunkelheit. Svantje hatte selten einen trostloseren Ort gesehen. Nicht einmal Spinnen schien es hier zu geben.

»Zehn Minuten«, sagte der Wärter, blieb plötzlich stehen und öffnete eine Zellentür.

Wassili war verlegt worden. Er hockte auf einer Pritsche und sah überrascht auf. Vorher hatte er ins Leere geblickt, vielleicht um Erinnerungen an bessere Tage heraufzubeschwören.

»Sie?«, fragte er.

Svantje wartete, bis sich die Tür hinter ihnen geschlossen hatte, dann eilte sie an seine Seite. »Wir haben nur zehn Minuten«, flüsterte sie. »Ich bringe Grüße von Ihrer Frau und Ihren Freunden. Mein Mann hat einen Anwalt aufgetan, der sich um Ihren Fall kümmert, und die Geschwister Harkenfeld und Ihre liebe Frau kommen jeden Tag her, um sie zu besuchen und Druck auszuüben.«

Wassili nahm Svantjes Hand in seine. »Vielen Dank, Svantje! Sie machen mir Mut, nicht zu verzweifeln.«

»Ich werde jede Woche herkommen, versprochen.«

Der Arzt hatte bereits begonnen, Alfjorow zu untersuchen. Er war nicht mehr so blass und dehydriert wie beim letzten Mal, aber Svantje entgingen die neuen blauen Flecken nicht, die seine Arme übersäten. Die Kopfwunde heilte gut. Grahmer ließ ihm Salbe und ein Stückchen Seife da.

»Behandelt man Sie besser?«, fragte Grahmer ganz leise.

»Ein wenig«, erwiderte Wassili. »Mit etwas Glück könnte ich meine Gefangenschaft doch überleben.« Er lächelte kläglich und entblößte dabei einen abgebrochenen Schneidezahn.

»Grüßen Sie meine Frau, Hilde, Friedrich und … und Richard.«

***

Richard schob seinen Vater in einem Rollstuhl durch den Park. Die Lungenentzündung hatte es nicht geschafft, den Patriarchen ins Grab zu zerren, und nun standen alle Anzeichen darauf, dass er, wenn auch schwer gezeichnet, überleben würde.

Einerseits war Richard erleichtert, denn so hatte er noch eine Chance, herauszufinden, wie der Vater Wassili ins Gefängnis gebracht hatte, und vor allem, wie er ihn wieder herausbekommen konnte. Andererseits hätte er dem alten Tyrannen keine Träne nachgeweint.

In den vergangenen Tagen schien Hans Werner Harkenfeld die Gegenwart seines Sohnes akzeptiert zu haben, wie man einen Misthaufen auf einem Bauernhof akzeptierte. Es war ein Übel, dem man nicht entgehen konnte.

»Ist es nicht weit genug?«, brummte der Alte. Trotz der spätsommerlichen Temperaturen war er bis zum Hals in Decken eingehüllt, weder Füße noch Hände schauten heraus. Er wirkte wie eine Schildkröte, die sich in ihren Panzer zurückgezogen hatte und störrisch darauf wartete, dass sich die Zeiten besserten.

Richard schob den Alten ungerührt weiter. »Das hassen Sie, nicht wahr, Vater? Nicht mehr jedem Mann vorschreiben zu können, was er zu tun und zu lassen hat. Sie haben über viele Tausend Leben bestimmt, und nun sitzen Sie hier, an einen Rollstuhl gefesselt, und Ihr verhasster Sohn …«

»Ich habe nur einen Sohn. Er heißt Florian und ist mein ganzer Stolz.«

»Und ich bin die ganze Schande«, ergänzte Richard leise. Er schob den Rollstuhl stur weiter, ignorierte die Proteste seines Vaters, bis sie das andere Ende des weitläufigen Gartens erreicht hatten. »Hier hört uns niemand«, sagte er und hielt auf einen kleinen Pavillon zu. Der schmiedeeiserne Baldachin hatte einst Rosen gestützt. Richard konnte sich noch gut daran erinnern. In Kindertagen breitete sich darauf jeden Sommer ein gelbes Blütenmeer aus. Seine

Schwester Hilde hatte hier gespielt und stets behauptet, dies sei ihr verwunschenes Schloss und es müssten edle Ritter kommen, um sie zu hofieren und Drachen zu vertreiben. Es war eine schöne, unbeschwerte Zeit gewesen.

Doch vor einigen Jahren hatte ein Sturm die alten Rosenstöcke umgerissen. Nun ragten schwärzliche Stümpfe aus dem Boden. Das Eisengestell war nicht mehr gestrichen worden, und anstelle von weißer Farbe überzogen Rostblumen das Metall.

»Ich war einmal glücklich hier«, seufzte er und zog sich einen verwitterten Stuhl heran. Nun saßen sie nebeneinander, sodass sie gemeinsam auf das Harkenfeld'sche Anwesen hinabsahen, über dem sich der blaue Septemberhimmel spannte.

»Was soll das alles, Richard? Bring mich zurück!«

»Nein. Ich muss mit Ihnen reden, und ich bringe Sie erst dann wieder ins Haus, wenn ich erfahren habe, was ich wissen muss.«

Er blickte seinen Vater an, musterte das kantige Profil. Die Kiefermuskeln des Alten arbeiteten, als würde er die Zähne zusammenzwingen, um seinem Sohn nicht zu antworten. Er war nicht mehr so blass wie auf dem Krankenbett, aber noch immer schmal von den vielen Tagen, an denen er nicht mehr als Brühe herunterbekommen hatte.

»Bis auf einen einzigen Moment, an einem einzigen Tag, habe ich Ihnen niemals einen Grund gegeben, an meinen Qualitäten zu zweifeln, Vater. Gibt es denn nichts, womit ich diese Schande ausradieren kann?«

Harkenfeld blickte starr geradeaus. Er blinzelte etwas häufiger als zuvor, sonst war keine Änderung zu bemerken. Es war zum Verzweifeln. In der vergangenen Woche hatte Richard es auf jedem Weg versucht, der ihm eingefallen war. Sich entschuldigt, stundenlang an Vaters Bett gesessen und gehofft, dass dieser seine Einstellung änderte. Hilde hatte mit ihm gesprochen und sogar Mutter.

Nun gab es nur noch einen einzigen Pfad, den er nicht beschritten hatte.

»Wenn es schon keine Möglichkeit zur Versöhnung gibt, würden Sie mir dann eine Frage beantworten, Vater? Danach trete ich Ihnen nie wieder unter die Augen.«

»Es kommt darauf an.«

»Stecken Sie hinter der Verhaftung Wassili Alfjorows?«

Der Alte neigte den Kopf, verengte die stets wachsamen blauen Augen. »Hast du es also herausgefunden?«

»Dann stimmt es. Aber warum? Warum muss er dafür bezahlen, dass ich Sie enttäuscht habe?«

»Weil es dir wehtut. Es ist deine Strafe.«

»Beenden Sie es.«

»Niemals! Ich hätte es schon viel eher tun sollen, aber damals dachte ich, es sei dir Lehre genug, deine Familie und die Zukunft in der Werft zu verlieren. Aber du ...«, knurrte er.

»Ihr letztes Wort?«

»Bring mich zurück, Richard, und geh mir aus den Augen, bevor ich dich auch noch ins Zuchthaus stecken lasse.«

»Nein, das würden Sie niemals tun. Ganz gleich, wie Ihre eigenen Gefühle aussehen, die Werft geht vor, das haben Sie mir immer gepredigt. Erst das Unternehmen, dahinter steht alles andere zurück.« Er fasste den Rollstuhl an den Rädern und riss ihn mit einem Ruck herum, sodass sie sich nun gegenübersaßen. »Wassili Alfjorow hat

Freunde, einflussreiche Freunde. Er hat nun einen verdammt guten Anwalt, und er wird endlich vor Gericht kommen. Ganz gleich, wen Sie geschmiert haben, der Schmutz wird ans Licht gezerrt. Wie sehr vertrauen Sie den Leuten? Werden Ihre Verbündeten dem Druck standhalten?«

Glomm dort ein Funke Unsicherheit in Vaters Blick auf? Vielleicht war eine Drohung die einzige Sprache, die er verstand, eine Demonstration von Stärke das einzig wirksame Argument.

»Alfjorow wurde gefoltert. Womöglich haben diese Kerle seinen Verstand gebrochen. Vielleicht sagt er ihnen alles, vielleicht nennt er Namen!« Richard drückte seinem Vater den spitzen Finger auf die Brust. »Auch den Namen unserer Familie! Ich habe stets Stillschweigen bewahrt und er ebenso. Aber einem gebrochenen Mann ist nicht zu vertrauen. Was ist, wenn er vor Gericht alles sagt? Jemand wird reden, Vater, irgendjemand wird reden.«

Der alte Harkenfeld stöhnte auf. »Wann?«

»Die Gerichtsverhandlung?«

»Ja.«

»In zwei Wochen.«

14

Februar 1901 – fünf Monate später

Raiks frisch polierte Schuhe litten unter dem Schnee, der unablässig fiel. Er hatte es aufgegeben, die weißen Kristalle von seinem Mantel zu schlagen. Die Hände in den Taschen vergraben und den Hut tief ins Gesicht gezogen, eilte er seinem Ziel entgegen. Zum Glück würden sie Gelderns Kutsche nehmen können, sobald er dessen Haus erreicht hatte.

Plötzlich verlor Raik mit einem Fuß den Halt und glitt aus. Unter dem Schnee hatte sich eine gefrorene Pfütze verborgen. Er ruderte mit einem Arm und fing sich mit dem anderen an einer Mauer ab. Der Schreck war ihm durch Mark und Bein gegangen, und statt zu frieren, wurde ihm plötzlich heiß.

Die letzte Wegstrecke lief er langsamer und aufmerksam.

Als er schließlich klingelte, war er einige Minuten zu spät. Johanna öffnete selbst die Tür. Sobald sich ihre Blicke trafen, lächelte sie.

»*Wunnermooi*«, brachte Raik hervor. Sie trug ein weinrotes Kleid, das ihr hinab bis zu den Knöcheln fiel. Braune Biesen betonten ihren Busen und die schlanke Taille. Der Kragen war hochgeschlossen und mit weißer Spitze verziert. Johannas Haut war bis auf ihre entzückenden kleinen Sommersprossen makellos wie Porzellan, die Lippen gerötet. Das Haar trug sie aufgesteckt, was die feine Form ihres Gesichts noch betonte.

In diesem Moment wurde Raik klar, dass er seine Begleiterin nicht nur anziehend fand, sondern sich vielleicht sogar in sie verlieben könnte. Nein, wahrscheinlich hatte er das längst und gestand es sich nur nicht ein. Stets hatte er geglaubt, seine unreife Liebe für die Freundin und ehemalige Spielgefährtin Svantje würde seine erste und einzige bleiben. Doch hier stand Johanna vor ihm, und er konnte kaum einen klaren Gedanken fassen.

»Raik, hast du mir überhaupt zugehört?« Johanna schob die Unterlippe in einem spielerischen Schmollen vor. Raik widerstand dem Drang, sie an sich zu ziehen und zu küssen. Das hatte er noch nie gewagt, auch wenn sie sich in den vergangenen Monaten häufig gesehen hatten und inzwischen eine gewisse Vertrautheit zwischen ihnen herrschte. Mehr als eine sittliche Berührung hatte jedoch zwischen ihnen noch nicht stattgefunden. Mit jeder Begegnung sehnte Raik sich mehr den Moment herbei, in dem diese Barriere zwischen ihnen fallen würde.

»Es tut mir leid, ich war so überwältigt von deinem Anblick«, sagte er schließlich.

»Ich hoffe, auf eine angenehme Weise«, neckte sie ihn.

»Als ob daran je Zweifel bestehen könnten.« Er nahm ihre Hand und drückte seinen Mund auf ihre Knöchel. Ihre Haut duftete zart nach Rosen und einer Süße, die er nicht recht benennen konnte.

»Meister Geldern hat den Wagen bereitstehen«, sagte sie.

»*Grootaardig*«, sagte Raik, erleichtert, das Pferd nicht selbst anspannen zu müssen.

Kurz darauf saß er auf dem Bock des Einspänners und machte sich mit dem Gefährt vertraut. Die Bremse war leicht zu erreichen, und die Zügel lagen, obwohl er warme Fäustlinge trug, gut in der Hand.

Johanna hatte es sich an seiner Seite bequem gemacht. Bis zum Hals in eine Decke gehüllt, teilte sie sich einen Pelzüberwurf mit ihm, der ihrer beider Beine bedeckte. Raik schnalzte und nahm die Fuhrpeitsche aus der Halterung. Sie war genauso zum Lenken des Tieres gedacht wie die Zügel.

Indem Raik die Peitsche auf die rechte Seite lehnte, gab er dem Fuchs zu verstehen, dass er nach links auf die Straße abbiegen sollte.

Er war lang nicht mehr gefahren. Unweigerlich schlugen seine Gedanken einen düsteren Pfad ein.

Mit einem Schnalzen trieb er das Pferd in den Trab. Die Hufe wirbelten Pulverschnee auf, und der Fuchs schlug übermütig mit dem Kopf. Offenbar mochte der Wallach den Schnee. Es fielen nur noch winzige Flocken, und unter den Laternen glitzerte die Luft wie Diamantenstaub.

»Ach, herrlich, das könnten wir von mir aus stundenlang machen. Aber du wirst dich wohl nicht verirren?«, seufzte Johanna mit leisem Bedauern.

»Nein, aber wenn du möchtest, könnte ich auf dem *Torüggweg* ein paar Umwege nehmen, durch den Park oder an der Binnenalster entlang.«

»O ja! Wir haben so selten Schnee in Hamburg, und wenn, dann ist er matschig oder ganz schmutzig.«

»Da wir keine Mietsdroschke haben, können wir uns

de Freeiheid nehmen, denke ich. *Un mi dücht,* dass *Meester* Gelderns Pferd die Bewegung begrüßt.«

»Ich kann mir nicht vorstellen, dass er etwas dagegen hat. Wo hast du eigentlich fahren gelernt, Raik?«

»Als es *de Umstannen* erfordert haben«, erwiderte er ausweichend.

»Das ist keine Antwort.«

»Ich will die schöne Stimmung *nich* verderben.«

Johanna blickte ihn aus graublauen Augen forschend an, dann lehnte sie ihre Wange an seine Schulter. »Aber ich möchte dich gern besser kennenlernen, keine Fremde mehr für dich sein.«

»Du bist keine *Frömm,* und das weißt du genau.« Einen flüchtigen Moment lang lehnte er seinen Kopf an ihren, dann räusperte er sich. »Nun gut. Erinnerst du dich an die Sperrung des Hafens, als die Cholera wütete?«

Sie nickte.

»Die Fähren fuhren auch *nich,* die Fabriken lagen still. Ich hatte nichts zu tun, während meine Nachbarin Svantje Falkenberg, damals noch Claasen, *Dach un Nach* schuftete. Sie hatte gemeinsam mit einem *Dokter* aus dem Eppendorfer Klinikum eine leer stehende Lagerhalle aufgetan, in der sie die Kranken aus den Armenvierteln behandelte. Ich bin hingegangen, um zu sehen, ob ich helfen konnte.«

»Wie mutig von dir. Meine Eltern und ich haben uns bei meiner Tante im Alten Land einquartiert und abgewartet, bis alles vorüber war. Das war feige.«

»Nein, war es nicht, es war eine *klooke* Entscheidung.«

»Aber du hast ausgeharrt.«

»Ja. Als ich an der Cholerabaracke ankam, wurde mir erst klar, wie *slimm* es wirklich war. In den Betten, auf dem

Boden und vor dem Lagerhaus lagen kranke und sterbende Menschen. Dazwischen *Doode.* Svantje kochte in einem riesigen Kessel Laken aus, so reinigten sie alles. Der Kessel stand auf dem Hinterhof, wo sie auch die *Dooden* hinbrachten. Ich fragte sie, was zu tun sei, und sie antwortete ehrlich, wie es ihre Art ist. Die Leichname mussten fortgebracht werden, und so fand ich mich am nächsten Tag auf dem Ohlsdorfer Friedhof ein. Wir hoben von morgens bis abends *Gräver* aus, fuhren herum und sammelten Verstorbene ein. Da lernte ich es, mit Pferd und Wagen umzugehen, auch wenn es mir nicht bewusst war.«

»Hast du denn keine Angst gehabt, dich zu infizieren?«

»Doch, schon. Aber dann sah ich wieder den *Dokter* und vor allem *de viele Süsters* vor mir, die versuchten, in all dem Chaos Leben zu retten. Sie wurden nicht krank. Es schien mir nicht recht, als kräftiger, gesunder Mann nichts zu tun, während meine Freundin aus Kindertagen bis zur totalen Erschöpfung *plackde.*«

»Svantje Falkenberg muss eine beeindruckende Frau sein«, sagte Johanna und musterte ihn. Sie spürte, dass da mehr gewesen war, besaß aber den Anstand, nicht zu fragen. Raik wollte keinen Zweifel säen, der langsam wachsen und beständig an ihrer Beziehung nagen würde.

»Als *lütter Bötel* war ich in sie verliebt, zumindest dachte ich das. Für sie war ich nie mehr als ein Bruder. Ihr Vater hat sich meiner angenommen, als ich auf der Straße lebte, das weißt du ja.«

»Es ist nie etwas gewesen?«

Raik schüttelte den Kopf und musste plötzlich lachen. Sein Benehmen der Jugendfreundin gegenüber kam ihm mit einem Mal kindisch und absurd vor. »Einmal habe ich versucht, sie zu küssen, und mir eine saftige *Backs* eingehandelt.«

»Jetzt will ich sie erst recht kennenlernen«, erwiderte Johanna und lachte, dann schmiegte sie sich fester an ihn.

Raik ließ seinen Blick wandern. Von den Dächern begannen Eiszapfen in die Tiefe zu wachsen, weil die Wärme in den Häusern den Schnee auf den Dächern taute. Noch immer fielen feinste Flöckchen herab.

Es war ein seltsames Gefühl, mit einer Frau zu Svantjes Ehrentag zu erscheinen, zugleich gab es keinen Grund, es nicht zu tun. Sie hatte ihm angeboten, jemanden mitzubringen. Die Lüge brannte nur ein wenig. Er war nicht als Junge in Svantje verliebt gewesen, was man als kindliche Narretei abtun konnte. Damals hatte es begonnen, doch danach dauerte es noch lang, bis er sich ganz von ihr löste. Besonders nach ihrer Hochzeit mit dem wohlhabenden Fernhändler Friedrich Falkenberg hatte es ihm wehgetan, sie zu sehen, sodass er ihr aus dem Weg ging, was aber kaum etwas an seinen Gefühlen änderte. Mittlerweile war der Schmerz dumpf, wie ein schlecht verheilter Bruch, der bei jedem Wetterumschwung stach. Auch die Liaison mit Hilde, die zu einer schönen Regelmäßigkeit geworden war, hatte seinen Gefühlen für Svantje keinen Abbruch getan. Er mochte Hilde, doch er liebte sie genauso wenig wie sie ihn. Es war seit jeher klar gewesen, was sie voneinander begehrten, und keiner von ihnen hatte das Bedürfnis, die vor Jahren gezogene Grenze zu übertreten. Sie hatte ihn sogar schon oft geneckt, ob er denn plane, für immer Junggeselle zu bleiben, und vorgeschlagen, ihm eine Frau zu suchen. Für sie würde Johannas Anwesenheit heute zwar eine Überraschung bedeuten, vermutlich aber eine, zu der sie ihn beglückwünschte. Seit der Geburt der Tochter hatten sie sich nicht mehr gesehen.

Und was Svantje betraf … vielleicht konnte ihn Johanna von seiner alten Wunde heilen. Ja, wenn es eine Frau vermochte, dann sie.

***

Svantje war aufgeregt wie in ihrer Hochzeitsnacht. Um das Erscheinen ihres Buches zu feiern, hatten sie ein kleines Café ausgewählt. Die *Ulme* war ein besonderes Lokal. Nahe an einem der Gebäude gelegen, in denen die öffentlichen Vorlesungen stattfanden, tagte im kleinen Salon oft ein Debattierclub, und zweimal im Monat gaben junge Poeten hier ihre Werke zum Besten. Es war ein Ort, an dem das Wissen und die Kunst geehrt und gefeiert wurden. Auch Hildes Frauengruppe traf sich hier regelmäßig. Svantje hatte das Lokal an diesem Abend für sich, um den erreichten Meilenstein mit Kolleginnen, Freunden und Familie zu feiern. Die erste offizielle Lesung würde in zwei Tagen in einer Buchhandlung stattfinden.

Im Salon bekamen die Tische gerade den letzten Schliff. Die Kellner rückten Gläser und Gedecke gerade, entfernten einzelne Blätter, die sich aus der floralen Tischdekoration gelöst hatten.

Mehrfach hatte Friedrich Svantje nun schon scherzhaft gemahnt, dass sie den Bediensteten nicht helfen musste. Schließlich hatten sie für deren Arbeit bezahlt.

»Glaubst du, es kommt überhaupt jemand?«, wandte sich Svantje besorgt an ihn. Richard stand am Fenster, hielt ihren schlafenden Sohn im Arm und wiegte sich in den Knien. Ihre Tochter Karoline saß an einem kleinen Tisch und war eifrig damit beschäftigt, ihrer Puppe neue Kleider anzuziehen, die sie von Svantje für diesen besonderen Anlass geschenkt bekommen hatte. Die gesamte Familie Falkenberg war herausgeputzt. Friedrich trug einen neuen schwarzblauen Anzug. Sein Einstecktuch passte zu Svantjes Kleid aus cremefarbenem Stoff, das mit seinem zarten kornblumenblauen Muster beinahe sommerlich wirkte. Üblich waren zu dieser Jahreszeit gedeckte Farben, doch Svantje konnte sich nicht vorstellen, einen Freudentag wie diesen in deprimierendem Braun, Rostrot oder Tannengrün zu begehen.

»Du wirbelst herum wie ein übermütiges Füllen«, sagte Friedrich leise, um seinen Sohn nicht zu wecken. »Natürlich werden sie kommen. Jeder weiß, wie wichtig dieser Tag für dich ist. Der Schnee liegt nicht höher als eine Handspanne, und es hört auch schon auf.«

»Schon?«, seufzte sie und trat zu ihm. Einen Moment lang legte sie den Kopf an seine Schulter. »Es stimmt, ich kann nicht stillstehen, und meine Gedanken wirbeln wie wild durcheinander. Aber dafür habe ich ja dich, du bist mein Felsen, mein Anker in all diesem Wahnsinn.«

Friedrich legte einen Arm um ihre Schulter. »Danke«, sagte er leise und küsste sacht ihre Schläfe. »Ich liebe dich auch.«

Sie sah ihm lange in die Augen, die grün waren wie der Frühling. Sein Blick war warm wie eine Umarmung. Ein wohliger Schauer durchlief ihren Körper, und sie wurde ruhiger.

»Da, schau.« Friedrich kniff die Augen zusammen.

»Eine Kutsche!«, rief sie begeistert aus. Es war eine Mietsdroschke. Zwei Rappen zogen sie, die Mähnen voller

Pulverschnee. Svantje eilte an einem Mann vorbei, der soeben Holz nachlegte, damit das Feuer im Kamin tüchtig weiterbrannte. Ein letztes Mal überprüfte sie die Dekoration. Es gab Werbeplakate und Aufsteller, die ihr Verleger der ersten Lieferung beigefügt hatte. Auf zwei Tischen standen und lagen die Bücher, ihr ganzer Stolz.

Friedrich folgte ihr mit den Kindern zur Tür.

»Deine Eltern und meine. Zusammen!«, sagte Svantje erstaunt.

»Ich habe sie gebeten, deine Eltern abzuholen, dein Vater hätte sonst darauf bestanden zu laufen.«

»Das sieht ihm ähnlich. Er spart noch immer, wo er nur kann.«

Es folgte eine herzliche Begrüßung. Die Großeltern herzten ihre Enkel, rasch wurde sich über das Wetter ausgetauscht und Svantje beglückwünscht. Ihre Eltern nahmen die ausliegenden Bücher mit großer Ehrfurcht in die Hand. Svantje wusste, dass ihre Mutter kaum lesen konnte und der Vater nur mit Mühen. Doch er hatte begonnen, auf seine alten Tage Zeitungen zu kaufen und jede Zeile mühsam zu entziffern, angetrieben von dem energischen Ziel, das Buch seiner Tochter lesen zu können.

Nun kamen die Besucher Schlag auf Schlag. Doktor Schawacht und Doktor Grahmer, Krankenschwestern, mit denen Svantje gelernt und gearbeitet hatte, Nachbarn, Freunde.

Nur Wassili, der noch immer in seiner Zelle hockte, weil seine Verhandlung weiter und weiter verschoben wurde, fehlte schmerzlich. Zumindest hatten sie dafür sorgen können, dass er etwas besser behandelt wurde. Seine Frau Irina hatte sich entschuldigt, wollte erst mit ihm gemeinsam wieder ausgehen. Svantje verstand sie nur zu gut, bedauerte aber ihr Fernbleiben.

Hilde erschien in Begleitung ihres Ehemanns Walter Degen und einer Amme, die die kleine Beatrix auf dem Arm trug. Bedauerlicherweise konnte ihr Bruder nicht kommen, doch so nahe standen sich Richard und Svantje ohnehin nicht, wenngleich auch er an ihrem Werdegang teilgehabt hatte, indem er ihr Mut machte und ihr Zugang zu dem Wissensschatz seiner Bibliothek gewährte.

»Ich habe immer gewusst, dass Sie es schaffen würden, hervorragend«, lobte Doktor Schawacht, ein Buch in der Hand, das er aufmerksam durchblätterte, während die letzten Gäste eintrafen. Es war Raik, und er kam in Begleitung eines hübschen Fräuleins. Es war offensichtlich, dass die beiden einander sehr zugetan waren.

Svantje atmete auf. Er hatte also wirklich wie versprochen eine Begleiterin mitgebracht.

Ihn einzuladen war ihr nicht leichtgefallen. Es war unwichtig, ob sie in ihm nur einen Bruder sah und sich stets tadellos verhalten hatte. Friedrich behandelte ihn dennoch wie einen Konkurrenten. Das war schon seit ihrer ersten Begegnung so gewesen und würde sich vermutlich auch in zehn Jahren nicht ändern.

Er gehört zur Familie, hatte sie energisch gesagt, als Friedrich seinen Namen auf der Liste der Einladungen entdeckte. *Sag das nicht mir, sondern ihm,* lautete seine Erwiderung. Svantje hatte beteuert, dass es keinen Grund zur Sorge gab. Allein es aussprechen zu müssen fühlte sich ein wenig an wie Verrat.

Zweifellos war Raik der attraktivste Mann an diesem Abend, und er war sich dessen auch bewusst. Während

Friedrichs Haar langsam dünner wurde und sich der Wohlstand als leichter Bauch zeigte, strotzte Raik vor Kraft und raubeinigem Charme. Unter seinem Anzug zeichneten sich deutlich die breiten Schultern ab. Sein Gesicht wurde mit den Jahren kantiger, die Fältchen, die sich an den Augen bildeten, zeigten, dass er noch immer gern und viel lachte.

Svantje sah zu ihrer besten Freundin. Hilde hatte ihren Liebhaber und seine Begleiterin sehr wohl bemerkt, doch sie wandte ihm den Rücken zu und war so sehr um die Aufmerksamkeit ihres Mannes bemüht, dass es ins Auge stach. Svantje und Hilde hatten gehofft, dass Walter kein Interesse daran haben würde, dem Fest beizuwohnen. Es war das allererste Mal, dass sich der gehörnte Ehemann und Raik länger außerhalb der Werft begegneten.

»Guten Abend«, begrüßte Svantje nun ihren alten Freund.

»*Dank ok* für die Einladung. Darf ich dir Johanna Stade vorstellen?«

»Sehr gern. Willkommen, Fräulein Stade!«

»Frau Stade«, korrigierte Raik. »Johanna ist verwitwet. Ich dachte, dass *dien Fier* eine wunderbare Abwechslung ist.«

»Mein Beileid«, sagte Svantje und musterte die junge Frau mit wachsendem Interesse. Ja, da war ein leiser Schmerz in ihrem Blick, doch Raik schien sie glücklich zu machen, auch wenn sie ihn nun tadelnd ansah. Sie wäre wohl lieber nicht an ihren Verlust erinnert worden.

»Sucht euch einen Platz, es wird gleich aufgetischt.«

»Sind wir die Letzten?«, fragte Raik.

»Ja, aber immerhin sind alle gekommen. Der Schnee konnte niemanden abschrecken. Ein Glück.«

Raik lachte. »Da müsste der schon meterhoch liegen. Jeder hat dir diesen Erfolg von Herzen gewünscht, es *wär een Schanne,* ihn nicht mit dir zu feiern.«

»Danke!« Svantje kämpfte schon jetzt vor Rührung mit den Tränen und begann zu zweifeln, dass sie den Abend überstehen würde, ohne sich vor allen Anwesenden eine Blöße zu geben.

Das Essen war vorzüglich. Nach dem Nachtisch erhob sich Doktor Schawacht und brachte einen Trinkspruch auf sie aus, der Svantje sämtliche Anstrengung und Enttäuschung der letzten Jahre vergessen ließ. Es folgte Friedrich mit warmen Worten, und sogar Hilde lobte ihre Freundin für ihren Mut und den unerschütterlichen Elan, mit dem sie ihre Ziele verfolgte.

Als Letzter erhob sich Raik. Er berichtete von ihren Kindertagen, als sie gemeinsam im Armenviertel umhergezogen waren und Wasser verkauften. Wie sie auch damals immer auf das Wohl anderer bedacht gewesen war. Sie wollte Geld für ihren kränkelnden kleinen Bruder verdienen, damit er bessere Medikamente bekam, und hatte auch Raik oft mit Essen oder einem tröstenden Wort geholfen, ihm außerdem Lesen, Schreiben und Rechnen beigebracht. Am Ende konnte Svantje die Tränen wie befürchtet tatsächlich nicht mehr unterdrücken. Sie erhob sich und bedankte sich reihum bei jedem für seine Worte, umarmte Doktor Schawacht, küsste ihren Mann, drückte ihre beste Freundin und nach kurzem Zögern auch Raik, obgleich sie Friedrichs Blick dabei stechend in ihrem Rücken spürte.

Jeder, der wollte, bekam ein Buch geschenkt.

Die Gäste lachten und tanzten, und Svantje schrieb Widmung um Widmung. Diesen Tag würde sie niemals vergessen. Es war ihr zweiter Geburtstag, der erste in ihrem neuen Leben!

***

Es ging auf Mitternacht zu, als Hilde und Walter Degen die Kutsche bestiegen. Hilde war ein wenig beschwipst. Der Champagner, den die Falkenbergs reichlich ausgeschenkt hatten, war ihr zu Kopf gestiegen.

Walter war schon den ganzen Abend ungewöhnlich still. Es hatte Hilde gewundert, dass ihr Mann überhaupt mitgekommen war. Seine Arbeit nahm ihn derzeit Tag und Nacht in Beschlag. Er war faktisch der Leiter der Werft, da noch nicht geregelt war, wer die Interessen der Familie Harkenfeld vertreten würde, bis ihr Bruder Florian alt genug war. Auf dem Papier war noch immer Vater für alles verantwortlich, doch sein Körper verfiel mehr und mehr und sein Geist mit ihm. Wahrscheinlich hatte Walter auch aufgrund der Überlastung kaum ein Wort hervorgebracht.

Die Amme stieg zu ihnen, die kleine Beatrix fest an ihren Busen gedrückt. Hilde hätte ihr das Kind am liebsten abgenommen, doch dann würde sie wach und wieder zu weinen beginnen. Ihre Tochter fünf Monate nach der Geburt für den ganzen Abend in die Obhut einer anderen zu geben tat Hilde beinahe körperlich weh, so eng fühlte sie sich mit ihr verbunden. Als sei die Nabelschnur noch immer da, nur unsichtbar. Bei ihrem ersten Kind hatte sie es nicht so stark empfunden, vielleicht weil sie sich mit ihrer Rolle als Ehefrau und Mutter noch nicht abgefunden hatte.

Die Kutsche setzte sich in Gang, und die Räder knirschten über den Schnee. Das Weiß dämpfte alle Geräusche, die Stille war beinahe greifbar. Walter blickte aus dem Fenster, betrachtete den Schnee, der langsam seinen Zauber verlor. Schon begann es zu tauen, aus den Bäumen tropfte es, und auf den Gehwegen lagen abgebrochene Eiszapfen. Hilde lehnte die Stirn gegen das kühle Fenster und musterte die anderen. Die Amme hatte die Augen geschlossen, und Klein Beatrix gab leise, säuselnde Geräusche von sich. Walter schien Hildes Blick zu spüren, doch seine Miene blieb wie versteinert, als sei er im Geiste weit weg und wälzte schwere Gedanken.

»Betrübt Sie etwas, Walter?«, fragte Hilde.

Ihr Mann wandte den Kopf, den Blick in Schatten verloren. »Später.«

Hilde blieb eine Erwiderung im Halse stecken. Später? Was sollte das bedeuten? Wollte er nicht vor der Amme sprechen? Dann musste es ernst sein. Hilde ahnte, dass es nicht mit der Werft zu tun hatte, sondern mit ihr. Walter war unzufrieden mit seiner Frau.

Je länger die Fahrt andauerte, desto mehr fraß die Unsicherheit an ihren Nerven. Walter war kein gewalttätiger Mann. Ganz im Gegenteil. Er hatte sie noch nie angerührt, nicht einmal einen Klaps aufs Gesäß hatte er ihr je gegeben. Er war meist förmlich, stets höflich und zurückhaltend. Am ausgelassensten hatte sie ihn im Umgang mit den Kindern erlebt. Sie schienen sein großes Glück, auch wenn er sie behandelte wie zerbrechliches Porzellan und nicht wie die kleinen Personen, die sie waren.

Hilde versuchte, in seiner Miene zu lesen, doch er blieb abgewandt. Fremd wirkte er, als trüge er eine Maske. Es dauerte quälend lang, bis sie ihr Haus erreicht hatten. Hilde stillte Beatrix und überließ sie dann zum Wickeln der Amme. Eine plötzliche Erschöpfung überkam sie. Es wäre ein Leichtes gewesen, ins Bett zu gehen und sich schlafend zu stellen, vielleicht sogar wirklich einzuschlafen.

Schlaf war ihr stets wie eine Befreiung vorgekommen. Wo andere sich im Bett wälzten und vor Sorge kein Auge zubekamen, flüchtete sich Hilde in das gnädige Vergessen, das sie in Morpheus' Armen fand. So war es schon in Kindertagen gewesen, und so war es auch noch heute. Aber sie würde sich dem Gespräch stellen, das sie selbst erbeten hatte.

Sie fand Walter nicht im Schlafzimmer, sondern in seinem angrenzenden Arbeitszimmer, wo er den Großteil der wenigen Zeit verbrachte, die er zu Hause war. Er trug einen Hausmantel und saß in einem Ohrensessel, in dem er gern seine Korrespondenz durchsah. In der rechten Hand hielt er ein bauchiges Glas, an dessen Wänden sich goldene Flüssigkeit hinaufzog. Brandy. Hilde konnte keine Vorliebe dafür entwickeln.

»Hier finde ich Sie?«, sagte sie leise und setzte sich auf den zum Sessel gehörenden Fußhocker.

Walter sah an ihr vorbei. Entweder war er so sehr in Gedanken versunken, dass er seine eigene Frau nicht bemerkte, oder er ignorierte sie absichtlich. Hilde war sich sicher, dass Zweiteres der Fall war, was ihr einen Stich versetzte.

Sie legte ihre Hand auf Walters Knie.

»Mir ist heute so einiges klar geworden, Hilde. Unter anderem, wie dumm ich war. Habe mich zum Narren halten lassen, über Jahre.«

»Ich verstehe nicht …« Hildes Magen schien sich zu

einem kleinen, schmerzenden Klumpen zusammenzuziehen. Sie verschränkte ihre Arme über dem Unterleib, und einen Moment lang wurde ihr wieder bewusst, was die Schwangerschaften mit ihrem Körper angerichtet hatten. Die gedehnte Haut mit den geröteten Linien, ihre verlorene Taille. Sie war nicht mehr schön wie früher. War ihr Gesicht immer schon etwas herb, so war ihr Leib doch anmutig gewesen. Doch das gehörte nun der Vergangenheit an.

Warum dachte sie nun überhaupt darüber nach? Verärgert über sich selbst, richtete sie sich auf und straffte die Schultern. »Sprechen Sie aus, was Sie betrübt, Walter, es ist schon spät«, sagte sie ruppiger, als sie vorgehabt hatte.

Walter musterte sie überrascht. »Mir ist klar geworden, weshalb sich unsere Kinder so ähneln, obwohl sie nicht vom selben Blut sind.«

»Sie kommen nach meiner Tante Hilde, die, nach der ich benannt worden bin und die Sie leider niemals kennenlernen durften«, spulte sie ihre übliche Antwort ab.

»Nein.«

»Nein?«, Hildes Stimme wurde unangenehm hoch.

»Lügen Sie mich nicht an!« Walter ließ das Glas kreisen, sah der goldenen Flüssigkeit zu, nahm einen Schluck Brandy und schmatzte abfällig. »Ich habe eine Frau geheiratet, die entführt und der Gewalt angetan wurde. So dachte ich zumindest. Ich habe ein Kind als meines angenommen, das nicht von mir gezeugt wurde, es gern getan, weil ich keine …« Er rang nach Atem und Worten gleichermaßen.

Hilde wollte sich verteidigen, doch sie konnte nicht, ohne sich in weitere Lügen zu verstricken.

»Heute Abend sah ich einen dritten Menschen, der meinen Kindern ähnelt. Und es war nicht Ihre verstorbene Tante.«

Hilde schluckte. Alles, was sie befürchtet hatte, war eingetroffen. Wäre sie nur allein zu Svantjes Fest gegangen oder, besser noch, gar nicht. Wie hatte Walter es nur herausgefunden? Sie hatte bis auf eine knappe Begrüßung kein unnötiges Wort zu Raik gesagt. War es wirklich nur das Aussehen? »Es könnte Zufall …«

»Hilde!«, schrie er, und ihr Stammeln fand ein jähes Ende. Walter wurde niemals laut. Doch er verhielt sich schon seit Stunden wie ein Fremder, und der machte ihr Angst.

»Wie soll ich denn nun mit Ihnen verfahren, Hilde? Und wie mit diesem Mann? Soll ich ihn umgehend aus der Werft entfernen lassen? Dafür sorgen, dass er in Hamburg niemals wieder eine Anstellung findet? Oder soll ich ihm danken, weil er mir gleich zwei Kinder geschenkt hat?«

Hilde erhob sich mit weichen Knien. »Ich werde zu meiner Mutter ziehen, bis Sie die Scheidung vorbereitet haben.« Ihr Kopf fühlte sich leicht an, als würde sie gleich zusammenbrechen. Irgendwie gelang es ihr dennoch, einige Schritte zu gehen, auch wenn sie sich dazu am Schreibtisch abstützen musste. Aus. Es war aus; und alles nur durch einen dummen Zufall. Walter und Raik hatten in der Fabrik seit Jahren miteinander zu tun, und niemals war ihm etwas aufgefallen.

»Hilde!«, brüllte Walter, klirrend ging sein Glas zu Bruch. Ihre Beine waren wie festgefroren. Sie hatte bereits eine Hand an der Türklinke, aber zum Öffnen fehlte ihr die Kraft.

Er erhob sich, näherte sich. Würde er sie schlagen, wie

der Vater Mutter geschlagen hatte? Hilde bereitete sich auf das Schlimmste vor. Wenn sie sich nicht rührte, würde er vielleicht schnell wieder von ihr ablassen.

Sein Atem streifte ihren Nacken. Er fasste sie grob an der Schulter und drehte sie herum, hob ihr Kinn, damit sie ihn ansah. Hilde zitterte. Walters Kiefer arbeiteten, während er sie musterte, offensichtlich irritiert von ihrer Reaktion.

»Fürchtest du dich vor mir?«, fragte er ruhiger, die übliche Förmlichkeit vergessend.

»Ich … ich … es tut mir leid«, stotterte sie.

»Erzähl mir die ganze Geschichte, Hilde. Wenn ich jemals wieder Frieden finden will, muss ich wissen, was zwischen dir und Alberts geschehen ist.« Der fremde, so furchteinflößende Zorn wich aus seinen Zügen, und auf einmal wirkte Walter beinahe zerbrechlich.

Hilde schloss für einen Moment die Augen, sammelte sich. Dann ergriff sie seine Hand. »Die Wahrheit?«

Er nickte. Sie führte ihn zurück zu seinem Sessel und setzte sich wieder auf den Fußhocker. Schweigend stieß er mit dem Fuß die Scherben zur Seite, nahm zwei neue Gläser und goss auch ihr ein Glas Brandy ein. Sie nippte daran und ließ die brennende Flüssigkeit ihre Kehle hinunterrinnen. »Als ich entführt worden war, wütete die Cholera. Ich habe vorgetäuscht, krank zu sein, damit mich niemand anrührte. Dic Männer bekamen Angst vor der Seuche und ließen mich zurück. Sie wollten mich in dem Keller sterben lassen. Ich hatte solche Angst! Es war dunkel, und ich roch, wie über mir Arbeiter die Straßen mit Chlor entseuchten.«

»Du hast mir niemals davon erzählt.«

»Du hast niemals gefragt.«

»Weil ich dachte, dass dir die Erinnerung wehtun würde.«

»Und so ist es auch! Raik fand mich nach zwei Tagen, er hat mich gerettet. Er hat sein Leben riskiert, dabei weißt du, dass Vater und er sich spinnefeind waren. Die Entführer entdeckten uns, und wieder hat er mich gerettet. Du kannst es nicht verstehen. Ich war so sicher, sterben zu müssen. Raik war wie ein Ritter aus einem Märchenbuch.«

»Und du hast aus Dankbarkeit mit ihm geschlafen.«

»Nein. Ich habe es getan, weil ich lebte und er lebte und überall um uns herum nur Tod war. Dort, wo wir uns verbargen, lagen Leichen auf den Straßen. Wir wollten uns lebendig fühlen …« Hilde ließ den Rest unausgesprochen, damit Walter es sich passend zusammenreimte. So kam sie um die Lüge herum, dass sie sich an jenem Tag nur geküsst hatten und erst Wochen später miteinander schliefen.

Sie nahm einen hastigen Schluck aus dem Glas, verschluckte sich und musste husten. »Ich habe dir vor unserer Ehe gesagt, dass ich schwanger sein könnte.«

Walter nickte. »Du hast nicht gelogen, aber mich auch nicht korrigiert, als ich annahm, woher das Kind kam.«

»Es war angenehmer als die Wahrheit.«

»Und … Beatrix?«

»Du hast recht, auch sie ist von ihm. Ich wollte mich nicht mit einem Fremden einlassen. Bei Raik Alberts war mein Geheimnis sicher, das hatte er in den vergangenen Jahren bewiesen. Und so sind sie Geschwister.«

Ein Schatten huschte über Walters Gesicht. »Also hat mein unsinniger Wunsch dich erneut in seine Arme getrieben.«

»Der Wunsch nach Kindern ist niemals unsinnig«, sagte Hilde weich. »Du liebst unsere Kinder, das weiß ich, und sie werden ein gutes Leben haben. Und was Raiks Arme angeht? Die werden wohl bald schon seine eigene Ehefrau halten, und das freut mich sehr für ihn.«

Walter beugte sich vor und rieb sich die Stirn. »Wie soll ich nur damit umgehen, Hilde?«

»Wie bisher auch. Hat Raik je etwas angedeutet?«

Er schüttelte den Kopf. »Niemals. Aber wenn wir am Verhandlungstisch sitzen, wie soll …?«

»Walter.« Hilde zog ihren Hocker näher, bis sie seine Hände halten konnte. Es war eine unerträgliche Situation für ihn, und sie mochte sich gar nicht vorstellen, wie es ihr an seiner Stelle gegangen wäre. Wenn er mit einer anderen Frau geschlafen hätte, weil sie keine Kinder bekommen konnte.

»Und wenn er es irgendwann gegen uns verwendet?«

»Das wird er nicht. Denn dann würde er auch seinen eigenen Kindern die Zukunft und ihr Erbe verderben. Unser Geheimnis ist sicher, ganz gleich, was geschieht.«

»Kennt er die Kinder?«, fragte Walter bitter.

»Er hat jedes einmal gesehen, Beatrix heute.«

»Ich habe ihn beobachtet, weißt du? Er dachte wohl, er sei unbemerkt. Stand neben der Decke, auf der die Kleine schlief, und hat sie angestiert. Hätte er sie angefasst … gnade ihm Gott. Aber er tat es nicht. Stand einfach nur da, und dann verstand ich plötzlich. Sein Profil ähnelt dem von unserem Heinrich. Ich dachte, mich trifft der Schlag, dann fielen mir mehr Ähnlichkeiten auf … Ich wollte ihn umbringen.«

Hilde zuckte zusammen. »Walter!«

»Und wie soll es nun weitergehen? Er setzt mir nach und nach ein halbes Dutzend Kuckuckskinder ins Nest?«

»Nur wenn du es möchtest«, erwiderte sie bissig. Ihre

Angst war verflogen, und auf den nun frei gewordenen Platz in ihrer Seele setzte sich leiser Zorn. »Beatrix hätte es nie gegeben, wenn du nicht …«

»Es reicht.« Walter entzog ihr seine Hände und hob sie abwehrend. »Ich weiß, dass ich mir die Hörner selbst aufgesetzt habe. Vorerst kein Wort mehr darüber.«

»Versprochen«, sagte Hilde erleichtert und erhob sich. »Gehen wir zu Bett.«

»Geh nur, ich bleibe noch eine Weile.«

»Bist du mir böse?«

»Ich war dir niemals böse. Ich …«, stotterte er und sah flehentlich zu ihr auf. Da war so viel Schmerz in seinem Blick. Er schien seinen ganzen Mut zusammenzunehmen. »Ich wünschte, ich könnte dir ein besserer Ehemann sein, ein vollwertiger …«

Hilde war im nächsten Augenblick bei ihm, setzte sich auf seinen Schoß, verschränkte ihre Hände in seinem Nacken und zog ihn zu sich. Mit geschlossenen Augen presste sie ihren Mund auf seinen. Es hatte noch nie Leidenschaft zwischen ihnen gegeben, doch nun küsste sie ihn und legte all ihre Gefühle hinein. Wie sehr sie ihn mochte, brauchte, zu ihm gehörte. Einen Moment lang wehrte er sich gegen den Kuss, dann öffnete er die Lippen. Sie spürte den Puls an seinem Hals rasen.

Schließlich löste sie sich von ihm und sah ihm fest in die Augen. »Du bist mir ein sehr guter Ehemann, Walter Degen.«

Und damit ließ Hilde ihren verblüfften Gatten allein im Arbeitszimmer zurück. Ein Gewicht, schwer wie Blei, fiel von ihren Schultern. Walter wusste es, und er jagte sie nicht davon!

Als sie im Bett lag, allein unter der kalten Zudecke, musste sie an Raik und seine schöne Begleiterin denken. Wahrscheinlich war ihre jahrelange Liaison nun ohnehin vorüber. Hilde wusste nicht, ob sie es bedauerte. Nach Beatrix' Geburt hatten sie sich noch nicht wiedergesehen, vielleicht auch deswegen, weil sie ihm ihren Körper nicht zeigen wollte.

Hilde berührte ihren Bauch, schob das schlaffe Gewebe hin und her und begann zu weinen.

Als Walter ins Bett kam, rückte er nahe an sie. Sacht strich er ihr über die Wange und nahm sie in den Arm. Er drückte sie an sich und gab leise, tröstende Geräusche von sich, bis ihre Tränen versiegten.

Sie mochte diesen Mann nicht lieben und ihn vielleicht niemals ganz verstehen, doch es gelang ihm, dass sie sich in seinen Armen geborgen fühlte. Walter war ihr Zuhause, und das war mehr wert als alles, was sie sich je von ihrer Ehe versprochen hatte.

15

Juli 1901

Ein Jahr war seit Wassilis Verhaftung vergangen. Ein Jahr, länger als ein Leben. Jeder Tag in seiner Zelle hatte sich unerträglich lang angefühlt. Angst machte das mit einem. Seitdem Svantje und der Doktor ihn besuchten, hatten sich die Wärter darauf verlegt, Wassili vorsichtiger zu quälen. Es gab keine großen Wunden mehr und keine gebrochenen Glieder. Die Schläge auf Fußsohlen und Hände endeten, bevor die Haut aufriss, und wenn sie ihn missbrauchten, dann mit Dingen, die ihn zwar marterten, aber nicht so sehr verletzten, dass Blut floss.

Wassilis Geist hatte sich von seinem Körper getrennt und so weit zurückgezogen, dass er manchmal kaum noch reagierte, wenn etwas um ihn herum geschah. Der gequälte Leib war fremd, er gehörte nicht mehr zu ihm.

Svantjes Fragen beantwortete er einsilbig, die Berichte über seine Frau, Friedrich und Richard waren ihm gleichgültig. Alles war ihm gleichgültig. Die Verhandlung, auf die er so gehofft hatte, wurde immer wieder ohne Begründung verschoben. Vermutlich würde es sie niemals geben.

Vor vier Tagen allerdings hatte sich etwas geändert. Er war gewaschen und frisch gekleidet worden. Nach einem

Jahr hatte man ihm den struppigen, verfilzten Bart abrasiert und das Haar geschnitten. Noch immer entströmte seiner Haut ein schwacher Seifengeruch.

Das Essen war ungleich allem, was er bis dahin bekommen hatte, und sie schlugen ihn nicht mehr.

Noch immer fiel es ihm schwer, Körper und Seele als Einheit zu sehen. Er hockte da, die Arme um die angezogenen Knie geschlungen, und driftete in Gedanken immer wieder davon. In seine Kindheit oder zu dem Vogel, der ihn gelegentlich in der alten Zelle besucht hatte.

Als sie schließlich kamen und ihn aufforderten mitzukommen, blieb er einfach sitzen. Sie stießen ihn an, und er rutschte an der Wand entlang weiter zurück, bis er in dem Winkel kauerte, wo sein Eimer für die Notdurft stand. Den Gestank nahm er nicht mal mehr wahr.

»Mach *keen Stunk,* Russe, der Richter wartet«, sagte der kräftige Wächter, der von den anderen Pedder genannt wurde und nicht nur so aussah, als könne er einem Gefangenen mühelos die Arme brechen. Sein Begleiter Michel Koop war ein sehniger, sommersprossiger Kerl, dem zwei Schneidezähne fehlten. Sein Gesicht war schmal, die dünnen Lippen verliehen ihm etwas Echsenhaftes.

»Hol ihn«, kommandierte Pedder. »Aber *pass up,* dass er sich nicht dreckig macht, ich wasch den *nich* noch mal.«

»Als ob du auch nur einen Finger krumm gemacht hättest. Immer *blifft* alles an mir hängen.«

»Ich mach dir gleich die Finger krumm, *Maat.*«

Wassili glotzte die Männer aus aufgerissenen Augen an. Seine Angst vor Schmerzen war so allumfassend, dass er den Sinn ihres Gesprächs kaum mehr verstand. Er dachte lieber an den Vogel, der mühelos durch die Gitterstäbe hüpfte und dem Wassilis Dasein gleichgültig war, sobald er ihn nicht mit Brotkrumen fütterte.

Michel Koop machte einen Schritt nach vorn, schob mit einem Fuß den Eimer mit den Fäkalien aus dem Weg und griff nach Wassilis Arm. Der ließ sich blitzschnell auf den Boden fallen und rollte sich zu einem Ball zusammen, um Bauch und Gesicht zu schützen.

»*Verflöökte Schiete*, mach nicht so einen Terz!«, Koop packte ihn am Oberarm, doch Wassili presste ihn mit aller Kraft an sich. Nun wurde er auch von der anderen Seite festgehalten und hochgerissen. Als er seine Beine nicht streckte, ließen sie ihn wieder fallen, und er kam hart auf dem Steißbein auf.

Pedder fluchte, und es entspann sich eine heftige Diskussion, ob sie ihn nicht doch besser totschlagen sollten. Wassili hörte nur halb hin und schöpfte leise Hoffnung. Dann wäre es vorbei, endlich vorbei. »Macht mich tot«, sagte er leise und wiederholte dann noch einmal lauter: »Macht mich tot, bitte!«

»Das würde dir wohl so passen«, grollte der bärbeißige Wächter. Sie fassten ihn an den Schultern und hoben ihn hoch. Wassili begann wie am Spieß zu schreien, aber es kümmerte sie nicht. Sie trugen ihn die ersten Meter in den Gang und traten die Zellentür zu.

Im Flur erwachten Wassilis Lebensgeister. Zum ersten Mal seit seiner Verhaftung sah er mehr als die vier Wände seiner Zelle, zuvor hatten sie ihm immer einen Sack über den Kopf gestülpt. Es war ihm völlig gleich, wohin sie ihn brachten, solange es woanders war. Sollten sie ihn hängen, ihm war es recht.

Er hörte auf zu schreien, starrte nur noch und hielt still.

Eisen wurden ihm an die Knöchel gelegt. Seine ersten eigenen Schritte waren von einem steten Klirren begleitet. Er merkte nicht, wie das Metall seine Haut aufschürfte. Sein Schmerzempfinden war nun ein anderes.

Sie brachten ihn in einen Innenhof. Er legte den Kopf in den Nacken, sah zu den Wolken hinauf und weinte. Die großen grauen Gebilde versprachen Regen. Es roch nach Erde, nach Gras und Pferdedung. Andere Gefangene wurden gebracht, und kurz darauf bestiegen sie zu viert einen vergitterten Wagen. Pedder und Michel Koop stiegen zu ihnen hinein. Es fiel kein einziges Wort. Wassili musterte seine Schicksalsgenossen. Zwei waren ausgemergelte Gestalten, die Gesichter gram, die Augen glanzlos wie die von Toten. Er ahnte, dass sein Anblick dem ihren ähnelte. Der vierte Mann war noch recht kräftig, seine Haut hielt einen Rest von Sonnenbräune, und seine Angst war frisch und noch nicht so abgenutzt wie die der anderen drei.

Zwei Pferde zogen den Wagen aus dem Gefängnis. Wassili wollte zur vergitterten Tür stürzen, sein Gesicht gegen die Metallstangen drücken und ganz genau zusehen, wie das Gefängnis hinter ihnen kleiner wurde.

Wächter Koop trat Wassili blitzschnell vors Schienbein, noch bevor er ganz aufgestanden war. »Keiner rührt sich.«

»Ja, Herr«, keuchte Wassili und ließ sich auf die hölzerne Pritsche zurücksinken. Rumpelnd bahnte sich der ungefederte Wagen seinen Weg über Kopfsteinpflaster durch den wachsenden Stadtverkehr. Die Gefangenen sahen sehnsüchtig hinaus. Wassili versuchte, die verschiedenen Pferdeeisenbahnen, denen sie begegneten, auseinanderzuhalten. Er beobachtete Jungen mit Bauchläden. Einen Milchmann, der mit seinem Hundekarren Flaschen auslieferte, Lumpensammler, Bettler und Hausfrauen, die Besorgungen machten. Stinkende, knatternde Automobile, funkelnd wie Juwelen.

Die Fahrt war viel zu schnell vorüber. Als sie im Hof des Gerichtsgebäudes ankamen, begann es zu regnen. Einer nach dem anderen wurden sie ausgeladen. Wassili leckte die Tropfen von seinen Lippen, während er wartete. Es schien ein richtiges Unwetter zu werden. Erste Blitze zuckten. Tiefer, ferner Donner echote in seinem Bauch und ließ den Boden kaum merklich beben.

Sollte er heute tatsächlich das Verfahren bekommen, auf das er seit über einem Jahr wartete?

Bevor sich die Schleusen des Himmels endgültig öffneten, wurden sie durch einen kleinen Nebeneingang ins Gebäude getrieben. Eine Zelle, die nur aus Gitterwänden bestand, nahm sie auf. Es gab keine Bank, kein Wasser, nichts.

Draußen wütete das Gewitter, während ein Gefangener nach dem anderen hinausgebracht wurde und nicht zurückkehrte.

Wassili wurde als Dritter geholt.

Fremde Wächter führten ihn eine schmale Treppe hinauf und klopften an einer schweren Eichentür. Als sie hereingebeten wurden, fand sich Wassili plötzlich in einem kleinen Gerichtssaal wieder.

Sie hatten ihn nicht angelogen. Die ganze Zeit über hatte er befürchtet, dass sie nur einen neuen Weg erdacht hatten, um ihn zu quälen.

Er wurde zu einem Stuhl in der ersten Reihe gebracht. Während die Anklage verlesen wurde, drehte sich Wassili in seinem Stuhl hin und her, um zu sehen, wer die Leute auf den Bänken hinter ihm waren. Er entdeckte seinen

Freund und ehemaligen Arbeitgeber Friedrich und dessen Frau, seine Retterin Svantje. An ihrer Seite saß Irina und weinte laut und bitterlich in die erwartungsvolle Stille des Gerichtssaals hinein. Mit Abstand zu ihnen hatte Doktor Grahmer Platz genommen und blätterte in einem ledergebundenen Notizbuch. Hinter ihm saßen die Geschwister Hilde und Richard.

Die Anklage wurde verlesen, dann stellte der Richter Wassili Dutzende Fragen, beginnend mit seiner Geburt und der Profession seiner Eltern, über seine Arbeit in Russland und wie er Friedrich auf einer Geschäftsreise kennengelernt hatte. Er verneinte, für den Zaren zu spionieren, und leugnete im nächsten Satz sein Interesse an Männern, beschwor, in Irina seine große Liebe gefunden zu haben. Nicht eher geheiratet zu haben, begründete er damit, dass deutsche Bürgerstöchter keinen Ausländer heiraten wollten.

Als Nächstes sprach Irina vor dem Richter, doch es war kaum ein Wort zu verstehen, so sehr schluchzte sie. Wassili konnte es kaum mit ansehen und fragte sich nüchtern, ob sie wirklich derart fragil war oder ihre Gefühle nur vorspielte. Konnte sie ihn so sehr lieben, während er sie nur *mochte?* Früher, in seinem alten Leben, das sich anfühlte, als würde es Jahrzehnte zurückliegen, war es ihm vorgekommen, als ahne sie, dass etwas mit ihrem Mann nicht stimmte.

Der Richter rief den nächsten Zeugen auf. Nun trat Friedrich vor und lobte ihn als seinen besten Mitarbeiter und Vertrauten, bot sogar an, für den Angeklagten zu bürgen. Wassili wurde die Kehle eng. So weit würde Friedrich gehen? Womit hatte er diese Wertschätzung verdient? Im vergangenen Jahr war ihm sämtliche Achtung vor sich selbst abhandengekommen, und seine Peiniger hatten ihn auf schmerzhafte Weise gelehrt, dass er nicht mehr wert war als der Dreck unter ihren Schuhen. Eingeprügelt hatten sie es ihm, bis ihm das Gelernte als unumstößliche Gewissheit durch die Adern floss.

Der Richter dankte Friedrich und blätterte eine Weile durch die Papiere auf seinem Tisch. Der Wärter neben Wassili richtete sich auf, als erwarte er, den Gefangenen sogleich zurück in seine Zelle bringen zu können.

Die Angst kehrte mit großen Schritten zurück. Wassilis Hände begannen zu zittern, die Handschellen klirrten leise. Nun war es so weit.

***

Svantje war aufgeregt. Würde der Richter sie aufrufen?

Ein Jahr lang hatten sie auf diesen Moment hingearbeitet. Zuerst sollte Wassili überhaupt keinem Richter vorgeführt werden, dann wurde die Verhandlung aus fadenscheinigen Gründen wieder und wieder verschoben. Zudem wurde die politische Stimmung zwischen Deutschland und Russland immer angespannter. Doch sie wussten, dass man Wassili weder Spionage noch sittenwidrige Unzucht nachweisen konnte. Es hatte Monate gedauert, bis Friedrich die konfiszierten Unterlagen und Korrespondenzen zurückerhalten hatte, welche die Polizisten aus dem Büro mitgenommen hatten. Sorgfältig war er sie durchgegangen und hatte nichts gefunden, das auch nur den leisesten Verdacht erhärtete.

Heute war es endlich so weit. Sie würden nur diese eine Chance bekommen, um ihren Freund aus seiner misslichen Lage zu befreien.

Wassili saß wie ein Häufchen Elend in der ersten Reihe. Auch die frische Kleidung konnte nicht darüber hinwegtäuschen, dass sein Körper nur noch Haut und Knochen war. Spitz zeichneten sich seine Schulterblätter unter dem Stoff ab, auch sein Rückgrat war als Linie auszumachen. In dem Versuch, ihn zu frisieren, hatten die Wärter sein Haar büschelweise gekürzt. Es stand hier und da ab und zeigte viel Grau.

»Frau Falkenberg?«

»Hier.« Sie erhob sich mit weichen Knien, fing sich aber schnell wieder. Sie hatte mit dem berühmten Doktor Robert Koch gesprochen, mit Direktoren und Verlegern, der Richter würde sie nicht entmutigen. Sie trat vor.

»Wenn ich das richtig verstehe, sind Sie Krankenschwester und Autorin? Keine unbekannte, wie ich meine?«

Ihr Buch erschien mittlerweile bereits in der dritten Auflage und konnte auf viele gute Besprechungen in Zeitungen und Journalen zurücksehen. Aber für das Verfahren sollte das doch wohl unwichtig sein.

»Ich bin in erster Linie Krankenschwester, Herr Richter.«

»Wie stehen Sie zu dem Angeklagten?«

»Er ist ein Mitarbeiter meines Ehemannes. Ich kenne Herrn Alfjorow nun schon neun Jahre und schätze ihn als Freund der Familie. In meiner ehrenamtlichen Tätigkeit besuchte ich ihn im Zeitraum seiner Gefangenschaft gemeinsam mit Doktor Grahmer.«

»Berichten Sie. Mir ist bekannt, dass es zu Auffälligkeiten kam.«

Svantje atmete tief durch und zwang ihre Aufregung zurück. »Vom ersten Besuch an bemerkten der Doktor und ich Verletzungen unterschiedlicher Schwere. Sie deuteten auf Misshandlungen hin.«

»Der Angeklagte könnte sich den Wärtern widersetzt haben, so steht es hier.«

»Das würde die schwere Kopfverletzung erklären, aber nicht, warum Handflächen und Füße wund geschlagen waren, bis die Haut aufriss.«

Svantje hörte eine Frau aufschreien. Es musste Irina sein. Stühle wurden gerückt. Sie sah über die Schulter. Hilde half Wassilis Frau auf und brachte sie aus dem Gerichtssaal.

»Sie sind sicher, dass es einzelne Schläge waren und nicht an den unhygienischen Bedingungen in der Zelle lag? Entzündungen kommen in einer solchen Umgebung häufiger vor.«

Svantje hätte dem Richter am liebsten ins Gesicht gesagt, dass auch das ein unerträglicher Zustand sei. Sollte es wirklich Gefangene geben, deren Füße sich entzündeten, weil sie in ihren eigenen Fäkalien leben mussten?

»Es waren Striemen, Herr Richter, wie von Rohrstöcken oder Ähnlichem. Die Behandlung von Wassili Alfjorow ist inakzeptabel und hat nicht nur körperliche, sondern auch geistige Schäden zur Folge. Vermutlich für den Rest seines Lebens. Ich appelliere an Ihr Mitgefühl, lassen Sie Herrn Alfjorow frei.«

»Sie sind eine Frau und verstehen nichts von diesen Dingen. Mitgefühl hat in einem Gericht keinen Platz.«

Svantje wollte zu einer Erwiderung ansetzen, doch jemand flüsterte ihren Namen. Friedrich sah sie drängend an. Sie nickte kaum merklich und nahm sich zusammen. Der Richter entließ sie.

»Es ist gut gelaufen«, flüsterte Friedrich ihr zu und nahm ihre Hand, sobald sie sich neben ihn setzte.

Zuletzt wurde Richard aufgerufen.

»Herr Harkenfeld, Ihre Rolle in dieser Angelegenheit ist mir nicht ganz ersichtlich. Als Rittmeister unseres Kaisers und Mitglied einer der erfolgreichsten Fabrikantenfamilien unserer Stadt hat Ihr Wort zweifelsohne Gewicht. Aufgrund Ihrer Intervention finde ich mich überhaupt erst an diesem Tisch wieder, um die Sache Alfjorow genauer zu beleuchten. Was haben Sie zu sagen?«

Es hatte Monate gedauert, ausreichend Druck aufzubauen, um einen Gerichtstermin zu bekommen. Das Zünglein an der Waage war schließlich der Name Harkenfeld gewesen. Richard hatte lange geschwankt, sich darauf einzulassen, doch als der Gerichtstermin immer wieder verschoben wurde, war er schließlich persönlich zum Gericht gegangen und hatte auf die Einhaltung gepocht, außerdem eine Aussage angekündigt, die den Russen von jeglichem Vorwurf reinwaschen würde. Auch Svantje wusste nicht genau, was er vorhatte.

Sichtlich nervös räusperte Richard sich. Hatte er zuvor immer wieder zu Wassili geblickt, stand er nun still und mit militärischer Korrektheit aufgerichtet. »Ich kenne Herrn Alfjorow bereits lang, wenn auch nur flüchtig. Hauptsächlich bin ich meinem Jugendfreund Friedrich Falkenberg verbunden und hörte durch ihn vom Schicksal seines Mitarbeiters. Ich habe bereits vor einigen Jahren einen eigenen Weg eingeschlagen und mein Heil bei den Streitkräften gefunden, daher kam mir erst sehr spät zu Ohren, dass mein Vater einem gewissen Kaufmann grämte. Es war Wassili Alfjorow, der durch geschicktes

Taktieren in einem Geschäft einen Vorteil errang, der meinem Vater zum Nachteil gereichte. Mein Vater ist ein ehrgeiziger Mann, Herr Richter, er verliert nicht gern. Es ist allseits bekannt, dass die Gesundheit meines Vaters nicht zum Besten steht. Ich möchte darum bitten, dass das, was ich jetzt sagen werde, die vier Wände dieses Gerichts nicht verlässt.«

Der Richter machte eine wegwischende Geste. »Fahren Sie fort, Herr Harkenfeld, noch erkenne ich nicht, wie uns dieser Exkurs dienlich sein könnte.«

»Mein Vater ist geistig verwirrt, Herr Richter. Sein Geschäftsgebaren wurde in den vergangenen Monaten immer seltsamer. Er war stets ein harter, aber ehrenhafter Gegner. Doch es gibt einen Grund, weshalb er aus der Firma geschieden ist. Auf seinem Krankenbett hat er mir vor einigen Monaten bereits gestanden, dass er sich an Herrn Alfjorow rächen wollte. Er hat Gendarmen bestochen, damit sie ihn verhaften. Der Hinweis auf Spionage und widernatürliche Praktiken stammt von ihm.«

»Das ist doch unerhört!« Der Richter schlug mit der flachen Hand auf den Tisch. »Er hat Gesetzesdiener bestochen? Wen?«

»Das weiß ich nicht. Es lief über einen Mittelsmann. Mein Vater ist inzwischen derart schwach, dass er kaum noch ansprechbar ist. Aber es war sein letzter Wunsch, dieses Unrecht nicht mit ins Grab nehmen zu müssen.«

Es folgte langes Schweigen, und Svantje ahnte, dass sie hoffen durften.

***

Seit Wassilis überraschender Freilassung waren zwei Tage vergangen. Zwei Tage, in denen sich Richard selbst gefühlt hatte wie ein eingesperrtes Tier.

Er hatte seinen Vater nicht noch einmal besucht. Natürlich war dessen Geständnis und Wunsch nach Wiedergutmachung erstunken und erlogen gewesen. Der alte Tyrann hätte sein Handeln niemals bereut. Doch warum den alten Mann unnötig wütend machen? Noch immer hätte Richard sich gern mit ihm versöhnt. Er hatte alles versucht, doch seine Bemühungen waren vergeblich geblieben.

Jetzt musste er zurück nach Flensburg. Aber bevor er Hamburg den Rücken kehrte, wollte er Wassili unbedingt noch einmal sehen. Sein Anblick im Gerichtssaal verfolgte ihn.

Nun stand er schon fast eine volle Viertelstunde vor der Haustür der Alfjorows und brachte es nicht über sich zu klingeln.

Schließlich überwand er sich doch. Sogleich erschien Irina an der Tür. In ihrem Hauskleid sah sie schmal aus. Dunkle Schatten unter den Augen verrieten, dass sie, trotzdem sie ihren Mann wiederhatte, nicht viel schlief.

»Wie schön, dass Sie kommen, Herr Harkenfeld«, sagte sie leise und drückte die Tür hinter ihm vorsichtig ins Schloss.

»Schläft er?«, fragte Richard flüsternd.

»Ich weiß es nicht. Er ist im Schlafzimmer, die meiste Zeit will er allein sein, und nachts hat er schreckliche Albträume.«

»Sie sehen auch aus, als könnten Sie nach den Monaten des Bangens etwas Ruhe gebrauchen. Legen Sie sich doch hin, Irina. Solange ich hier bin, können Sie ausruhen.«

Sie lächelte bemüht und ließ sich von ihm zu einem Sessel führen. Auf einem kleinen Tischchen daneben stand ein Korb mit Stickzeug. Sie setzte sich mit einem Seufzen, unterhielt sich kurz mit Richard. Doch immer wieder fielen ihr dabei die Augen zu, und so entschuldigte sich Richard und verließ das Zimmer. Sein Herz schlug beinahe schmerzhaft in seiner Brust.

In der ganzen Zeit hatte er kein einziges Mal mit Wassili gesprochen noch Svantje nach seinem Befinden aushorchen können oder ihr Nachrichten mitgegeben, wie es alle anderen getan hatten.

Er klopfte leise und trat ein. Was er dann sah, ließ ihn innehalten. Wassili hockte auf dem Boden zwischen dem Bett und einem großen Kleiderschrank mit Spiegeltüren und geschnitzten Seitenteilen. Ohne aufzusehen, strich er langsam und methodisch seine Ärmel glatt. Richard ahnte, dass er es vielleicht schon seit Stunden tat.

»Wassili?«

Er schrak hoch und erhob sich mühsam, indem er sich am Bettrahmen abstützte. »Du bist es. Wie schön, dass du mich besuchst«, sagte er leichthin, als sei nie etwas geschehen. Richard verschlug es beinahe die Sprache. Sogar Wassilis Gesichtszüge hatten sich plötzlich geändert. Statt des ausgezehrten Gesichts mit den aufgerissenen, fast irren Augen stand nun ein Vertrauter vor ihm. Abgesehen von der nun leicht gekrümmten Nase war Wassili nur etwas schlanker als früher, das Haar etwas grauer. Sonst sah er aus wie zuvor.

»Ich muss zur Kaserne zurück und wollte dich vorher noch einmal sehen.«

Wassili wies auf zwei Sessel, die in dem geräumigen

Zimmer unter dem Fenster platziert waren. »Setzen wir uns.«

Richard musterte ihn, die schönen, klugen Augen, deren Anblick er so vermisst hatte. Die Hände, die ihn auf eine Weise berührt hatten wie keine davor.

»Deine Frau schläft«, sagte er leise und ergänzte flüsternd: »Du hast mir so sehr gefehlt. Ich habe versagt, hätte dich eher freibekommen müssen. Aber der Richter wollte deinen Fall nicht verhandeln, und ich fürchtete, er würde mich verdächtigen. Ich war so feige, es tut mir leid.«

»Du hast mich gerettet. Gemeinsam mit Svantje. Doch im Gegensatz zu ihr hast du für mich deine Familie verraten und vor dem Gericht gelogen.«

»Woher weißt du …?«

»Dein Vater hätte es niemals bereut, mich im Gefängnis verrotten zu lassen.«

»Ich habe ihn erpresst«, gestand Richard und legte seine Hand auf Wassilis Unterarm.

Wassili zuckte zusammen, als habe er ihn geschlagen, starrte auf die Stelle, an der sich ihre Körper berührten.

Richard nahm seine Hand nicht weg. »Irina wird nichts merken, Wassili, sie schläft«, sagte er weich, doch die Muskulatur unter seiner Hand blieb verkrampft.

Wassilis Gesicht war angespannt, als benötige er seine gesamte Konzentration, um nicht in Panik auszubrechen. »Das Gefängnis hat mich verändert, mein Freund«, sagte er leise und mit bebender Stimme. Sacht schob er Richards Hand fort und hielt sie einen Moment lang. »Ich bin ein anderer.«

»Du bist frei, Wassili.«

»Aber nicht in meinem Kopf, nicht hier drin.« Er tippte

sich auf die Schläfe, und plötzlich war da ein unendlicher Schmerz in seiner Miene.

Dann begann er zu erzählen. Er tat es nüchtern, bar jeglichen Gefühls. Das hatte er tief in sich vergraben, an einem Ort, wo ihn die Schrecken nicht erreichten. Im Flüsterton berichtete er von seiner Verhaftung vor fast einem Jahr, von der Folter. Jedes Detail schilderte er, bis Richard meinte, es nicht länger ertragen zu können. Er hatte von Svantje gehört, was mit Wassili geschehen war, doch selbst sie als erfahrene Krankenschwester hatte nicht alle Verletzungen erkannt. Es war ein Wunder, dass Wassili überlebt hatte.

Richard fühlte sich machtlos angesichts all dessen, was sein Geliebter hatte erleiden müssen. Doch dann machte die Machtlosigkeit anderen Gefühlen Platz. Zorn und Schuld.

»Mein Vater hat dir das angetan, weil er mich hasst. Weil er zu feige war, seinen eigenen Sohn einsperren und quälen zu lassen, hat er es dir angetan. Mich hätte es treffen sollen, nicht dich, nicht …« Seine Stimme brach.

Lange saßen sie einfach nur da und schwiegen. Wassili widersprach nicht. Sie wussten beide, wer hinter der Verhaftung steckte. In Richard wuchs der Hass auf seinen Vater. Vor seiner Abreise würde er ihn zur Rede stellen, ohne Rücksicht auf dessen Gesundheit. Denn Rücksicht kannte Hans Werner Harkenfeld ebenfalls nicht. Noch wusste der nicht von Wassilis Freilassung. Diese Niederlage würde ihn besonders schmerzen.

»Was hast du vor, Richard? So, wie du aussiehst, willst du jemanden umbringen.«

»Am liebsten würde ich das. Diesen alten Tyrannen kraft meiner eigenen Hände erwürgen.«

»Richard! Er ist dein Vater!«

»Aber er verhält sich nicht wie ein solcher. Keine Sorge, ich werde sein Leid nicht vorzeitig beenden und mich ins Gefängnis bringen.«

Wassili atmete erleichtert auf. Hatte er Richard einen Mord zugetraut?

»Ich habe viel Zeit gehabt, über uns nachzudenken, während du für unser beider Sünden eingesperrt warst«, fuhr Richard etwas ruhiger fort.

»Und zu welchem Schluss bist du gekommen?«

»Eher zu einer Erkenntnis. Stets gab ich unbewusst dir die Schuld an dem, was mit mir nicht stimmt.« Er rutschte näher, senkte die Stimme zu einem Flüstern. »Zwar war mir klar, dass ich anders war als andere junge Männer in meinem Alter. Der Herzschmerz, den sie aufgrund des ein oder anderen Mädchens durchmachten, berührte mich nicht. Ich hatte Freundinnen, bin ausgegangen, aber in mir, tief in meiner Brust, blieb es still. Sie bedeuteten mir nichts. Du aber …«

»Sprich nicht weiter, Richard, ich bitte dich.« Wassili blickte sich um wie ein gehetztes Tier, als lauerten überall Gefahren. Als versteckten sich Lauscher hinter Gardinen und in Garderoben. Richard sah ihn eindringlich an. »Wenn ich jetzt nicht den Mut dazu finde, es offen auszusprechen, dann werde ich es nie.«

Wassili senkte den Blick, nickte. Er spürte, wie wichtig es Richard war.

»Schon von der ersten Begegnung an fühlte ich mich zu dir hingezogen, auch wenn ich es nicht verstand. Du warst mutig genug, dich mir zu offenbaren, und hast mich damit in einen Konflikt gestürzt, der mir beinahe den Verstand geraubt hätte. All die Jahre habe ich dich gemieden, obwohl mich deine Nähe anzog wie die Motte das Licht.«

»Und das hat sich geändert?«

»Ja. Ich bin bereit zu verbrennen.«

Wassili sah ihn an, als habe er ihn geschlagen. »Richard.« Er hob zögernd die Hand, strich ihm über die Wange, den Mund.

Die zarte Berührung zerbrach auch die letzten Mauern, die Richard in sich errichtet hatte. Er lehnte sich vor, wartete auf einen Kuss, da ließ Wassili die Hand sinken und richtete sich auf. »Du hast lange gebraucht, sehr lange, Freund. Vielleicht will ich nicht mit dir verbrennen. Ich bin ein anderer geworden. Der Mann, der ich früher war, hätte sich in deine Arme begeben und mehr, gleich hier und jetzt. Aber sie haben mir das Feuer aus dem Leib geprügelt. Ich bin nur noch eine Hülle, Richard. In einiger Zeit wirst du das verstehen.«

»In einiger Zeit? Was soll das bedeuten? Du bist der wichtigste Mensch in meinem Leben!«

»Und du der in meinem, und das wird auf ewig so bleiben. Aber ich kann dir nicht nahe sein, nicht wie früher in den gemeinsamen Stunden, die wir uns gestohlen haben.«

Richard fühlte sich mit einem Mal krank. Da wagte er endlich den Schritt, einzugestehen, was er empfand, und nun war es Wassili, der ihn von sich stieß? »Es geschieht mir nur recht, wenn du mich jetzt zum Teufel jagst.«

»Richard, so versteh mich doch. Es hat nichts mit dir zu tun, sondern ganz allein mit mir. Mein Leib ist Schmerz. Es gibt keinen Fingerbreit auf meinem Körper, der nicht geschlagen, getreten oder anders malträtiert wurde. Er gehört nicht mehr mir, und ein Teil von mir verabscheut ihn.«

»Du brauchst Zeit.«

»Ja. Vielleicht den Rest meines Lebens lang. Sie … sie …« Er kämpfte mit jedem einzelnen Wort. Richard zwang sich, zu schweigen und Wassili die Zeit zu geben, die Ungeheuerlichkeit zu formulieren.

»Diese Kerle haben mir Gewalt angetan, um unsere Neigung zu verhöhnen, Richard. Sie haben mich vergewaltigt, mit allem, was ihnen in die Hände fiel.«

Etwas in Richard zerbrach. Er hatte sich vieles vorgestellt. Dass sein Freund gehungert hatte, man ihn schlug. »Nein, nicht das.«

»Verstehst du nun, mein Freund?«

Richards Augen brannten, doch er weigerte sich, den Tränen nachzugeben. Er rang die Hände, obwohl er Wassili am liebsten berührt hätte, und blickte vor die gemusterte Tapete, bis er sich gefangen hatte. »Ja, ja, ich verstehe.«

»Im Moment ekle ich mich zu sehr vor mir selbst. Ich weiß, es wird besser werden, mit der Zeit.«

»Ich wünschte, ich könnte dir irgendwie helfen.«

»Das kannst du nicht.«

»Ich werde warten, Wassili.«

Sein Blick wurde weich. »Danke, Richard, das bedeutet mir viel. Aber nun solltest du gehen. Irina wird jederzeit erwachen.«

Sie erhoben sich zeitgleich. Mit hängenden Armen standen sie voreinander, so dicht, dass sich ihr Atem mischte. Unbeholfen nahm Wassili Richard in die Arme. »Ich wünschte, es wäre anders.«

»Ja«, würgte Richard hervor und erwiderte die Umarmung. Sie hielten einander lange. Wassilis Körper war nur noch Sehnen und Knochen, seine Haut roch fremd nach

Leid und doch vertraut. Die Umarmung wurde fester. Wassili begann zu zittern, und Richard hielt ihn, bis der Anfall vorüber war, dann küsste er ihn tröstend aufs Haar.

»Kommt jemand?« Wassili erstarrte.

Richard lauschte angestrengt, doch er konnte keine Schritte hören. Alles war still bis auf das leise Ticken der Standuhr im Flur. »Niemand«, flüsterte er.

Wassili küsste ihn plötzlich und heftig. Und als sie sich schließlich trennten, wussten sie, dass sich nichts zwischen ihnen änderte, auch wenn sie eine Weile getrennte Wege gehen würden.

»Schreib mir«, sagte Richard.

»Versprochen.«

»In zwei Wochen bin ich wieder in der Stadt. Du weißt, wo du mich findest.«

Wassili nickte und wandte sich ab.

Nach einem letzten Blick zurück brach Richard auf. Er würde Wassili alle Zeit geben, die er brauchte.

16

Zwei Wochen später

Hast du gehört, dass Frauen in Amerika nun das Wahlrecht fordern?«, sagte Hilde begeistert und schlürfte ihren Kaffee mit großem Genuss. Sie trank ihn süß mit viel Milch, gewürzt mit Kardamom und Zimt, wie es seit einigen Monaten in Friedrichs Büro üblich war. Es hatte nicht lange gedauert, bis Svantje den Geschmack lieben gelernt hatte, und auch ihre beste Freundin war der neuen Mode schnell verfallen. Sie hatte die Mischung sogar in ihr Elternhaus mitgebracht, wo sich die beiden Freundinnen am heutigen Tag getroffen hatten, da Frau Harkenfeld den Tag beim Schneider verbringen würde und es nun an Hilde war, in der Nähe des Vaters zu bleiben. Derzeit schlief er, und die Frauen hatten Zeit für sich, bevor in zwei Stunden eine Pflegerin kommen würde.

Hilde reichte Svantje eine Zeitschrift, ein dünnes Heftchen, das ihre Frauengruppe selbst herausgab. Darin war auch ein Flugblatt aus New York abgedruckt. Svantje studierte es fasziniert. »Glaubst du, sie werden Erfolg haben?«

»Irgendwann mit Sicherheit. Doch sie werden einen langen Atem brauchen. Vor vierzig, fünfzig Jahren hätte sich auch niemand vorstellen können, dass Frauen an der Universität zugelassen werden, und jetzt machen sie sogar Abschlüsse.«

»Wie recht du hast.« Svantje nippte an ihrem Kaffee und verbrannte sich fast die Lippe.

»Es fühlt sich stets merkwürdig an, hier zu sein.« Sie blätterte durch die Zeitschrift, schenkte den Artikeln aber kaum Beachtung. Ihre Gedanken kehrten zu der Zeit zurück, als sie ihre Freundin in diesem Haus kennengelernt hatte. »Es liegt so lange zurück, dass meine Mutter mich bat, sie für ein Jahr als Haushaltshilfe zu vertreten. Was war ich enttäuscht, weil ich meine Anstellung als Krankenschwester nicht beginnen konnte.« Mittlerweile hatte ihre Mutter die Anstellung aufgegeben.

»Ja, das waren noch Zeiten.« Hilde verzog abfällig den Mund. »Während mein Bruder dir half, wo er konnte, habe ich mich von meiner unausstehlichen Seite gezeigt. Ich schäme mich heute noch, wenn ich daran zurückdenke, und kann mich nicht oft genug entschuldigen.«

Hilde war eine launische, eingebildete junge Dame gewesen, die ihren Unmut gern am Personal ausließ. Erst hatte Svantjes Mutter leiden müssen, dann sie selbst. »Wer hätte gedacht, dass wir jemals Freundinnen werden?«

»Ohne dich und den kleinen Schubs von Richard wäre ich bestimmt selbst eine der Frauen geworden, die ich insgeheim wohl schon damals verabscheute. Ich hatte solche Angst vor der Zukunft.«

Svantje lächelte. Sie verstand Hilde gut. Auch sie hatte als junges Mädchen Zeiten durchlebt, in denen sie mit ihrer Zukunft haderte. Sie war wissenshungrig gewesen, wie es sich für ein Mädchen und besonders eines aus der unteren Schicht nicht schickte, und sie wollte sich nicht damit zufriedengeben, ihren Mann zu umsorgen und Kind um Kind aufzuziehen. Sie wollte ein sinnvolles Leben führen, die Welt ein wenig besser machen. Und genau das tat sie nun.

»Jetzt, da Wassili frei ist, musst du nicht mehr in die Gefängnisse. Da bist du doch sicher erleichtert?«, merkte Hilde mitfühlend an. Svantje hatte ihr mehrfach berichtet, wie schlimm die Lage in den Zellen und Massenunterkünften war.

Sie lächelte. »Ich denke, diese Frage wirst du dir selbst beantworten können, liebe Freundin, du kennst mich gut genug.«

Hilde schmunzelte und sah in ihre Kaffeetasse, als könne sie darin die Wahrheit lesen. »Natürlich machst du weiter.«

»Wassili freizubekommen und dem Richter von den Zuständen zu berichten war nur ein Tropfen auf den heißen Stein. Doktor Grahmer kann meine Hilfe gut gebrauchen, auch wenn ich jeden Gang hinter diese Mauern scheue. Wassili mag unschuldig gewesen sein, aber die meisten sind es nicht.«

»Dann lass sie dort verrotten!«, entfuhr es Hilde mit plötzlicher Heftigkeit. Ein Schatten lag über ihrem Blick, sie war blass geworden, dachte wohl wieder an ihre Entführung.

Svantje wusste, dass ihre Freundin diesen Männern den Tod wünschte, und ließ das Thema ruhen. Sie hatte schon viel Schreckliches gesehen, aber sie konnte nur ahnen, wie es für Hilde gewesen sein musste, tagelang in Todesangst im Dunkel auszuharren.

»Ich werde dem Doktor so lange helfen, bis ich meine

Anstellung im Hospital wiederaufnehmen kann. Es ist eine gute Vorbereitung, und ich fühle mich nicht so nutzlos.«

»Du? Du bist niemals nutzlos! Hamburg könnte auf viele Menschen verzichten, aber doch nicht auf dich!«

»Wie lieb von dir, das zu sagen.«

»Und wie steht dein Mann zu deinen Plänen?«

Svantje zupfte an den engen Bündchen ihrer hochgeschlossenen Bluse. »Friedrich ist das Problem. Er will nicht, dass ich wieder arbeite, und ich brauche seine Zustimmung. Er sagt es nicht geradeheraus, aber er stichelt. Als würde ich irgendwann einknicken, wenn er es nur oft genug versucht. Durch den Erfolg des Ratgebers hat er ein weiteres Argument in der Hand. Das Buch ist einträglich, und mein Verleger hat mir angeboten, ich könne ein weiteres schreiben. Aber das will ich nicht. Für mich war das Schreiben immer nur ein Weg, mich zu beschäftigen, während ich gezwungenermaßen zu Hause herumsitzen muss. Sobald sich mir die Möglichkeit bietet, ins Klinikum zurückzukehren, werde ich es tun. Vorträge kann ich dennoch hin und wieder halten, aber nicht mehr so häufig wie in der Vergangenheit. Ich will auch nicht ständig mit Reportern darüber sprechen müssen, wie es ist, erfolgreiche Autorin eines Sachbuchs zu sein. Denn das bin ich nicht. Es war eine einmalige Sache, ich bin Krankenschwester, verflixt noch eins!« Sie seufzte. »Nun, für die nächsten Monate ist da erst einmal noch Clemens. Danach sehen wir weiter. Karoline ist schon ein richtig großes Mädchen, um sie mache ich mir keine Sorgen.«

»Du kannst dir eine Kinderfrau nehmen, das ist doch ganz üblich.«

»Wir haben ein Kindermädchen, und es verdient fast

genauso viel, wie ich im Krankenhaus bekäme. Außerdem werfen das Buch und die Vorträge so viel Gewinn ab, dass ich davon ganz allein unseren Lebensunterhalt bestreiten könnte.«

Hilde blickte sie forschend an. »Aber darum geht es nicht, nicht wahr? Früher habe ich es nicht verstanden, aber jetzt weiß ich, dass du für diesen Beruf geboren bist. Du brauchst ihn wie die Luft zum Atmen. Clemens ist alt genug, du stillst nicht mehr, und deine Tochter ist unter der Woche in der Schule. Dein Friedrich sollte sich einen Ruck geben.«

»Da hast du wohl recht. Walter dagegen scheint dir noch immer alles zu erlauben, was du willst.«

»Das meiste nimmt er nicht ernst, denke ich, aber wir sprechen nicht darüber.« Hilde beugte sich vor und flüsterte: »Er hat es herausgefunden.«

Svantje wusste sofort, was sie meinte. Es war wie ein Schlag in den Magen. »O gütiger Gott! Das sagst du mir erst jetzt?«

Hilde blickte auf ihre Hände. Lächelte sie etwa? »Keine Sorge, ich sagte doch, er ist ein guter Mann. Ich erzähle dir irgendwann mehr. Hier in meinem Elternhaus fühlt es sich an, als hätten die Wände Ohren, auch wenn das nicht stimmt.«

Svantje musterte die vertrauten Räumlichkeiten. An den Wänden hingen Ölgemälde von Schiffen, die in der Harkenfeld-Werft gebaut worden waren. In einer Vitrine waren Modelle zu sehen, daneben Branntwein. Alles trug die Handschrift des Hausherrn.

Hilde horchte auf und erhob sich ruckartig. Im selben Moment ging in einem anderen Zimmer etwas zu Bruch. »Das kam aus dem Schlafzimmer, ich sehe nach.«

Svantje folgte ihr. Vielleicht konnte sie Hilde beistehen. Als sie das Zimmer des Kranken betrat, stand die Tür bereits weit offen. Harkenfeld senior war halb aus dem Bett gefallen. Mit dem Arm hatte er eine Waschschüssel von einem Tisch gerissen. Wasser und Porzellanscherben verteilten sich über einen kunstvoll gewebten Orientteppich. Der alte Mann röchelte und hielt sich mit letzter Kraft an dem Tischchen fest. Sein Gesicht war vor Anstrengung gerötet. Ein Bein baumelte aus dem Bett, der Fuß blutete. Eine große Scherbe steckte noch in der Sohle.

»Vater«, stammelte Hilde. Sie war wie festgefroren.

Svantje stieß ihre Freundin an. »Los, hilf mir, ihn wieder ins Bett zu legen.« Sie kniete sich auf die Matratze, fasste Harkenfeld energisch unter den Achseln und zog ihn mit geübtem Griff von der Kante weg. Hilde nahm nach kurzem Zögern seine Beine. »Er blutet.«

»Das kann warten. Ich brauche Kissen.«

»Keine … Luft«, röchelte der Kranke.

»Ja, ich weiß, Ihre Lungen sind voll Wasser, Herr Harkenfeld. Gleich wird es besser.«

Hilde brachte alle Kissen, die sie finden konnte, und Svantje stopfte sie in Harkenfelds Rücken, bis er halb sitzend, halb liegend positioniert war. Er seufzte erleichtert und schloss die Augen, während sich seine Atmung beruhigte.

Svantje sah sich suchend um und fand auf einem Schminktisch eine Arzttasche. Sie enthielt nur, was für Harkenfelds Versorgung gebraucht wurde. Rasch nahm sie ein Stethoskop, entblößte die Brust ihres Patienten und hörte ihn ab. Ihr Verdacht bestätigte sich. Sie konnte das Wasser in seinen Lungen bei jedem Atemzug deutlich hören. Es würde dem alten Mann den Tod bringen. Sein Herz war so schwach, dass es seine Arbeit nicht mehr zur Genüge tun konnte. Je nachdem, wie schnell die Flüssigkeitsansammlung mehr wurde, würde es nur noch Stunden, mit viel Glück Tage dauern. Wobei Glück wohl die falsche Bezeichnung war.

Svantje erhob sich und fasste ihre Freundin an der Hand. »Komm mit!«

»Aber sein Fuß«, stotterte sie.

»Später.« Svantje führte Hilde vor die Tür und ein Stück den Gang hinunter. »Dein Vater ertrinkt. Seine Lunge füllt sich mit Flüssigkeit.«

»Kannst du ihm helfen?«

Svantje zog sie in ihre Arme. »Es tut mir leid. Gott wird ihn zu sich holen.« Hilde stieß einen erstickten Schrei aus. Schluchzer schüttelten sie, und Svantje spürte die Tränen, die ihre Bluse netzten. »Wir können ihm seinen Weg etwas leichter machen.«

»Wie?«

»Schmerzmittel. So viel, dass er keine Panik bekommt, wenn der Atem immer knapper wird. Und du solltest nach einem Geistlichen schicken. Jemand soll deine Mutter von der Schneiderei zurückholen, damit sie sich verabschieden kann.«

Hilde wischte sich über die Wange. »Den letzten Pastor hat er fortgejagt.« Sie lächelte traurig. »Er hat seine Suppentasse nach ihm geworfen.«

»Vielleicht ändert er seine Meinung noch. Geht es wieder?«

Hilde nickte. »Ja … ja natürlich. Bleibst du bei uns?«

»So lange du möchtest.«

Svantje verabreichte Harkenfeld gerade so viel Laudanum, wie sie guten Gewissens vertreten konnte, und sah zu, wie ihm die Augen zufielen. Gemeinsam mit Hilde hielt sie Wache, während die Flüssigkeit in den Lungen rasch stieg und er mit jedem Heben der Brust mehr kämpfen musste. Es ging schnell. Eine Gnade für den Kranken.

Hans Werner Harkenfeld hatte sich sehr verändert, seit sie ihn zuletzt gesehen hatte. Er war nur mehr ein Schatten seiner selbst, wirkte weitaus älter als die sechzig Jahre, die er zählte. Svantje kannte die Anzeichen des nahenden Todes. Sein Gesicht veränderte sich, die Haut wurde wächsern, die Nase spitz. Seine Augen waren umschattet und sanken tiefer in die Höhlen.

Hilde, die seine Hand hielt, bemerkte es auch. »Er sieht aus wie ein Fremder«, wisperte sie.

»Ja.« Svantje hörte ihn zum wiederholten Mal ab, als er plötzlich die Augen aufriss und einen tiefen Seufzer ausstieß. Unter dem Stethoskop verstummte der Herzschlag. Harkenfelds Blick zeigte einsetzende Panik. Er öffnete den Mund, rang nach Luft, bekam keine und zuckte. Hilde rief seinen Namen, wieder und wieder.

Svantje trat zurück. Sie konnte nichts mehr tun. Harkenfeld starb. Dieser schreckliche Moment gehörte ihm und seiner Tochter.

Eine Stunde später war Svantje allein mit dem Toten. Hilde lag im Wohnzimmer auf dem Sofa, eingewickelt in eine Decke, und trank von dem aufgewärmten Wein, den ihr die Haushälterin gegeben hatte.

Svantje wusch den Leichnam und machte ihn so zurecht, dass er für einen oder zwei Tage aufgebahrt bleiben konnte.

Es machte ihr nichts aus, dafür kannte sie den Verstorbenen zu wenig. Für ihre beste Freundin verrichtete sie diesen Dienst gern, auch wenn sie lieber Hilde Beistand geleistet hätte. Warum nur war Frau Harkenfeld nicht längst zurück?

Mit warmem Wasser versuchte Svantje, die Züge des Verstorbenen zu glätten. Es war kein leichter Tod gewesen, und der Schmerz hatte seine Spuren tief in die Haut gegraben. Sie kämmte ihn und zog ihn an. Jemand hatte aus dem Garten Efeu und Farn gebracht, mit dem sie nun das Bett schmückte. Sie war gerade dabei, die Zudecke zu richten und seine Hände um ein Kreuz zu falten, als sie schwere, schnelle Schritte vernahm. Das war weder Hilde noch ihre Mutter. Vielleicht der Hausarzt? Er musste noch den Totenschein ausfüllen.

Svantje schluckte. Sicher würde er bemerken, dass sie sich an seiner Ausrüstung zu schaffen gemacht hatte.

Die Tür wurde aufgerissen, und herein stürmte Richard. Die Hände zu Fäusten geballt, blieb er am Bett stehen. Seine Schultern bebten in einer Mischung aus Trauer und Zorn. »Verdammt seien Sie, sich ausgerechnet jetzt davonzustehlen.«

Svantje hatte sich in einen Winkel des Zimmers zurückgezogen. Richard schien sie gar nicht zu bemerken. Sein Umgang mit dem Verlust war ein gänzlich anderer als Hildes. Er trat langsam näher und beugte sich vor. »Ich hatte Ihnen noch so viel zu sagen«, fuhr er leise fort. »Sie werden mich niemals unterkriegen, und Wassili haben Sie auch nicht vernichtet. Ich liebe ihn, hören Sie? Ich liebe ihn mehr als Sie. Ihr Reichtum ist mir egal, die Firma schert mich einen Dreck. Ich liebe einen Mann, und er liebt mich.«

Richard brach zusammen. Auf Knien begann er sich weinend hin- und herzuwiegen.

Seine Worte hatten Svantje erschüttert, aber nicht so sehr, wie sie es von einer solchen Nachricht erwartet hätte. Das war also die Wurzel von allem. Deshalb hatte der Patriarch seinen ältesten Sohn zum Teufel gejagt. Die Anklage gegen Wassili entsprach zum Teil der Wahrheit, und Harkenfeld hatte tatsächlich seine Finger im Spiel gehabt.

Svantje wusste nicht, was sie denken sollte. Richards Schmerz berührte sie. Einen Mann, der ihr stets stark, gerecht und unverwundbar wie ein Fels vorgekommen war, zusammenbrechen zu sehen war auf gewisse Weise schwerwiegender als Hildes Trauer. Es war ein Erdbeben.

Still stand sie da, während Richard sich nach und nach wieder fing. Er richtete sich auf, straffte die Schultern und trat ans Bett. Knapp berührte er zu einem letzten Gruß die Hand des Toten, dann drehte er sich um.

Ihre Blicke begegneten sich. Falls er darüber erschrak, sie zu sehen, ließ er es sich nicht anmerken.

»Svantje«, sagte er gefasst und trat zu ihr.

»Ich hätte mich eher bemerkbar machen müssen, ich wollte dich nicht stören … nicht … nicht belauschen.«

»Ich habe mich vergessen. Du hast alles mit angehört?«

Svantje senkte den Blick, nickte. Ungeschehen machen konnte sie es nicht.

»Bin ich krank?«, fragte er leise. »Wenn es jemand weiß, dann du.«

Sie blickte ihm in die Augen. Was sollte sie antworten? Was an den Universitäten gelehrt wurde? Die Schulmeinung? »Wir kennen uns nun schon beinahe zehn Jahre, Richard. In all dieser Zeit habe ich dich als ruhigen, freundlichen und aufopferungsvollen Mann wahrgenommen. Du besitzt einen wachen, klaren Geist und einen großen Sinn für Gerechtigkeit. Du bist nicht krank. Fehlgeleitet vielleicht oder so geboren. Die Natur des Menschen hält mehr Geheimnisse und Rätsel bereit, als die Wissenschaft je erforschen kann. Ich habe Patienten gehabt, die nicht bei Sinnen waren, die zu Gewaltausbrüchen und Tobsuchtsanfällen neigten.« Svantje legte ihre Hand auf seinen Arm. »Du dagegen bist nicht krank, Richard. Nicht auf diese Weise. Auch wenn es für mich schwer zu begreifen ist und ich mich überwinden muss, meinen Gedanken zu Ende zu führen …«

Er hing gebannt an ihren Lippen, als sei sie eine Richterin, die über sein Schicksal entschied. »Es widerspricht den Lehren der Kirche und … und der Vernunft, aber ich kann nichts Falsches daran finden zu lieben. So vieles in unserer Gesellschaft ist im Argen. Die Leute setzen einander herab, verletzen sich, ermorden einander. Es gibt so viel Hass. Liebe ist nicht das Problem, Richard. Finde du für dich deinen Frieden damit. Bei mir ist dein Geheimnis sicher.«

»Danke.« Er küsste sie auf die Wange. »Du bist ein Geschenk, Svantje, und du hast eine ganz besondere Gabe. Ich bitte dich, bleibe dir stets treu.«

»Versprochen«, sagte sie.

»Versprochen«, wiederholte er leise und verließ das Totenzimmer. Svantje blieb allein mit der Leiche und ihren eigenen Gedanken zu Richards so zornig vorgetragenem Geständnis zurück. Es schien ihr fast, als habe er sich ihr womöglich nicht ganz so versehentlich offenbart, wie es zunächst den Anschein gehabt hatte.

Sie würde ihn niemals verraten, auch wenn sie noch

immer hin- und hergerissen war, wie sie über das Gehörte denken sollte.

Vieles ergab nun im Nachhinein einen Sinn. Die Vertrautheit der beiden Männer, der Riss, der die Familie Harkenfeld spaltete, und auch Hildes gelegentlich ausweichendes Verhalten. Ihre Freundin war über Richards Geheimnis im Bilde, und wie es schien, hielt sie fest zu ihrem Bruder.

Svantje wusste nur eins: Richard Harkenfeld war ein guter Mensch, ein Freund ihrer Familie, und alles darüber hinaus war seine Angelegenheit. Er war für niemanden eine Gefahr, wurde nicht zum schlechteren Menschen, nur weil er einen Mann liebte.

Svantje sah noch einmal zu dem Toten zurück, der den Hass auf seinen Sohn mit ins Grab nehmen würde, dann verließ sie leise das Zimmer.

17

Hamburg, Landungsbrücken
Mai 1913 – zwölf Jahre später

Svantje stand mit ihrer Familie an den Landungsbrücken, eingezwängt zwischen anderen Schaulustigen. Die große Schiffsparade war in vollem Gange. Die Marine fuhr alles auf, was sie besaß. Küstenboote, Kreuzer und Torpedoboote sowie etliche Begleitschiffe, deren Bezeichnung Svantje nicht geläufig war. Salutschüsse wurden abgefeuert. Auf den Decks standen Soldaten in schmucken Uniformen und winkten. Die Zuschauer reckten ein Meer kleiner und größerer Fähnchen und applaudierten bei jedem Salutschuss. Auf dem größten Schiff stand angeblich Kaiser Wilhelm II. höchstpersönlich.

»Kannst du ihn sehen, Mama?«, fragte Karoline. Sie war nun achtzehn Jahre alt und ein Abbild ihrer Mutter, die in diesem Jahr ihren vierzigsten Geburtstag feiern würde. Sie trug ein zitronengelbes Kleid mit zarten Rüschen, ihr blondes Haar fiel in einem dicken Zopf bis zur Hüfte.

Für den heutigen Tag hatte sich die gesamte Familie herausgeputzt, auch wenn sie vor allem hergekommen waren, weil Clemens schon seit Wochen von nichts anderem mehr redete. Der Junge war begeistert von allem, was mit der Marine zu tun hatte. Zu Hause sammelte er kleine

Modelle von Booten aus Blech oder Papiermaschee und verbrachte jede freie Minute am Hafen, um den Schiffen zuzusehen. Er trug Jacke und Hose, die an eine Uniform erinnerten, wie sie zurzeit in Mode waren.

Svantje empfand eine leise Sorge, wenn sie ihn so sah. Seit Jahren bereitete sich das Kaiserreich auf einen Krieg mit Frankreich oder Russland vor, im schlimmsten Fall beiden, da die Länder einen Pakt geschlossen hatten. Auf den Weltmeeren verfügten nur Amerika und Großbritannien über größere Flotten.

Clemens riss seiner Schwester das Opernglas aus der Hand. »Du findest ihn nie!«, sagte er grinsend. Karoline stieß einen empörten Schrei aus und verpasste ihrem jüngeren Bruder eine Kopfnuss, der mit seinen vierzehn Jahren nur noch ein wenig kleiner war als sie. Er konterte mit einem Tritt vor das Schienbein. Die Ältere wich mühelos aus, und der Schuh traf nur das bauschige Kleid, wo er einen braunen Dreckstreifen hinterließ. »Mein Kleid!«

Ehe Svantje reagieren konnte, fasste Friedrich die Streithähne an den Schultern, zerrte sie zu beiden Seiten und stellte sich dazwischen. »Schluss jetzt, oder es setzt was.«

Es war höchstwahrscheinlich eine leere Drohung, doch sie verfehlte ihre Wirkung nicht.

Friedrich war kein Vater, der oft vom Riemen Gebrauch machte. Svantje konnte sich nur einer oder zwei Begebenheiten entsinnen, zu denen ihre Kinder eine Ohrfeige bekommen hatten, doch die waren offensichtlich nicht nur ihr in Erinnerung geblieben. Da Svantje seit nun fast zehn Jahren wieder im Klinikum arbeitete, und das oft bis tief in die Nacht, war Friedrich es gewohnt, die Streitigkeiten seiner Kinder zu schlichten.

Karoline stand nun zu Svantjes Rechten, ihr Kopf war hochrot, in den Augen schimmerten Tränen. Doch sie war stur wie ihre Mutter, und wenn sie beschlossen hatte, nicht zu weinen, dann würde sie es auch nicht tun.

Clemens, zur Linken seines Vaters, äffte seine Schwester kurz nach, dann setzte er das Opernglas an die Augen und suchte die vorbeiziehenden Schiffe ab. Eines war an den Seiten mit Fahnen behängt. »Da, da ist er!«, sagte er aufgeregt. »Er sieht genauso aus wie in der Zeitung, und er trägt eine prächtige Uniform.«

»Er ist Großadmiral der Marine«, meinte Friedrich und rieb ihm durch den dichten Schopf. »Kannst du die Orden und Tressen sehen?«

Clemens nickte andächtig. »So viele. Und wie die glänzen!«

Svantje hoffte im Stillen, dass seine Begeisterung für die Marine nur einer kindlichen Laune entsprach. Seit Jahren mehrten sich die Anzeichen, dass es Krieg geben würde, und sie wollte ihren Sohn nicht auf irgendeinem Schlachtfeld verlieren, ganz gleich für welches hehre Ziel.

Ihr war jegliche Art von Krieg zuwider. Es gab auch schon so genug Leid in der Bevölkerung. Sie wünschte, der Kaiser hätte das Geld lieber für die Armen aufgewandt, die der wachsenden Industrie zum Opfer fielen und sich langsam zu Tode schufteten, während ihre Kinder wie die Fliegen starben.

Mit ihrer Einstellung war sie bedauerlicherweise recht allein. Das Gros der Bevölkerung war begeistert von der neuen Stellung in der Weltordnung. Das Kaiserreich war nun eine der Großmächte, und niemand schien sich vorstellen zu können, jetzt noch einen Konflikt zu verlieren, selbst wenn der Krieg an zwei Fronten geführt werden müsste.

Die Parade diente zweifellos dazu, die euphorische Stimmung weiter anzuheizen. Ja, die Flotte war beeindruckend, das musste Svantje zugeben, und wäre der Zweck der Schiffe nicht einzig die Vernichtung von Leben gewesen, hätte sie sie sogar schön finden können. Ein Raunen ging durch die Zuschauer, und wie eins wandten sie ihre Gesichter westwärts. Am Himmel zogen hohe Wolkentürme auf und warfen ihre Schatten auf die Stadt. Ein gewaltiges Luftschiff zog langsam und majestätisch über die weite Wasserfläche. Motoren dröhnten.

»Flugzeuge!«, rief Clemens aufgeregt und reckte sich auf Zehenspitzen.

Zuerst waren es winzige Punkte, wie ein Schwarm Vögel, der auffallend gleichmäßig flog. Es handelte sich um sechs Doppeldecker, die sich in zwei Gruppen aufteilten und in Keilformation über der Flotte und den Zuschauern kreisten.

Das tiefe Dröhnen der Luftschiffmotoren mischte sich mit dem helleren Röhren der Flugzeuge und echote in Svantjes Bauch. Ihr wurde mulmig zumute.

Friedrich, der schon seit ihrer ersten Begegnung ein ganz besonderes Gespür für ihre Stimmungen hatte, schloss sie von hinten in die Arme. »Was hast du?«, fragte er leise.

»Angst«, gab sie ebenso leise zurück.

***

Das Manöver lief schon seit den frühen Morgenstunden. Richard hatte seine Dragoner im Dunkel der Nacht aus den

Betten werfen lassen. Gefolgt war ein Gewaltritt, wie ihn die jungen Männer und auch ihre Pferde noch nicht erlebt hatten, und das alles ohne künstliches Licht.

Nun hatten sie einen lichten Wald erreicht, schwer geschädigt von Windbruch und einem Brand, der nur wenige Monate zurücklag. Ein schwieriges Gelände für die Kavallerie, deren Aufgabe sich mehr und mehr wandelte, von einer Angriffstruppe hin zur Aufklärung. Die Kavallerie, wie es sie auf früheren Schlachtfeldern gegeben hatte, war nicht mehr. Gegen Maschinengewehre und Granaten kamen sie nicht an. Die kompakte Masse aus Leibern gab ein einziges großes, weiches Ziel ab. Nun versuchten sie, die Männer, so gut es ging, auf ihre neue Rolle vorzubereiten.

»Nur das russische Zarenreich setzt seine Kavallerie noch im klassischen Sinne ein«, dozierte Richards Vorgesetzter und blickte auf eine Karte, die vor ihnen ausgebreitet lag. Sie befanden sich in einem Schuppen, der als Kommandozentrale diente und von dem aus das Manöver koordiniert wurde. Es roch nach Stroh und altem faulem Heu, darunter nach verbranntem Holz und Asche. Richard spürte den langen, beschwerlichen Ritt in den Knochen. Jeder Muskel sehnte sich nach einem wohltuenden heißen Bad. Die Aussichten darauf waren in den nächsten Tagen gering bis unmöglich, zudem versprach das Wetter schlechter zu werden.

Richard beugte sich über die Karte. Sie zeigte das Deutsche Kaiserreich umgeben von seinen feindlichen Nachbarn. Russland hatte sich mit Frankreich zur gegenseitigen Hilfe verpflichtet, was im Falle eines Krieges zwei Fronten bedeutete. Gerüchten zufolge würde das riesige Land im Osten lange für eine Mobilmachung benötigen, viel länger als Frankreich. Deshalb würden sie mit Glück zuerst nur die Westfront bedienen müssen. Falls der Schlag gewaltig und energisch genug ausfiele, könnten die deutschen Streitkräfte erst Frankreich besiegen und dann Russland.

Richard blickte zweifelnd auf die Karte. So einfach, wie es sich einige Politiker und Strategen ausmalten, konnte es nicht sein, ganz gleich, wie sehr Heer und Marine noch wachsen würden.

Die Karte wurde ersetzt durch eine topografische des umliegenden Landes. Sie planten, ein Gefecht auf französischem Boden zu simulieren – ein Manöver, das nicht nur als Übung für seine Männer gedacht war, sondern auch als Test seiner eigenen Führungsqualitäten. Aus diesem Grund würde er ebenso wie die anderen Kommandanten nur einen Teil des Plans erfahren.

Richard rieb sich die Stirn und versuchte, sich zu konzentrieren, während der Stabsführer die Strategie erklärte.

Eine halbe Stunde später saß Richard wieder im Sattel. Seinem Pferd, einem großen Braunen, schien die kurze Pause gereicht zu haben. Während Richard die sechzig Mann musterte, die ihm zugeteilt waren, pflügte der Wallach mit den Vorderhufen den Boden. Die Ungebärdigkeit des Tiers zerrte an Richards Nerven, doch solange es seine Position hielt, ließ er es gewähren.

Er selbst spürte den langen Ritt noch immer. Er war keine zwanzig mehr, zwar kräftiger und vitaler als viele Männer in seinem Alter von zweiundvierzig Jahren, aber auch nicht mehr so jung, dass körperliche Anstrengung an ihm wirkungslos abgeprallt wäre.

Die meisten Dragoner machten einen mürrischen, aber fidelen Eindruck. Bei den Pferden sah es anders aus. Es waren einige alte Tiere darunter, und eins war so offensichtlich lahm, dass es selbst jemand ohne jeglichen Sachverstand bemerkt hätte.

Richard orderte sechs Mann, sich unter den Remonten neue Tiere auszusuchen und schnellstmöglich wieder anzutreten. Dann rückten sie ab, mit der vagen Order, westwärts zu reiten, bis sie auf eine Bahnlinie trafen. Irgendwo auf der Strecke dorthin würde ihre wahre Aufgabe und Prüfung verborgen liegen. In dem Szenario war die Bahnlinie für den Transport von Truppen und Nachschub elementar und musste auf alle Fälle verteidigt werden.

Richard teilte vier Vierergruppen als Aufklärer ein, während der Hauptteil der Dragoner gemeinsam zog. Sie führten drei leichtere Geschütze mit, die dem Feind nicht in die Hände fallen durften.

Eine halbe Stunde später hatten sie sämtliche Zeichen der Zivilisation hinter sich gelassen. Der Weg, dem sie folgten, war sandig und an vielen Stellen mit struppigem Gras bewachsen, das nach dem Feuer gesprossen war. Der Pinienwald, der hier einmal gestanden hatte, war reduziert auf verkohlte Stümpfe. Tausende reihten sich wie schwarze Grabsteine zu beiden Seiten.

Richard lief es kalt den Rücken hinunter. Die Umgebung war unheimlich. Auch wenn er nicht abergläubisch war, erschien ihm der verbrannte Wald wie ein unheilvolles Omen.

Die Männer ritten schweigend. Dennoch war die Luft voller Geräusche. Pferde schnaubten, Sattelzeug knarrte, und die Geschützwagen quietschten und klapperten.

Richard hielt Ausschau und entdeckte einen der vier Kundschaftertrupps. In der ausgebrannten Landschaft hatten sie es schwer, im Verborgenen zu bleiben, ohne sich so weit von der Hauptgruppe zu entfernen, dass sie Gefahr liefen, dazwischenliegende Feindesnester zu übersehen.

Nach einer Stunde, die ohne ungewöhnliche Vorkommnisse verstrich, erreichten sie grünes Heideland. Alle atmeten auf, auch wenn sie versuchten, es sich nicht anmerken zu lassen. Dann der Klang von Pferden im Jagdgalopp. Kundschafter. Dicht über den Hals ihrer Tiere gebeugt, rasten zwei Dragoner näher.

»Bereit machen!«, rief Richard. »Es wird ungemütlich.«

Die Männer rückten zusammen, legten ihre Waffen an, mit denen sie nur in die Luft feuern würden. Pferde wieherten nervös und begannen zu tänzeln, dann waren die Kundschafter bei ihnen. »Herr Rittmeister, ein Kilometer voraus, die Bahnlinie. Sie wird angegriffen. Feindliche Infanterie«, keuchte einer der beiden.

»Wo sind die anderen zwei Männer?«

»Gefangen genommen.«

Auch wenn es nur eine Übung war, schoss Richards Puls in die Höhe. Er würde weder seine Männer noch die Vorgesetzten enttäuschen!

Er hatte schon viele Übungsmanöver hinter sich gebracht, doch dieses war anders. Ein großer Krieg stand bevor. Ganz gleich, wie er darüber dachte, er würde kommen. Dieses Manöver sollte die Spreu vom Weizen trennen, und Richard wusste, dass er nicht zur Spreu gehören wollte. Wenn es darauf ankam, würde er sein Land mit dem Leben verteidigen.

Die Dragoner ritten so schnell, wie die Geschütze mithalten konnten. Richard sandte Reiter an die Flanken. Dann erklangen die ersten Gewehrschüsse und das tiefe Donnern von Kanonen.

Er griff die Zügel fester, während seine Gedanken unwillkürlich abschweiften, zurück zu dem Tag, als sein Vater ihm eröffnet hatte, dass er ihn nach Berlin auf die Militärakademie schicken würde. Richard war damals todunglücklich gewesen, hatte sich einen ganz anderen Lebensweg gewünscht. Und doch konnte er sich heute keinen anderen mehr vorstellen.

Wie anders wäre sein Leben verlaufen, hätte er Wassili nie geküsst. Dann säße er nun im Büro seines Vaters hinter dem riesigen Schreibtisch und würde die Geschicke der Firma lenken. Vielleicht Auswandererschiffe bauen anstelle von Kriegsschiffen. Auf jeden Fall wären die Arbeiter besser dran. Aber die Werft wäre kleiner, hätte weniger Aufträge.

Doch der wahre Grund, weshalb er sich ein Leben ohne den Alltag im Dragonerregiment nicht mehr vorstellen konnte, hing mit seinem Leiden zusammen. Die strengen Abläufe halfen ihm, sich selbst, seine Gefühle manchmal tagelang zu vergessen. Er liebte die enge Struktur und den von Regeln geprägten Umgang zwischen den Soldaten. Sein Leben hier war wie ein Kokon, ein schützender Panzer, in den er sich einzwängen konnte, wenn es nötig war. Weit fort von der gesellschaftlichen Oberschicht Hamburgs stand er nicht mehr unter ständiger Beobachtung. Niemand, der infrage stellte, warum er noch immer Junggeselle war. Keine Feste, auf denen er vorgeben musste, jemand zu sein, der er nicht war.

Allerdings war er auch weit weg von Wassili. Sie schrieben sich regelmäßig unter falschem Namen, waren sich nach dessen Jahr im Gefängnis nur langsam wieder vertraut geworden.

Auch in dieser Hinsicht war die Entfernung der Garnison mehr Segen als Fluch gewesen. Wassili hatte die erbetene Zeit erhalten, um seine Seele zu heilen, soweit es möglich war.

Aber er blieb ein anderer. Stiller und in sich gekehrt. Manchmal, wenn sie zusammen waren, holte ihn die Erinnerung ein, und er glaubte sich wieder in den Händen seiner Peiniger. Auch jetzt zog sich bei diesem Gedanken alles in Richard zusammen. Wie gern hätte er einen Weg gefunden, Wassili diese Last zu nehmen. Doch das würde für immer unmöglich bleiben.

Der Gefechtslärm wurde lauter. Rauch stieg auf. Vier weitere Kundschafter preschten ihnen entgegen. »Sie haben sich eingegraben, Herr Rittmeister«, rief der erste schon aus einiger Entfernung. »Zwei Maschinengewehrstellungen.«

Richard erkannte die Falle sofort. Die eine Bemerkung während der Lagebesprechung hatte den Ausschlag gegeben. Klassische Kavallerieangriffe gehörten der Vergangenheit an. Er würde nicht geradewegs auf die Infanterie zuhalten und sich niedermähen lassen.

Blitzschnell passte er seine Truppe der Lage an. Sie würden nahe heranreiten, die Pferde zurücklassen und dann die gegnerische Stellung mit den Geschützen unter Feuer nehmen. Gleichzeitig sollte ein Teil der Dragoner in einem Bogen ausscheren und die Flanken decken.

Ja, dachte Richard, *genau das will der Stab sehen.*

März 1914 – ein knappes Jahr später

Fassungslos blickte Friedrich auf den Stapel Briefe auf seinem Schreibtisch. Alle Umschläge waren geöffnet.

»Das war ich nicht«, sagte Wassili. Er stand neben seinem Freund und Vorgesetzten und musterte ihn aufmerksam. Friedrich war ein ruhiger, besonnener Mann, doch nun schlug er derart heftig mit der Faust auf den Tisch, dass ihm die Hand einen Moment lang taub wurde. Dann breitete sich darin ein beißender Schmerz aus. Er verzog den Mund. »Ein halbes Jahr bekommen wir keinen Funken Korrespondenz aus dem Zarenreich, und nun das?«

»Einige der Briefe sind monatealt, Friedrich. Alle waren geöffnet.«

»Aber warum?«, schrie Friedrich, auch wenn er die Antwort längst kannte. Er seufzte, stützte das Gesicht in die Hände und rieb sich die Stirn. »Sie können doch nicht allen Ernstes glauben, dass wir … ja, was eigentlich?«

»Spionieren.«

»Ich bin Tuch- und Rauchwarenhändler, Wassili. Wie sollte ich denn spionieren, selbst wenn ich wollte …«

»Du bist ein intelligenter Mann mit vielen Kontakten. Du handelst mit Luxuswaren und hast deshalb Verbindungen in höhere Kreise, auch politische. Es gäbe Möglichkeiten. So abwegig ist es nicht, wenn du es von ihrer Warte aus betrachtest.«

»Das will ich aber nicht«, erwiderte er trotzig, wohl wissend, dass er sich aufführte wie ein beleidigtes Kind. Wassili stemmte die Hände in die Hüften und sah auf ihn herab. Sein Blick war ernst, wie immer. Der fröhliche Mann, der er vor seiner Gefangenschaft gewesen war, existierte nicht mehr. Etwas von ihm war in der Zelle gestorben.

»Komm, setz dich und wir versuchen gemeinsam, uns einen Reim darauf zu machen«, sagte Friedrich etwas ruhiger. In einer Stunde würde er zu einem Geschäftsessen erwartet, er und Svantje. Bislang war seine Frau noch nicht eingetroffen. Meist kam sie auf die letzte Minute, daran hatte er sich mittlerweile zähneknirschend gewöhnt.

Sie nahmen sich jeder einen Stapel vor und verfielen in Schweigen. Friedrich wurde das Gefühl nicht los, dass Teile des Schriftverkehrs fehlten.

»Victor Chernov würde niemals einen Brief grußlos beenden«, sagte Wassili, der die Schriftstücke in russischer Sprache übernommen hatte.

»Also stimmt es. Sie haben Teile einbehalten.«

»Hier ist eine Inventurliste für die Lieferung von letzter Woche. Sie war angeblich vollständig.«

Friedrich wusste sofort, was gemeint war. Es war eine umfangreiche Warenlieferung gewesen. Kaum ein Artikel war in einwandfreiem Zustand eingetroffen. Porzellanstücke waren zerbrochen, feine Holzkästchen verkratzt. Die Seidenballen rochen, als habe eine halbe Kompanie darauf uriniert, und die Pelze waren nass und faulig. Nur die Seide ließe sich mit viel Glück noch retten.

Friedrich hatte zuerst geglaubt, der Händler sei aus irgendeinem Grund unzufrieden mit ihrem Vertrag und habe ihnen absichtlich schadhafte Ware geliefert, um neu zu verhandeln. Nun wurde ihm klar, was wirklich dahintersteckte. »Ich denke, auch die nächsten Lieferungen werden schadhaft sein, so lange, bis wir keine Waren mehr aus Russland beziehen.«

»Wir haben Rücklagen, aber lang können wir das nicht durchhalten.«

»Wir müssen agieren, aber wie?« Friedrich rieb sich das Kinn. In seinem Inneren tobte es, doch äußerlich blieb er ruhig. Er hatte immer gewusst, dass er mit seinem Weg, direkt und ohne viele Zwischenhändler mit den russischen Produzenten Geschäfte zu machen, ein Risiko einging. Eigentlich war es ein Wunder, dass es trotz der wachsenden Spannungen in den vergangenen Jahren so lange gut gegangen war.

»Wir müssen uns etwas überlegen. Vielleicht sollten wir nun doch Zwischenhändler einschalten. Die Belgier sind bislang neutral.«

»Oder Skandinavien«, meinte Wassili. »Oder beides. Die Rauchwaren über Helsinki, die Tuche über Belgien oder Italien. Einen Moment.« Er stand auf und trat an ein hohes Regal. Wassili führte die Auslandskontakte, seitdem Friedrich sich im Jahre 1892 für einige Monate komplett aus dem Familiengeschäft gelöst hatte, weil seine Eltern mit der Wahl seiner Ehefrau nicht einverstanden gewesen waren. Wassilis Gedächtnis war unschlagbar, und was er sich nicht merken konnte, fand sich garantiert unter seinen akribisch geführten Aufzeichnungen.

Es verstrichen nur wenige Minuten, da kehrte der Russe auch schon mit einem großen ledergebundenen Buch zurück. »Alle Kontakte, mit denen wir je geschäftliche Beziehungen geführt haben oder die es mir wert schienen, sie für die Zukunft zu vermerken«, beantwortete er Friedrichs fragenden Blick.

Er legte das Buch zwischen sie auf den Tisch und schlug es auf. Farbige Markierungen zeigten offenbar verschiedene Länder und Regionen an. Wassili wählte die Rubrik Italien und zog seine Brille aus der Hemdtasche. Seit zwei Jahren benötigte er die Sehhilfe, doch es war für Friedrich noch immer ein ungewohnter Anblick.

Er fuhr mit dem Finger eine Liste von Namen entlang. Unter jedem standen die Adresse, wichtige Kontaktpersonen, Handelsgüter und eine kleine Notiz. Darin enthalten war, ob der Händler zum Wucher neigte, pünktlich zahlte und wie Wassili mit ihm in Kontakt gekommen war. *Börse*, stand dort, der Name eines Kontors und bei einem sogar *Kartenspiel*.

»Falls mir je wieder etwas zustoßen sollte, Friedrich, das hier ist mein Gedächtnis. Hier solltest du alles finden, was du benötigst, um meine Arbeit einem anderen anvertrauen zu können.«

»Sag so etwas nicht, geschätzter Freund.«

Wassili zuckte mit den Schultern. »Es sind schwierige Zeiten, in denen wir leben.«

Friedrich ging nicht weiter darauf ein. Der abweisende Gesichtsausdruck des Russen sagte klar und deutlich, dass er das Thema nicht weiter vertiefen wollte. Seit seiner langen Gefangenschaft mied er Gespräche, die ihn daran erinnerten.

Sie diskutierten mehrere mögliche Handelspartner und engten den Kreis schließlich auf zwei Italiener ein, dann wandten sie sich Skandinavien zu. Statt auf Helsinki fiel ihre Wahl schließlich auf Stockholm. Über den kurzen Seeweg des Baltikums würden sie kaum Zeit verlieren und dennoch die Repressalien umgehen.

»Wir sollten unseren langjährigen Handelspartnern persönlich erklären, wie zu verfahren ist«, meinte Wassili schließlich. »Außerdem würde man unsere schriftliche Korrespondenz ohnehin abfangen. Ich hege keinen Zweifel, dass nicht nur auf unserer Seite scharf kontrolliert wird.«

Dass Russland ebenfalls mitlas, konnte Friedrichs Stimmung kaum noch weiter verschlechtern. Er runzelte die Stirn. »Ich kann nicht fahren, Vater braucht mich hier, und ich würde mich verdächtig machen. Ich will meine Familie nicht in Gefahr bringen. Lieber gebe ich das gesamte Russlandgeschäft auf.«

»Keine Sorge, ich fahre. Verdächtiger, als ich es ohnehin schon bin, kann ich mich nicht machen. Es ist sieben Jahre her, dass ich meine Eltern zuletzt gesehen habe. Mit deiner Erlaubnis spreche ich mit unseren Händlern und bleibe dann eine Woche länger.«

»Bleib in deiner Heimat, solange du willst, Wassili.«

Sie erhoben sich. Friedrich schluckte. Schon seit einer Weile ging ihm die Überlegung im Kopf herum. Es wäre egoistisch gewesen, länger zu schweigen. »Vielleicht solltest du auch gar nicht mehr wiederkommen, Freund. Ich sorge mich um deine Sicherheit.«

»Das kommt nicht infrage. Außerdem würde ich Irina nicht überzeugen können. Sie wurde in Altona geboren, Hamburg ist ihre Heimat.«

»Halte dennoch die Augen offen. Es könnte sein, dass ihr irgendwann gezwungen seid, das Land in Eile zu verlassen.«

Die große Standuhr, die den Eingangsbereich dominierte, schlug zur vollen Stunde. »Ich komme zu spät zum Essen«, sagte Friedrich erschrocken und zerrte am Kettchen seiner Taschenuhr, um die Uhrzeit zu überprüfen. Sie stimmte.

»Wollte Svantje dich nicht begleiten?«

»Ach«, schnaubte Friedrich verärgert, während er seine Jacke überzog und loseilte.

***

Svantje stand am Operationstisch und zog einen weiteren Faden auf. In der Luft hing der überwältigende Gestank von Blut, metallisch, warm und beängstigend.

So viel Blut war verloren, dass selbst der allgegenwärtige beißende Desinfektionsgeruch nicht dagegen ankam. Eine Hilfsschwester wischte den Boden unter den Liegen und um Svantjes Füße herum, peinlich darauf bedacht, sie nicht zu stören oder gar anzustoßen.

Die elektrischen Lampen flackerten. Svantje seufzte und trat einen Moment lang zurück, dann musterte sie die beiden Ärzte am Nachbartisch. Heute Abend war sie im Operationssaal unter Freunden. Doktor Grahmer und Doktor Schawacht kümmerten sich konzentriert um ihren Patienten. Mit feinem Werkzeug schlossen sie eine Arterie am rechten Arm des Mannes, der ohne ihr Können verblutet wäre. Der alternde Arzt assistierte dem jüngeren, dessen Hände ruhiger waren. Grahmer schnitt und klammerte trotz der flackernden Lampen, und Svantjes Respekt vor seinem Können stieg noch etwas mehr.

Als das Licht wieder konstant schien, machte sie weiter. Der Mann, der vor ihr lag, war übersät von Schnitten. Hunderte kleine und ein Dutzend größere. Jeder blutete, und in den meisten fand sich der ein oder andere Splitter.

Die Ärzte hatten die tiefen Wunden versorgt, zertrennte

Muskeln verbunden und Adern verschlossen. Svantje reinigte und nähte nun schon seit Stunden. Eine junge Hilfsschwester spülte kleinere Verletzungen und verband sie.

Als die beiden Männer ins Krankenhaus gebracht worden waren, glaubte niemand daran, dass sie das Unglück überleben würden. Sie hatten auf einem Kahn im Hafen gearbeitet. Ihre Fracht waren Fensterscheiben, die sie über ein Fleet direkt zur Baustelle brachten. Svantje wusste, wie überfüllt die schmalen Kanäle oft waren, auf denen Waren zu Lagerhäusern transportiert wurden, seien es Gewürze, Tuche, Sand oder Backstein. Soweit sie von den Kameraden der Verwundeten erfahren konnte, hatten sie die Glasscheiben mit Seilwinde und Kran entladen, als das Boot von einem anderen gerammt wurde. Männer stürzten, die Halteseile, mit denen sie den Kurs der Ladung bestimmten, wurden verrissen, und die Scheiben gerieten in Schieflage. Eine nach der anderen glitten sie aus dem Netz und stürzten auf die Arbeiter herab. Einer war totgeschlagen worden, die anderen beiden rangen seit Stunden um ihr Leben.

Svantje nahm eine Lupe zur Hand, spülte eine Schnittverletzung auf der Brust ihres Patienten aus, tupfte sie trocken und konnte kurz zwei Glassplitter erkennen, bevor sich die Wunde erneut mit Blut füllte und sie überdeckte. Sie wiederholte die Prozedur und pickte im richtigen Moment die beiden Fremdkörper mit einer Pinzette heraus.

Mit leisem Klirren fielen sie in eine Schale, und Svantje atmete aus, nachdem sie die Luft vor Konzentration angehalten hatte. Geschickt vernähte sie den Schnitt und wandte sich dem nächsten zu.

Es verging eine weitere Stunde, bis sie endlich fertig war. Die Männer sahen aus wie Mumien, so viele Bandagen und Pflaster bedeckten ihre Körper. Doch sie würden leben.

Svantje legte den Kopf in den Nacken und ließ ihre Schultern kreisen. Nach der langen Zeit, die sie gebückt gearbeitet hatte, schmerzte nun alles.

Assistenten fuhren die Betten aus dem Operationssaal. Svantje überließ es ausnahmsweise anderen, das Besteck fortzuräumen und Pritschen und Instrumente auf den nächsten Einsatz vorzubereiten. Eigentlich hätte sie vier Stunden zuvor Feierabend gehabt, nun ging es auf elf Uhr zu.

Doktor Grahmer reichte ihr lächelnd ein kleines Glas. »Für die Dame einen Birnengeist, wenn es recht ist.«

Überrascht nahm sie den Schnaps entgegen. »Danke!«

»Den haben wir uns alle verdient.« Schawacht und er stießen mit Svantje an, dann ließen sie ihre Gläser gegeneinanderklirren. »Glückwunsch zur gelungenen Operation«, sagte der Ältere. »Ach, Schwester Falkenberg, ich wünschte manchmal, Sie wären ein Mann oder hätten zumindest Medizin studiert. Dann könnte ich Grahmer hier zu meinem Nachfolger bestimmen und Sie zu seiner rechten Hand.«

Auch Svantje hatte diesen Gedanken schon hin und wieder im Stillen gehegt, umso mehr freute sie sich nun über das Kompliment ihres alternden Förderers. »Danke, Doktor! Doch dazu bin ich wohl zur falschen Zeit geboren.« Sie lächelte schief und leerte das Glas in einem Zug. Süß brannte es in ihrer Kehle, und der intensive Birnengeruch vertrieb erfolgreich den Mief des Operationssaals.

Grahmer gähnte hinter vorgehaltener Hand, und dann lachten sie alle.

»Es wird Zeit, mich auf den Heimweg zu machen«, sagte Svantje.

»Ich fahre Sie«, meinte Schawacht knapp.

»Im Automobil?« Svantje hatte bislang nur davon gehört, dass der Arzt seit einer Weile eines dieser wunderlichen Gefährte sein Eigen nannte.

Zehn Minuten später stand sie neben der blitzenden Karosse. Alle Müdigkeit war vergessen. Die wenigen Male, die sie in einem Automobil gesessen hatte, waren ihr in besonderer Erinnerung geblieben.

Schawacht besaß ein älteres Modell von Mercedes, das sie schon häufiger auf den Straßen gesehen hatte. Es war dunkelrot lackiert. Allerlei Gerätschaften blitzten in poliertem Chrom.

Mit verrutschtem Hut betätigte der Doktor eine Handpumpe und murmelte erklärend, dass er damit vor dem Start den Druck im Motor erhöhte. Als das Fahrzeug schließlich qualmend und ratternd zum Leben erwachte, trat Svantje erschrocken zurück. Schawacht winkte sie heran, und sie stieg mit klopfendem Herzen ein. Mit einem Ruck setzte sich das Automobil in Gang, und los ging die Fahrt. Die Scheinwerfer erhellten die Nacht. Von den Fleeten war Nebel in die Straßen gezogen. Alles glänzte feucht, selbst der hier und da verstreute Unrat.

Streunende Hunde nahmen heulend Reißaus, sobald sich das Automobil näherte. Der Doktor fuhr langsam. Wenn Svantje ihn von der Seite ansah, meinte sie, ein heimliches Lächeln auf seinen Lippen zu entdecken. Ja, er genoss es, das Gefährt durch die nächtlichen Straßen zu lenken.

»Jetzt dort links«, dirigierte ihn Svantje. Sie hielt ihre

Handtasche auf dem Schoß und stellte sich vor, wie es sein würde, selbst zu fahren. »Ist es schwierig?«

»Nicht allzu sehr. Schließlich habe ich es auf meine alten Tage auch noch gelernt.«

Das laute Motorgeräusch weckte sicherlich den ein oder anderen aus dem Schlaf. Doch Svantjes schlechtes Gewissen hielt sich in Grenzen. Als sie sich ihrem Haus näherten, begann die Müdigkeit sie einzuholen. »Es ist wirklich Zeit, dass ich ins Bett komme«, sagte sie und gähnte hinter vorgehaltener Hand. »Schließlich sehen wir uns morgen um acht schon wieder.«

»Schlafen Sie sich aus, ich erwarte Sie nicht vor zehn, Schwester Falkenberg. Versprochen?«

Svantje erwiderte schmunzelnd: »Wenn der Herr Doktor es so wünscht, werde ich mich nicht widersetzen.«

Er drosselte die Fahrt und betätigte die Bremse. Der Motor knatterte leiser weiter. »Kommen Sie morgen bitte sofort in mein Büro, ich habe eine besondere Aufgabe, die ich nur Ihnen anvertrauen will.« Er klang nüchtern, richtig besorgt.

»Was soll ich tun?«

Er rieb sich seufzend durch den grauen Bart, in dem kein einziges braunes Haar mehr zu sehen war. Er neigte sich zu ihr, als befürchte er, belauscht zu werden. »Wir leben in unruhigen Zeiten. Ich habe Sorge, dass uns in Zukunft eine Unterversorgung an Medikamenten erwarten könnte. Wir müssen vorsorgen.«

»Wie kann ich Ihnen helfen?«

»Bevor Sie Ihre Hilfe anbieten, sollten Sie wissen, dass wir uns in einer rechtlichen Grauzone bewegen. Sie müssten für unsere Sache lügen.«

Svantje ging in sich, überlegte. »Wenn es dem Wohl der Patienten dient und ich meine Familie nicht gefährde, bin ich dazu bereit.«

»Ich habe gehofft, dass Sie das sagen würden. Ich weiß, dass Sie damit betraut sind, die Medikamentenlisten zu führen und an die Leitung zu melden. Erhöhen Sie die Angaben und versuchen Sie zugleich, mit weniger auszukommen. Halten Sie Ihre Kolleginnen zur Sparsamkeit an. Die Differenz schaffen wir weg.«

»Weg?«

»Ich habe einen Lagerraum im Untergeschoss dafür vorgesehen. Sie erhalten einen Schlüssel, ebenso wie einige andere Personen, denen ich vertraue.«

»Sie erwarten einen Krieg«, sagte Svantje, und es war, als regten sich Schlangen in ihrem Bauch, die sich schmerzhaft wanden.

»Er wird kommen. Die Frage ist nur, wann.«

»Das macht mir Angst, Doktor.«

»Mir auch, aber ich fürchte, von uns gibt es nicht viele. Die meisten Leute, die man so reden hört, begeistern sich für die Idee eines großen, kurzen Krieges, der unseren Stand in der Welt verbessert.«

»Auch ein kurzer Krieg wird Tausende Menschen das Leben kosten.«

»Sie sagen es.«

Ihr Gespräch hatte ein natürliches Ende gefunden, zugleich ging im Haus ein Licht an. »Mein Mann ist noch wach«, sagte Svantje überrascht und war im Nu ausgestiegen. Sie verabschiedeten sich.

Mit hastigen Schritten eilte Svantje zur Haustür. Plötzlich konnte sie es kaum noch erwarten, ihren Friedrich in die Arme zu schließen. Sie wollte sich geborgen fühlen und einen Moment lang vergessen, dass ein Damoklesschwert über ihnen allen hing.

Mit lautem Knattern entfernte sich das Automobil, als die Tür geöffnet wurde. Friedrich wirkte übernächtigt und erbost. Ihm war anzusehen, dass er sich sehr aufgeregt hatte. »Wer sind Sie denn?«, fragte er schnippisch. »Ach, meine Frau, ich erinnere mich. Weißt du also noch, wo du wohnst?«

Svantje lehnte sich gegen die Tür. Jeglicher Wunsch, ihrem Mann nahe zu sein, war verflogen. »Ich verstehe nicht … Friedrich, ich hatte einen langen Tag.«

»Und ich etwa nicht?« Er machte auf dem Absatz kehrt und verschwand in der Wohnstube. Svantje blieb allein zurück. Sie ließ sich Zeit, ihre Jacke aufzuhängen, zog ihre Schuhe aus und rieb sich die schmerzenden Füße.

Warum war Friedrich nur so ungehalten? Sie hatte seinen Zorn heraufbeschworen und hatte keine Ahnung, womit. Er sollte sich doch mittlerweile daran gewöhnt haben, dass sie manchmal unerwartet länger bleiben musste. Die Uhr zeigte kurz vor Mitternacht.

Dann traf es sie wie ein Schlag. Hoch und heilig hatte sie ihm versprochen, an diesem einen Tag um jeden Preis pünktlich zu sein.

Mit einem mulmigen Gefühl folgte sie ihm ins Wohnzimmer. Ihre bloßen Füße machten auf dem prächtigen Orientteppich kein Geräusch. Sie fand Friedrich in seinem Lieblingssessel sitzend vor dem Kamin mit weiß-blauen Delfter Kacheln. Um diese Jahreszeit blieb das Feuer aus. Auf dem Sims stand ein Strauß englischer Rosen, deren süßer Duft sich mit der Würze kalter Asche mischte.

Friedrich starrte auf den Holzstapel im Kamin, als würde

er dort Flammen sehen. Er hatte ihre Gegenwart bemerkt, aber er wandte sich nicht zu ihr um. Vermutlich hatte sie diese Behandlung verdient, und sie verfehlte ihre Wirkung nicht.

»Es tut mir leid, Friedrich.«

Er schnaubte abfällig. »Ich habe immer geglaubt, unsere Ehe wäre etwas Besonderes. Dass wir nicht nur Partner vor Gott, sondern auch Freunde sind. Ich muss mich getäuscht haben, denn auf echte Freunde ist Verlass.«

»Friedrich …« Ihre Stimme klang hilflos.

»Nein, lass mich ausreden. Es geht schon viel zu lange so. Heute Abend ist mir klar geworden, dass es dich schlichtweg nicht schert. Wir waren seit Wochen verabredet. Meine Gäste waren wichtig für uns, Svantje. Doch statt Geschäfte abzuschließen, habe ich mich zum Affen gemacht und mich verspotten lassen. Die Hamburger Geschäftswelt ist ein Dorf. Jeder hatte schon von dir gehört, von der Autorin, der widerspenstigen Krankenschwester, die ihren sozialen Aufstieg mit Füßen tritt, statt ihn glücklich anzunehmen.«

Ja, er hatte sie gebeten, ihn zu einem Abendessen mit den beiden Paaren im besten Restaurant der Stadt zu begleiten. Und sie hatte ihm ihr Wort gegeben, sich von ihrer besten Seite zu zeigen und artig Konversation zu betreiben. Versprochen, nicht über ihre Arbeit zu reden, sondern über Frauendinge, wie er es nannte. Hauswirtschaft, Gärtnerei, Klatsch und Tratsch, hübsche Nichtigkeiten. Für Friedrich war sie bereit, solche langweiligen Abende zu erdulden. Immerhin war das Essen gut, und für seine Firma waren derart private Treffen oft erfolgreicher als offizielle Termine im Büro.

»So schlimm kann es nicht gewesen sein«, sagte sie kleinlaut und trat an seinen Sessel.

»O doch, das war es sehr wohl, Svantje. Statt über Vertriebsmöglichkeiten für chinesische Tuche zu verhandeln, fand ich mich in der gewohnten Ecke wieder. Ich musste erklären, wo meine Frau ist, dabei wusste ich es selbst nicht genau. Dich entschuldigen, das tue ich viel zu oft. Ich sehe unsere Kinder bald mehr als du.«

»Du hast gewusst, worauf du dich einlässt, als du um meine Hand angehalten hast«, erwiderte sie gefasster. Ihre Sturheit hob das energische Haupt.

»Nicht aber, dass du deinen Beruf über deinen Mann, über deine Familie stellen würdest. Auf die Frage, warum ich es dir nicht einfach verbiete, wusste ich keine Antwort. Warum sollte ich es dir nicht verbieten, Svantje?«

Tränen wallten in ihren Augen. Einen Moment lang wurden ihr die Knie weich. »Das kannst du nicht!«

»Ich kann sehr wohl. Es ist mein gutes Recht als dein Ehemann, besonders wenn du deine häuslichen Pflichten vergisst.«

»Das würdest du nicht tun.«

Er blickte zu ihr auf. Wo sie erwartet hatte, Zorn zu sehen, fand sie nur Schmerz und tiefe Erschöpfung.

Sie hockte sich neben ihn und legte ihre Hand auf sein Knie. »Es kommt nicht wieder vor. Ich habe es einfach vergessen, entschuldigen kann ich es nicht. Stundenlang habe ich den Doktoren geholfen, zwei Männer zu operieren. Es war ein schreckliches Unglück und ein Wunder, dass diese beiden überlebten, wo ihr Kamerad verblutete.«

»Sicherlich kein Wunder, sondern das Werk fähiger Hände. Du hast also Leben gerettet, während ich versucht habe, Geschäfte zu machen. Da ist es wieder, Svantje.« Er seufzte.

»Was denn?« Die Heftigkeit schwand aus ihrem Streit wie Licht am Abend.

»Ich bin ohnmächtig gegen dieses Argument. Auch mein Leben hast du gerettet. Sich vorzustellen, du wärst stattdessen essen gegangen … nein, dieses Argument kann ich nicht gewinnen.« Er klang traurig, aber gefasst. Der laute Teil ihrer Auseinandersetzung war damit zu Ende, aber versöhnt waren sie nicht. Es war ein weiterer Tropfen, nein, eher ein Guss, der seinen Teil dazu beigetragen hatte, dass das Fass irgendwann überlaufen würde. Svantje hatte Angst vor diesem Tag. Sie wollte das alles nicht, wollte nicht zwischen Familie und Beruf wählen müssen.

»Ich versuche, mich zu bessern, ich schwöre es. Solange es nicht um Leben und Tod geht, lasse ich bei Dienstende alles stehen und liegen.«

»Ich höre es, aber glauben kann ich dir nicht. Beweise es mir.«

»Versprochen. Ich tue nichts davon mit Absicht, Friedrich.«

»Ich weiß, und das macht es mir schwer, lange auf dich wütend zu sein. Doch wütend *bin* ich.«

»Ich verstehe.« Sie seufzte. »Ich kann nur wiederholen, dass es mir leidtut. Ich hoffe, dass die Auswirkungen auf die Verhandlungen nicht allzu schlimm waren.«

»Ach.« Friedrich sah wieder auf den Kamin. Nicht einmal antworten wollte er ihr. Svantje schluckte. Es war also wirklich schlecht gelaufen. Wie sollte sie das wiedergutmachen?

Sie rieb sich die Schläfen, überlegte, obwohl sie eigentlich so müde war, dass ihre Augen brannten. »Wie wäre es mit einer Einladung, einem kleinen Sommerfest bei uns zu Hause, mit allen Geschäftspartnern, die dir wichtig sind. Ich reiche einige Tage Urlaub ein und organisiere alles. So kommt garantiert nichts dazwischen.«

Friedrich verzog den Mund zu einem schiefen Lächeln. »Du organisierst ein Sommerfest? Du? Das will ich sehen.«

Sie hielt ihm die Hand hin, als wolle sie ein Geschäft besiegeln. »Meine Wiedergutmachung.«

Er musterte sie quälend lange, dann schlug er ein. »Ich werde dich daran erinnern, Svantje.«

»Das brauchst du nicht. Ich fange gleich dieses Wochenende mit der Planung an.«

»Ich hoffe, du enttäuschst mich nicht wieder.«

Das war bitter. Ja, er ließ sie seinen Ärger spüren, und wahrscheinlich zu Recht. Viel zu oft hatte sie in den vergangenen Jahren versprochen, sich zu bessern, und war doch stets wieder in alte Muster zurückgefallen. Diesmal aber würde sie ihr Versprechen halten, und nicht nur, weil sie deutlich spürte, dass Friedrich wirklich kurz davor war, die Nerven zu verlieren. Svantje wollte es wirklich, denn er hatte recht. Sie waren Partner, und sie hatte sich nicht wie einer verhalten.

Friedrich beugte sich vor und küsste flüchtig ihre Wange. Es fühlte sich eher an wie eine Formalität als ein Friedensangebot. »Es ist spät, wir sollten zu Bett gehen. Morgen musst du ja bereits um sechs zum Dienst aufbrechen.«

»Morgen nicht. Der Doktor hat angeordnet, dass wir ausschlafen.«

»Guter Mann. War er das eben, dein Doktor Schawacht?«

»Ja, er hat darauf bestanden, mich zu fahren.«

»Das ist das Mindeste, was er tun kann. Versprich mir, dass du zu so später Zeit niemals allein nach Hause läufst. Nimm eine Droschke, das Geld ist egal. Wenn dir etwas zustieße, würde ich des Lebens nicht mehr froh.«

»Versprochen.« Sie kuschelte sich an ihn und musterte ihn prüfend. »Da ist doch noch mehr, was dich besorgt, als nur das Essen mit deinen Geschäftspartnern und meine Unzuverlässigkeit.«

Sie musterte ihn lange, bis er nickte und seufzte. »Komm her, Lebensretterin.« Sie setzte sich auf seinen Schoß, er schloss sie in die Arme, und dann begann er seinen langen Bericht: von abgefangenen Briefen, subtilen Drohungen und zerstörten Warenlieferungen.

Svantje hörte zum ersten Mal in diesem Umfang davon und war erschrocken. »Deshalb war das Treffen heute besonders wichtig?«

»Ja, ich muss neue Geschäftswege ausloten, sonst sind wir bald ruiniert.« Er weihte sie in den Plan ein, die russischen Waren über andere Häfen zu importieren, und welche Rolle Wassili darin spielen sollte.

»Er ist in Gefahr«, schloss sie.

Friedrich nickte und rieb sich das Kinn. »Ich habe ihm nahegelegt, das Land auf Dauer zu verlassen, aber er weigert sich. Ich bin nur von Sturköpfen umgeben.«

»Vielleicht schätzt du sie ja einfach besonders«, erwiderte sie schmunzelnd und legte ihre Wange an seine Brust. Es war ein kostbarer Moment. Genau danach hatte sie sich beim Heimkommen gesehnt.

»Ich weiß, du kannst ein Geheimnis wahren«, begann sie. Dann berichtete sie Friedrich von Doktor Schawachts Plan, angesichts eines drohenden Krieges Medikamente zu hamstern. »Wie denkst du darüber, Friedrich?«

»Es ist eine weise Entscheidung aus Sicht des Doktors. Falls es wirklich dazu kommen sollte, wird die Front zuerst beliefert.«

»Es ist nicht erlaubt, Friedrich. Wenn ich erwischt werde …«

»… dann führst du nur eine Anweisung aus und stellst dich dumm.« Er sah sie beschwörend an.

»Wenn du denkst, es ist zu gefährlich, dann mache ich es nicht. Rate mir, denn ich weiß nicht mehr, was ich tun soll.«

»*Du* weißt nicht, was du tun sollst?« Er lachte leise auf.

»Verspotte mich nicht«, schalt ihn Svantje.

»Niemals«, sagte er lächelnd, dann wurde sein Blick wieder ernst. »Wenn ich mir vorstelle, dass Karoline oder Clemens etwas zustieße und im Krankenhaus keine Medikamente für sie da wären … nein. Tue es, wenn du es wagst. Es ist ein richtiger Schritt.«

Svantje atmete erleichtert auf. »Dann gebe ich Doktor Schawacht morgen meine endgültige Antwort. Und beim Frühstück erzählst du mir alles von deinen Plänen für die Lieferungen. Vielleicht finden wir gemeinsam einen Weg. Was denkt dein Vater?«

Friedrich zuckte mit den Schultern. »Du weißt, dass wir unsere Zweige seit jeher voneinander trennen. Bislang ist sein Gewürz- und Kaffeehandel nicht betroffen, obwohl er aus englischen und französischen Kolonien importiert. Aber das scheint nicht so auffällig wie mein Russlandhandel.«

»Vielleicht solltest du dich für die nächste Zeit vermehrt an den Geschäften deines Vaters orientieren.«

»Vielleicht.« Friedrich gähnte, stand auf und hob Svantje dabei hoch. Sie klammerte sich kurz an ihm fest, dann stand sie wieder auf den eigenen Beinen. »Du und ich, wir finden immer einen Weg«, sagte sie und glaubte fest daran.

18

»Wir kümmern uns um alles, *Meester* Alberts«, sagte Klaas eifrig.

Für Raik war die neue Anrede noch immer ungewohnt. So lange hatte er darauf hingearbeitet, und seit zwei Monaten war es nun endlich so weit: Er hatte seine Meisterprüfung abgelegt und den Brief von der Innung erhalten. Aus dem Verantwortungsgefühl der Belegschaft gegenüber war er in der Harkenfeld-Werft geblieben. Er war ein wichtiges Mitglied des Betriebsrates. Sie wählten ihn seit Jahren, und er würde die Hunderte Männer, die ihr Vertrauen in ihn setzten, nicht enttäuschen, indem er seinen persönlichen Vorlieben und Abneigungen nachgab.

Raik klopfte Klaas auf die Schulter. »*Nicks* für ungut, *mien Jung,* aber die Verantwortung trägt der Geselle und kein *Snöttbaart,* der gerade erst lernt, Sägespäne zusammenzufegen.«

Raik lachte, und der Junge, der erst vor einigen Wochen als Helfer in seiner Werkstatt angefangen hatte, ließ die schmalen Schultern hängen.

Raik hatte ihn vor einem Leben auf der Straße gerettet, so wie er selbst einst von Svantjes Vater gerettet worden war. Der Junge hatte die Mutter an Tuberkulose verloren, den Vater kannte er nicht. Einige Wochen zuvor war er als Bettler in der Nachbarschaft aufgetaucht und wurde regelmäßig von einer Bande von Straßenkindern verprügelt.

Raik hatte es sich einige Tage angesehen und Klaas schließlich angesprochen. Seine Frau Johanna war sofort bereit, den zerlumpten Jungen mit der ersten warmen Mahlzeit seit Wochen zu versorgen.

Es hatte nicht viel gefehlt, und sie hätten ihn ganz aufgenommen. Johanna war eine herzensgute Seele. Seit 1902 waren sie verheiratet und gemeinsam in seine Wohnung gezogen. Raik hatte ihren Sohn Jonte adoptiert, der mittlerweile vierzehn Jahre alt war und in diesem Jahr eine Lehrstelle bei einem Möbeltischler begonnen hatte. Wie sein Ziehvater arbeitete auch er gern mit Holz.

Johanna und Raik hatten keine eigenen Kinder bekommen. Unglücklich war ihre Ehe deshalb nicht. Die Affäre mit Hilde hatte noch immer Bestand. Sie trafen sich seltener, weil sie nun beide Familie und Verpflichtungen hatten, doch ansonsten war zwischen ihnen alles beim Alten, und manchmal glaubte er, dass sie ihre Leidenschaft füreinander wohl noch mit ins Grab nehmen würden. Und wer hätte gedacht, dass Hilde noch ein drittes Kind von ihm bekommen würde?

Was ihn wieder zu seiner eigenen Ehe brachte.

Raik grübelte. Vielleicht sollte er Klaas doch in seinem Haus aufnehmen. Dann hätte Johanna wieder jemanden, den sie umsorgen konnte. Aber das wollte gründlich überlegt sein, eine Entscheidung, die sie gemeinsam fällen mussten. Er, Johanna und Jonte.

In den vergangenen Wochen hatte sich herausgestellt,

dass Klaas nicht dumm war und nur die richtige Umgebung brauchte, um zu einem anständigen jungen Mann heranzuwachsen. Raik hatte ihn anfangs nur versuchsweise mit ins Werk genommen, doch nun kümmerte Klaas sich verantwortungsvoll darum, dass die Werkstatt in Ordnung gehalten wurde, erledigte Botengänge und half, wo es nötig war. Nachts schlief er in der Werkstatt. Die anderen Mitarbeiter steckten ihm hier und da etwas zu, wie einer streunenden Katze, die ihr Mitleid erregt hatte.

Binnen weniger Wochen hatte sich Klaas gemausert. Regelmäßiges Essen und ein Dach über dem Kopf wirkten Wunder. Er hatte wieder etwas Fleisch auf den Knochen, und in die blauen Augen, die das sommersprossige Gesicht dominierten, war der Schalk zurückgekehrt. Er trug einfache Hosen, die abgetragen, aber sauber waren, und ein altes, zu großes Hemd von Raik.

Der wuschelte ihm durch den lockigen Haarschopf. »Dir wachsen sogar Hobelspäne auf dem Kopf. Bitte jemanden, sie dir abzuschneiden, du siehst aus wie ein Mopp.«

»Ja, *Meester.*« Klaas duckte sich unter der ungewohnten Zuneigung weg und trabte davon.

Raik stemmte die Hände in die Hüften und sah sich um. Seine Werkstatt war in Ordnung. Durch die Oberlichter fielen Sonnenstrahlen und machten den feinen Staub sichtbar, der wie Morgennebel in der Luft stand. Von nebenan drang der stete Takt der dampfgetriebenen Sägen herein, die Planke um Planke schnitten.

»Ja«, sagte Raik leise und mit einem warmen Stolz in der Brust. So konnte er die Werkstatt hinterlassen.

Denn heute begann sein einwöchiger Urlaub, den er nicht mit Frau und Sohn, sondern gemeinsam mit sozialistischen Kameraden verbringen würde. Er war schon ganz aufgeregt. Noch nie zuvor hatte er sein Heimatland verlassen. Für die Reise hatte er einen Pass und Genehmigungen beantragen müssen, die vor einer Woche eingetroffen waren. Ein Komitee von Gewerkschaftlern und Sozialisten würde in Paris mit Genossen zusammentreffen, um über gemeinsame Ziele und den drohenden Krieg zu diskutieren. Raik war auf dem letzten Parteitreffen vorgeschlagen worden.

Die SPD war im Aufwind. Wer hätte gedacht, dass sie je im Senat die Mehrheit erringen würden? Und nun hatten sie bei den Wahlen zwei Jahre zuvor fast fünfunddreißig Prozent der Stimmen erhalten und achtundzwanzig Reichstagsmandate gewonnen. Raik schüttelte im Gehen den Kopf. Was hatten sich die Zeiten geändert. Als junger Arbeiter war er noch für den bloßen Verdacht, ein Flugblatt zu besitzen, von zwei Polizisten in einer dunklen Gasse halb totgeschlagen worden, und nun?

Nun musste er keine Angst mehr haben, zumindest nicht davor.

In seiner eigenen Partei allerdings gab es eine tiefe Spaltung. Während der Großteil fröhlich in die nationale Begeisterung einstimmte, auch wenn sie einem Konflikt mit den Nachbarländern nicht ganz so sehr entgegensehnten wie früher, gab es noch den linken Flügel, zu dem sich auch Raik zählte. Angeführt von Karl Liebknecht und Rosa Luxemburg suchten sie einen friedlicheren Weg. Die Arbeiter sollten sich über die Ländergrenzen hinweg vereinen und gemeinsam nach Wohlstand und Gerechtigkeit streben, statt einander zu bekriegen. Auch ein kurzer Krieg war einer zu viel, so jedenfalls sah es Raik.

Zwei Tage später sah er durch die Zugfenster zum allerersten Mal den Eiffelturm. »Es ist wirklich *en Wunner*«, sagte er zu seinem Kameraden, dem es ebenfalls die Sprache verschlagen hatte. Er hatte den Eisenfachwerkturm schon auf zahlreichen Fotografien bewundert, aber nun darauf zuzufahren machte die überwältigende Ingenieurskunst erst begreifbar. Es war das größte Bauwerk der Welt. »Er ragt über dreihundert Meter in den Himmel. Kannst du *de Topp* sehen?«

Raik beschattete die Augen. Die Luft war diesig. Am Vortag musste es geregnet haben, vielleicht die gleiche Front, die auch Hamburg mit einer Reihe von Sommergewittern bedacht hatte. Die diesige Luft mischte sich mit dem Rauch aus Tausenden Herdfeuern und den Fabriken, deren Schlote so zahlreich aufragten wie Halme auf einem abgeernteten Feld.

Als graugelbe Schicht hing der Dunst über der Stadt und schluckte die Turmspitze.

»Was muss das für eine Weltausstellung gewesen sein«, sagte Raiks Begleiter. »Sie haben *de Toorn* nur dafür erbaut, als Eingangsportal und Aussichtsturm.«

»Unglaublich.«

Der Zug legte sich in eine lange Kurve. Auf beiden Seiten der Bahnlinie waren nun mehrstöckige Arbeiterhäuser zu sehen. Viele der Bauten waren heruntergekommen. Dutzende Kinder spielten auf den kargen Hinterhöfen, dabei war es Morgen, und sie sollten eigentlich in der Schule sein. Und dies war nicht einmal das Elendsviertel, das kam erst noch.

»*Nich beter* als wie bei uns«, konstatierte Raiks Kamerad. Diethelm war Stahlarbeiter aus einer anderen Hamburger Werft und fast zehn Jahre älter als er. Den Kopf beinahe haarlos, trug er einen beeindruckenden Kaiser-Wilhelm-Bart, den er regelmäßig glatt strich. Typisch für ihn war auch die silberne Kautabakdose. Ein Familienerbstück, wie er gern betonte.

Raik winkte auch dieses Mal ab, als ihm Tabak angeboten wurde. Johanna mochte es nicht, wenn er kaute, und wenn er Diethelms dunkelgelbe Zähne sah, verging ihm auch die Lust daran.

Der Zug keuchte und stampfte. Schwarze Rauchwolken tanzten vor den Fenstern, während der Schaffner die Fahrt verlangsamte und Signal gab.

Raik spannte die Rückenmuskeln an und streckte sich. Er war es nicht gewohnt, so lang still zu sitzen. Alles fühlte sich hart und verkrampft an, dabei hatte er einen ganzen Tag lang Nichtstun hinter sich.

Sie fuhren in die Gare de Lyon ein. Die Bahnhofshalle war ein gewaltiger Bau aus Stahl und Glas. Auf den dreizehn Gleisen drängten sich die Fahrgäste. Jungen mit Bauchläden flitzten umher, boten Erfrischungen an und erleichterten vermutlich den ein oder anderen unvorsichtigen Fahrgast um seine Börse.

Raik hielt seinen Koffer gut fest, während er der Reisegesellschaft folgte. Sie waren zu siebt, vier Parteifunktionäre und drei Gewerkschaftler. Angeblich würden sie abgeholt und mussten nur am Bahnsteig warten, bis sie angesprochen wurden.

Ein Kofferträger eilte vorbei und rempelte Raik an. Die Menschen hier schienen es alle besonders eilig zu haben. Er hingegen sog die Eindrücke in sich auf. Alles war so fremd, so neu! Das Sprachgewirr, das aus zahlreichen Kehlen an seine Ohren drang, unterstrich die Isolation der Neuankömmlinge noch. Alle redeten, und doch verstand er kein einziges Wort. Die Sprache aber gefiel ihm schon jetzt. Selbst Geschrei und Gezeter verfügte über eine besondere Melodie.

Schließlich näherte sich ihnen ein junger Mann. Er war schmal und dunkelhaarig, das Gesicht hatte er glatt rasiert. Der Anzug, den er trug, saß lose, die Beine waren zu kurz. *Er wird ihn sich geliehen haben, um die deutsche Delegation abzuholen,* vermutete Raik.

Der junge Mann stellte sich ihnen als Pierre Fin vor und war durch seine offene Art sofort sympathisch. Sein Deutsch war gut zu verstehen, wenngleich geprägt von einem starken Akzent, sodass man konzentriert zuhören musste.

Er geleitete sie durch den belebten Bahnhof zu einem darin gelegenen Restaurant. *Le Train Bleu* – der Blaue Zug, wie Raik lernte – war ein prachtvoller Bau, und Raik kam aus dem Staunen gar nicht mehr heraus. Alle Wände waren über und über mit exquisiten Malereien verziert. Er verrenkte sich den Hals, um all die Stadtansichten zu mustern, die sich ihm präsentierten.

Monsieur Fin führte sie zu einem reservierten Tisch und erklärte, dass sie sich hier erfrischen und etwas essen sollten, bevor er sie erst zu ihrem Hotel und dann zum Parteitreffen der Pariser Sozialisten bringen würde.

Andächtig setzte Raik sich auf einen mit rotem Leder bezogenen Stuhl und machte keinen Hehl daraus, wie sehr ihn der Luxus dieses Ortes beeindruckte. Kurz dachte er an seine Frau. Wie gern er ihr diese Stadt einmal zeigen wollte! Johanna wäre sicher tief beeindruckt.

Dann wurde ihm wieder allzu bewusst, weshalb sie hergekommen waren.

Denn eine Gruppe Offiziere betrat das *Train Bleu,* und alle Gespräche verstummten schlagartig.

27. Juni 1914

Sie hatten Kaiserwetter an diesem Samstag, und das Gartenfest war in vollem Gange. Svantje hatte ihr Versprechen an Friedrich eingehalten. Sie war seit ihrem Streit stets pünktlich zu Hause gewesen, obwohl sie mit Doktor Schawachts Sonderaufgabe viel zu tun hatte. Ihr geheimes Medikamentenlager füllte sich zuverlässig. Auch Grahmer und eine zweite Krankenschwester schafften Medikamente, Verbandszeug und sogar Operationsbesteck zur Seite.

Die Wochenenden opferte sie allesamt für die Planung des Festes. In Karoline und ihrer langjährigen Freundin Hilde standen ihr zuverlässige Unterstützerinnen zur Seite.

Friedrich hatte seiner Frau nur eine Gästeliste überreicht und sich sonst im Hintergrund gehalten. Er machte die Organisation wirklich zu einer Prüfung für sie. Auch wenn sie nicht stritten, war die Stimmung zwischen ihnen doch gedrückt. Friedrich schien förmlich darauf zu warten, dass sie einknickte.

Aber Svantje blieb standhaft. Stur und auch mit einem gewissen Stolz verbrachte sie Tag um Tag damit, die passenden Gerichte auszuwählen, Dekorationen zu planen und bis ins Detail alles vorzubereiten.

Am heutigen Morgen waren sie gemeinsam die Sitzordnung durchgegangen, bei der sie nur ein wenig Hilfe von Wassili gehabt hatte, da sie nicht alle Namen auf Friedrichs Liste kannte. Endlich war alles bereit, und Svantje glühte innerlich vor Stolz.

Nun stand sie neben Friedrich an der Auffahrt und begrüßte ihre Gäste. »Ich hätte es nicht geglaubt«, flüsterte er. »Herzlichen Glückwunsch, Svantje, diese Wette habe ich verloren. Und ich verliere sie gern.« Er drückte ihre Hand.

»Noch ist der Tag nicht vorüber«, entgegnete sie genauso leise. »Ich könnte dich noch blamieren.«

»Das wirst du nicht.« Er küsste ihre Hand, und dann waren sie für die nächste Stunde ganz damit beschäftigt, all die Besucher in Empfang zu nehmen, die einer Karawane von Automobilen und Kutschen entstiegen, darunter alles, was in Friedrichs Geschäftswelt Rang und Namen hatte.

Auch gemeinsame Freunde hatten sie eingeladen. Hilde erschien an der Seite ihres Mannes und trug statt eines Reformkleides einen klassischen Schnitt mit Wespentaille, dazu einen großen Hut, geschmückt mit exotischen Federn. Walter strahlte vor Glück und Stolz. Sie sahen aus wie ein Königspaar, und Svantje fragte sich zum wiederholten Mal, wie die beiden nur so glücklich sein konnten. Hilde hatte ihrem Gatten doch tatsächlich noch ein drittes Kuckuckskind geschenkt, einen Sohn namens Johann von mittlerweile sieben Jahren.

Walter sah sie an, als sei sie eine Heilige. Der Preis, den er für eine perfekt wirkende Familie zahlte, mochte hoch sein, war für ihn aber offenbar akzeptabel. Svantje wünschte den beiden, dass nie jemand hinter ihr Geheimnis kommen würde. Die Gerüchte, die sich nach Walters erster Ehe hartnäckig gehalten hatten und besagten, dass er seine Pflichten nicht erfüllen könnte, waren längst vergessen.

Auch Richard kam, sogar in Begleitung einer Dame. Es war eine Freundin von Hilde, die sich dem ersten Eindruck nach sogar Hoffnungen machte.

Svantje begrüßte viele Menschen, die sie bislang nur dem Namen nach kannte, führte sie in Haus und Garten herum und lächelte, lächelte, lächelte. Ihre Wangen fühlten sich bereits verkrampft an, doch Friedrichs zufriedenes Gesicht zu sehen war Anlass genug für sie, um weiterzumachen.

***

Das Sommerfest der Falkenbergs war überaus gelungen und offizieller Anlass für Richard gewesen, für ein verlängertes Wochenende anzureisen. Am Vortag hatte er mit Mutter und Geschwistern zu Mittag gegessen. Florian geriet immer mehr nach dem Vater, doch noch schien er damit zufrieden, sich die Leitung der Werft mit seinem Schwager zu teilen. Richard war es recht so.

Am Abend hatte er dann nach Monaten endlich Wassili wiedergesehen, der bereits am nächsten Tag nach Russland aufbrechen wollte. Seine Abreise hatte er wieder und wieder verschieben müssen, weil Genehmigungen fehlten, nun aber war alles beisammen. Niemand wusste, wie lange er fortbleiben würde. Wochen, wenn alles gut ging, Monate, wenn er bei seiner Ausreise wieder Schwierigkeiten bekäme.

Sie hatten im Hotelzimmer lange Arm in Arm dagesessen und von ihrem Alltag und den Sorgen der letzten Monate erzählt. Für diese Momente lebte Richard, sie waren all das Versteckspiel und die Einsamkeit wert.

Nach Wassilis Gefangenschaft war es gewesen, als würden sie einander neu kennenlernen müssen, wie zwei Fremde. Die ersten Jahre waren schwer gewesen, doch mittlerweile konnten sie wieder glücklich miteinander sein.

Es war bereits spät, der Garten von Dutzenden Lampions bunt beleuchtet, als Richard Wassilis Nähe suchte. Er tat es so, dass sie jeder sehen konnte. Heute hatten sie nichts zu verbergen.

»Wassili Alfjorow, ich hatte noch gar keine Gelegenheit, dir eine gute Reise zu wünschen, Freund«, sagte er laut, während er über den Rasen auf ihn zuging. Wassili entschuldigte sich bei seinen Gesprächspartnern, kam ihm zwei Schritte entgegen, und sie begrüßten sich mit Handschlag. »Richard, wie schön, dich zu sehen.« Tief war Wassilis Blick, und Richards Herz schlug plötzlich bis in die Kehle.

»Mein Zug nach Flensburg geht morgen sehr früh, ich wollte mich verabschieden.«

»Schon?«, rutschte es Wassili leiser heraus.

Er nickte. »Ich wünsche dir viel Erfolg für deine Reise in diesen schwierigen Zeiten.«

»Nun, es wird schon werden.«

Sie umarmten sich, schlugen einander kumpelhaft auf die Schultern. »Ich werde dich vermissen«, flüsterte Richard.

»Ich schreibe dir, versprochen«, wisperte Wassili. Richard hätte am liebsten den Duft seiner Haut an sich gebunden und mitgenommen.

»Auf bald also«, sagte er laut, dann machte er sich auf die Suche nach seiner Begleiterin, die Hilde ihm für diesen Abend besorgt hatte, und sah nicht zurück.

19

29. Juni 1914

»Kronprinz Ferdinand ermordet! Prinzessin Sophie erschossen! Lesen Sie jetzt! Attentat, Attentat in Sarajevo!« Der Zeitungsjunge schrie sich heiser. So schnell hatte er noch nie verkauft. Passanten umringten ihn und rissen ihm die Ausgaben nur so aus den Händen.

Svantje drängte sich an den anderen vorbei, die Münzen schon in der Hand, und ergatterte die vorletzte Zeitung. Ein Mann versuchte, sie ihr abzunehmen, doch sie setzte sich mit dem Ellenbogen zur Wehr, drehte ihm den Rücken zu und drängte sich vorbei.

Es war ein heißer Sommertag, und Svantje, wegen des geglückten Gartenfestes vor zwei Tagen noch immer bester Laune, war auf dem Weg zur Arbeit. Doch sobald sie die Pferdebahn betreten hatte, war ihr eine seltsame Stimmung aufgefallen. Die Menschen tuschelten erregt, manche wirkten wie gehetztes Vieh, andere schienen wie berauscht. Es war, als sei etwas in Gang geraten, wie ein losgetretener Stein, der eine Lawine mitriss.

Dann hatte sie von dem Attentat auf den österreichischen Thronfolger erfahren, und eine düstere Ahnung befiel sie. Sie musste mehr darüber wissen.

Obgleich sie damit das Risiko einging, sich zu verspäten, war sie eine Station eher ausgestiegen, sobald sie den Zeitungsjungen entdeckt hatte, und hier war sie nun. Das Druckwerk an ihre Brust gepresst, eilte sie im Stechschritt zum Klinikum. Erst dort würde sie den Artikel lesen können. Auf der ersten Seite war ein blutiges Bild abgedruckt, das zwei leblose Menschen in einem Auto zeigte, umgeben von Soldaten und Schaulustigen. Der Anblick lag ihr wie Blei im Magen. Hoffentlich bewahrten alle beteiligten Parteien die Ruhe und suchten nach einer friedlichen Lösung. Wer konnte es auf das königliche Paar abgesehen haben, und warum?

Als sie das Krankenhaus erreichte, eilte sie sofort ins Schwesternzimmer. »Svantje, du bist ja ganz blass«, sagte eine Kollegin, dann rief sie: »Sie hat eine Zeitung! Svantje hat eine Zeitung mitgebracht!«

Augenblicke später standen alle diensthabenden Schwestern und ein junger Arzt um den Tisch versammelt. Sie lasen gemeinsam, keiner wagte es, das erste Wort zu sprechen.

Schließlich begann ein Patient, nach einer Schwester zu rufen, und die kleine Versammlung löste sich auf. Jeder kehrte an seinen Platz zurück, nur Svantje, ihre Tasche fest an sich gepresst, sah weiter auf das Unheil verkündende Schriftstück. Wie würde Österreich-Ungarn nun reagieren? Schon wurden die ersten Schuldzuweisungen laut. Auch wenn der Attentäter, der die tödlichen Schüsse abgefeuert hatte, sofort gefasst worden war, stellte man Vermutungen an. Der Mörder Gavrilo Princip, noch mehr Junge als Mann, gehörte einer nationalistischen Bewegung an. »Ein neunzehnjähriger Gymnasiast«, sagte sie leise. So ein

Junge konnte doch nicht allein so ein gewaltiges Vorhaben planen und erfolgreich durchführen. Und wo war die Wachmannschaft des Kaisers gewesen?

In einer schmalen Spalte kamen verschiedene Funktionäre zu Wort, deren Namen Svantje allesamt nichts sagten. Doch jeder hatte eine andere Theorie, wer die Fäden im Hintergrund zog: Da wurde die serbische Regierung genannt, dort gab man den Kommunisten, Juden und Freimaurern, die angeblich nach der Weltherrschaft strebten, die Schuld.

»Das ist doch alles Unsinn!« Svantje faltete verärgert ihre Zeitung zu. Zeit, sich um Sinnvolleres zu kümmern.

Sie zog ihre Schwesternschürze an und setzte die Haube auf, dann eilte sie in die Abteilung für Frauen und Kinder.

Bereits auf den ersten Blick wurde ihr klar, dass es ungewöhnlich viele neue Patienten gab, und sie waren allesamt jünger als drei Jahre.

»Sind sie alle seit gestern aufgenommen worden?«, fragte sie ihre Kollegin.

»Ja, und sie stammen alle aus demselben Viertel. Doktor Grahmer hat sie sich bereits angesehen, konnte aber keine Gemeinsamkeiten erkennen. Er sagte wörtlich, Oberschwester Falkenberg solle sie sich noch einmal vornehmen, er habe wenig Erfahrung mit Kinderkrankheiten.«

»Wo ist Doktor Meller? Er ist unser Experte.«

»Im Urlaub, fürchte ich.«

»Ausgerechnet …« Svantje fuhr sich über die Stirn, dann nahm sie sich die Krankenakten vor. Die Kinder litten teils unter allgemeiner Schwäche, teils unter Durchfall, Gelbsucht oder Fieber. Eines schrie unentwegt, als habe es große Schmerzen.

Svantje sammelte sich, versuchte, nicht mehr an das Attentat von Sarajevo zu denken, und wandte sich ihren Patientinnen zu. Sie fand jede Beobachtung Grahmers bestätigt und die Behandlung richtig. Die Kinder mit Durchfall bekamen gemahlene Kohle, die mit Schmerzen Mohnsaft, die mit Fieber kalte Kompressen und Tee.

Die Mütter kannten einander teilweise, tatsächlich wohnten sie alle innerhalb des gleichen Viertels und gehörten der Mittelschicht an. Dies waren keine armen, mangelernährten Kinder. Es musste einen Zusammenhang geben, und Svantje war wild entschlossen, ihn zu finden. Sie begann die Mütter zu befragen. Die dritte, eine resolute, aber freundliche Frau mit einem rundlichen, etwas plumpen Gesicht, gab ihr den ersten Hinweis. »Ich weiß nicht, woher Max das haben kann«, sagte sie und wiegte ihren blassen Zweijährigen in den Armen. »Ich putze von früh bis spät, ich bin eine gute Hausfrau, wirklich. Alles, was der Kleine bekommt, wird desinfiziert, seine Wäsche koche ich, meine auch. Es gibt keine Fliegen oder Ungeziefer in unserem Haus. Mein Mann ist Fassmacher, und obwohl das keine schmutzige Arbeit ist, kleidet er sich jeden Abend nach der Arbeit vollständig um und wäscht sich gründlich, bevor er in die Stube kommt. Wir lieben unseren Max doch so sehr, er ist unser erstes Kind.« Sie wiegte sich mit dem Kindchen vor und zurück und streichelte seine blassen, runden Wangen.

Je länger Svantje ihr zuhörte, desto deutlicher wurde ihre Ahnung, was hinter den Krankheitsfällen stecken mochte. »Es klingt, als wären Sie wirklich vorbildlich in der Reinlichkeit.« Mutter und Kind umwehte ein Geruch aus Seife und Stärke.

»Natürlich. Seitdem ich weiß, wie viele Krankheiten durch diese winzig kleinen Partikelchen …«

»Bakterien«, half Svantje aus.

»Ja, Bakterien. Seitdem ich von ihnen weiß, bin ich noch gründlicher als zuvor. Er wird doch keine Rindertuberkulose haben? Die Tochter unserer Nachbarin hat welche bekommen, von Milch!«

»Nein, Tuberkulose ist es nicht, da kann ich Sie beruhigen. Trinkt er denn viel Milch, der kleine Max?« Der Junge sah zumindest so aus, und ein Blick auf den Busen der Frau genügte Svantje, um sicher zu sein, dass sie nicht von seiner Mutter kam.

»So viel er will«, sagte sie mit Stolz. »Wir haben so eine praktische Flasche mit Schlauch und Sauger, sehen Sie.«

In einem Korb unter dem Bett stand eine volle, große Glasflasche, versehen mit einem Korken und einem Schlauch aus Kautschuk.

»Er läuft selbst hin und trinkt, wann immer er möchte.«

»Wie viel?« Svantje zog den Korb hervor, zog den Korken aus der Flasche und schnupperte an dem Inhalt, der nicht nach Milch roch.

»Manchmal zwei Liter, er hat einen prächtigen Appetit.«

Svantje blickte ihr Gegenüber fassungslos an. »Zwei Liter? Er kann feste Nahrung zu sich nehmen.«

»Aber Milch ist so gesund, und es ist so angenehm, dann habe ich mehr Zeit, das Haus rein zu machen. Er ist wirklich solch ein braves Kind.«

»Womit behandeln Sie die Milch?«, fragte Svantje, auch wenn sie sich die Frage eigentlich schon selbst beantworten konnte.

»Mit Borax, es ist ein herrliches Mittel und für alles zu

gebrauchen. Zum Putzen ebenso wie zum Reinigen von Lebensmitteln. Und es hat keine Nebenwirkungen! Ich gebe es auch in den Brei.«

»Sie haben Ihr Kind vergiftet!«, platzte es aus Svantje heraus.

»Vergiftet?« Die Mutter wurde kreidebleich.

»Borax mag in kleinen Dosen ungiftig sein, aber nicht in diesen Mengen. Vermutlich hat der Milchmann die Milch bereits damit versetzt, besonders wenn es in Ihrer Nähe Fälle von Rindertuberkulose bei Kindern gegeben hat. Er will eine Wiederholung ausschließen und behandelt seine Milch. Dann machen Sie es noch ein weiteres Mal und geben Ihrem Max auch noch Borax in den Brei.«

»Aber ich, ich wollte doch nur …«, stotterte die Frau. Svantje legte ihr eine Hand auf den Arm. »Keine Sorge, es ist ja nun herausgekommen.«

»Aber sie werben doch überall für Borax, haben Sie die Plakate nicht gesehen? Wie soll eine anständige Frau da …?«

»Es ist ein Mittel gegen Bakterien. Was in kleinen Mengen gegen winzige Lebewesen hilft, wirkt in großen Mengen auch gegen große.«

»Wie meinen Max.«

»Wie Ihren Max, richtig.«

»Aber was soll ich denn jetzt tun?« Die Frau wiegte das Kind weiter hin und her. Der Kleine schlief mit offenem Mund. Es war ein dralles, aber hübsches Kind.

»Verwenden Sie Borax nicht mehr für Nahrungsmittel, versprechen Sie mir das. Wenn Sie sichergehen wollen, kochen Sie die Milch kurz auf, ebenso den Brei, dann ist keine Krankheit mehr darin. Und bitten Sie den Milchmann, ebenfalls kein Borax mehr zu verwenden. Mehr als zwei Gläser am Tag braucht Ihr Sohn ohnehin nicht.«

»Ich wünschte, jemand hätte mir das eher gesagt. Den Vertreter, der mir das Mittel verkauft hat, jage ich beim nächsten Mal mit dem Teppichklopfer zur Tür hinaus. Vielen Dank, Schwester …?«

»Falkenberg, Svantje Falkenberg.«

Die Frau musterte sie fragend, dann leuchteten ihre Augen auf. »Sie sind das mit dem Buch für Gesundheitsfragen.«

»Ja, ebendie«, sagte Svantje lächelnd und verabschiedete sich.

Schnell zeigte sich, dass die anderen Kinder Milch vom selben Milchmann bekamen und der Borax-Vertreter auch in ihren Elternhäusern gewesen war, um nach dem öffentlich gewordenen Fall von Rindertuberkulose sein Mittel anzupreisen. Er hatte ein großes Geschäft gewittert und dadurch die Gesundheit zahlreicher Kinder gefährdet. Die Mutter des Mädchens mit der Gelbsucht wusch ihre Tochter sogar damit. Es war ein Wunder, dass die kleinen Nieren das über Wochen mitgemacht hatten. Dies war der kritischste Fall, die anderen Kinder würden schon am nächsten Tag entlassen werden können.

Nur eine Mutter war uneinsichtig. Sie traute Svantjes Urteil nicht, weil sie nur eine Schwester und noch dazu eine Frau war. Dem Kind zuliebe würde Svantje Doktor Grahmer bitten müssen, mit ihr zu sprechen. Seine Worte besaßen mehr Wirkung, was sie zutiefst ärgerte. Wäre es nicht um die Gesundheit eines Kindes gegangen, hätte sie die Frau am liebsten in ihr Unheil laufen lassen. Doch die Gesundheit ihrer Patienten ging vor, immer.

In der Mittagspause spazierte Svantje in den Garten. Hier hatte sie sich früher häufig mit Friedrich getroffen, bevor er um ihre Hand angehalten hatte. Wie viel hatte sich doch seitdem geändert.

***

Hilde war wieder schwanger, und erneut würde das Kind denselben Vater haben wie seine Geschwister. Die Liebschaft mit Raik hielt sich nun bereits seit zweiundzwanzig Jahren, und noch immer begehrten sie einander auf eine schlichte, aber sehr lebendige Weise, die ihr das Gefühl gab, jünger zu sein als ihre dreiundvierzig Jahre.

Sie hatte nicht erwartet, überhaupt noch empfangen zu können, und ihre Schwangerschaft zunächst gar nicht wahrhaben wollen. Walter hatte die Tatsache zwei Wochen zuvor mit einem irritierten Blick zur Kenntnis genommen und den Rest des Abends geschwiegen.

Doch nach all den gemeinsamen Jahren hatte sie keine Angst mehr vor dieser Beichte. Sie waren gute Freunde geworden, die das Leben gemeinsam meisterten und eine perfekte Ehe führten, bis auf dieses einzige kleine Detail.

Walter wusste, dass er Hilde niemals an Raik oder einen anderen verlieren und dass sie ihm keine Schande machen würde. Sie erfüllte ihm seinen größten Wunsch, den nach einer gesellschaftlich angesehenen und heilen Familie, und er bot ihr dafür alle Freiheiten, die möglich waren, solange der Schein gewahrt blieb.

Am Tag nach ihrem Geständnis schenkte er ihr ein aufklappbares Medaillon. Es enthielt vier winzige Fotografien, von ihm und den drei Kindern Heinrich, Beatrix und

Johann. »So vergessen Sie nicht, wer Ihre wahre Familie ist«, hatte er gesagt. Im Deckel war ein Rubin eingelassen, umkränzt von Dutzenden kleinen Diamanten.

Wenn das vierte so wohl gerate wie die anderen drei, sei er einverstanden, hatte er hinzugefügt.

Nun saß Hilde, angetan mit einem schlichten, aber hübschen Hauskleid, in ihrem Lieblingssessel und las in einer politischen Zeitschrift. Als sie Walters Schritte auf der Treppe hörte, überflog sie die restlichen Zeilen des Interviews mit Rosa Luxemburg zu Fragen der Frauenbewegung, klappte die Zeitschrift zusammen und stopfte sie in ihren Nähkoffer, dann nahm sie ihr Stickzeug heraus.

Walter trug einen Hausanzug und Pantoffeln. Er lächelte sie knapp an, trat an einen Schrank aus poliertem Walnussholz und nahm sich einen Obstbrand heraus. Hilde brachte er eine Schale mit Schokoladenpralinen und setzte sich dann in seinen Sessel.

»Es ist doch nicht Sonntag«, protestierte sie leise, obwohl sie bereits ein Konfekt zwischen den Fingern hielt. Es war ein kleines Kunstwerk und mit einem Happs aufgegessen.

»Dafür braucht es keinen Sonntag«, sagte er und musterte sie. Hilde wusste, dass er sie auf seine Art liebte, und er liebte ihre Kinder, das war am wichtigsten. Wie gut sich trotz ihrer tiefen Zweifel vor der Eheschließung alles gefunden hatte!

Hilde leckte sich die letzten Schokoladenkrümel von den Fingern, wischte sie noch einmal gründlich mit einem Taschentuch sauber und wandte sich dann ihrer Stickarbeit zu. Es war eine kleine Sache. Sie säumte ein Herrentaschentuch mit einer schlichten, aber hübschen Kante und stickte Walters Monogramm hinein. Ihr gefiel die Geste, die dahintersteckte, und Walter benutzte ausschließlich Taschentücher, die sie verziert hatte.

Nun seufzte er, streckte die Beine aus und stopfte sich eine Pfeife.

»Wie macht sich mein kleiner Bruder?«, fragte sie schließlich wie beiläufig, obwohl es sie brennend interessierte.

»Er neigt zu übereilten Entschlüssen, wie man es von einem jungen Mann wie ihm erwartet, und er ist ein Trotzkopf.« Er musterte seine Frau. »Das liegt wohl in der Familie. Manchmal wünschte ich mir, er würde seine Berater mehr zu schätzen wissen, und bin froh, dass noch mindestens drei Jahre ins Land ziehen werden, bevor er uns überstimmen kann.«

Hilde nickte. Nichts anderes hatte sie erwartet. Seit Vaters Tod war Walter der Kopf eines Triumvirats, das die Werft leitete, bis der designierte Nachfolger das Heft endgültig übernehmen würde.

»Was die Werft jetzt braucht, ist Krieg.«

Hilde zuckte zusammen. »Ein Krieg? Wie können Sie so etwas sagen?«

Walter blickte sie an, als sei sie schwer von Begriff. »Alle Aufträge, die wir durch die Flottengesetze erhalten haben, sind fast vollständig erfüllt. Wenn nichts geschieht, müssen wir Arbeiter entlassen oder Teile des Werks verkaufen. Mit zivilem Schiffbau können wir die Verluste nicht auffangen. Den Markt von Fracht- und Auswandererschiffen haben längst andere unter sich aufgeteilt, da kommen wir nicht mehr herein, es sei denn, wir investieren und schlucken einen der Konkurrenten. Alternativ könnten wir versuchen, die Mitspieler zu ruinieren. Das wäre der Weg, den Ihr Vater gewählt hätte. Er zog stets den Kampf mit harten Bandagen vor.«

Hilde schwieg, auch wenn sie innerlich kochte. Sie wollte sich nicht gegen ihren verstorbenen Vater versündigen, also hielt sie lieber den Mund.

Seitdem sie Raik kannte, wusste sie, wie sehr die Arbeiter unter der tyrannischen Art des Seniors gelitten hatten. Mit Walter in der Führung und einer starken, kampfbereiten Gewerkschaft hatte sich vieles zum Besseren geändert. Walter wusste, dass sie auf die Tausende von Männern nicht verzichten konnten. Keine Seite gedieh ohne die andere. Außerdem herrschte keine Unterbeschäftigung mehr. Wo der Vater zur Strafe noch Hunderte gefeuert und schon am nächsten Tag neue Hilfskräfte eingestellt hatte, war der Markt nun auf Unternehmensseite hart umkämpft.

»Ich wünschte, unsere Familie würde sich der zivilen Schifffahrt widmen«, sagte sie und seufzte.

»Nicht nötig.« Walter paffte an seiner Pfeife, blies genüsslich einige Ringe und sah ihnen nach. »Österreich hat Serbien heute den Krieg erklärt, in wenigen Wochen sind unsere Auftragsbücher wieder voll.«

Hilde lief es eisig den Rücken hinunter. »Das sagen Sie mir erst jetzt?«

»Ach, Hilde.« Er beugte sich vor und tätschelte ihre Hand. »Liebe Frau, Sie brauchen keine Angst zu haben, seien Sie lieber frohen Mutes.«

»Es werden Tausende einfache Leute sterben, und Sie sagen, ich solle keine Angst haben?«

»Wir brauchen einen Krieg.« Wieder dieser Tonfall, als

spreche er mit einem begriffsstutzigen Kind. »Ganz gleich, was der Kaiser versucht, es wird zu einem Krieg zwischen uns und dem Zweierbund Frankreich und Russland kommen. Nur das *Wann* ist entscheidend dafür, wer ihn gewinnen wird. Lassen wir den anderen Parteien noch einige Jahre Zeit, um aufzurüsten, werden wir unter Garantie verlieren. 1918 wird Russland so stark sein, dass wir im Kriegsfall unterliegen würden.« Er beugte sich vor, und in seinen Augen flackerte Begeisterung. »Aber das wird nun nicht mehr passieren. Noch sind wir ihnen in der Rüstung voraus. Ein früher Kriegsbeginn ist zu unserem Vorteil. Erst wird Frankreich die gesamte Kraft des Heeres zu spüren bekommen und binnen Wochen kapitulieren, dann wenden wir uns gegen Russland. Bis sie mobilgemacht haben, sind wir längst dort. Es wird ein schneller, harter, heftiger Kampf, aus dem das Deutsche Kaiserreich gestärkt hervorgehen wird.«

Walter redete, wie sie es nicht von ihm gewohnt war. Der sonst so stille und besonnene Mann glühte vor Feuereifer.

»Aber es liegt doch nur Österreich im Krieg mit den Serben!«

»Das wird nicht lange so bleiben, verlassen Sie sich auf mein Wort.«

Hilde hoffte, dass er nicht recht behalten würde, und es wollte ihr einfach nicht gelingen, jetzt den Mund zu halten. »Heinrich ist im wehrfähigen Alter, Walter. Ich bin nicht bereit, meinen Sohn auf irgendeinem Schlachtfeld zu opfern, während mein Mann nur seinen finanziellen Vorteil vor Augen hat.«

Die Hand auf den Bauch gedrückt, sprang sie auf und

hetzte fluchtartig aus dem Raum. Walter rief ihren Namen, doch sie hielt nicht inne.

Sie hatten sich nie zuvor gestritten.

***

Falkenbergs hatten den Nachmittag bei Svantjes Eltern verbracht. Ihr Vater war sechzig geworden. Nun fuhren sie gemeinsam nach Hause zurück. Sohn und Tochter saßen in der Kabine und probierten ein neues Kartenspiel aus, das ihnen Svantjes Bruder Piet beigebracht hatte.

Auch Piet hatte etwas zu feiern, denn er hatte die Werkstatt seines ehemaligen Meisters übernommen. Er war Buchbinder und Setzer und mit seinen neunundzwanzig Jahren schon weit gekommen. Das Kartenspiel war das Erste, was unter seiner Feder entstanden war, und zu Svantjes Empörung hatte er jedem ihrer Kinder ein Exemplar geschenkt und ihnen beigebracht, Pharo zu spielen. Noch an der elterlichen Kaffeetafel hatten sie angefangen, Pfennigbeträge zu setzen.

Nun saß sie neben Friedrich auf dem Kutschbock, während sie durch einen milden Sommerabend fuhren, und hörten Karolines und Clemens' Gelächter aus der Kabine dringen.

»Nun lass sie doch, Clemens wird nicht gleich zu einem Spielsüchtigen, der sein Erbe verprasst, nur weil er die Werte einzelner Karten benennen kann«, schalt Friedrich Svantje, als habe er geahnt, dass sie eingreifen wollte, und lächelte dabei.

»Du hast ja recht, sie werden nur so schnell groß, die Zeit fliegt dahin. Karoline ist schon beinahe aus dem Haus.

Sie putzt sich heraus, als halte sie bereits nach ihrem Zukünftigen Ausschau.«

»Nun übertreibe nicht, Svantje.«

Es war eine wunderbare, laue Sommernacht. Sie würden die Kinder ins Bett schicken und dann im Garten sitzen, solange sie wollten. Der Himmel würde nur für wenige Stunden dunkel sein und die Grillen die gesamte Nacht über ihr Konzert halten.

Doch nun war da stets auch ein Schatten, der über ihnen schwebte, die stete Angst, dass ihre heile Welt von einem Moment auf den anderen zerbrechen könnte.

In den vergangenen Wochen hatte Svantje gemeinsam mit ihrer kleinen Gruppe von Verschwörern Medikamente gehamstert und leicht erhöhte Mengen an Nachschub bestellt, um auch davon etwas abzuzweigen. Bislang hatte es niemand bemerkt. Jeden Abend war sie pünktlich nach Hause gekommen, um ihr Versprechen an Friedrich zu halten. Sie wollte nie wieder mit ihm streiten.

»Der Tag heute hat mir sehr gutgetan«, sagte sie leise.

»Mir auch«, stimmte Friedrich zu und reichte ihr die Zügel, die sie nur zögernd nahm. Sie hatte immer Angst, etwas falsch zu machen, doch die Stute Hasel, benannt nach ihrer Fellfarbe, kannte den Weg nach Hause von allein. Svantje musste sie nur hin und wieder etwas bremsen, wenn sie zu schnell an Pferdestraßenbahnen und knatternden Automobilen vorbeieilen wollte.

Friedrich legte ihr einen Arm um die Schulter und streckte die Beine. »Es war, als hätten sich alle abgesprochen, nicht über den Krieg zu reden. Selbst Clemens hat sich zurückgehalten, dabei ist er wie die meisten jungen Männer begierig, eine Uniform zu tragen.«

»Ich hoffe, die Vernunft kehrt bald bei ihm ein«, sagte Svantje grimmig. »Wozu das noch alles führen wird? Ich hätte nie geglaubt, dass Österreich Belgrad mitten in der Nacht beschießen lässt. Sie wussten doch genau, dass sie viele Zivilisten treffen, wenn sie um ein Uhr nachts auf die Stadt feuern.«

Die mit schweren Geschützen bestückten Schiffe hatten von der Donau aus operiert. Kurz darauf hatten die Serben begonnen, eine nahe gelegene Eisenbahnbrücke zu sprengen. Damit war der Konflikt in vollem Gange.

»Nicht jeder denkt so sehr an die Zivilbevölkerung wie du, mein Liebes«, sagte Friedrich. »Mir macht vor allem Sorge, dass Russland mobilmacht. Sie sehen sich als Bruder und Schutzmacht Serbiens. Sobald sie eingreifen, ist auch das Kaiserreich im Krieg. Österreich wird darauf pochen, dass Wilhelm ihnen beisteht, und ich fürchte, dass er es nur allzu bereitwillig tun wird.«

»Glaubst du, die Demonstration gestern konnte überhaupt etwas bewirken?« Svantje war an ihrem freien Tag gemeinsam mit Hilde und deren fortschrittlichen Freundinnen zu einer Demonstration für den Frieden gegangen. Die SPD hatte drei Tage zuvor dazu aufgerufen und es durch Flugblätter und in ihrer Zeitschrift *Vorwärts* publik gemacht. Die linken Gewerkschaften hatten sich daran beteiligt, und im ganzen Kaiserreich hatte es ähnliche Veranstaltungen gegeben.

»Ich wünschte, es wäre so. Aber die Obrigkeit ignoriert doch nur allzu häufig die Meinung des Volkes. Angeblich sind bis zu einer Dreiviertelmillion Menschen auf den Straßen gewesen, viele davon waren Frauen wie du. Andererseits … du weißt genau wie ich, dass wir mit unserer

Meinung in der Minderzahl sind. Die rechten Studentenbünde haben die Zuspitzung, die durch Serbiens Ablehnung entstanden ist, tagelang gefeiert.«

»Sieh nur, dort!«, warf Svantje ein. Ein Kolonialwarenhändler, bei dem sie hin und wieder vorbeisah, hatte in seinen Schaufenstern zu dieser nachtschlafenden Zeit noch die Lichter brennen. Jemand stand vor dem Laden auf einer Leiter. Es war Herr Bleich selbst. Sein Assistent wartete daneben und nahm ihm einen großen Messingbuchstaben ab.

Svantje lenkte die Kutsche an den Straßenrand und hielt, auch wenn die Stute protestierte, weil sie nach Hause wollte. »Guten Abend, Herr Bleich, was wird denn das?«, rief sie.

Der Kolonialwarenhändler drehte sich überrascht um. Die Leiter wackelte gefährlich, und es war nur der schnellen Reaktion seines Helfers zu verdanken, dass sie nicht ganz umstürzte. »Frau Falkenberg, du meine Güte!«

»Verzeihung, ich wollte Sie nicht erschrecken. Was machen Sie mitten in der Nacht auf einer Leiter?« Nun streckten auch Karoline und Clemens neugierig die Köpfe heraus.

Bleich begrüßte sie alle, dann stieg er von der Leiter und trat an den Kutschbock. Leise sagte er schulterzuckend: »Französische Namen sind nicht mehr so gern gesehen, und bevor ich mir weiterhin den Unmut meiner Kunden zuziehe, ändere ich ihn lieber.«

Sein Geschäft hieß schon seit jeher *Cadeau,* französisch für »Geschenk«. Eine Wandmalerei zeigte die Weltkugel und den Eiffelturm. Nun war das Bild grob überstrichen, und vom Namen waren nur noch das A und das U übrig.

»Eine Schande ist das«, murmelte Friedrich, die Stirn nachdenklich in Falten gelegt. »Wie werden Sie es nun nennen?«

»Bleichs Kolonialwaren«, kam die prompte Antwort. Dem Mann war anzusehen, wie sehr ihm die Änderung missfiel. »Sie sind doch auch im Fernhandel tätig, wenn ich mich nicht irre«, sagte er an Friedrich gewandt. »Es kommen schwere Zeiten auf unsereins zu. Ich wünsche Ihnen viel Glück.«

»Danke, das kann ich nur zurückgeben.«

»Wir müssen nun weitermachen, es sind viele Buchstaben, die heute noch dort hinaufwollen.«

Svantje verabschiedete sich und löste die Bremse der Kutsche. Die Stute trabte sofort los. Friedrich stierte vor sich hin, tief in Gedanken versunken. Schließlich löste er sich mit einem Ruck aus seinen Grübeleien und nahm Svantje die Zügel ab.

»Ich setze euch zu Hause ab und fahre noch einmal zur Firma. Ich werde nur kurz nach dem Rechten sehen. Wenn du es dir mit einem Kräutertee gemütlich gemacht hast, bin ich wieder da.«

»Versprochen?«, fragte Svantje mit plötzlichem Unbehagen.

»Versprochen.«

20

Svantje wälzte sich unruhig hin und her. Im Halbschlaf streckte sie den Arm aus und fand die andere Seite des Bettes kalt und leer. »Friedrich?«, murmelte sie.

Es kam keine Antwort. Sie war mit einem Schlag wach. Draußen war es stockfinster. Also musste es nach Mitternacht sein. Svantje setzte sich auf, rieb sich den Schlaf aus den Augen und tappte barfuß die Treppe hinunter, in der Hoffnung, Friedrich mit einigen Papieren beschäftigt in der Stube anzutreffen.

In letzter Zeit brachte er häufig Arbeit mit nach Hause, um bis zur späten Stunde darüber zu brüten. Doch sein angestammter Platz auf der Récamiere war verwaist.

Mit wachsender Unruhe lief Svantje in den Flur. Hut und Schuhe waren nicht da. Friedrich war nicht heimgekommen.

Ihr wurde die Kehle eng. Plötzlich war die Angst da und heftete sich wie mit Klauen an sie. Svantje versuchte, ruhig zu bleiben. Vielleicht hatte er über seiner Arbeit die Zeit vergessen, vielleicht war er eingeschlafen, wie es ihm zu Hause hin und wieder passierte.

Aber nein, tief in ihrem Inneren wusste sie, dass etwas

geschehen sein musste. Sie eilte zurück ins Schlafzimmer und zog sich hastig an, dann war sie auch schon im Hof und warf einen Blick in den Stall. Pferd und Wagen fehlten, das gab ihr Gewissheit.

Unschlüssig sah sie sich um. Friedrich besaß ein Fahrrad, auf dem auch sie hin und wieder im Garten geübt hatte. Es war eine wackelige Angelegenheit, die sie eigentlich niemals in der Öffentlichkeit hatte ausprobieren wollen, doch es war schneller, als wenn sie zu Fuß ging.

Svantje hängte ihre Schwesterntasche um, dann schob sie das Rad durch das Hoftor. Umständlich steckte sie ihren Rock auf, wie sie es bei ihrer Freundin Hilde gesehen hatte, die regelmäßig fuhr, dann stieg sie in die Pedale. Wackelig ging es über Kopfsteinpflaster, doch bald hatte sie sich an das Gefühl gewöhnt. Schneller, immer schneller fuhr sie in Richtung Hafen.

Die Straßen waren wie ausgestorben, nur in dem ein oder anderen Gasthof brannte noch Licht. Ratten suchten in den Rinnsteinen nach Fressbarem, belauert von großen, räudigen Straßenkatzen.

Schon von Weitem erkannte sie den Einspänner vor dem Gebäude. Die Stute döste mit angezogenem Bein. Friedrich hatte ihr einen Hafersack umgebunden, der ihr nun leer gefressen ums Maul baumelte.

Erst aus der Nähe sah Svantje, dass die Stute nass geschwitzt war. Weißer Schaum stand unter den Gurten, und Schleifspuren im Lehm der Straße zeigten, dass Hasel die Kutsche trotz angezogener Bremse mehrere Meter vorwärtsgezerrt hatte. Der festgestampfte Grund war von den Hufen aufgewühlt. Etwas musste der Stute große Angst gemacht haben, doch nun war die Gefahr vorbei.

»Du pass auf«, flüsterte Svantje und strich dem Tier über die Stirn, dann schob sie ihr Fahrrad zum Eingang und trug es die drei Stufen hinauf, wo sie es in einem kurzen Flur abstellte. Ihr Herz klopfte, als wollte es ihr aus der Brust springen, ganz fest und hart und schmerzhaft.

Die Bürotür war nur angelehnt.

Das war nicht richtig. Kalter Schweiß bildete sich in ihrem Nacken, dazu gesellte sich das Gefühl, beobachtet zu werden. Hektisch blickte sie sich um, doch die Straße war bis auf das Fuhrwerk verlassen.

Vorsichtig schob sie die Tür auf. Es sah aus, als habe ein Wirbelsturm zwischen den Schreibtischen gewütet. Der Gestank von Lampenöl und Rauch lag in der Luft. Jemand hatte versucht, einen Stapel Papier in Brand zu setzen, vermutlich um das gesamte Gebäude abzubrennen, doch es hatte nicht gereicht. Bis auf einige Dokumente war dem Brand nichts zum Opfer gefallen. In dem schweren Perserteppich befand sich ein Loch, durch das der steinerne Fußboden zu sehen war.

»Friedrich?« Svantje eilte zu seinem Schreibtisch. Ihr Mann war nicht da, lag auch nicht dahinter, wie sie erleichtert feststellte. Was aber nur bedeutete, dass er sich woanders befinden musste.

Nun schrie sie seinen Namen, riss Türen auf und blickte in jeden Winkel. Nichts. Er war fort. »Im Lagerhaus!«, sagte sie zu sich selbst. Ihre Stimme hoch, an der Grenze zur Panik.

Sie rannte hinaus und war mit wenigen Schritten im hinteren Bau. Kaffeeduft umfing sie, intensiver noch das Balsaholz. Regalreihen, wohin man schaute, viele Meter hoch, wie ein dunkles Labyrinth.

»Friedrich? Friedrich!« Svantje tastete sich voran und stieß gegen eine Barriere aus Kisten und Säcken, die jemand aus den Regalen gezerrt, zerschlagen und aufgeschnitten hatte. Unter dem Druck ihrer Schuhe zerbrachen Kakaobohnen.

Dies war Falkenberg seniors Reich. Friedrichs Waren lagerten weiter hinten, näher am Fleet, von wo aus die Kähne und Jollen per Kran entladen wurden. Der Mond schien durch eine offen stehende Luke. Sein bläuliches Licht zeigte das gesamte Ausmaß der Verwüstung. Alles war durcheinander, ganze Regale waren umgestürzt. Panisch stieg Svantje darüber hinweg, bahnte sich mühsam den Weg. Dann hörte sie jemanden stöhnen und wusste sofort, dass es Friedrich war.

»Wo bist du?« Verzweifelt rief sie immer wieder seinen Namen, bis sie ihn endlich entdeckte. Er lag unter einem Regal begraben, jeder Balken dicker als ein Männerarm. Nur Kopf und Schultern lugten heraus. Sie roch Blut, viel Blut.

Svantje fiel neben ihm auf die Knie und bedeckte sein Gesicht, das sie im Dunkeln nur schemenhaft erkennen konnte, mit Küssen. »Was ist mit dir …? Du bist eingeklemmt, halte durch, ich hole Hilfe«, presste sie zwischen Tränen hervor.

»Svantje«, stöhnte er. »Keine Hilfe, bleib bei mir, geh nicht!«

»Aber allein schaffe ich es nicht.« Das Regal war gewaltig, dazu kamen noch Kisten und Säcke.

»Ich … ich will nicht allein sterben, bleib bei mir!« Friedrichs Stimme wurde dünn.

Sie hockte sich neben ihn. In ihrer Brust war ein gewaltiger Schmerz. Sie wollte, konnte nicht ohne ihn sein. »Ich lasse es nicht zu, hörst du?«, flüsterte sie.

Sie spürte mehr, als dass sie es sah, wie Friedrich müde lächelte.

»Ich wusste, dass du das sagen würdest, mein stures Mädchen. Aber manchmal kannst auch du nicht jeden retten.« Sein Blick war voller Liebe für sie.

Svantje stieß einen verzweifelten Schrei aus. Sie legte ihre Wange an seine, küsste und herzte ihn. Ihre Knie fühlten sich weich an, als wollten sie, dass sie sich neben ihn legte, und beinahe hätte sie es auch getan.

Doch dann gab sie sich einen Ruck. »Nein, nein, nein! Ich lasse es nicht zu, nicht du!«

Sie stand auf und begann wie von Sinnen Säcke und Kisten zur Seite zu zerren. Manche waren so schwer, dass Svantje sie an anderen Tagen wohl kaum hochbekommen hätte. Doch nun verlieh ihr die Verzweiflung Kräfte, die sie selbst nicht für möglich gehalten hätte.

Schließlich ächzte das Regal, vom Gewicht befreit. Svantje kauerte sich wieder neben Friedrich. Er hatte die Augen geschlossen, öffnete sie aber, sobald sie ihn berührte. »Svantje, da bist du ja«, sagte er schwach. »Ich kann kaum noch atmen.«

»Wo tut es weh?«, fragte sie konzentriert. Sie durfte nun nicht in Panik verfallen. Angst verursachte Fehler, und Fehler konnte sie sich in dieser Situation nicht leisten.

»In der Brust. Vorhin hat auch mein rechtes Bein fürchterlich geschmerzt, aber jetzt nicht mehr. Jetzt spüre ich es nicht mehr«, sagte er und klang erleichtert.

Svantje schluckte. Sie wusste sofort, was seine Worte bedeuteten. Es war zertrümmert. Wenn er überleben würde, war sein Bein wahrscheinlich trotzdem verloren.

»Du musst wach bleiben, hörst du? Denk an unsere Kinder, sie brauchen dich. *Ich* brauche dich!«

Friedrich nickte angestrengt.

»Ich bin in der Nähe«, versicherte Svantje, als sein Blick panisch wurde, weil sie Anstalten machte aufzustehen.

Kurz überlegte sie, das Pferd auszuschirren und herzubringen, damit es ihr half, das Regal zu entfernen. Doch es würde ihr nie gelingen, die Stute durch das Trümmergewirr zu führen.

In den benachbarten Häusern brauchte sie nicht nach Hilfe zu suchen, denn es waren allesamt Verwaltungs- und Lagergebäude. Also musste sie sich selbst helfen.

»Hebel«, flüsterte Friedrich schwach.

Ja, genau das brauchte sie. Alles in ihr drängte zur Eile. Sie lief umher, suchte im Mondschein nach möglichen Hilfsmitteln.

Schließlich hatte sie einen Balken und eine Eisenstange parat. Beide schob sie jeweils auf einer Seite von Friedrich unter das umgestürzte Regal und nutzte zwei robust aussehende Überseekisten als Stützen.

Dann begann der Kampf gegen das immense Gewicht des Lagerregals. Svantje drückte ihre Schulter unter die Metallstange, stemmte sich mit aller Kraft dagegen und verrückte die Kiste nach vorn in die entstehende Lücke. Dann setzte sie die Stange wieder ab und wiederholte es mit dem Balken auf der anderen Seite und der zweiten Kiste.

Zentimeter um Zentimeter kämpfte sie sich voran. Ihre Oberschenkel brannten und zitterten, die Arme fühlten sich an, als würde jeden Moment etwas reißen, aber sie machte weiter. Sie würde so lange kämpfen, bis sie gewann oder Friedrich … nein, daran mochte sie nicht einmal denken.

Er stöhnte kläglich, und Svantje hätte vor Schreck beinahe die Eisenstange fallen lassen. Hastig setzte sie ihre Last ab und war sofort bei ihrem Mann.

Doch was wie der letzte Atemzug geklungen hatte, war zu ihrer Erleichterung der erste freie ohne ein Gewicht auf der Brust gewesen. Friedrichs Gesicht war schmerzverzerrt, Tränen glänzten in seinen Augenwinkeln. Svantje gab ihm einen hastigen Kuss, dann widmete sie sich ihrer Aufgabe mit neuem Elan.

Was sich anfühlte wie eine kleine Ewigkeit, waren vermutlich nur Minuten, dann endlich hatte sie es vollbracht. Das Regal war so weit angehoben, dass sie im Zwielicht Friedrichs Füße erkennen konnte. Das rechte Bein war merkwürdig angewinkelt, der Hosenstoff klebte feucht an der Haut.

»Wir haben es geschafft«, keuchte sie und rang einen Augenblick nach Atem. »Ich ziehe dich jetzt heraus, Friedrich, aber es wird wehtun.«

»Ja«, sagte er leise und schloss die Augen. Svantje fasste ihn unter den Armen und zog. Sie schaffte zwei Schritte. Friedrich schrie erbärmlich. Svantje fiel auf ihr Gesäß und hielt ihren Mann in den Armen. Sein Kopf sackte zur Seite, der Körper hatte jegliche Spannung verloren und fühlte sich ungleich schwerer an als zuvor.

Doch er lebte und atmete, und wenn in seinem Inneren nicht mehr zerstört war als einige gebrochene Rippen, würde er weiterleben.

Svantje war so erleichtert, dass sie weinen musste. Sie

wand sich unter Friedrich hervor, arbeitete sich unter Tränen ins Büro zurück und holte einige Lampen.

Es war Friedrichs Glück, dass er ohnmächtig war, als sie sein Bein untersuchte. In der Mitte seines Oberschenkels klaffte eine tiefe Fleischwunde, der Knochen war gebrochen, Holzsplitter steckten im Fleisch.

Nun war sie froh, ihre Schwesterntasche von zu Hause mitgebracht zu haben. Zwei Stunden lang arbeitete sie voller Konzentration, dann war Friedrich versorgt. Sie streckte sich dicht an ihn geschmiegt neben ihm auf dem Boden aus. Sie musste sich ausruhen, nur einen Moment lang, dann könnte sie weitermachen.

Sie lauschte seinem rasselnden Atem und schloss die Augen.

Schritte, dann wurden Rufe laut.

Svantje schreckte auf, als jemand sie an der Schulter fasste und wach rüttelte, und blickte in ein braun gebranntes, faltiges Gesicht. Es war der sechzigjährige Hainer, ein einfacher Lagerarbeiter, der schon seit einer Ewigkeit für die Falkenbergs arbeitete.

Der sonst stets fröhliche Mann musterte sie besorgt. »Frau Falkenberg, geht es Ihnen gut? Was ist passiert?«

»Wie spät ist es?« Svantje rieb sich die Augen, jede Bewegung tat weh.

»Fünf, meine ich.«

»Grundgütiger, ich bin eingeschlafen. Friedrich muss ins Krankenhaus, liegend!«

Heiner war ein praktisch veranlagter Mann, einer, der Probleme anpackte, statt darüber zu reden. »Ich besorge einen Leiterwagen«, sagte er knapp.

Eine halbe Stunde später ruckelte Svantje mit Friedrich auf einem Pritschenwagen in Richtung Klinikum.

***

Friedrich schlief, als Svantje zurück ins Krankenhaus kam. Sie schlich auf Zehenspitzen hinein, um ihn nicht zu stören. Ihn zu sehen war wie Balsam auf ihrer Seele. Auch wenn sein Gesicht vom Schmerz gezeichnet war, würde er leben, und das war das Einzige, was im Moment zählte.

Sie war nur kurz nach Hause gefahren, um sich um die Kinder zu kümmern. Beide wussten nun Bescheid. Clemens war in der Schule, und Karoline würde am Nachmittag mit ihm zu Besuch kommen. Bis dahin würde Svantje nicht mehr von der Seite ihres Mannes weichen.

Vorsichtig fühlte sie seine Stirn mit dem Handrücken. Er hatte kein Fieber, aber noch war eine Entzündung möglich.

Sie setzte sich an seine Seite, fühlte sich wie in einem Kokon, Friedrich und sie, eingesponnen, geschützt. Doch was sie auf den Straßen gesehen und gehört hatte, ließ sie nicht los.

Sie zitterte. Es kam in Wellen und schüttelte sie so sehr, dass sie am liebsten für immer in diesem Kokon ausgeharrt hätte.

Zwei Stunden vergingen, bis Friedrich schließlich aufwachte. Er blickte sich panisch um, beruhigte sich aber sofort, als er seine Frau sah.

Svantje drückte seine Hand. »Alles wird gut«, sagte sie. »Wie fühlst du dich?«

»Besser.« Seine Stimme war rau.

Sie hob seinen Kopf an und flößte ihm etwas Wasser ein.

»Und ein zweites Mal verdanke ich dir mein Leben.« Er lächelte müde, der Schmerz machte die Geste bitter.

»Ich kann mir nicht vorstellen, ohne dich zu sein. Der Moment, als ich dich fand … Ich dachte, du wärst tot!« Sie hielt inne, fühlte einen Moment lang wieder diese lähmende Kälte des Verlusts.

Friedrich seufzte. »Aber ich lebe. Dank dir.«

Svantje richtete sich auf, zwang sich zu einem Lächeln und drückte seine Hand. »Du hast drei gebrochene Rippen, dort, wo du getroffen wurdest, und Prellungen, aber keine Flüssigkeit in der Lunge, das ist gut.«

»Mein Bein?«, fragte Friedrich. Er sprach seine große Befürchtung, es zu verlieren, nicht aus.

»Der Oberschenkelknochen ist gebrochen, und es gab Splitter. Auch deine Hüfte ist zumindest teilweise betroffen. Es wird lange dauern, und du wirst vielleicht niemals wieder laufen können, ohne zu humpeln.«

»Aber ich *werde* wieder laufen.« In seinen Augen blitzte neu erwachter Lebensmut.

»Ja, das wirst du.« Svantje küsste ihn auf die Wange. »Du solltest dich jetzt ausruhen, schlafen.«

»Nein«, sagte er entschlossen. »Ich schlafe, wenn du nicht mehr hier bist.«

»Ich bleibe, solange du willst. Sicher wird später auch noch die Polizei mit dir sprechen wollen.«

»Sie werden diese Randalierer nicht finden und wahrscheinlich auch nicht finden wollen«, sagte er mit großer Gewissheit.

»Fühlst du dich bereit, mir zu berichten, was geschehen ist?«

Friedrich trank noch etwas, dann begann er seinen Bericht. Er hatte das Büro verwüstet vorgefunden, den Brand bereits erloschen. Also hatte er im Warenhaus nachgesehen. So leise war er hineingeschlichen, dass er drei Gestalten dabei beobachten konnte, wie sie alle Waren mit kyrillischer Aufschrift durch das Hintertor des Lagers direkt ins schmutzige Wasser des Fleets warfen. Von dort waren sie auch mit einem kleinen Ruderboot gekommen. Sie lachten, während sie seinen Besitz zerstörten, das war ihm besonders in Erinnerung geblieben. Als sie schließlich anfingen, die Regale umzukippen, hatte er sich bemerkbar gemacht. Bewaffnet mit einem Knüppel war er ihnen entgegengetreten.

»Doch da war noch ein vierter Mann, den ich nicht gesehen hatte. Er schlug mich nieder. Als Nächstes erinnere ich mich an deine Stimme, den Schmerz und die Angst, die ich hatte, dass sie dir auch etwas antun könnten.«

»Aber die Kerle waren schon fort. Hast du sie erkannt?«

»Nein, es war zu dunkel, und sie hatten sich Tücher vorgebunden.« Er schwieg kurz, dann sah er sie an. »Wie steht es um das Lager?«

»Dein Vater kümmert sich um alles.«

»Viel ist wohl nicht mehr übrig.« Friedrich seufzte und schien es augenblicklich zu bereuen. Jeder tiefe Atemzug musste ihn schmerzen, so sehr, dass kein Mittel dagegen ankam.

Svantje biss mitfühlend die Zähne aufeinander und hielt seine Hand, bis die Schmerzattacke vorüber war. »Es wird reichen. Das wird es immer, solange ich nur die Kinder und dich habe. Ich komme aus einfachen Verhältnissen, Friedrich.«

»Das weiß ich doch«, sagte er und musterte sie aufmerksam. Wie so oft fühlte es sich an, als könne er bis in ihre Seele schauen. »Was noch?«, fragte er nach Momenten des Schweigens.

»Russland hat Ostpreußen überfallen«, brach es aus ihr heraus. »Andere sagen, der Kaiser habe Russland den Krieg erklärt, Friedrich. Es zerreißt mich. Draußen feiern die Menschen, und die jungen Männer stehen Schlange, um sich freiwillig zu melden.«

Friedrich war aschfahl geworden. Svantje erwiderte seinen starren Blick, als sei er das Letzte, was ihren freien Fall noch aufhalten konnte.

Sie hielt seine Hand und er die ihre.

»Krieg«, sagte er leise, während draußen die Glocken zu läuten begannen, ein unheilvoller, stetig lauter werdender Chor.

»Krieg«, formte Svantje mit den Lippen, dann legte sie die Stirn an seine Wange, hatte keine Worte mehr.

Eine Hamburger Reederei-Dynastie erschüttert von Krieg, Geheimnissen und großen Gefühlen

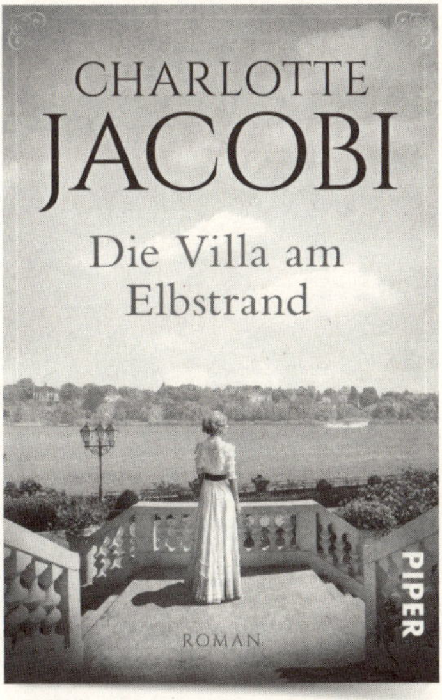

Charlotte Jacobi

Die Villa am Elbstrand

Roman

Piper Taschenbuch, 512 Seiten
€ 10,00 [D], € 10,30 [A]*
ISBN 978-3-492-31351-3

*Cover- und Preisänderungen vorbehalten

1912 rettet die Bauerstochter Sofie Brix die reiche Reederei-Erbin Anna Nieland aus einem brennenden Hotel. Zwei Jahre später darf Sofie als Gesellschafterin in die Hamburger Villa der Nielands ziehen. Obwohl sie nicht bei allen Familienmitgliedern und Angestellten willkommen ist, erfüllt sich für Sofie ein Traum – insbesondere, da der attraktive Bruder Annas ein Auge auf sie geworfen hat. Mit dem Beginn des Ersten Weltkriegs wird Sofies Leben jedoch ein weiteres Mal auf den Kopf gestellt: Als Krankenschwester muss sie auf einem Lazarettschiff über sich hinauswachsen und für ihre Träume kämpfen.